A SÍNDROME DE COPÉRNICO

Do Autor:

O Testamento dos Séculos

A SÍNDROME DE COPÉRNICO

HENRI LŒVENBRUCK

A SÍNDROME DE COPÉRNICO

Tradução
Maria Alice Araripe de Sampaio Doria

BERTRAND BRASIL

Título original: *Le Syndrome Copernic*

Capa: Raul Fernandes
Foto de capa: Christophe Dessaigne/Trevillion Images

Editoração: DFL

Texto revisado segundo o novo
Acordo Ortográfico da Língua Portuguesa

2011
Impresso no Brasil
Printed in Brazil

CIP-Brasil. Catalogação na fonte
Sindicato Nacional dos Editores de Livros, RJ

L815s Loevenbruck, Henri, 1972-
A síndrome de Copérnico/Henri Loevenbruck; tradução Maria Alice Araripe Sampaio Doria. – Rio de Janeiro: Bertrand Brasil, 2011.
504p.: 23 cm

Tradução de: Le syndrome Copernic
ISBN 978-85-286-1500-5

1. Romance francês. I. Doria, Maria Alice Araripe Sampaio, 1948- II. Título.

11-1811 CDD – 843
CDU – 821.133.1-3

EDITORA BERTRAND BRASIL LTDA.
Rua Argentina, 171 — 2º andar — São Cristóvão
20921-380 — Rio de Janeiro — RJ
Tel.: (0xx21) 2585-2070 — Fax: (0xx21) 2585-2087

Atendimento e venda direta ao leitor:
mdireto@record.com.br ou (21) 2585-2002

Àqueles que partiram e que são muitos

Claude Barthélemy
Colin Evans
Alain Garsault
David Gemmell
Daniel Riche

PRÓLOGO

01.

A forte explosão foi ouvida até nos municípios vizinhos e em todo o oeste da capital.

Parecia ser uma manhã como as outras. Uma manhã de verão. A vida começou a fervilhar repentinamente sob a esplanada de cimento do oeste parisiense.

Eram exatamente 7h58 quando uma composição da RER* entrou, naquele oitavo dia de agosto, na luz pálida da grande estação, sob a praça da Défense.

As rodas pararam lentamente ao longo dos trilhos, num ranger agudo. Um instante de silêncio, um segundo imóvel, depois as portas de metal se abriram ruidosamente. Centenas de homens e mulheres revestidos da habitual melancolia dos empregados de escritórios empurravam-se na plataforma, cada um se dirigindo à sua saída e subindo em direção a uma das 3.600 empresas

* RER: Réseaux Express Régional, rede expressa de metrô que serve Paris e subúrbios, criada em 1969, em linhas nas quais os trens circulam numa velocidade de 100 a 120 km/h. (N. T.)

instaladas nos altos prédios de vidro do extenso bairro empresarial. As longas filas humanas, que se aglutinavam nas escadas rolantes, lembravam organizadas colunas de formigas operárias partindo, dóceis, para o trabalho cotidiano.

Era, mais uma vez, um ano bastante quente e os muitos sistemas de refrigeração tinham dificuldade em expulsar o calor sufocante da cidade. Para a maioria desses assalariados conscienciosos, o terno ou o tailleur era o traje conveniente e, aqui e ali, eles eram vistos enxugando a testa com lenços brancos ou refrescando o rosto com pequenos ventiladores portáteis, a última moda.

Ao chegarem à imensa esplanada, aos vapores vacilantes e à luz do sol, as fileiras de pequenos soldados de chumbo se dispersavam em direção às torres-espelhos, como os incontáveis braços de um grande rio.

Às 8 horas em ponto, os sinos da igreja de Nossa Senhora de Pentecostes, situada entre os altos prédios de vidro, ecoaram pela praça. Oito longos toques ouvidos, como todas as manhãs, de ambos os lados da esplanada.

Naquele momento, o fluxo das pessoas que chegavam ao imenso hall do prédio SEAM, na praça da Coupole, estava no auge. Exibindo seus 188 metros de fachada no céu imaculado de verão, o prédio era uma das quatro construções mais altas da Défense, um símbolo altivo do sucesso econômico. A fachada de granito e as janelas pretas davam-lhe a aparência ameaçadora de um monólito atemporal. Os homens que ali entravam pareciam extensões disciplinadas do conjunto, pequenos grãos da rocha que aderiam a esse grande ímã negro. A torre SEAM desafiava o céu parisiense com a arrogância de um jovem primeiro-ministro.

O andar térreo encheu-se aos poucos do rumor matinal. As seis portas abertas na fachada filtravam com dificuldade a afluência contínua dos trabalhadores que chegavam sucessivamente às portas de segurança, introduzindo cuidadosamente os cartões magnéticos para passar pelas catracas de metal. O burburinho da multidão misturava-se ao ronronar do ar-condicionado e ao ruído dos elevadores, elevando-se até o teto da recepção numa cacofonia ensurdecedora.

O balé cotidiano começava. Sem surpresas, por enquanto.

Os rostos eram os habituais. Como o de Laurent Huard, de 32 anos, executivo, cabelo cortado rente, andar firme. Às 8h03, ele passou por uma das grandes portas de vidro que davam acesso a essa cidadela dos tempos modernos. Pela primeira vez estava adiantado, mas o patrão só notava os atrasados. Naquele dia, tinha uma reunião da maior importância com os clientes da firma. Aliás, não havia pregado o olho a noite toda e, de manhã, passara no rosto um creme antifadiga, de cuja eficácia não tinha certeza. No entanto, seria melhor se cercar de todos os lados. Ele havia beijado a nova namorada ainda adormecida, vestido o terno mais bonito feito sob medida numa pequena alfaiataria do subúrbio, e, enquanto esperava, com a mão no bolso, que, finalmente, se abrissem as grandes portas de um dos elevadores que serviam os quarenta e quatro andares do edifício, já ensaiava o sorriso forçado que deveria apresentar na reunião.

Atrás dele, duas jovens de tailleur conversavam em voz baixa, viradas uma para a outra. Stéphanie Dollon, parisiense tímida e solteira, e Anouchka Marek, filha de um imigrante tcheco. Nos seus costumes escuros, pareciam duas escolares inglesas. Elas se encontravam na saída da RER, em seguida andavam lado a lado para os respectivos escritórios conversando sobre como estavam de humor naquele dia e as aventuras da véspera, separando-se até o almoço.

Às 8h04, muitos já aguardavam em frente às portas cinza dos elevadores, espremidos uns contra os outros. Na maioria, as pessoas de sempre, como Patrick Ober, na faixa dos 50, um executivo solitário e calado, de QI elevado mas de qualidades sociais limitadas, fumante inveterado, maníaco por televisão, leitor compulsivo; Marie Duhamel, uma secretária com um coque caprichado, obcecada pela opinião dos outros, aterrorizada com a ideia de desagradar — sobretudo ao patrão; ou Stéphane Bailly, engenheiro comercial que mudara para Paris alguns meses antes e cuja jovem esposa ficava em casa para cuidar dos dois filhos, pois não haviam encontrado vaga em nenhuma creche da capital... Mulheres e homens comuns, tão diferentes e tão semelhantes.

Às 8h05, atrás do grande balcão escuro da recepção, aquele que todo mundo chamava de Jean — mas cujo verdadeiro nome era Pabumbaki Ndinga — se preparava, finalmente, para ir embora. Apertado no terno azul-marinho, o vigia congolês jogou no lixo um copinho de papel no qual havia bebido o último café, em seguida se despediu das quatro recepcionistas, já muito ocupadas. Ele trabalhava ali desde a inauguração oficial da torre, em 1974, e as diferentes firmas que sucessivamente haviam administrado o local o mantiveram no posto, pois era um homem tão consciencioso quanto encantador e conhecia o gigantesco prédio como a palma da mão. Ele chamava o edifício de a sua torre, porque conhecia a história dele melhor do que ninguém, os seus segredos, os menores recantos, e franzia ironicamente as sobrancelhas quando um dos frequentadores chegava mais tarde do que de hábito e com olheiras.

Às 8h06, um entregador, que nem se dera ao trabalho de retirar o capacete de motoqueiro, deixou uns pacotes cuidadosamente embalados no balcão. Mais afastados, alguns americanos em ternos descontraídos conversavam em voz alta e fanhosa.

Aqui, um homem usando um jaleco branco; lá, três jovens em mangas de camisa e gravatas coloridas, óculos pequenos, canetas nos bolsos, celulares na cintura. Técnicos em informática, certamente...

Todos esses homens e mulheres faziam gestos mil vezes repetidos todas as manhãs, sem realmente se darem conta, seguindo uma rotina que nem mesmo a preguiça estival poderia fazer desaparecer. Um ritual de começo de semana, o ramerrão cotidiano de um dos dois maiores bairros empresariais europeus, com os seus atrasos, esquecimentos, surpresas, encontros, atropelos, sorrisos, rostos cansados... Em suma, a sua vida.

Parecia ser uma manhã como as outras. Uma manhã de verão.

No entanto, exatamente às 8h08, quando as portas de metal de um dos elevadores se fecharam para o hall barulhento da torre SEAM, levando para cima os Laurent Huard, as Anouchka Marek e os Patrick Ober, aquela manhã comum virou, repentinamente, um inferno indescritível.

Três bombas artesanais explodiram simultaneamente em três diferentes andares do edifício.

02.

Uma detonação ensurdecedora, profunda, que fez a terra tremer como um violento sismo. O deslocamento de ar causado pelas explosões fez voar em pedaços a maioria das janelas dos prédios da ala norte da Défense e os cacos flutuaram no ar por minutos intermináveis. Sob o olhar incrédulo de milhares de pessoas, o céu se inflamou subitamente.

As bombas haviam sido escondidas no andar térreo, no décimo sexto e no trigésimo segundo andar do arranha-céu. As três foram colocadas perto do núcleo e eram suficientemente potentes para danificar a estrutura em toda a sua largura. Três buracos foram escancarados nas fachadas sul e leste do prédio, deixando escapar gigantescas bolas de fogo e uma espessa fumaça preta.

O incêndio que começou imediatamente fez a temperatura subir no interior da torre acima dos 900 graus. A estrutura não resistiu por muito tempo. Um tempo bem menor do que o necessário para salvar as vidas que estavam lá dentro. Em geral, nas normas de segurança de um edifício dessa altura, a resistência dos elementos essenciais da construção ao fogo deve ser, no mínimo, de duas horas. Mas, na prática, é impossível prever os estragos reais causados por três bombas distintas. Além do mais, nesse caso específico, os sprinklers, acionados automaticamente, não funcionaram nas áreas atingidas pelas bombas, o que, nitidamente, agravou a situação.

Alguns anos antes, a primeira torre do World Trade Center havia levado trinta minutos para desabar depois do atentado de 11 de setembro de 2001. Mas, naquele dia, em muito menos tempo, a torre SEAM teve o mesmo destino. Igualmente trágico e igualmente mortal.

Às 8h16, apenas oito minutos depois da explosão, o prédio começou a ruir no meio da praça da Coupole, num barulho aterrador.

Oito minutos. Apenas um terço do tempo necessário para a evacuação total da torre. Apesar dos inúmeros treinamentos praticados regularmente, apesar dos algoritmos calculados previamente para simular a evacuação simultânea pelas escadas dos vários subconjuntos dos andares, o prédio ficou muito danificado para que o grande dispositivo de segurança pudesse ser realmente eficaz. E, acima de tudo, como uma das bombas explodiu no térreo, foi impossível sair da torre pelas saídas normais ou fugir pelo subsolo. Em oito minutos ninguém podia encontrar uma solução.

Os diversos apoios haviam sido destruídos pelas bombas, e o peso suportado pelas vigas restantes aumentou de maneira considerável. O metal perdeu rapidamente a rigidez. Os pilares, nos três andares atingidos, foram cedendo sucessivamente. A parte de cima do edifício não demorou a perder a sustentação e caiu sob o seu próprio peso, provocando, progressivamente, o desabamento de toda a torre. Os andares foram cedendo um a um, desde o topo em chamas, numa imensa nuvem de poeira cinza.

Ao longe, os espectadores petrificados compreenderam que a catástrofe teria uma amplidão devastadora. Um barulho ameaçador começou um ou dois segundos após o início do desabamento, lento, progressivo, como o ronco de um tornado, que nada mais poderia deter. Uma gigantesca e ruidosa onda de choque, uma ressonância grave e forte desencadeou-se em torno do desastre. Tão violenta quanto repentina. E a aparência da Défense mudou para sempre.

No perímetro do ataque, o edifício Nigel, a torre DC4, a igreja e a delegacia de polícia foram parcialmente destruídos pelo desabamento do prédio mais alto do que eles. A avenida da Division-Leclerc, mais abaixo, onde trafegavam filas de carros, foi completamente soterrada. Em alguns segundos de pesadelo, toda a praça da Défense ficou mergulhada numa escuridão apocalíptica. Por um tempo bem longo, o Grande Arco pareceu flutuar por cima de um oceano de poeira negra.

Apenas alguns minutos depois da explosão, o prefeito acionou o Plano Vermelho. Rapidamente, foi indicado um responsável pelas operações de socorro para dirigir as duas equipes de comando: a equipe de salvamento de incêndio e a equipe médica.

Grandes recursos foram postos à disposição: bombeiros, SAMU, polícia, proteção civil e diversos órgãos médicos particulares para gerir as emergências do posto médico avançado e assumir os cuidados psicológicos das vítimas.

Apesar da rapidez da intervenção do socorro, o balanço do atentado foi terrível. O mais terrível que a França conheceu em seu território. No instante do desabamento, pessoas do lado de fora da torre morreram sufocadas ou esmagadas pelos escombros num raio de várias centenas de metros. Quanto aos que estavam no edifício, os que haviam sobrevivido às três explosões pereceram no desabamento.

Das 2.635 pessoas que haviam entrado naquela manhã na torre SEAM, só houve um único sobrevivente, um só. Eu.

PRIMEIRA PARTE

O MURMÚRIO DAS SOMBRAS

"Você sonha; muitas vezes, do fundo das prisões sombrias,
Sai, como de um inferno, o murmúrio das sombras."

Victor Hugo, *Les Châtiments*, Livro 7

03.

Meu nome é Vigo Ravel, tenho 36 anos e sou esquizofrênico. Ao menos é no que sempre acreditei.

Aos 20 anos de idade — se é que me lembro bem, pois minhas lembranças não vão tão longe e tenho de acreditar no que meus pais me disseram — diagnosticaram em mim distúrbios psíquicos sintomáticos de uma esquizofrenia paranoide aguda. Perturbação da memória a curto e a longo prazo, transtorno do pensamento lógico e, sobretudo, sobretudo, o meu principal sintoma dito "positivo": sofro de alucinações auditivas verbais.

Sim. Ouço vozes dentro da minha cabeça.

Centenas de vozes, diferentes, novas, de perto ou de longe. Todos os dias, em todos os lugares, aqui e agora. Como murmúrios que não vêm de parte alguma, ameaças, insultos, gritos e soluços, vozes que surgem nas grades do metrô, vozes que flutuam na boca dos esgotos, que ressoam atrás das paredes... Elas aparecem no meio das crises, quando a minha visão fica turva e o meu cérebro grita de dor.

Desde aquela época, sigo um tratamento à base de neurolépticos antiprodutivos, que reduzem, mais ou menos, os meus delírios e as alucinações. Os medicamentos evoluíram. A minha doença, não. Aprendi a conviver tanto com ela quanto com os efeitos secundários dos antipsicóticos: aumento de peso, apatia, olhar furtivo, perda de libido... No fim das contas, a apatia ajuda enormemente a aceitar todo o resto. E a não lutar mais.

Enfim, acabei simplesmente por aceitar que eu estava doente, que as vozes não passavam de uma produção do meu cérebro deficiente. Apesar do incrível realismo das minhas alucinações, eu as aceitava como tal e conformei-me com o óbvio, como pedia o meu psiquiatra. Depois de alguns anos, decidi-me por isso. No fundo, acho que era menos cansativo aceitar a loucura do que continuar negando-a. O meu psiquiatra conseguiu até me arranjar um emprego, faz quase dez anos. Fui contratado pela Feuerberg, uma sociedade de patentes, para inserir dados no computador. Não era nada complicado, bastava digitar quilômetros de números e de palavras, sem me preocupar com o que significavam. O meu patrão, François de Telême, sabia que eu era esquizofrênico, e isso não era problema. O principal era que eu também o soubesse.

No entanto, depois da explosão da torre SEAM, não tive mais certeza de nada. Nem mesmo disso. Naquele dia, tudo mudou. Para sempre.

Ali ocorreu um mistério que só eu sei, e que envolve muitas coisas. Sei que, provavelmente, ninguém vai acreditar em mim. Não faz mal. Já me acostumei. Por muito tempo, nem eu mesmo acreditava em mim.

É difícil falar de si mesmo quando não nos lembramos de nada. É difícil gostar de si mesmo quando não se tem história.

Mas, desde aquela famosa manhã de 8 de agosto, a vida me apareceu subitamente. Consequentemente, as palavras me tentam.

Então, vou falar.

04.

Caderneta Moleskine,* anotação nº 89: a busca de sentido.

Não é porque sou esquizofrênico que não tenho direito de refletir. Mesmo desordenadamente. Não há perigo na busca de sentido. É uma busca de vida, de existência, no sentido cartesiano. Penso, logo existo. A esquizofrenia me faz duvidar tanto do real que só tenho certeza de existir no meu pensamento.

Tudo tem uma explicação. Tudo merece ser examinado. Porque nada é inteiramente conhecido.

É por isso que anoto, que rabisco, que busco, que escrevo nessas cadernetas Moleskine; tenho muitas delas, espalhadas por todo lado. Aonde quer que eu vá, sempre tenho uma a mais. Quando leio — e eu leio muito —, quando penso, quando choro, minha mão sempre acaba brincando na polpa desses pequenos cadernos pretos. Bom-dia, caderninho preto. Você não é o primeiro, nem será o último.

Frequentemente, refugio-me nas bibliotecas. Os livros têm a qualidade de nunca mudarem de opinião. Pode experimentar. Nós os relemos, eles sempre dizem a mesma coisa. O que varia é a nossa interpretação. Mas eles, ao menos, têm essa constância que me tranquiliza. Os mais estáveis são os dicionários. Isso eu posso dizer, os dicionários são os meus melhores amigos.

Com a cara enfiada nas páginas de papel-bíblia, sou uma estátua que pensa. Não posso cair.

---

* Tradicional caderneta de anotações, tipicamente francesa, cuja capa imita o couro. (N. T.)

05.

Logo depois da explosão, mesmo com o sangue me escorrendo pelas têmporas e pelas mãos, ensurdecido, em pânico, saí correndo. Por muito tempo. Corri sempre em frente, sem pensar, em profundo estado de choque. O instinto ditava-me apenas para ir para longe da fumaça preta que se erguia no céu. Longe dos cacos que continuavam a cair. Apesar do zumbido que me enchia os ouvidos, ouvia atrás de mim o barulho ensurdecedor da catástrofe. A ruptura dos metais, o estrondo dos vidros, as sirenes de alarme... A torre ainda não havia desabado. Isso aconteceria alguns minutos depois.

Saí da esplanada da Défense em chamas, corri para Courbevoie e, na verdade, sem saber o que fazia, subi num ônibus. A polícia ainda não havia fechado o perímetro e nem todas as pessoas estavam a par do que acontecera. Elas trocavam as poucas informações que tinham, soltavam exclamações incrédulas, aterrorizadas. A cacofonia começava a invadir o ônibus. Sob o olhar perplexo dos outros passageiros, fui sentar-me no fundo, no último banco, e fechei-me num mutismo durante todo o trajeto.

Eles me olhavam, sem ousar falar. A maioria estava pendurada no celular e descobria, aos poucos e ao vivo, a amplidão do atentado. Certamente, alguns deles haviam adivinhado que eu saíra daquele inferno. Mas não diziam nada. Eles nunca dizem nada. Deixavam-me em paz, desviando o olhar.

Ao chegar a Paris, desci do ônibus e fui andando — ou melhor, cambaleando — até o VIIIe arrondissement. Ali também as pessoas me olhavam de esguelha. Mas, para elas, eu não passava de um excêntrico a mais na selva parisiense. Na rua, o ar quente de verão já estava repleto de pânico e de incompreensão. Podia-se perceber na atitude das pessoas, nos engarrafamentos...

21

Guiado pelo hábito, desci o bulevar Malesherbes e cheguei à rua Miromesnil, onde morava com meus pais.

Sim. Com meus pais. Aos 36 anos, ainda morava com eles. Não que isso fosse um prazer, mas era uma das liberdades sacrificadas pela esquizofrenia: a independência.

Foi nesse momento que me recuperei. Mais ou menos... No meio da rua, cruzei com um casal jovem que eu conhecia. Tentei, desajeitadamente, esconder as mãos ensanguentadas. Eles me lançaram um olhar preocupado, mas não pararam, mergulhados nessa indiferença que as capitais ocidentais cultivam tão bem. Imediatamente, como se esses rostos familiares me houvessem tirado do estupor, me dei conta da minha loucura. Mas o que eu fazia ali? Eu poderia ter ido à polícia, ou permanecer no local, ao lado das equipes de socorro, contar o que vi! Poderia, pelo menos, ter ido ao hospital mais próximo para que cuidassem de mim... Mas não! Eu estava ali, sozinho, desorientado, descendo a rua Miromesnil como um zumbi desmiolado.

Eu me perguntei se devia voltar para lá, para o local do atentado, para me juntar às outras vítimas e acompanhar o protocolo oficial. Mas estava com muito medo e precisava me tranquilizar. Encontrar-me, voltar à Terra. Acontece que não havia muitas formas para conseguir isso: eu precisava ir para a segurança reconfortante do nosso velho apartamento, perto do silêncio discreto do parque Monceau. Ali, ao menos, eu sabia quem era, eu sabia *onde* estava. E nenhuma voz invadia minha cabeça.

Portanto, andei até o nosso prédio, subi lentamente a pequena escada, depois entrei, exausto, na grande sala branca.

Na nossa casa, tudo era branco. As paredes, os móveis, o chão... Conselho do psiquiatra. Para não agredir meus sentidos.

Joguei as chaves na mesa de centro. Suspirei, depois fiquei ali um momento, petrificado, em silêncio. Acendi um cigarro. Não havia ninguém no apartamento. Meus pais passavam o mês de agosto na Côte, como todos os anos.

Sozinho. Portanto eu estava sozinho no fundo do meu pesadelo, sozinho comigo mesmo, frente a frente com o meu entendimento e, no entanto, consciente de não poder confiar inteiramente nele. Em mim, a solidão e a razão não se harmonizam muito bem.

Depois de vários minutos — não sei muito bem quantos — dei alguns passos hesitantes e me joguei no sofá, o corpo pesado como um saco de boxe. Com um gesto automático e desenvolto, peguei o controle remoto e liguei a televisão, como se quisesse comprovar que tudo aquilo havia realmente ocorrido. Como se ver o atentado na telinha fosse uma garantia de verdade mais importante do que tê-la experimentado pessoalmente, ao vivo. Afinal, eu era esquizofrênico; podia-se acreditar mais na televisão do que em mim.

Vi repetidas vezes as imagens da torre SEAM desabando no meio da Défense. Em todos os canais e de todos os ângulos. Durante horas. Por horas inteiras. E, então, eu soube que não sonhara.

Havia uma dezena de versões do mesmo pesadelo. As tomadas variavam, os quadros mudavam, mas era sempre a mesma cena. O desabamento, lento, irreal, depois a fumaça opaca, como uma nuvem atômica que se elevasse acima do oeste parisiense. Os gritos dos espectadores impotentes. As vozes alteradas dos jornalistas... Eu trocava de um canal para outro. O contraste mudava ligeiramente, mas as imagens continuavam idênticas. Sempre as mesmas sequências. As sequências das câmeras de vigilância ou as tomadas ao vivo por turistas perplexos. As imagens que eu tinha visto mais de perto do que qualquer pessoa, sem dúvida. Ali, a alguns metros de mim.

Eu ouvia, estupefato, os comentários dos apresentadores, com suas vozes sinistras. Sinceramente sinistras, dessa vez. Eu ouvia as hipóteses que já eram levantadas. Citava-se, obviamente, o objetivo da sociedade SEAM, proprietária da torre: uma empresa europeia de armamentos, alvo ideal para um atentado terrorista. A seguir, faziam comparações com outros atentados. O do Drugstore Saint-Germain em 1974, da sinagoga da rua Copernic em 1980, em seguida o da rua des Rosiers dois anos depois. O da RER Saint-Michel, em 1995. E, é claro, o do World Trade Center de Nova York, seguido de Madri e de Londres. Todos esses ataques atribuídos a extremistas islâmicos. Abu Nidal, o GIA, Al-Qaeda... Portanto, inevitavelmente, privilegiavam a mesma pista para o atentado da Défense. A pista islâmica. No fundo, não sei muito bem o que isso queria dizer. Nunca entendi nada de religiões.

Por várias vezes, apresentaram uma intervenção do ministro do Interior, Jean-Jacques Farkas, um homem velho, de olhar duro, rosto fechado, que fazia as promessas habituais: os terroristas seriam encontrados e julgados, o caso seria esclarecido...

Depois, falavam das vítimas. Começavam mostrando fotografias, os rostos dos desaparecidos, em fotos antigas nas quais eram vistos sorrindo. Era preciso humanizar o drama. Mostravam as famílias, preocupadas, que aguardavam uma resposta. O jornalista exibia a opinião de um psicólogo especialista em traumas pós-atentados. Mencionavam-se as angústias, as depressões, as demissões...

Em seguida, vinham as análises das consequências políticas e econômicas. Previam-se transtornos nas relações internacionais, nas Bolsas... Mais uma coisa que eu nunca entendi: a Bolsa. Mas tudo isso é muito normal; o louco sou eu, não?

Seguiu-se uma curta reportagem sobre a SEAM, a Sociedade Europeia de Armamentos de fundos mistos, cujo acionista majoritário era o Estado francês. A SEAM, com um volume de negócios que ultrapassava 400 milhões de euros, era a segunda maior exportadora de armas da Europa e o seu lucro principal era obtido com a venda de armas para países em desenvolvimento. Era fácil imaginar que a torre pudesse representar um símbolo — político e econômico — para os terroristas, mas ainda não era certeza... Através da torre SEAM, talvez, simplesmente fosse visado o imperialismo ocidental.

O que quer que fosse, os jornalistas anunciaram rapidamente, de acordo com as declarações do ministro do Interior, que o cerco aos terroristas havia começado. Certamente isso tranquilizaria algumas pessoas.

Não vi o tempo passar, hipnotizado pelas imagens.

Naquele instante, eu estava mergulhado no limbo mais profundo da minha esquizofrenia. Repetia para mim mesmo as mesmas frases, flutuava nos mesmos pensamentos. Sempre a mesma ideia, como uma voz externa, intratável, uma obsessão. O fim de todas as coisas. Minha angústia escatológica.

Foi assim que passei a chamá-la: *minha angústia escatológica*. De tanto procurar nos dicionários, um dia encontrei a palavra que convinha ao meu maior medo. Do grego *éskhatos*, último, e *logos*, discurso; a escatologia é o conjunto das doutrinas e das crenças que tratam do destino final do homem. Em suma, do seu fim.

06.

Caderneta Moleskine, anotação nº 97: angústia escatológica.

Frequentemente, tenho a sensação de que o Homo sapiens *está desaparecendo. Vejo a lógica da coisa, a sua evidência. E digo a mim mesmo que, lentamente, a nossa espécie caminha para o seu próprio fim. Eu não quero sucumbir ao catastrofismo, é claro, mas tenho o direito de sentir angústia.*

A Terra tem 4,5 bilhões de anos. Concordo que, com a vertigem, seja difícil constatar esse tipo de coisa depois de certo número. Mas garanto que está certo, os números são do dicionário. A Terra existe há 4,5 bilhões de anos, quer queira, quer não.

Quanto à humanidade, ela só existe há dois milhões de anos — isso pode parecer considerável, mas, no fundo, é ridículo se compararmos com os dinossauros que existiram por 140 milhões de anos... Pessoalmente, isso aumenta o meu respeito.

Entre as diferentes espécies do gênero humano, só uma sobreviveu, a nossa, o Homo sapiens. *A sua história, estranha história, teria começado na África há 120 mil anos. Alguns acham que ele teria nascido em outro lugar, talvez na Ásia, e há mais tempo. Mesmo assim, já é muita idade! Idade para desaparecer... Não consigo ver as coisas de outro modo. Algum dia será a nossa vez. E, às vezes, tenho a sensação de que a extinção é iminente. Que a nossa espécie está com os pés na cova.*

Não devo ser o único a achar isso.

Com certeza, sou um pouco mais angustiado do que os outros; estou de posse de informações que ninguém mais pode saber e que não me deixam tranquilo. Mas tenho certeza de que outras pessoas além de mim sentem isso, adivinham isso. Essa estranha impressão de que estamos no término, no fim da História. Que não podemos ir mais longe. Que até mesmo já ultrapassamos o limite.

Existe um grande paradoxo na característica da humanidade que é, ao mesmo tempo, a espécie mais capaz de adaptar-se às modificações externas e a mais inclinada à autodestruição. O homem é capaz de inventar a vacina e, ao mesmo tempo, de organizar Auschwitz. O DHEA e a bomba de nêutrons. Algum dia, isso é certo, inventarão uma pílula que irá além dos limites razoáveis.

26

Queria estar errado e queria poder acreditar nisso, mas não tenho como, existem sinais.

Primeiro, essa impressão de que já tentamos de tudo. Comunismo, capitalismo, liberalismo, socialismo, cristianismo, judaísmo, islamismo, ateísmo... Tudo. Já tentamos de tudo. E sabemos como tudo sempre acaba. Num grande banho de sangue. Um eterno massacre de nós mesmos. Porque é assim que somos. Assim é o Homo sapiens. *Um destruidor, superpredador do mundo e de si mesmo. Então, não é assim que ele será extinto?*

Não posso ser o único a achar isso.

E, depois, há o resto. Há o vírus que ganha terreno na luta contra o homem, que se torna cada vez mais forte, mais difícil de neutralizar. E depois, o clima, a camada de ozônio, o aquecimento do planeta, a superpopulação, a erosão dos solos, as catástrofes naturais, cada vez mais numerosas, cada vez mais devastadoras. A política, no impasse, impotente para deter a nossa queda, nossos desvios. O Norte e o Sul que se enfrentarão mais cedo ou mais tarde... De nada adianta sermos campeões de adaptação. Sejamos realistas, de tanto ir atrás da merda, um dia acabaremos no reciclador.

E realmente — como disseram aqueles sujeitos, há dois anos, no caso da Pedra de Iorden — se estivermos sozinhos no Universo, a minha angústia escatológica será ainda mais terrível. Mas isso não a torna menos provável. Depois de dois milhões de anos de evolução, o Homo sapiens *ficará sozinho. O único ser pensante no imenso Universo. Milagre absoluto da vida ou acidente de percurso insensato? Vai saber! E, depois, algum dia, ele vai desaparecer. Sempre sozinho. É como fazer um gesto de desprezo para a riqueza do infinito. Um imenso desperdício.*

É isso. Essa é a minha angústia escatológica. Com frequência tenho a sensação de que o Homo sapiens *está desaparecendo.*

No fundo, talvez seja a hora de a natureza passar para outra coisa.

07.

Deviam ser 3 ou 4 horas da manhã quando a fome ficou mais forte do que o poder de atração da televisão. Levantei-me, pingando de suor, fui para a cozinha e abri a geladeira. Fiquei parado por um instante, desfrutando o ar frio que saía de dentro dela, peguei os restos da véspera e voltei a sentar-me no sofá, sem me dar o trabalho de esquentar a comida.

Enquanto eu comia, as fotos de mais vítimas começaram a desfilar na telinha, com os nomes escritos embaixo. O jornal televisivo transformava-se numa gigantesca crônica necrológica e eu não conseguia me desligar desse espetáculo mórbido.

No entanto, de repente, tive uma revelação.

Enquanto punha o prato vazio ao meu lado, a verdade que me havia escapado me gelou o sangue. Foi como se o acúmulo sinistro dessas imagens tivesse acabado por me fazer retomar o contato com a realidade. Com *uma certa realidade*. Tive a impressão de que, finalmente, acordava, de que abria os olhos: eu lembrei, de uma só vez, como havia sobrevivido ao atentado. Por quê. E então me dei conta do quanto a minha presença ali, sozinho no sofá, com as mãos ainda sujas de sangue, era absurda. Irreal.

Simplesmente tomei consciência de que alguma coisa não batia. Alguma coisa inacreditável.

08.

Depois de um atentado, a coisa principal que parece interessar aos telespectadores é o balanço humano. O número exato de mortos. Nos dias que se seguem à tragédia, o número oficial aumenta, como um grande e macabro leilão, e pode-se dizer que as pessoas só esperam por isso. Que ficam decepcionadas quando acaba.

Digo "as pessoas", mas é preciso ser honesto: não me considero à margem dessa obsessão doentia. Talvez eu seja louco, é verdade, mas sou como todo mundo.

Não consigo explicar, mas também tenho essa fascinação mórbida pelo número de mortos depois dos atentados e das catástrofes naturais. Por essa razão, não consigo me descolar da tela da televisão. Talvez seja uma necessidade, por ter sido testemunha de uma coisa que não é comum. Não é que fiquemos alegres com a morte dos outros, porém, quanto maior é a contagem, mais nos sentimos excepcionais. Quanto mais séria é a tragédia da qual escapamos, mais nos sentimos vivos, suponho. Isso porque não é possível se sentir mais vivo do que nos momentos em que vemos a morte de perto. Nós a vivemos por procuração.

Deve ser um efeito da minha angústia escatológica. Tenho tanto medo da morte que não posso me impedir de sondá-la.

09.

Caderneta Moleskine, anotação nº. 101: a morte.

Não é só a linguagem articulada que distingue o homem do animal; também, a faculdade de refletir sobre si mesmo e, portanto, de tomar consciência da sua finitude. Com certeza somos apenas uma coisa: seres que morrem. Você, eu. Morremos lentamente.

No fundo de mim há um imenso paradoxo. Na realidade, há muito mais, porém isso é, sem dúvida, o mais espantoso.

Sou esquizofrênico. Em suma, sou um deficiente da alma, minha vida é uma grande zombaria, uma coisinha sem interesse. E, no entanto, nada me dá mais medo do que a morte. Eis o paradoxo.

Como podemos temer que seja interrompida uma vida que apresenta tão pouco interesse? Não sei. Mas é assim. Eu me limito a ter um medo que me enche o estômago, e pelo lado de dentro.

Parece que o risco de suicídio é alto entre os esquizofrênicos. A natureza nunca faz as coisas pela metade. Mais de 50% dos pacientes cometem ao menos uma tentativa de suicídio na vida e mais de 10% conseguem, efetivamente, pôr um fim a seus dias. Pôr um fim a seus dias. *Alguma vez a ideia passou pela minha cabeça?*

Minhas angústias de morte vêm à noite. Terríveis, elas me fazem chorar como um garoto. Eu me ergo na cama, meu coração dispara, minhas mãos suam de tudo o que é lado e, finalmente, todas as vozes que moram em mim entram num acordo para gritar uma única frase. A mesma frase, sempre. Eu não quero morrer. *Fecho os olhos, todos os meus olhos. Os olhos do meu corpo e os olhos da alma. E luto para não pensar nisso. Eu não aceito, todo o meu ser rejeita a ideia da morte. Em bloco. Isso faz muito barulho na minha cabeça, mas acabo dormindo, é o melhor meio para não vê-la chegar.*

Eu vivo, eu estou vivo e não é possível que isso acabe.

Dizem que, na nossa sociedade — Ocidente, século XXI, império da hipocrisia —, a morte tornou-se um assunto tabu e que à força de não a vermos é que ela termina por nos dar tanto medo. Mas em que ver a morte de outro poderia me ajudar a aceitar a minha?

Não se vive a morte dos outros, nós a constatamos. A morte é um objeto que desaparece. Mas eu não sou um objeto, sou uma pessoa, merda! Deve-se comparar o que é comparável. O eu é sujeito. Não é? Não sei por que pergunto. Como você poderia saber? Eu sou um sujeito só para mim mesmo.

Então, o estado da minha vida não é afetado pela morte do outro, a experiência da morte não é transmissível e, portanto, nenhuma morte fará com que eu aceite a minha. Ao contrário, o desaparecimento dos outros lembra-me a fatalidade do que me aguarda, sem permitir que eu pense — e, menos ainda, aceite — na minha própria morte. Como se preparar para o que não se pode viver? Só posso pensar sobre a minha morte por analogia, por intermédio da dos outros. Isso porque a minha morte é única, incomunicável e eu serei o único a conhecê-la.

A minha morte é inobservável, porque quando ela chegar eu não serei mais. Não mais ser. Não ser mais. Nada. Nem mesmo esse grande nada que éramos antes de nascer, pois ainda éramos uma potencialidade. Mas e depois?

A morte é um grau de solidão ainda maior do que a vida. Como se isso não fosse suficiente.

10.

Vinte e quatro horas depois do atentado da torre SEAM, os jornalistas ainda não podiam dar os números exatos. Provavelmente mais de mil vítimas, diziam. *Mas os números oficiais podem aumentar sensivelmente nas próximas horas, continuem sintonizados no nosso canal.* A única coisa que eles repetiam com certeza era que — como o andar térreo havia explodido e impedido qualquer evacuação antes do desabamento — nenhum dos ocupantes da torre havia sobrevivido.

O que não era totalmente certo. Eu havia sobrevivido.

No entanto, eu era o único a saber. Assim como eu era o único a saber o porquê. Por que razão eu havia escapado das explosões.

E era essa razão que não encaixava. Que mudava tudo. E que, agora, ali, sentado no sofá branco dos meus pais, me aterrorizava. Porque eu sabia que ninguém iria acreditar em mim e que era preciso que eu fosse muito forte para acreditar em mim mesmo. Sozinho.

31

Eu havia chegado à torre SEAM pouco depois das 8 horas da manhã, no dia do atentado. Eu tinha a consulta semanal no quadragésimo quarto andar, na clínica Mater, o centro médico onde ficava o psiquiatra que sempre me acompanhou, o doutor Guillaume. O melhor especialista de Paris, segundo meus pais. Toda semana, ele injetava em mim neurolépticos de ação prolongada — o que evitava que eu tomasse pílulas todos os dias — e acompanhava a evolução da minha doença.

Uns quinze segundos antes de as bombas explodirem, vinte, no máximo, quando eu esperava o elevador no hall da torre, alguma coisa aconteceu que me fez sair correndo do local. Alguma coisa extraordinária em que, sem dúvida, ninguém vai querer acreditar.

Na verdade, naquele exato momento, tive uma crise epiléptica. É assim que o meu médico as chamava. "Crises de epilepsia temporal", que ocasionavam "acessos delirantes". Dor de cabeça, perda do equilíbrio, distúrbio da visão. Sinais que, todas as vezes, anunciavam a chegada de alucinações auditivas. Mas dessa vez ocorreu alguma coisa diferente. Ouvi na cabeça uma voz diferente. E agora eu sei, com certeza, que não era uma voz qualquer.

Era a voz de um dos homens que colocavam as bombas.

Não tenho ilusão: isso será atribuído à minha loucura, ao meu delírio de perseguição. Entretanto, tenho certeza, era mesmo a voz de um dos terroristas. Bem ali. No fundo da minha cabeça.

Uma voz cheia de medo e de entusiasmo ao mesmo tempo, uma voz cheia de urgência e de ameaça. Enfim, uma voz que me fez mergulhar num pavor glacial.

Começou com palavras que, na verdade, não consegui entender. Palavras estranhas, de sentido oculto, mas que agora não consigo esquecer. Lembro-me de cada palavra, com exatidão, sem, no entanto, tê-las compreendido naquele momento. *Rebentos transcranianos, 88, está na hora do segundo mensageiro. Hoje, os aprendizes de feiticeiro na torre, amanhã, nossos pais assassinos no ventre, sob 6,3.*

Durante a minha vida, com frequência eu ouvia frases que pareciam não ter nenhum sentido. O psiquiatra explicou-me várias vezes que esse tipo de discurso incoerente, essas alterações do pensamento lógico eram uma consequência "normal" dos distúrbios psicóticos... Mas, dessa vez, foi diferente. Havia alguma coisa mais obscura, mais perturbadora. Talvez na entonação da voz. E, depois, não é que a frase não tivesse realmente sentido; ela parecia ter um sentido profundo que me escapava completamente. Uma realidade que eu não podia captar, mas que ocultava uma misteriosa coerência.

Depois, houve outras palavras. E foi então que fui inteiramente assaltado pelo pânico.

A voz se havia calado por alguns segundos, depois voltou, mais grave ainda, para pronunciar estas últimas palavras: *Pronto. Vai explodir. Todo mundo vai morrer nesta merda de torre de vidro. Pela causa. Nossa causa. E eles saberão. Todo mundo vai morrer. Isso vai explodir.*

Há anos eu tentava ignorar as vozes que falavam dentro da minha cabeça, tentava não lhes dar mais importância. Mas, nesse dia, de repente, sem poder explicar por quê, fiquei com medo e acreditei nas palavras que ouvi. Fiquei convencido, no fundo de mim mesmo, que elas eram reais. Bem reais. Compreendi que não mentiam, que, literalmente, a torre ia explodir...

Então, eu fugi. Sem esperar, sem raciocinar. Corri para fora da torre, a toda a velocidade, como se perseguido por um exército de grandes demônios. As pessoas me olharam com ar estranho. Algumas, como o vigia do prédio, talvez já soubessem que eu era um dos loucos que iam ao consultório do doutor Guillaume e não ligaram...

Quando as bombas explodiram eu estava a uns 30 metros da torre, não mais. No entanto, foi o suficiente para salvar a minha vida. Fui arremessado ao chão, jogado pela deflagração. Perplexo, ferido, em choque, mas vivo. Vivo.

No dia seguinte, sentado em frente à televisão, depois de passar a noite atônito na grande sala dos meus pais, com os olhos pregados na tela, lembrei-me subitamente dessas poucas frases. Dessas vozes que me haviam salvado a vida. *Rebentos transcranianos, 88, está na hora do segundo mensageiro. Hoje, os aprendizes de feiticeiro na torre, amanhã, nossos pais assassinos no ventre, sob 6,3.*

E compreendi que tudo ia mudar.

Isso porque, afinal, eu ouvira essas palavras estranhas! Por mais incrível que possa parecer. Por mais impossível que seja! Se eu estava vivo, ali, no sofá, era porque as ouvira, não? E se foram as vozes na minha cabeça que me salvaram do atentado, se foram elas que me permitiram fugir apenas alguns segundos antes do momento fatídico... Como explicar?

Prostrado, esgotado, eu não conseguia me convencer do que havia acabado de compreender. Não ousava formulá-lo. Admiti-lo. Há tanto tempo eu me havia inserido na certeza da minha doença que, de repente, não podia negá-la de novo. Não. Mais uma vez, deviam ser mentiras da minha cabeça doente. Simples mentiras. Alucinações. E, no entanto... Eu não havia sonhado com o atentado! Ele estava nas telas do mundo inteiro. Eu não estava inventando os ferimentos na minha testa e nas minhas mãos! Eu estivera embaixo da torre e as vozes me mandaram fugir. Haviam salvado a minha vida. Essa era a verdade. Objetiva. Nem mais nem menos. Então, eu devia ter coragem de dizer o que era evidente, devia ter força para aceitar. Questionar aquilo em que, até agora, eu acreditava havia tanto tempo. Questionar o que eu tivera tanta dificuldade para assimilar.

Isso porque não havia outra explicação, nenhum outro argumento possível. Se eu sobrevivera era porque as vozes dentro da minha cabeça não eram alucinações.

Sim, se eu sobrevivera, isso só podia significar uma coisa, uma única coisa. Eu não era esquizofrênico. Eu era... eu era outra coisa.

11.

Caderneta Moleskine, anotação nº 103: o outro.

Eu existo. Você existe. Eles existem.

Eu existo, eu que escrevo, e existe você que lê, talvez. Mas essas palavras não são o meu eu. Não é a mim que você lê. Não se iluda: o meu eu é inacessível. E não digo isso para me vangloriar. É assim, é humano.

Você me entende? Não. Você vê o meu interior? Menos ainda. Como também eu não vejo o seu, aqui, agora. Não tente. Continuaremos estranhos para sempre.

O outro. Eu precisava me certificar. Procurei nos dicionários. E vi que, para eles, também é uma palavra problemática. Em geral, podemos confiar nos dicionários. Mas, no caso, com o outro, esbarramos numa dificuldade. O Petit Robert* *zomba de nós.*

Outro: pron. (Altrui, 1080; caso regime de outro). Um outro, os outros homens. V. **próximo**.

Eles são engraçados! "V. próximo"! Não podiam ser menos precisos. Realmente não é nada tranquilizador. É preciso procurar em

* Considerado um dos melhores dicionários da língua francesa. (N. T.)

filosofia para se ter menos medo. No dicionário de Armand Colin, temos um arremedo de consolo.

Outro: 1. Sentido geral: o outro como eu que não é o eu, como correlativo do eu. 2. Fil.: em Rousseau: o outro designa o meu semelhante, isto é, qualquer ser que vive e que sofre, com o qual me identifico na experiência privilegiada da piedade. Em Hegel: o outro, dado irrecusável como existência social e histórica, é, numa relação intersubjetiva, constitutivo de toda consciência no seu próprio surgimento...

Dado irrecusável... Hegel diz isso para se divertir.

Não há solidão maior do que perante os outros.

Essa solidão é cansativa. Só, só, só, eu estou só. Eu estou só. Às vezes preciso dos outros. Para quê?

O outro é um mistério e um paradoxo. Ele é, desde sempre, o genitor de todos os meus tormentos. Não se esconda. Na verdade, não é culpa sua. É assim. E, de qualquer modo, eu só existo através de você.

Eis por que: o Homo sapiens *não pode existir sozinho. É preciso um pai e uma mãe para nascer. Nós somos o produto de um outro. E essa dependência não nos abandona nunca. Ela está em toda parte. A linguagem, a cultura... Tudo vem dos outros. Somos herdeiros constantes.*

E, no entanto, o outro continua a ser inacessível. Eu vejo o corpo do outro, mas nunca vejo o seu espírito. Nunca vejo sua alma, sua interioridade. E a interpretação que eu faço do outro é necessariamente inexata, assim como a que você faz de mim.

Enquanto o outro continuar a ser outro, seremos vítimas de uma eterna incomunicabilidade. Por mais que se tente.

A invenção da linguagem é a mais bela confissão da nossa incapacidade em nos entendermos.

12.

Sentado na sala dos meus pais, passei o dia inteiro a revirar mil vezes essa frase na minha cabeça. *Não sou esquizofrênico, sou outra coisa.* Como se quisesse me convencer. E isso me angustiou terrivelmente. Por mais que a angústia fosse uma velha companheira, naquele dia tinha um sabor que eu não conhecia e que me deixava transtornado.

Vinte e quatro horas haviam passado desde o atentado. Eu tentava enxergar claramente e me acalmar. Tentava localizar os desvarios habituais do meu pensamento lógico. As falhas.

Esquizofrenia paranoide. O sujeito pode ser convencido de que forças sobrenaturais influenciam seus pensamentos e suas ações.

Enquanto fumava os meus Camel, escrevi freneticamente tudo o que pude no papel, para não perder o fio do pensamento. As cinzas caíam em cima das folhas: eu nem as limpava. Logo, enchi centenas de páginas, que eu jogava no chão em volta do sofá e que se amontoavam como as folhas embaixo de uma árvore no outono. Fiz esquemas, desenhos. Circundei as frases importantes. Aquelas que ligavam as diferentes afirmações do meu raciocínio. As conjunções. *As vozes na minha cabeça me disseram que o prédio ia explodir. PORTANTO, saí do prédio correndo. O prédio explodiu. PORTANTO, as vozes não eram alucinações. PORTANTO, não sou esquizofrênico.*

De vez em quando, eu gritava de raiva ou de medo. Eu me levantava tremendo, dava voltas no apartamento dos meus pais, roendo as unhas. *Se não sou esquizofrênico, então o que sou, doutor?*

Depois eu voltava a me sentar e permanecia por longas horas numa apatia familiar. *Portanto, portanto, portanto. Merda de q.e.d.!* Q. merda de E.D.*

Mais tarde, recuperando a calma, tentei pôr os acontecimentos em ordem. Anotei várias vezes a data e a hora do atentado, depois comparei na minha agenda com a da consulta do doutor Guillaume. Dia 8 de agosto às 8 horas. Tinha relação. Olhei a passagem do metrô que ainda estava no meu bolso. A data e a hora da obliteração comprovavam que eu havia saído para a consulta. *PORTANTO eu estava mesmo lá no momento da explosão. Portanto, portanto, portanto.*

Examinei minhas mãos. Os ferimentos eram mesmo reais? Eu me levantei, corri para o banheiro, enfiei-as um pouco na água. O fundo da pia tingiu-se de vermelho. Eu estava mesmo ferido. Era sangue de verdade. Pegajoso.

Eu não era esquizofrênico, eu não era esquizofrênico, não, não, não. Tudo correspondia.

No fundo, eu preferia que não fosse assim. Eu preferia ter certeza de que era vítima de mais uma alucinação. De ser o velho e bom "Vigo Ravel, 36 anos, esquizofrênico". Apenas isso. Mas *tudo correspondia.*

O problema era que a realidade era bem mais angustiante do que uma alucinação. Eu não conseguia tranquilizar meu coração. *Coração tranquilo.* O que fazer para tranquilizar meu coração? Meu coração não estava tranquilo? Estava perturbado? Coração perturbado? *E minha cabeça? Engodo. São de mente. Mente sã. Mente sã? As ideias no lugar. Fora do lugar. Deslocadas. Ideias fora do*

* Abreviação latina de *quod erat demonstrandum* — o que era preciso demonstrar — e que se usa para terminar uma demonstração. (N. T.)

lugar. Ideias meio para a esquerda. Ideias, não saiam mais do lugar. Sentado. Deitado. As alucinações auditivas, senhor Ravel, correspondem a um aumento funcional das regiões da linguagem, nas partes frontais e temporais esquerdas do cérebro. Um cérebro lento. Uma pipa que voa. Que voa. Muito alto. Muito acima da média. Cuidado com a queda. É a minha angústia escatológica. O Homo sapiens *está em vias de extinguir-se. Extinguir-se. Estender-se. Suave. Não é suave.*

No fim da manhã, eu acho, ainda não havia dormido e acabei adormecendo, num sono agitado. Sacudido de tempos em tempos por sobressaltos de angústia, acordei suando no meio da tarde. Eu não havia desligado a televisão. Mas a minha visão estava turva e não consegui desanuviá-la para ver as imagens direito. Esfreguei os olhos. De nada adiantou.

Pulei do sofá, fui ao banheiro jogar um pouco d'água no rosto. Olhei-me no espelho. A minha visão voltara ao normal. *Vigo! Pense, reflita! Anime-se. Tudo isso não passa de uma gigantesca alucinação! Uma crise aguda e nada mais. Você perdeu a injeção de neurolépticos na segunda-feira de manhã, é isso. Você está delirando, seu esquizofrênico! Seu putinho esquizofrênico de merda!*

Dei socos na pia, depois abri o armário de remédios e engoli dois comprimidos de Leponex para as alucinações e dois Valpakine para o humor. Um coquetel já comprovado para as minhas crises mais sérias. Mais alguns minutos e faria efeito.

Quando voltei para a sala, um jornalista, sentado no meu sofá, estava entrevistando um dos responsáveis pela segurança da Défense. Um sujeito austero. Peguei um cigarro e sentei-me ao lado deles.

— *...autoridades já falavam em mais de 1.300 mortos na última coletiva à imprensa. Sabemos exatamente quantas pessoas estavam na torre no momento da explosão?*

— *Ainda é muito cedo para dizer. No mês de agosto, a frequência dos escritórios diminui sensivelmente. Mas, em geral, no verão, ao menos duas mil pessoas vêm trabalhar aqui de manhã...*

— *Portanto, segundo o senhor, poderia haver duas mil vítimas?*

— *Não posso me pronunciar por enquanto... Esperamos que haja o menos possível e compartilhamos a dor das famílias...*

— *Quem estava na torre no momento das explosões?*

— *Havia os funcionários do prédio, evidentemente, e, principalmente, os empregados dos escritórios...*

— *Quantas empresas a torre SEAM abrigava?*

— *Umas quarenta.*

— *Em que setores de atividade?*

— *Havia, é claro, a sede social da SEAM, proprietária da torre, que é uma sociedade europeia de armamento. Mas a empresa alugava uma boa parte das salas para outras companhias. Empresas privadas, principalmente. Sobretudo empresas de serviços, seguradoras, sociedades de engenharia informática, esse tipo de coisa...*

Franzi as sobrancelhas. Principalmente empresas privadas? E onde estava a gigantesca clínica médica que ocupava todo o último andar, onde ficava o doutor Guillaume, o meu psiquiatra? A clínica Mater? Por que ele não a mencionava?

O doutor Guillaume... O rosto dele me veio à memória e os dois outros desapareceram do meu sofá.

Ah, se pelo menos meu psiquiatra estivesse aqui! Poderia me tranquilizar! Ele me ajudaria a encontrar-me, a identificar minha alucinação, a não enlouquecer. E, então, eu voltaria a ser um esquizofrênico como os outros. Um esquizofrênico bonzinho. Mas era preciso aceitar a evidência. O doutor Guillaume devia estar morto naquela hora. Esmagado nos escombros, carbonizado. E, portanto, eu era o único juiz da minha realidade. Sozinho, sozinho, sozinho.

Fechei os olhos imaginando o corpo calcinado do meu psiquiatra. Não conseguia achar isso triste e sim dramático. Egoisticamente, eu me perguntava como poderiam recuperar a minha ficha médica. Como poderiam rever o meu diagnóstico se não dispunham de tudo o que o psiquiatra havia anotado durante quase quinze anos?

Expulsei essa ideia da cabeça. Era indecente pensar na minha ficha médica quando, sem dúvida, o doutor Guillaume estava morto. Um montinho de cinzas. Percebi então que os meus pais ficariam arrasados ao saber da morte do psiquiatra.

Meus pais... Naquele momento, pensei neles. Como era possível que ainda não houvessem telefonado? Eles sabiam muito bem que eu ia todas as segundas-feiras de manhã àquela torre. Talvez não estivessem a par do atentado. Nas férias, na casinha que alugavam na Côte, podiam não ver televisão nem ler jornais por vários dias. Naquela hora, deviam estar bebericando tranquilamente um coquetel à beira da piscina, sem desconfiar, nem por um instante, que o filho havia sobrevivido ao mais terrível atentado já cometido em solo francês.

É melhor dizer logo: eu não tenho com meus pais, Marc e Yvonne Ravel, um relacionamento muito caloroso. Mesmo assim, à maneira deles, parece que se interessam por mim. O suficiente para me alojar e me incitar a ver o doutor Guillaume uma vez por semana, por exemplo. Digamos que mantemos relações respeitosas e cordiais, que eles cuidam de mim sem se queixarem da minha deficiência psicológica, mas sem, no entanto, me demonstrarem uma afeição transbordante. Nada de passional. O fato de eu não ter nenhuma recordação da minha infância, nem mesmo da minha adolescência, certamente não facilita as coisas. Nem para eles nem para mim. Nenhuma boa recordação para compartilhar, férias, comemorações, festas de família... Eu não me lembro de nada e me sinto diferente deles. Quase um estranho.

Gostaria de poder falar longamente do meu pai, da minha mãe, mas, sinceramente, tenho a impressão de não conhecê-los. É terrível: não sou nem capaz de dizer a idade deles. Não sei nada do seu passado, da sua infância. Não sei como se encontraram, nem onde e quando se casaram, todas essas coisas que os filhos sabem e que algum dia compreendem.

No dia a dia, nosso relacionamento era muito pequeno. De qualquer modo, eu quase não me relacionava com ninguém. Com exceção do meu patrão e do meu psiquiatra que, aliás, eram apenas relações... profissionais.

No fim de semana, meus pais se retiravam para o Eure. Eu ficava sozinho em Paris, feliz em usufruir do apartamento, encerrado na costumeira solidão. Durante a semana, quando eu voltava à noite do trabalho, eles já haviam jantado e minha mãe deixava alguma coisa para eu comer na cozinha. Eu ceava sozinho na pequena mesa de compensado, distinguindo ao longe o ruído da televisão no quarto deles. Às vezes, eu os ouvia discutir. Não podia deixar de pensar que eu estava na origem da maioria das brigas. Meu nome aparecia regularmente. Depois de alguns minutos, meu pai gritava mais alto e a briga parava. Parecia que ele tinha um argumento final que, todas as vezes, encerrava a discussão. E minha mãe se resignava. Frequentemente, eu cruzava com ela na sala depois dessas brigas. Conversávamos banalidades, quase constrangidos. Ela parecia triste, mas eu não conseguia ter pena dela. Eu lhe dirigia um sorriso vazio, depois ia para o meu quarto, onde me fechava até o dia seguinte. Ali, eu lia livros, montes de livros, nos quais fazia anotações, montes de anotações, depois dormia tentando não pensar. Esse isolamento era, para mim, o melhor meio de esquecer as vozes na minha cabeça. Era meio sinistro, eu tinha consciência disso, mas, ao menos, não era opressivo. E, embora no fundo de mim houvesse um ser que sonhasse com outra coisa, com outra vida, acabei por me acostumar. Por me contentar com essa paz frágil. E, de qualquer modo, os efeitos secundários dos neurolépticos não me incitavam a fazer outra coisa muito diferente. Aliás, meus pais também não.

Algumas vezes, eu dizia a mim mesmo que eles eram tão letárgicos quanto eu. Eles me faziam pensar nas caricaturas dos aposentados que vemos nos anúncios de seguro-funeral. No mínimo, o sorriso artificial.

Passados há muito dos sessenta, os dois haviam trabalhado durante toda a vida num ministério — ao menos isso eu sabia. Mas, na verdade, não sabia em que ministério. Eles sempre diziam "*o* ministério". Além do mais, minhas lembranças não remontavam a tanto tempo. Nas minhas lembranças mais antigas, eles sempre foram aposentados.

Em certo sentido, tudo isso me convinha. Muitas vezes me perguntei o que eu teria feito se tivesse pais mais presentes, até mais afetuosos. Eu me pergunto se não me teriam sufocado. Se não teria sido pior.

Apesar de tudo, naquele momento eu decidi que precisava avisá-los. Dizer-lhes que estava vivo. Eu lhes devia ao menos isso.

Peguei o telefone e disquei o número da casa do Sul. Ninguém atendeu. Deixei tocar mais tempo, caso estivessem longe do aparelho... Mas, não. Nada. Deviam ter saído. Soltei um suspiro e desliguei.

Por um momento eu me perguntei se estava mesmo na realidade. Passei lentamente a mão no rosto. Senti os pelos duros da barba crescida. Era mesmo o meu rosto? Acariciei a barriga aumentada pelos neurolépticos. Era minha mesmo? Eu era esse sujeito alto, de cabelos pretos, meio gordo, ombros largos, gestos desajeitados? Era eu realmente, ali, num apartamento da rua Miromesnil? E meus pais estariam realmente na Côte? Estávamos mesmo no mês de agosto? O atentado realmente ocorrera? Eu havia sobrevivido? E isso graças às vozes na minha cabeça?

As vozes na minha cabeça. Cabeça, cabeça, cabeça.

E então a única verdadeira pergunta me voltava. Redundante. Obsedante. Impiedosa. Cansativa.

Será que eu sou esquizofrênico, sim ou merda nenhuma?

Comecei a chorar baixinho. Um choro perdido, desorientado, infantil. Não conseguia mais julgar a legitimidade das minhas referências, não conseguia me ancorar com convicção na realidade. Qualquer realidade. E isso me deixava triste, desamparado. Eu queria me refugiar dentro de mim mesmo, por detrás do véu das minhas lágrimas, mas nem aí tinha certeza de estar sozinho, em segurança. Havia essas vozes que podiam me perseguir a qualquer momento. As palavras do doutor Guillaume voltavam-me como uma antiga cantilena registrada num gravador obsoleto: *Você sofre, ao mesmo tempo, de distorções do pensamento e da percepção, Vigo. Mas cuidado para não se fechar em si mesmo. Isso acontece muito com as pessoas que sofrem dos mesmos distúrbios que você. A alteração do contato com a realidade não deve incitá-lo a se excluir dela...*

Não se excluir da realidade. Como se faz isso?

Enxuguei as poucas lágrimas que haviam escorrido pelo meu rosto. Olhei de novo a televisão. Aquilo era a realidade? Aquilo que passava no pequeno aparelho, as vozes e as imagens que dele saíam?

Mas, então, por que os diabos dos jornalistas não falavam da clínica médica do último andar? Era mesmo estranho! Uma clínica tão grande e que, segundo os meus pais, tinha uma reputação tão boa! Havia muitos médicos naquele local, eu havia cruzado com dezenas. E um monte de aparelhos de exames... Afinal, isso deveria interessar aos jornalistas! Era incrível não ouvir falar do doutor Guillaume... *O melhor psiquiatra de Paris.*

Em vez disso, eles filmavam os pobres coitados que chegavam à desfigurada praça central da Défense, alguns com fotos de um desaparecido, que mostravam aos bombeiros, aos policiais, com ar desesperado, outros que consultavam as primeiras listas oficiais das vítimas afixadas perto do posto médico avançado.

Subitamente, a ideia de voltar ao local invadiu-me. Talvez o nome do doutor Guillaume constasse dessas listas, ou talvez ele houvesse sobrevivido... Afinal, por que não? Se ele houvesse chegado atrasado nessa manhã, também podia muito bem ter escapado das bombas!

Eu precisava saber. Não era razoável, é verdade, as chances eram pequenas, mas eu precisava saber. O doutor Guillaume era a única pessoa que podia me ajudar. Ele era o único vínculo que poderia me ligar com a realidade. O único que poderia me dizer sim ou não, eu era esquizofrênico. Eu precisava vê-lo. Se estivesse vivo, eu poderia contar como as vozes me haviam salvado do atentado. Ele acreditaria em mim. Ou então me daria uma explicação. Ele saberia.

Sem pensar mais, levantei-me e saí imediatamente do apartamento.

13.

Dessa vez peguei um táxi.

— O que aconteceu com o senhor?

De repente, percebi que devia estar com uma aparência lamentável.

— Eu estava no atentado.

O motorista arregalou os olhos. Olhou para as minhas roupas cobertas de sangue e sujeira.

— Meu Deus! — soltou ele. — Mas o senhor está ferido...

— Nada sério...

— E não foi ao hospital?

— Não. Tenho de voltar para lá.

— Para a Défense?

— É.

— Mas todo o setor está fechado, senhor...

— Preciso ir lá. Tenho... tenho gente da família que desapareceu — menti. — Quero voltar lá. Leve-me o mais perto possível, por favor.

O taxista hesitou um instante antes de concordar. Devia estar com pena de mim. Devia pensar que eu estava em estado de choque. Não estava totalmente errado.

Tratava-se de um magrebino de uns 50 anos. Tinha um olhar sorridente que brilhava de uma generosidade muda, muitas rugas em volta dos olhos.

Ele deu a partida sem esperar mais e se dirigiu para a porta* Maillot, olhando constantemente pelo retrovisor. Percebi os olhos preocupados, no pequeno espelho retangular. Fiz de tudo para não puxar conversa com ele. Medo de falar. Com a mão na boca, a cabeça apoiada no vidro da janela, eu examinava as pessoas lá fora nos carros, as pessoas nas calçadas, as suas realidades. Havia mães com os filhos, casais, velhos... Cada um com a

---

* As portas de Paris são as passagens das antigas muralhas que cercavam a cidade. (N. T.)

sua vida. Todas essas trajetórias invisíveis que mal se percebiam... Os futuros que talvez se adivinhassem. Os outros.

Lentamente, eu a senti chegar. A crise. Foi como se a minha testa fosse invadida por uma onda de dor, insistente, pesada, em seguida o mundo se duplicou diante dos meus olhos. As silhuetas se multiplicaram, o horizonte se dividiu.

Coitado desse cara, coitado, coitado desse cara! Ele está completamente perdido.

Eu me assustei. Era realmente a voz do motorista? Na minha cabeça? Ou era uma alucinação? Eu juraria que era a voz dele. Ele continuava a me olhar pelo retrovisor, com um ar desolado. Desviei os olhos. Talvez tivesse imaginado a frase... Sim. Com certeza o meu cérebro a havia produzido, inteiramente.

No entanto... Ah! Eu não sabia mais onde estava! Eu só sabia acreditar. Havia mais de dez anos o meu psiquiatra afirmava que não eram os pensamentos das pessoas que eu ouvia na cabeça, e sim alucinações produzidas pelo meu próprio cérebro. Alucinações auditivas, nada mais do que isso. Mas aí estava... Eu começava a duvidar. *Coitado desse cara.* Não podia ser uma alucinação, era tão real! Só podia ser o pensamento do taxista e nada mais.

No mesmo instante, as palavras do atentado vieram-me à mente: *Rebentos transcranianos, 88, está na hora do segundo mensageiro. Hoje, os aprendizes de feiticeiro na torre, amanhã, nossos pais assassinos no ventre, sob 6,3.*

Estremeci.

— Pode ligar o rádio, por favor? — pedi sem levantar os olhos.

— Quer ouvir as notícias?

— Não, não, música. Bem alto, se não se incomoda.

Ele ligou o rádio. A melodia cantada de uma música oriental encheu imediatamente o carro. Eu arfava. Era um meio que eu descobrira havia muito tempo para não ser incomodado pelas minhas vozes. Ouvir música, alto. Relaxei um pouco ao olhar o céu azul de verão. Eu gostava de Paris no mês de agosto. Havia menos gente nas ruas, menos vozes na minha cabeça. A luminosidade dava aos prédios uma nova aparência. As janelas se abriam em todos os andares. Eu achava isso agradável. Acolhedor.

— Sinto muito, senhor, não podemos nos aproximar mais do que isso — anunciou, finalmente, o motorista, estacionando o carro perto de uma calçada, no limite entre Neuilly e a Défense. — Os bulevares circulares estão fechados. Vai ter de andar.

Na nossa frente, barreiras bloqueavam o caminho e provocavam um enorme engarrafamento.

— Certo. Obrigado. Quando lhe devo?

Ele se virou com aquele sorriso amável no rosto.

— Nada — respondeu o motorista, dando tapinhas na minha mão. — É por minha conta, senhor. Boa sorte com a sua família.

Meneei a cabeça, tentando parecer grato. Não sou muito dotado para mímicas afáveis. Queria lhe agradecer dignamente. Mas não sabia como fazer. Saber dar e receber um pouco de amor é uma profissão. Eu não havia recebido a formação certa.

Saí do táxi e fui em direção à fumaça que ainda se elevava acima do bairro de negócios. Atravessei várias ruas, depois passei pelo complicado labirinto de subterrâneos. Eu já me havia perdido várias vezes antes nesse complexo de vidro e concreto. O arquiteto que concebeu as vias de circulação da Défense devia possuir um estranho senso de humor. Logo cheguei diante de uma nova barreira instalada pela polícia; fitas de plástico vermelho e branco cercavam o perímetro. Hesitei, depois contornei essa barragem simbólica. Um policial precipitou-se imediatamente na minha direção, walkie-talkie na mão.

— Não pode passar, senhor — proferiu ele, irritado.

— Mas preciso voltar lá — insisti. — O meu médico está lá. E eu também estava lá...

O olhar do tira metamorfoseou-se. Ele percebeu minhas roupas, meus ferimentos, os traços de sangue. Os olhos dele fizeram um clique, como se repentinamente compreendesse que eu não era um simples curioso e sim uma vítima do atentado. Eu devia estar com o rosto pálido e os olhos pisados. Uma cara inacreditável.

— Mas por que o socorro não se encarregou do senhor? O que faz aqui?

— Eu... Eu não sei muito bem o que aconteceu comigo. Fiquei com medo, fui embora. Mas quero ver as listas, quero ver se o meu médico está nelas...

O policial hesitou, depois prendeu o rádio no cinto.

— Tudo bem, venha, senhor. Está em estado de choque, nunca deveria ter saído assim... Vou acompanhá-lo à unidade de emergência médico-psicológica, siga-me.

Ele estendeu a mão e pegou-me pelo ombro como se eu estivesse muito ferido, depois me levou pelo labirinto da Défense. Fiquei mudo. Quanto mais avançávamos, mais o chão e as paredes se cobriam de uma poeira cinza e mais os rostos dos bombeiros, dos policiais e dos civis com que cruzávamos estavam sérios. Atravessamos vários subsolos, subimos à superfície na selva de escombros e ele me levou à extremidade leste da praça principal, perto do Grande Arco. Ali, um espaço havia sido desobstruído e haviam instalado, com urgência, postos de socorro. Havia homens de coletes amarelos que pareciam organizar toda a operação, socorristas com braçadeiras vermelhas e, finalmente, o corpo médico, que usava braçadeira branca. Todo esse pequeno mundo corria em todos os sentidos e eu me perguntava como podia haver a menor coerência nessa gigantesca barafunda.

À direita, percebi quatro tendas brancas instaladas sob o Grande Arco. A mais afastada tinha uma inscrição: "Atendimento do PMA".* Era, parecia, o lugar que eu vira numa das reportagens da televisão, onde as famílias iam saber notícias dos parentes ou dar os nomes dos desaparecidos.

— Fique aqui, vou buscar alguém na unidade de emergência para cuidar do senhor.

Concordei, mas quando ele se afastou, fui imediatamente para o outro lado, para o atendimento médico. Na lateral da tenda vi as listas de nomes presas em grandes painéis de madeira.

A praça do Grande Arco oferecia um espetáculo sinistro e preocupante. Viam-se homens de uniforme que corriam por todo lado, enfermeiros, médicos, socorristas que continuavam a receber novos feridos, outros que se encarregavam da evacuação. E ainda havia pessoas sendo retiradas dos escombros, que haviam permanecido vinte e quatro horas sob os entulhos. É verdade que nenhum dos ocupantes da torre havia sobrevivido, mas havia inúmeros sobreviventes para salvar nos prédios vizinhos. Um pouco mais longe, viam-se os jornalistas, equipes de televisão, superexcitados. Aqui, um bombeiro horrorizado, sentado no chão, o rosto coberto de fuligem, que respirava com dificuldade, cuspindo na sua frente um muco preto, os olhos vermelho-sangue. Acolá, um casal que chorava nos braços um do outro. Além, homens vestidos de amarelo que discutiam, que faziam anotações em grandes cadernos, que davam ordens por telefone... Embaixo, a esplanada da Défense não passava de um vasto campo em ruínas. À direita, mal se reconhecia a fachada do centro comercial, coberta de poeira opaca. Os prédios mais baixos, os cafés, os quiosques haviam desaparecido sob os amontoados

* PMA: Posto Médico Avançado. (N. T.)

de restos da torre. Em alguns lugares, colunas de fumaça cinza dançavam em direção ao céu de agosto. Ao longe, perto do que outrora havia sido a torre SEAM, ouvia-se o ruído surdo das máquinas que tentavam retirar os escombros.

Tremendo, eu me aproximei lentamente do painel de madeira. Primeiro, olhei ao acaso para ver se conseguia descobrir casualmente o nome do doutor Guillaume. Rapidamente compreendi que as listas das vítimas estavam classificadas pelo nome da firma. Procurei em seguida o nome da clínica médica. Mater, na letra M. Recomecei várias vezes. Mas não consegui encontrar.

Dei um passo atrás. Talvez houvesse outro painel, mais à frente. Dei a volta nos cartazes, mas não encontrei nada. Senti que os batimentos do meu coração aceleravam-se. E vozes confusas que brigavam na minha cabeça. Eu tinha de continuar concentrado. Doutor Guillaume. Onde estava o doutor Guillaume?

Esperei um pouco, recuperando o fôlego, depois andei na direção do bombeiro que vi um pouco mais ao longe e que ainda estava sentado no chão, com a máscara de gás pendurada no pescoço.

— Bom-dia... não... Não há mesmo sobreviventes na torre?

O rapaz ergueu os olhos escarlates na minha direção. Fez que não com a cabeça, com um ar desanimado.

— Mas... Eu... Eu não encontro o nome do meu médico... Lá, nas listas. E ele estava na torre, no consultório médico... E...

O bombeiro soltou um suspiro. Ele limpou a garganta.

— É melhor perguntar no atendimento do posto médico — disse ele indicando a última tenda.

Agradeci e me pus a caminho. Em frente à entrada havia dezenas de pessoas, espremidas umas contra as outras. Todo mundo falava ao mesmo tempo. A maioria chorava. Alguns iam embora, abatidos, apoiados pelos socorristas.

Enxuguei a testa. Fazia muito calor! O ar estava muito pesado! Gotas de suor escorriam até as minhas pálpebras e faziam os meus olhos arderem. As minhas mãos tremiam cada vez mais. Sentia-me mal. Eu me peguei andando em círculos várias vezes. Totalmente em pânico.

Vá em frente. Avance, Vigo. Tenha calma.

Tossi. Depois sacudi a cabeça. *Tenha calma.* Avancei. A multidão à minha frente começou a me dar medo. Mas eu precisava saber, precisava encontrar o meu psiquiatra. Ele era a minha única chance.

Eu ofegava. Enchi-me de coragem e fui em frente. Tentei abrir caminho nessa estranha assembleia, mas fui imediatamente assaltado pelos sinais precursores de uma crise violenta. A dor no meio da cabeça, o mundo que começava a girar e a visão que se duplicava. Comecei a ouvir dezenas de vozes na cabeça. *É a minha vez.* Vozes confusas. Choros. Pedidos de socorro. *Ela não pode estar morta!* Fechei os olhos, tentei expulsá-las, não mais ouvi-las. Entrei na tenda, esmagado no meio de toda aquela gente. *O meu filho, onde está o meu filho?* Mas as vozes estavam em toda parte, introduziam-se em todos os recantos do meu cérebro. Cada vez mais embaralhadas. *Ainda nos escombros.* Cada vez menos compreensíveis. *Isso aqui não é nada! Um responsável! Quero falar com um responsável!* Senti-me invadido por uma onda de calor. Uma onda de pânico. E as vozes ressoavam cada vez mais fortes na minha cabeça. Eu já não conseguia distinguir umas das outras. *Traumatismo descartado voltou e vai me fazer procurar mais, pois disse isso ao meu irmão.* Era um imenso burburinho nos meus tímpanos. *O pânico, a tentativa, só amanhã.* Senti a cabeça rodar. *Está na hora do segundo mensageiro.* O suor escorria pelas minhas costas, pelos braços, pelas pernas. Eu me enxuguei de novo, freneticamente. *Senhor?* Pus as mãos nos ouvidos. Gritei. Minha visão ficou embaçada. A multidão começou a girar à minha volta. *Senhor, posso ajudá-lo?* Tinha a impressão de ser o eixo de um imenso carrossel heteróclito. Subi na mesa à minha frente. Minhas pernas ainda tremiam. Os murmúrios na minha cabeça se misturavam com a pulsação do sangue nas têmporas. *Senhor?*

Senti uma mão que me sacudiu pelo ombro. Tive um sobressalto. O rosto de uma mulher que falava comigo desenhou-se lentamente diante de mim.

— Posso ajudá-lo, senhor?

— Eu... Eu estou procurando o doutor Guillaume — balbuciei, tentando me recuperar.

— Um médico? Deve ir ao PMA para isso...

— Não. Na torre. Ele estava na torre. Na clínica médica, sabe, no último andar. Será que ele está vivo? O doutor Guillaume, psiquiatra na clínica Mater...

— Clínica Mater? O que é isso, senhor?

— É a clínica médica que ficava no quadragésimo quarto andar da torre SEAM! O consultório do doutor Guillaume!

Eu não conseguia disfarçar a irritação. As vozes continuavam na minha cabeça. *Calem-se!* Lancei um olhar de raiva em volta. A jovem verificou nas listagens.

— Senhor, nenhuma clínica médica consta da lista. Nenhuma sociedade com o nome Mater. Não havia nenhuma empresa no quadragésimo quarto andar... No quadragésimo quarto andar era a casa de máquinas, senhor. Tem certeza de que era mesmo nessa torre?

Querem calar a boca, bando de idiotas?

Eu bati na mesa.

— Tenho! — exaltei-me. — A clínica Mater! Eu ia lá todas as segundas-feiras de manhã, há dez anos! É só perguntar ao vigia, o senhor Ndinga. Ele me conhece!

A jovem baixou novamente os olhos para as folhas. Parecia exausta, mas manteve a calma.

Deixe-me em paz.

Ela ergueu a cabeça com um ar aflito.

— É Ndinga que procura? Pabumbaki Ndinga? Lamento sinceramente, senhor. Ele está entre as vítimas... Espere um instante, alguém cuidará do senhor e...

— Não! O doutor Guillaume! Não o Ndinga! Encontre o doutor Guillaume!

A multidão se movimentou e duas pessoas passaram na minha frente. Recuei lentamente, tapando os ouvidos. Ir embora. O barulho tornara-se insuportável. Dei meia-volta e saí rapidamente empurrando várias pessoas.

Saí da tenda e parei mais afastado, a respiração entrecortada. Joguei-me em cima de uma caixa grande de plástico. *Não havia nenhuma firma no quadragésimo quarto andar...* Minha cabeça rodava. Senti vontade de vomitar.

De repente, uma voz me tirou do torpor:

— Está procurando a clínica Mater?

14.

Olhei para cima. Vi, então, o rosto do homem que havia falado comigo. Na faixa dos trinta, pequenos olhos pretos, cabelos castanhos, curtos. Franzi as sobrancelhas. Alguma coisa na sua aparência...

— Como? — balbuciei.

— Está procurando a clínica Mater, é isso? — repetiu.

Ele usava casaco de moletom cinza, com um capuz que lhe caía nas costas. Do tipo usado pelos estudantes nas universidades americanas. Eu me lembrei que o vira antes, ao lado do serviço médico, e que ele se mantivera afastado, como se esperasse alguém. E todos os meus sentidos começaram a vibrar. Senti-me invadido por uma sensação de alerta inexplicável. Uma emergência. Como se o meu inconsciente houvesse reconhecido aquele homem como um inimigo. Um perigo.

As palavras da mulher ainda ressoavam na minha cabeça. *No quadragésimo quarto andar era a casa de máquinas.*

Eu me levantei.

— Não, não — menti, afastando-me.

— Sim! — insistiu o homem agarrando-me pelo braço. — Eu ouvi...

Não hesitei nem mais um segundo. Com um gesto brusco, soltei o braço e comecei a correr com todas as forças. Ouvi que ele vinha atrás de mim. O meu instinto não me havia enganado. O cara tinha alguma coisa contra mim. Eu não sabia por que obscura razão.

Corri mais ainda, em direção à esquerda do Grande Arco, subindo rapidamente os degraus que iam dar numa comprida ponte de pedestres, sem me preocupar com o olhar das pessoas. Quando estava no alto da escada, dei uma olhada para trás. Não acreditei no que via. Agora eram dois. Dois sujeitos que me seguiam. Com os seus moletons cinza.

Uma alucinação. Só pode ser uma alucinação.

Mas eu não tinha a menor vontade de verificar. Recomecei a corrida. Passando por um grupo de socorristas perplexos, atravessei a passarela a toda a velocidade, deslizando a mão na amurada para não perder o equilíbrio. Ao chegar ao fim da ponte, despenquei degraus abaixo, o mais rapidamente possível, para alcançar a rua. Sem parar de correr, virei novamente a cabeça. Os dois caras estavam logo acima de mim. Muito próximos! E havia as vozes na minha cabeça, as vozes ameaçadoras que me perseguiam.

Já estava começando a ficar sem fôlego. Malditos cigarros! Sem esperar, dei meia-volta e segui por baixo da ponte, nos subterrâneos da Défense. Ignorando totalmente aonde iria aterrissar, segui pela rua mergulhada na penumbra. Em seguida, ouvi o eco dos meus perseguidores. Os passos deles estalavam na calçada e ressoavam sob a laje de cimento. Acelerei, o mais que podia. Eu mesmo estava surpreso com a velocidade com que conseguia correr. Fazia tanto tempo! Mas, sem dúvida, o medo me dava asas.

Ao chegar a um cruzamento, peguei outra rua à esquerda, ainda mais escura. Por pouco não perdi o equilíbrio ao evitar uma lata de lixo. Equilibrei-me apoiando-me numa mureta e continuei em frente. O piso estava escorregadio, coberto de poeira, mas eu não podia desistir. Não sabia quem eram os homens, mas uma coisa era certa, eles não queriam nada de bom.

Minhas pernas começaram a doer, meu peito também, como se eu estivesse sendo esmagado por um punho invisível. Eu me perguntei por quanto tempo ainda poderia correr assim, tão rápido. Então, cheguei ao fim da rua, atravessei e peguei outra via à direita. Ao longe, vi novamente a luz do dia. Recuperei a coragem. Sem me voltar, avancei para o exterior. Quando, enfim, cheguei em plena luz do dia, vi uma nova barreira instalada por policiais. Saíamos do perímetro de segurança. A rua dava diretamente no bulevar circular da Défense. Pulei desajeitadamente a grade e, ao erguer a cabeça, vi a frente de um ônibus que vinha na minha direção, a uns 100 metros. Número 73. Ele se dirigia para um ponto onde aguardavam umas dez pessoas. Enxuguei a testa dando uma rápida olhada para trás. Ainda estava um pouco à frente. Decidi tentar a sorte e corri para o ônibus. A rua subia ligeiramente, mas acho até que corri ainda mais depressa, num último impulso, esperando que aquilo em breve terminasse.

Quando o ônibus parou, eu ainda estava a uns 50 metros. Xinguei. Se eu o perdesse, nunca teria forças para continuar a fugir. Mas ainda tinha uma chance. Uma pequena chance.

Cerrei os punhos e busquei novas forças no fundo de mim mesmo. Afinal, eu havia sobrevivido a um atentado! Não ia me deixar derrotar por uma simples corrida! Gritando de dor, forcei mais as pernas. Os carros passavam à minha esquerda, na direção da ponte de Neuilly. Eu pingava de suor. Mais um esforço. Não estava muito longe. Mas quando me aproximei do ponto, vi as portas do ônibus se fecharem.

— Espere! — gritei, como se o motorista pudesse me ouvir.

Vencendo os últimos metros e levantando os braços, atirei-me contra a porta de vidro. O ônibus já havia dado a partida. Bati no vidro. Os sujeitos não estavam muito longe. O motorista lançou-me um olhar sombrio.

— Por favor! — implorei, vendo os dois se aproximarem.

Então, ouvi o ruído agudo das portas que se abriam diante de mim. Pulei para dentro.

— Obrigado, senhor — soltei, sem fôlego.

O motorista anuiu, fechou as portas e deu a partida. Avancei pelo corredor. O ônibus acelerou no bulevar circular. No mesmo instante, olhei pela janela. Os dois perseguidores haviam acabado de chegar ao ponto que tinha uma cobertura de vidro. Vi o primeiro soltar um grito de raiva e dar um murro no cartaz publicitário. Havia sido por pouco. Depois, a silhueta deles se afastou. Eu havia conseguido me distanciar deles. Eu, Vigo Ravel, esquizofrênico, havia deixado os dois homens para trás. Mal podia acreditar.

Sem fôlego, joguei-me num banco na parte dianteira do ônibus. As pessoas em volta lançaram-me olhares suspeitos. Mas eu já começava a me acostumar. Nem olhava mais para elas. Lentamente, fui me recuperando e, na verdade, tomando consciência do que havia acontecido.

Eu havia sonhado?

O que aqueles homens queriam comigo? Por que o primeiro perguntou se eu procurava a clínica Mater? E por que a mulher do posto médico me disse que ela não existia? Tudo isso era tão inacreditável! Essa corrida-perseguição, em pleno coração da Défense, no meio dos socorros! Eu devia estar completamente louco. Em plena crise de paranoia.

Quando recuperei a respiração regular, levantei-me e fui para o fundo do ônibus, como para ter certeza de que os homens de moletom cinza não estavam mais lá. Abri caminho entre os outros passageiros e colei a testa no vidro traseiro. O horizonte enfumaçado do bairro de negócios diminuía progressivamente ao longe, como um sonho mau. Atrás de nós havia alguns carros, mas nenhum que seguisse o ônibus. Nenhum homem de moletom cinza. Encolhi os ombros. Como uma alucinação podia ser tão real? Tão concreta? A minha própria loucura me assustava ainda mais.

Foi nesse instante que os notei. Os dois sujeitos. Os mesmos. Ali. Num carro azul, bem ao lado do ônibus. Um Golf. E olhavam-me com um ar satisfeito. Eles me haviam encontrado.

O meu estômago revirou. Dei um passo atrás. O pesadelo não havia terminado. Invadido pelo pânico, precipitei-me novamente para a frente do ônibus. Não via como sair daquela situação. De carro, eles não teriam nenhuma dificuldade para me seguir. Dessa vez eu estava frito. Ao chegar perto do motorista, perguntei com voz preocupada:

— Por favor, qual é a próxima parada?

— Ponte de Neuilly, Margem Esquerda... Está tudo bem, senhor?

— Sim, sim — respondi, voltando para o meio do ônibus.

As pessoas se afastavam para me dar passagem, como nos afastamos para um mendigo com cheiro de sujeira e bebida. Agarrei-me a uma barra de metal, bem em frente às portas centrais, e erguendo-me na ponta dos pés tentei ver o carro azul. Com o canto dos olhos, eu o percebi imediatamente, na faixa da direita do bulevar circular, andando na mesma velocidade do ônibus. Eles mantinham uma distância segura. Dei um passo atrás, para evitar que me vissem, mas sabia o quanto esse gesto era ridículo.

Rapidamente, o ônibus chegou perto da ponte de Neuilly. Ele começou a diminuir a velocidade. Hesitei. Sair imediatamente? Eles me alcançariam. A parada era bem em frente à ponte. Não havia muitos caminhos para fugir. Pular no Sena? Não era o tipo de risco que eu estava disposto a correr. Louco, sim, mas não a esse ponto. No entanto, precisava encontrar uma saída.

Quando o ônibus parou, senti que era invadido por um puro terror. Como se um torno me esmagasse o estômago. Meu coração estava disparado. Deixei as pessoas à minha frente saírem. Pus timidamente o pé no primeiro degrau, mas, no mesmo instante, vi um dos sujeitos sair do carro, escondido, pronto a pular em cima de mim. Voltei para dentro. As portas se fecharam. Nenhuma saída. Eu era prisioneiro. O ônibus voltou a andar e o carro saiu atrás de nós.

Ao longo de toda a avenida Charles de Gaulle, o Golf permaneceu colado no nosso rasto. Em todas as paradas, via os dois sujeitos hesitarem. Abriam a porta e punham o nariz para fora.

Eles iam acabar saindo e me pegariam no ônibus. Alguma coisa me dizia que não hesitariam em fazê-lo na frente de todo mundo.

Grossas gotas de suor escorriam pela minha testa. O motorista, que devia ter notado a minha estranha manobra desde o começo, lançava-me olhares cada vez mais desconfiados. Eu precisava fazer alguma coisa.

Quando chegamos à grande praça da porta Maillot, do lado oposto do Palácio do Congresso, o ônibus seguiu por uma faixa exclusiva, proibida para os carros. Havia muitos policiais na imensa rotatória, sem dúvida por causa do atentado, e meus perseguidores não correram o risco de seguir-nos nessa faixa lateral. Obrigados a continuar na praça, vi que me vigiavam de longe. Quando o ônibus parou, não hesitei um segundo. Era a melhor ocasião. Saí.

Mal havia descido, comecei a correr novamente. Não sei onde encontrava forças. Pulei por cima de uma barreira de concreto e voei para Paris. Ao me virar, vi o Golf arrancar a toda a velocidade, avançar um sinal e vir na minha direção. Um policial apitou. O carro parou. Um dos sujeitos desceu e começou a me perseguir. Não olhei mais. Tinha de fugir.

Segui pela avenida Malakoff. Havia muita gente nas calçadas. Empurrei um grupo de passantes e fugi por entre insultos. A rua subia cada vez mais, porém não diminuí a velocidade. Com os punhos cerrados, buscando ar para respirar a cada passada, disparei na direção da avenida Foch. Eu parecia um louco furioso solto nos bairros chiques. As velhas senhoras com seus longos casacos e pequenos cachorros afastavam-se à minha passagem com ar indignado.

Quando cheguei à grande artéria que leva ao Arco do Triunfo, passei ao lado de uma terraplenagem, pulei uma pequena grade, atravessei uma elevação de terreno verde onde turistas passeavam em trajes de verão. Na larga rua, não fiz nem mesmo uma parada para atravessar. Um carro freou repentinamente, eu o evitei e continuei a corrida. Não ousava me virar, mas sentia o cão de caça atrás de mim, adivinhava o rosto dele, sua determinação. Ele nunca pararia, eu estava mais do que certo. Continuei em frente.

Uma vez do outro lado, me lancei na primeira rua. Foi então que ouvi. Um ranger de pneus, uma aceleração súbita. Olhei por cima do ombro. Era o Golf, de novo. O segundo sujeito conseguira me alcançar, de carro. Ele embarcou o colega e saiu na minha direção.

Corri para a outra calçada, mais estreita. Vi o carro vir para cima de mim, antes mesmo de eu chegar à calçada. Aterrorizado, pulei de lado, aterrissei no capô de um Mercedes e me vi no chão, caído de costas. Soltei um grito de dor. Então, ouvi a porta do Golf abrir-se. Levantei-me imediatamente e recomecei a fuga. As pessoas começaram a gritar nas calçadas. Os dois perseguidores, juntos novamente, também gritavam:

— Parem-no!

Atravessei uma avenida, depois, mais à frente, à esquerda, entrei numa ruela. Corri com todas as forças que ainda me sobravam, mais do que eu poderia imaginar. Era como se eu tivesse ultrapassado os meus limites, encontrado recursos ocultos. Uma afluência de adrenalina, talvez. Por duas vezes, virei precipitadamente em ruazinhas, à direita, à esquerda. Era o único meio de despistá-los. Todas as vezes eu esperava que não me vissem virar. Mas não podia continuar assim eternamente. Atravessar Paris inteira nesse ritmo desenfreado.

Naquele instante, percebi no meio da calçada, numa pequena passagem, uma construção esquisita de pedras, arredondada, encimada por uma cúpula e uma espécie de lanternim.

Dei uma olhada para trás. Os dois sujeitos ainda não estavam ali. Eu estava fora do campo de visão deles. Talvez fosse o momento de eu entrar num abrigo para me refugiar. Podia ser a minha chance de escapar. Ou, ao contrário, o risco de me encurralar num beco sem saída... Decidi tentar a jogada e avancei para a porta da estranha casinha.

Estava fechada, claro. A porta era velha e enferrujada, meio esburacada, de uma cor amarelada, na qual se podia decifrar um aviso destruído pelo tempo: *Pedreiras.* Não abra, perigo.* Não havia nenhuma maçaneta, apenas um pequeno buraco de fechadura. Empurrei a porta com força. Evidentemente, ela não abriu. O tempo urgia. Se não me apressasse, os dois sujeitos iam chegar ao fim da rua e me ver entrar no inútil esconderijo. Dei um chute forte na porta. Ela resistiu. Não desanimei: o batente estava tão enferrujado que devia ser possível forçar a entrada. Inspirei profundamente e dei um segundo chute, mais forte. Em seguida, um terceiro. A velha porta cedeu. Sem perda de tempo, precipitei-me no interior e fechei a atrás de mim.

Estava na total escuridão. Esperei um instante para recuperar o fôlego. Logo depois ouvi os passos dos dois sujeitos que corriam na minha direção. Cerrei os dentes e fiquei imóvel. O eco da corrida ressoava na rua, cada vez mais próximo. Engoli em seco. Eles estavam apenas a alguns metros. Não fazer barulho. E esperar. Que risco estúpido eu estava correndo! Fechar-me! No entanto, quando não acreditava mais nisso, constatei que eles não me tinham visto entrar. Os passos se afastaram para a outra extremidade da rua. Soltei um suspiro de alívio. Estava tranquilo. Pelo menos, por enquanto.

---

* Pedreiras de gipso e calcário, no subsolo de Paris, que começaram a ser exploradas no século XII, fornecendo matéria-prima para a construção da cidade. Posteriormente, consolidados os espaços vazios, formaram galerias que se podem visitar hoje em dia. (N. T.)

Lentamente, peguei o meu isqueiro Zippo no bolso. Acendi-o. O espaço iluminou-se progressivamente à minha volta e descobri, surpreso, o que ocultava aquela guarita insólita: uma escada em caracol embrenhava-se no coração da cidade.

15.

Caderneta Moleskine, anotação nº 107: solipsismo.

O sonho é a prova, se fosse preciso de alguma, de que o nosso cérebro é capaz de fabricar sensações que se parecem com uma certa realidade. Existem pesadelos que fantasticamente fedem como o real. Em suma, o nosso cérebro é, às vezes, um simulador da vida especialmente hipócrita.

Então, constantemente, vejo nascer em mim essa estranha certeza segundo a qual o meu eu, a minha consciência, constituem a única realidade existente. Não é um egocentrismo, mas sim o medo de que os outros e todo o mundo exterior sejam apenas representações falsas, produtos da minha consciência.

No fundo, só posso conhecer verdadeiramente a minha própria mente e o que ela contém; isso eu sei que existe.

Isso tem um nome. Também, nesse caso, para ter certeza, verifiquei nos dicionários. Para ver se eu era o único a acreditar que estava sozinho. Na realidade, somos muitos.

Primeiro no Petit Robert...

Solipsismo: subst. masc. (1878; do ant. adj. *solipso* [do lat. *solus* "só", e *ipse* "mesmo"], suf. *-ismo*). *Filos.* Teoria segundo a qual não haveria para o sujeito pensante outra realidade que não ele mesmo.

Depois, sempre no dicionário de filosofia de Armand Colin:

Solipsismo: Doutrina que nunca foi realmente endossada, segundo a qual o sujeito pensante existiria sozinho. Esse termo, sempre pejorativo, às vezes é usado para qualificar uma forma extrema de idealismo. Wittgenstein, no seu *Tractatus Logico-Philosophicus*, destacou o paradoxo do solipsismo que, rigorosamente praticado, coincide com o puro realismo.

Preciso ler Wittgenstein. Não sei se vou compreender. Já acho o título difícil.

16.

O ar estava quente. Quente e úmido. Desci com precaução os velhos degraus de metal, iluminando apenas com o Zippo. As paredes de pedra branca ficaram claras quando passei. Estavam cobertas de pichações, atravessadas de fissuras e transpassadas por velhos pedaços de ferro enferrujado. A escada ia se enterrar direto nas profundezas escuras de Paris. Ao longe, perdia-se no escuro. Lembrei-me do aviso na porta. Sem sombra de dúvida, eu havia entrado nas antigas pedreiras de Chaillot! Nas catacumbas.*

Hesitei um instante. Seria uma boa ideia enfiar-me lá dentro? Eu não tinha lanterna e já ouvira dizer muitas vezes que as pessoas se perdiam facilmente nos subterrâneos da capital. Mas eu tinha escolha? Estava quase certo de que os meus dois perseguidores ainda perambulavam pelo quarteirão; acabariam voltando e procurando o lugar onde eu me escondera. Não podia nem cogitar em sair dali. Não podia fazer outra coisa. Teria de descer no

* Em 1786, em virtude da insalubridade dos cemitérios que, além de pequenos, favoreciam a propagação de doenças e epidemias, o clero autorizou que ossadas fossem transferidas para as galerias formadas após a consolidação das pedreiras, dando origem às catacumbas parisienses. (N. T.)

buraco negro. Sem dúvida, o melhor esconderijo possível. Não o mais animador, porém o mais seguro.

Fiz uma careta e decidi aventurar-me mais à frente. Ao menos, poderia ver o que havia no fim dos degraus. Talvez houvesse outra saída em algum lugar...

Recomecei a andar, tomando cuidado para não escorregar no metal enferrujado. O eco regular dos meus passos se elevava pela escada. As paredes de pedra talhada logo se transformaram em paredes de calcário bruto e os degraus de metal desapareceram para dar lugar à rocha. Eu respirava ruidosamente, ainda cansado e cheio de preocupação. A todo instante esperava ouvir, em cima, os dois sujeitos que me teriam descoberto. Mas não. Por enquanto, tudo em silêncio. Precisava recobrar a calma.

Fiquei um pouco mais seguro e aumentei a cadência da minha marcha. Então, notei que não havia mais nenhuma voz na minha cabeça. As ameaças, os murmúrios, tudo havia desaparecido. Quanto mais eu afundava no subsolo parisiense, mais o silêncio se impunha no fundo da minha mente. Não era suficiente para acabar com a minha angústia, mas já era alguma coisa.

Eu não podia manter o isqueiro aceso todo o tempo, com medo de queimar os dedos e, também, para economizar o fluido. Apagava-o regularmente e fazia longos avanços no escuro absoluto, às cegas.

De repente, um arrepio me percorreu a espinha. O ar estava mais fresco. E a escuridão não havia melhorado nada. Era um ambiente desagradável, irreal. Andei por intermináveis minutos, tateando, e, por fim, a escada acabou.

Acendi novamente o Zippo e vi que estava numa estreita galeria. Eu devia estar a dezenas de metros sob a terra. As paredes eram frias e estavam ligeiramente molhadas. Respirei um instante, imóvel, e continuei a andar, curvado, para não bater a cabeça no teto baixo. Progredi lentamente no escuro, passo a passo, a mão esquerda apoiada na parede de pedra. Depois de uma longa caminhada, uma abertura se desenhou ao lado. Iluminei o local e descobri, à direita, um pequeno espaço, grosseiramente talhado na rocha, com apenas alguns metros de profundidade.

No chão, havia velhas latas de cerveja e sacos plásticos. Nada de interessante.

Continuei a andar. Quando, depois de um tempo que me pareceu muito longo, achei que a galeria nunca ia terminar, decidi voltar atrás e me refugiar na pequena alcova. Não queria me perder no labirinto das catacumbas e, como não podia sair naquele momento, seria melhor aguardar no pequeno espaço, esperando que os dois homens que me seguiam acabassem saindo do bairro.

Portanto voltei para o exíguo abrigo, resolvido a passar ali algumas horas. Passeei o Zippo pelas paredes tentando decifrar as inscrições gravadas de qualquer jeito na pedra. Aqui, *Anna, eu te amo*; ali, *Fuck o IGC,* Clément, enrabado*, e mais além *Se a curiosidade o trouxe aqui, se mande!*.

Sentei-me no chão com cuidado, evitando os detritos deixados por alguns baderneiros noturnos, e apoiei a cabeça nos joelhos.

Aquele pequeno quarto escuro convidava à reflexão. Decidi entregar-me a ela. Além do mais, não tinha nada melhor para fazer. Queria recuperar a calma interior. Resgatar a ligação com a realidade. Com a Terra, talvez.

A rocha fria pareceu envolver minhas costas. Pus as mãos no chão, toquei de leve a suave poeira. Tinha a impressão de estar

---

* IGC: Inspection Génerale des Carrières. Sigla francesa que, em português, significa Inspeção Geral das Pedreiras. (N. T.)

sentado de encontro a um rochedo, numa praia. Quase podia sentir a carícia de uma brisa marinha.

Não sou esquizofrênico.

Remontei na cabeça o curso dos acontecimentos. O metrô, a torre, as vozes, as bombas, a fuga, o apartamento dos meus pais, a volta à Défense, os dois sujeitos de moletom. E, agora, o subsolo de Paris...

Queria me convencer de que tudo era bem real. Incrível, mas bem real. Eu devia confiar no meu entendimento. Nos meus sentimentos.

Imaginei o rosto do doutor Guillaume, desenhei os traços dele, um a um, na minha cabeça. Sabia muito bem que ele existira. Que fazia parte da realidade. Meus pais conheceram-no. Haviam falado com ele. Ele *era*. Mas, então, por que aquela mulher havia afirmado que ele não existia? Que não havia nenhuma clínica médica na torre SEAM? *Não havia nenhuma empresa no quadragésimo quarto andar... Era a casa de máquinas, no quadragésimo quarto andar, senhor.*

Havia algo de anormal. Alguma coisa que não fazia sentido.

E não era eu. Não sou esquizofrênico.

As ondas de angústia invadiram-me de novo.

O que você faz nas catacumbas, meu pobre coitado?

Ergui a cabeça. Eu havia apagado o isqueiro, estava tudo escuro e, apesar disso, arregalei os olhos. Eu queria sair. Ir embora dali. Daquele lugar surrealista. Mas não podia. Arriscaria a minha pele.

Os dois caras perversos existiam realmente? Sim, é claro. Ou não. Talvez não.

Em alguns momentos a angústia dava lugar à raiva. Raiva contra mim mesmo. Contra a minha incapacidade de raciocinar corretamente. No entanto, seria tão complicado observar os fatos? Interpretar o real? Eu não havia aprendido nada depois de todos esse anos?

Achei que já era fim de tarde. Sem dúvida, a noite estava caindo lá fora.

Foi nesse momento que aquilo me pegou de novo. Primeiro, a ardência familiar da dor de cabeça, como uma pinça apertando a metade esquerda do meu cérebro. Em seguida, o mundo que rodava, que girava como um carrossel. Depois, as vozes.

Os murmúrios. Ao longe, mas bem reais. Bem reais para mim. Eu conhecia esses estranhos encantamentos. Eram as vozes que às vezes saíam de algumas bocas de esgoto. De algumas grades do metrô. Eu aprendera a reconhecê-las depois de todos esses anos de andanças por Paris. Era o murmúrio da cidade, indistinto, secreto, obscuro, que me enchia a alma. Dezenas de cochichos incompreensíveis, como o coro de um exército de mortos.

Tapei os ouvidos. Todo o meu corpo se enrijeceu, como para expulsar as vozes confusas. Mas eu sabia que não adiantaria nada. Que nada poderia calar o murmúrio das sombras.

17.

Não sei quanto tempo fiquei assim, emparedado na minha angústia, nem depois de quantas horas acabei adormecendo.

Quando acordei, sobressaltado, as vozes haviam desaparecido. Levantei-me desajeitadamente, com as pernas entorpecidas. Acendi o isqueiro, hesitei um instante. Não havia sonhado. Estava mesmo encolhido ali, sob a cidade, como um ordinário rato de esgoto.

Resolvi sair.

Com passo rápido, refiz o caminho em sentido inverso, subi rapidamente os degraus para o exterior. Tinha a impressão de sair de um longo pesadelo, de ter de me retirar correndo na direção daquela luzinha, lá em cima. O mundo real. Real?

Quando finalmente cheguei à porta de ferro, pus o isqueiro de volta no bolso, apertei os punhos e soltei um longo suspiro. Um pouco de coragem. Sair.

Abri a porta lentamente. Raios de luz invadiram o corredor. Já estava amanhecendo. Paris tingia-se de milhares de brilhos dourados. Os telhados de zinco cintilavam sob as antenas. Dei uma olhada na rua e não vi ninguém. Pelo menos, nenhum vestígio dos dois sujeitos. Saí.

Comecei a andar até a minha casa. Não tinha a menor vontade de pegar o metrô, de ver-me de novo nas profundezas da terra, nem de subir num ônibus onde me olhariam de través por causa das minhas roupas rasgadas.

Segui caminho até a praça Victor Hugo. A manhã acordava ao ritmo dos caminhões de lixo. Os primeiros carros davam a partida sob os halos de sol. Cheguei à praça da Étoile. O Arco do Triunfo resplandecia sob o céu imaculado. Adivinhei ao longe a chama do soldado desconhecido. Eu mesmo não era um deles? Pequeno esquizofrênico anônimo, perdido, escravo da nossa ridícula condição, sacrificado como mil outros à loucura de mil Napoleões. Acendi um cigarro e atravessei as grandes avenidas, depois percorri a avenida Hoche. Mais abaixo, entrei no parque Monceau. Ainda estava vazio àquela hora. As árvores pareciam inchar, como se fossem os pulmões da cidade na sua primeira respiração.

Atravessei o parque. Depois, finalmente, desci até a rua Miromesnil. Quando, finalmente, cheguei embaixo do prédio, senti os músculos relaxarem lentamente. Estava chegando em casa. Naquele lugar eu tinha meus pontos de referência. Estava quase tranquilo.

Abri a grande porta da entrada, subi ao primeiro andar e peguei a chave no fundo do bolso. Enfiei-a na fechadura. Descobri, espantado, que ela não estava trancada.

Franzi as sobrancelhas. Havia esquecido de fechá-la ao sair? Sim. Com certeza. Eu havia saído precipitadamente, preocupado, não era de estranhar...

Mas, ao entrar na sala, compreendi imediatamente que a coisa era bem diferente.

Alguém havia revistado o apartamento.

18.

Caderneta Moleskine, anotação nº 109: a Maia.

Na filosofia hindu encontramos uma noção sensivelmente próxima do mal-estar que sinto. Não é que eu me sinta sozinho, mas é bom sermos muitos quando se está à beira de um precipício.

A Maia designa a ilusão do mundo físico. Ela é o que podemos perceber do mundo, mas que não é a realidade. Segundo essa filosofia, o Universo, tal como o vemos, não passa de uma representação relativa da realidade. Esta é velada, subjacente e superior. Transcendental.

Eu sou como uma criança que tenta levantar o véu. Minhas unhas estão nojentas de tanto arranhar o real.

19.

A grande sala branca dos meus pais estava de cabeça para baixo. Parecia que um terremoto havia sacudido todo o aposento. As gavetas da cômoda e da pequena escrivaninha estavam abertas e haviam esvaziado o conteúdo no chão. As latas de lixo estavam viradas, as almofadas do sofá espalhadas pelos quatro cantos da sala. O tapete, enrolado torto, havia sido empurrado para o lado. O chão estava coberto de livros, papéis, bibelôs, canetas e tecidos emaranhados. A mesa de centro estava quebrada; havia milhares de fragmentos minúsculos de vidro espalhados em volta. Os cinco ou seis cinzeiros que eu deixava jogados por todo lado também estavam misturados nessa confusão.

Fiquei um longo tempo embasbacado. Esfreguei os olhos, mal conseguindo acreditar naquilo. Um roubo? Não, é claro. A coincidência seria muito grande! Inevitavelmente, tinha alguma relação com a minha história. Com aqueles caras que me haviam seguido por toda a cidade. Em que eu estaria envolvido?

Dei alguns passos à frente, chocado, feições abaladas. Inclinei-me devagar para olhar no quarto dos meus pais — no fim das contas, os sujeitos ainda podiam estar lá dentro. O aposento estava no mesmo estado. Irreconhecível. Avancei para o meu quarto. Também não havia sido poupado. Foi, provavelmente, o que sofreu o maior ataque. A minha cama estava virada de lado, como um vulgar dominó. Todos os meus livros, dicionários, amontoados no chão embaixo das prateleiras, formavam uma espécie de montanha branca, à beira de uma avalanche. As minhas roupas estavam espalhadas no chão ou jogadas na poltrona.

Soltei um palavrão. Meus livros. Meus pobres livros!

Voltei para o meio da sala. Levantei alguns objetos aqui e ali, como para me certificar de que não estava sonhando. Abaixei-me para erguer uma luminária de pé que me barrava o caminho e, naquele instante, percebi com o canto dos olhos, do outro lado da sala, um objeto que me gelou o sangue.

Levantei-me, perplexo. Não estava enganado. Ali, no meio da parede, bem em cima de um quadro, vi cintilar um vidro redondo. O olho discreto de uma câmera de vigilância, sem dúvida, instalada às pressas, malcamuflada. Com os olhos arregalados, continuei na mira da objetiva, incapaz de me mexer. Depois, num acesso repentino de raiva e de medo, caminhei direto para o espião indiscreto e arranquei-o com um gesto brusco. O fio soltou-se ao longo do quadro e a minúscula câmera caiu no chão.

Eu não conseguia acreditar. Uma câmera! Na minha casa! Haviam instalado uma câmera de vigilância na minha casa! Na minha sala! Eu devia estar em plena alucinação. Em pleno delírio paranoico. Tinha de recuperar-me, raciocinar. Era totalmente ridículo. Grotesco.

Fechei os olhos e os abri de novo. Mas a câmera continuava lá. Uma pequena caixa escura a meus pés.

Esmaguei-a várias vezes, com raiva, com o salto do sapato. O aparelho quebrou-se em pedaços num estalido seco. Puxei o cordão preto que saía dele e segui o seu percurso. Descobri que estava ligado à tomada de telefone. Arranquei-o, incrédulo. Depois dei meia-volta e corri para o meu quarto.

Fugir. Tinha de fugir. Fosse ou não uma alucinação, não podia continuar naquele apartamento nem um segundo a mais. Ia ficar completamente louco!

Se não fosse uma nova produção da minha cabeça doente, então aqueles que haviam plantado a câmera no meu apartamento iam aparecer a qualquer instante. Eu não tinha a menor ideia do que esses sujeitos podiam querer de mim, nem de quem eles eram, mas não tinha a menor vontade de conhecê-los.

Precisava sair o mais rápido possível e levar comigo um mínimo de coisas essenciais. Ao chegar ao meu quarto, catei embaixo da mesa uma velha mochila, enfiei precipitadamente algumas roupas e a pequena caixa de madeira onde, na minha paranoia, guardava sempre um pouco de dinheiro — para aguentar alguns dias, talvez até uma ou duas semanas. Uma arma? Eu não tinha. Mesmo assim, peguei um grande canivete suíço que estava jogado na minha mesa. Pensei: o que pegar mais? O que eu tinha de mais precioso: minhas cadernetas Moleskine.

Subitamente, a ideia de que os ladrões tinham vindo para roubá-las passou pela minha cabeça. Em pânico, precipitei-me para o pé da minha cama virada. Com as mãos trêmulas, levantei os dois pequenos tacos do assoalho, sob os quais costumava guardar minhas cadernetas. Soltei um suspiro de alívio. Ainda estavam lá. Todas elas. Catei-as e coloquei-as na mochila.

No banheiro, peguei rapidamente o estojo de toalete e os medicamentos, que enfiei de qualquer maneira na mochila. Lancei um último olhar ao apartamento e saí para o corredor sem demora. Bati a porta atrás de mim e desci pela escada de serviço.

Uma vez na rua, dei rápidas olhadas em volta, certo de que algum inimigo invisível estava prestes a cair em cima de mim. Depois, com a mochila nas costas, subi correndo a avenida Miromesnil, rente aos muros de pedras brancas e tijolos vermelhos.

Virando à esquerda, entrei no bulevar barulhento, percorrido por longas filas de carros. Deixei para trás a sombra imponente da igreja de Saint-Augustin. Na calçada, correndo na selva parisiense, desviei-me das Colunas Morris* e das cabines telefônicas... Ao chegar à praça do General Catroux, levantei a cabeça para ver

---

* Colunas redondas existentes nas calçadas de Paris, que exibem propagandas de filmes e espetáculos. Devem seu nome ao primeiro concessionário, Morris, em 1868. (N. T.)

a estátua de Alexandre Dumas. O escritor tronava numa cadeira alta, em cima das suas obras. Ele também parecia vigiar-me. Esperava ver os olhos dele piscarem a qualquer momento, como havia cintilado a objetiva da pequena câmera de vigilância. Eu tinha a estúpida certeza de que toda a cidade me vigiava. Deslizei, sem demora, para a sombra segura dos plátanos. Parecia que o mundo girava à minha volta, cheio de vozes confusas e dissimuladas. Fazia muito calor e o céu estava repleto de um vapor vibrátil que me atordoava. Várias vezes achei que ia desmaiar. Mas precisava correr de novo, correr sempre, como a vítima enlouquecida de mil predadores.

Atravessei a praça Wagram para continuar em linha reta para a porta de Asnières. Queria sair de Paris, da loucura da cidade ou da minha. Afastar-me do apartamento. Da câmera. Do meu pesadelo.

Quando não consegui mais correr, joguei-me num banco. Fechei os olhos por um instante, como se isso pudesse me transportar para outro mundo, para outra realidade. Mil vozes ressoavam na minha cabeça. Eu transpirava. Abri os olhos e levantei a cabeça. A fachada de um hotel se desenhou à minha frente, como uma resposta maternal a todas as minhas angústias.

20.

Era o melhor refúgio com o qual eu poderia sonhar. Um hotel Novalis, duas estrelas, anônimo, quase inexistente, branco e frio, discreto. Justamente o lugar despercebido de que eu precisava. Para desaparecer.

Desde o atentado, eu não tivera tempo de mudar de roupa. O sangue e a sujeira confundiam-se na minha camiseta branca.

A minha calça estava rasgada, as mãos feridas, eu parecia um mendigo que havia apanhado de um bando de desordeiros. Não sei como o cara da recepção do hotel me deixou entrar com uma aparência dessas. Talvez a cadeia hoteleira não lhe desse o direito de recusar.

— Ainda tem um quarto?

Enquanto falava com ele, pingando de suor, eu olhava em volta, como se estivesse sendo seguido.

— Por quanto tempo?

— Não sei. Algumas noites.

— Nenhuma bagagem? — perguntou ele, desanimado.

— Nenhuma bagagem.

— Tem de pagar antecipado, senhor.

Dei em dinheiro o pagamento da primeira noite. Ele soltou um suspiro e entregou-me uma chave.

— Quarto 44, segundo andar.

E me deixou passar sem acrescentar mais nada.

Algumas horas depois, em troca de uma nota de 50, o recepcionista levou para cima uma garrafa de uísque e os Camel.

Fiquei deitado, fumando um cigarro atrás do outro, chocado, mudo e empanturrado de ansiolíticos. As pessoas como eu sempre têm um arsenal de medicamentos ao alcance da mão. Depois de alguns anos, os médicos acabam esquecendo o que lhe prescreveram. Temos receitas espalhadas. E guardamos um pouco de tudo: soníferos, neurolépticos, antidepressivos... Depois de experimentarmos de tudo, por mais ou menos quinze anos, sempre temos a pílula certa para o momento certo. Mesmo que não sejamos ligeiramente aventureiros, sabemos até as misturas e as virtudes que o álcool acrescenta.

Então, adicionei bastante.

75

Dois dias se passaram sem que eu saísse do quarto. Talvez mais. Eu havia perdido a conta. Fumei quatro maços de cigarros, as pontas dos meus dedos já estavam amarelas. As crises de angústia se sucediam, as alucinações, as perdas repentinas de memória. Tudo havia piorado e eu estava com medo. Medo, simplesmente. Porque eu sabia.

O meu corpo inteiro tremia. Eu estava enfiado na toca como um rato, no calor e na escuridão do pequeno quarto. Tão padronizado, tão anônimo, tão inexistente! Tudo era quadrado! A cama, a pequena televisão, os móveis... Não era um quarto, era uma cela, uma jaula, um leito de hospital. Eu tinha vontade de gritar, mas a minha própria voz me aterrorizava. Como todas as outras. As da minha cabeça ou as de fora dela, que eu ouvia na noite escaldante, ecos indistintos que subiam da rua. Vozes tristes. Frases pálidas de desespero.

Tudo me sufocava. O cheiro dos produtos de limpeza, o ar-condicionado, as bolhas do reboco das paredes, que pareciam se mexer lentamente... Esse hotel parisiense, cuja brancura mal camuflava uma insalubridade mais profunda, parecia querer me destruir completamente. E se eu continuasse ali, sem dúvida, ele ia acabar conseguindo.

Eu me lembro vagamente de um instante de lucidez na primeira noite, quando a angústia me deu uma trégua. Soltei um longo suspiro. Deitado no colchão duro, com as costas doloridas, a mente embotada, virei a cabeça na direção da mesinha de cabeceira à esquerda. Meu relógio estava lá, perto da garrafa de uísque. Meu velho relógio de quartzo, que sempre usei. Nem me lembrava mais do dia em que o havia comprado. Ele sempre estivera ali, no meu punho, fiel, e talvez fosse, entre as poucas coisas que eu possuía, o objeto com o qual eu tinha maior ligação. Sempre me afirmaram que ele tinha algum valor comercial — era um relógio Hamilton, modelo Pulsar, um dos primeiros relógios eletrônicos com mostrador digital, que datava do início dos anos 1970 —, mas, para mim, ele tinha sobretudo um valor sentimental, que eu não sabia explicar muito bem. Uma ligação com o meu passado. E, agora, ele estava quebrado. Ainda piscava, como buscando um último suspiro. O vidro havia quebrado quando caí no chão, projetado pelo deslocamento de ar da explosão. Desde o atentado, o mostrador exibia, em intermitências escarlates, quatros números obsedantes.

88:88

Uma hora que todos os relógios e todos os despertadores analógicos do mundo podem indicar, mas é uma hora que não existe. 88:88. O *no man's land* temporal no qual eu vegetava, estupidificado, incrédulo. A minha vida havia parado ali, nessa elipse invisível que nenhum ponteiro nunca mostrara. Eu estava pregado, desorientado, no colchão duro de um quarto de hotel, por cima dos bulevares circulares, sufocado pelo medo e pelos medicamentos, encurralado nos segundos infinitos de uma hora que não existia.

Sorri. Então, eu estava fora do tempo. A ideia era divertida. Divertida para um esquizofrênico. Virei de novo a cabeça e deixei o relógio onde ele estava. Acendi mais um cigarro, pensando nos dias estranhos transcorridos, na loucura que eu acabara de viver. Senti gotas de suor escorrerem pela testa. Tentei até me enxugar. De qualquer modo, o calor do mês de agosto e a angústia se haviam unido contra mim. Era uma batalha perdida por antecipação.

A minha paranoia nunca havia chegado a um nível tão crítico. Eu estava ensurdecido pelas vozes que me invadiam a cabeça, pelas frases que não podia esquecer e que eu sabia terem um sentido profundo, importante. *Rebentos transcranianos, 88, está na hora do segundo mensageiro. Hoje, os aprendizes de feiticeiro na torre, amanhã, nossos pais assassinos no ventre, sob 6,3.* Eu não tinha noção das horas, achava o tempo terrivelmente longo e, ao mesmo tempo, impalpável, como se estivesse encerrado para sempre no meio dos círculos infinitos do meu 88:88. A cada pequeno ruído que invadia meu quarto, eu tocava com o dedo a superfície gelada do puro terror, a própria raiz do pavor, que se enfiava como um imenso picador de gelo nas profundezas da minha coluna vertebral.

Afinal, provavelmente na manhã do terceiro dia, quando eu estava mergulhado, amorfo, num substituto de sono, fui acordado, em sobressalto, por três batidas na porta. Três batidas ensurdecedoras, cujo eco encheu inteiramente o quarto. Fiquei com tanto medo que achei que meu coração havia parado. No entanto, ouvi baterem de novo. Mais forte do que nunca.

Voltei a cobrir-me com o grande lençol branco e fechei os olhos, encolhido no meio do colchão, esperando a morte, resignado.

— Senhor? Ei! Senhor!

Abri um olho. Era a voz do sujeito do hotel.

— Tem alguém aí?

Ele bateu de novo na porta, ainda mais forte.

— Ainda está vivo? Ei! Senhor! Está aí?

Eu me sentei na cama, com a testa pingando de suor.

— Senhor, se não abrir, serei obrigado a arrombar...

— Espere! — exclamei em pânico, pondo a cabeça para fora da cama. — Espere! Eu... eu estava dormindo. Vou me vestir e já vou!

— Ah! O senhor está aí! Tudo bem... Faça o favor de ir até a recepção, o senhor não pagou as duas últimas noites...

Acho que esse chamado brutal à realidade foi um elemento desencadeador para mim. Como um eletrochoque psicológico, uma ducha fria. Sem querer, o recepcionista do hotel me tirara da espiral paranoica em que eu havia entrado havia vários dias. Pela primeira vez, desde que eu me jogara naquela cama, entrei novamente em contato com o mundo real e, de certo modo, isso me salvou — ao menos por algum tempo — do labirinto de angústia.

Pulei da cama, movido por um violento sentimento de culpa, dirigi-me para a pequena pia branca do minúsculo banheiro, tirei toda a roupa e molhei o corpo e o rosto com uma água turva e morna. *Merda, mas o que você quer, o que você quer?* Esfreguei vigorosamente os restos de sangue do braço e da testa. Precisei lavar várias vezes para retirar a cor vermelha que estava impregnada nos meus pelos. Esfreguei o rosto coberto por uma barba espessa e espetada. Peguei o estojo de toalete na mochila e fiz a barba. Minhas mãos tremiam, de medo ou de cansaço, não sei. Cortei-me duas vezes. Quando terminei, pus o aparelho de barbear na beirada da pia e me estiquei para me examinar no espelho.

Mal me reconheci. Era como se eu não visse esse rosto há uma eternidade. Eu tinha os traços repuxados, uma cara de morto-vivo. É bem verdade que depois de tirar a barba eu estava com a minha cara normal, mas o aspecto ainda era horrível. De qualquer jeito, detestava me olhar em espelhos. Talvez não gostasse da minha cara, que sempre me incomodou — nariz muito largo, dentes estragados, olheiras eternas, tez amarelada de fumante. Eu tinha a impressão de que ela não me pertencia. No fundo, só os olhos me eram suportáveis. O grande olhar azul que, ali, eu conseguia sustentar. Era a única coisa no meu rosto que me parecia real. Que parecia me pertencer. Para sempre.

Observei a antiga tatuagem no meu braço, cuja origem eu ignorava. Representava uma cabeça de lobo. Não me lembrava do dia e do motivo pelo qual eu havia feito essa tatuagem. Certamente, datava de uma época antiga que me fugia totalmente da memória.

Abaixei a cabeça e contemplei minha barriga. Eu havia emagrecido um pouco. Muito pouco. Os medicamentos me haviam condenado a uma gordura eterna, deselegante. Inspecionei uma a uma as dobras na pele gorda do meu estômago. Quanto desse corpo era meu? Realmente meu? Depois, mais abaixo, olhei o meu sexo. Esse sexo idiota, quase morto que, eu achava, nunca havia conhecido uma mulher. Talvez nunca houvesse sentido desejo por nenhuma. Eu era incapaz de lembrar. Será que ainda se é um homem quando não se tem nenhum desejo?

Levantei os olhos e sustentei o meu próprio olhar. Foi como uma prova. Havia alguma coisa com aquele espelho. Com todos os espelhos.

Merda de neurolépticos!

Num gesto de raiva, peguei a lata de lixo aos meus pés, virei-me bruscamente, fui até a mesa de cabeceira e joguei, uma a uma, todas as caixas de medicamentos na cesta.

Chega! Vou parar! Vou parar com esses medicamentos desgraçados que acabam com a minha vida! Eu morro se for preciso, mas chega. Vou parar.

Por um instante, olhei as cartelas de comprimidos e as caixas amontoadas no fundo da lata de lixo, depois fui até a janela, escancarei-a e joguei todo o conteúdo na rua. As cartelas prateadas de comprimido e as bulas voaram como folhas mortas, espalhando-se na calçada e no meio da rua. Soltei um gritinho de vitória, com um sorriso zombeteiro nos lábios.

Voltei para perto da pia, peguei roupas limpas na mochila e me vesti depressa.

Não sou esquizofrênico.

Calcei os sapatos, peguei todo o dinheiro que havia na caixinha, pus na carteira e, finalmente, saí do maldito quarto com passo decidido.

Desci rapidamente a escada do hotel e encontrei o recepcionista no hall.

— Sinto muito incomodá-lo, senhor, mas achei que lhe havia acontecido alguma coisa! — disse ele com uma espécie de sorriso constrangido.

— Quanto lhe devo? — perguntei secamente.

— São 20 euros por noite, um total de 40.

Entreguei-lhe o dinheiro.

— Sem dúvida, vou ficar mais alguns dias — anunciei.

— Tudo bem. Agora que o conheço e sei que o senhor paga, isso não é problema. Pode acertar o pagamento quando for embora... Precisa compreender, senhor. Desconfiamos...

— Naturalmente. Obrigado.

Não acrescentei nenhuma palavra e saí rapidamente do hotel.

21.

O sol de agosto inundava o bulevar. As árvores e os homens transbordavam de vida. Observei o mundo. Parecia normal. Tão normal quanto eu o havia conhecido antes. Calmo, real, um pouco coberto — pelo fato de eu sair do meu antro — de um efêmero esplendor dourado.

Comecei a andar na calçada, num passo que eu imaginava firme. Um ventinho irregular temperava o calor úmido do verão, fazendo cócegas no meu rosto tenso. De vez em quando, carros passavam ao meu lado, indiferentes. Homens, mulheres e crianças em sentidos opostos. Algumas lojas estavam abertas. Nem toda a cidade estava de férias. Aqui um quiosque de jornais com cartazes multicores que lembravam os atentados; ali, um poste da EDF* coberto de pequenos anúncios, de adesivos coloridos convidando para festividades urbanas, anunciando concertos ou noitadas da moda, mais ao longe uma padaria que exalava ao redor o aroma sedutor de suas iguarias. Presas aos canos de uma pequena barreira verde, as bicicletas, as scooters e as motos aguardavam o retorno dos donos. O real parecia-me perfeito, indiscutível. Nada era em excesso. Em paz, eu me enfiava nesse mundo tangível, evitando com cautela as grades dos metrôs e as bocas de esgoto.

Com uma ideia enfiada na cabeça, avancei sem tirar os olhos das fachadas dos imóveis alinhados. Atravessando algumas ruas, praticamente aliviado, de punhos cerrados no fundo dos bolsos, depois de um quarto de hora, talvez mais, vi enfim o que eu procurava numa ruazinha atrás da praça Paul-Léautaud. Na parede, ao lado da alta porta de duas folhas da entrada do prédio, uma placa de latão, gravada, anunciava: *Sophie Zenati, psicóloga, 1º andar, à esquerda.*

Sem hesitar, entrei no hall do velho prédio parisiense e subi os degraus de uma pequena escada vermelha. Quando cheguei ao primeiro andar, fiquei por alguns instantes diante da porta, mordendo os lábios, indeciso, depois toquei a campainha. Nada. Ninguém? Toquei de novo, preocupado. Se não houvesse ninguém no consultório, será que eu teria coragem de procurar outro? Mas, então, ouvi passos que se aproximavam fazendo estalar as ripas de um velho assoalho de madeira. A porta se abriu.

— Bom-dia, senhor. Tem consulta marcada?

* EDF: sigla de eletricidade da França. (N. T.)

Era uma mulher morena, de uns 40 anos, baixa, meio gorda, de rosto frio.

— Não — respondi, encolhendo os ombros.

— Veio marcar hora?

— Não, eu queria ver a psicóloga agora — disse sem me desconcertar.

— Ah, sinto muito, mas só recebo com consulta marcada.

Então era ela. Eu me perguntei se parecia uma psicóloga. Ou melhor, eu me perguntei se uma psicóloga devia parecer com o meu psiquiatra. Haveria nos olhos dela alguma coisa que me fez pensar no doutor Guillaume? Resignei-me a acreditar que isso não devia ter muita importância. Teria sido tranquilizador, sem dúvida, mas precisava me acostumar. Meu psiquiatra estava morto, eu teria de criar vínculos de confiança com uma nova pessoa. Totalmente nova.

— Compreendo, mas é uma emergência — insisti.

— Uma emergência?

— Sim. Quero saber se sou esquizofrênico.

Minha interlocutora ergueu as sobrancelhas.

— Ah, sei.

Ela hesitou. Não me movi nem um centímetro. Eu a encarava, simplesmente. Não queria dizer mais nada. Era uma espécie de teste. Se ela decidisse que o caso merecia ser aprofundado, talvez fosse um sinal de que eu podia confiar nessa psicóloga.

— Bom — disse ela, suspirando —, posso recebê-lo daqui a um quarto de hora, mas não para uma sessão completa. Depois, será preciso marcar hora... Não é assim que funcionamos, o senhor sabe...

— Obrigado.

Ela me fez entrar, atravessamos um longo corredor forrado de lambris, e ela me pediu que me instalasse na sala de espera.

Sentei-me numa cadeira, pouco à vontade, enfiando as mãos sob as nádegas como uma criança intimidada. A mulher desapareceu atrás de uma porta dupla.

Fiquei um longo tempo paralisado, imóvel, depois comecei a relaxar e a inspecionar a sala, como um aluno diante da mesa do diretor. Num canto, à minha esquerda, havia brinquedos de madeira e de plástico amontoados nesses grandes barris usados para lavar roupas. À direita, uma pequena biblioteca inconsistente, com filas de livros em desordem. Não pude deixar de notar um título grande em vermelho que se destacava dos outros. *Kramer versus Kramer*. Nas paredes bege, haviam pregado — há muito tempo, a julgar pelo seu estado — pôsteres com números de emergência, como a Delegacia das Mulheres e outros órgãos de assistência. Na minha frente, numa mesinha, pilhas de revistas destruídas. No alto de um monte, uma *Paris Match* prometia revelar tudo sobre a vida particular do primeiro-ministro. Ao lado, um número de *Elle* elogiava os méritos de um regime especial para o verão.

Tirei as mãos debaixo das pernas e comecei a esfregá-las com um gesto nervoso. Fizera bem em ir ali? Sim, com certeza. Era um ato razoável. Até mesmo bastante razoável, do qual eu podia me orgulhar. Um ato sensato.

De qualquer maneira, eu precisava da opinião de alguém de fora. Da opinião de um profissional. Certamente eu não ia conseguir sair sozinho das minhas angústias nem dessa dúvida repentina e justificada quanto à doença. Acontece que o doutor Guillaume estava morto. Ou nunca havia existido. Eu não sabia mais... Em resumo, sim, eu precisava realmente de ajuda, disso não podia mais duvidar.

Alguns minutos depois, quando eu tentava ver os títulos dos outros livros alinhados na biblioteca, a porta abriu-se de novo.

Ouvi a psicóloga se despedir e vi sair uma jovem que devia ter entre 25 e 30 anos e que atravessou a sala de espera sem me dirigir um olhar. Tinha cabelos muito curtos, como os de um menino, a tez mate de uma mediterrânea, talvez até de um sol do norte da África na sua pele dourada. Traços finos, rosto delicado, tinha o ar triste e selvagem. Os olhos tinham um brilho verde primaveril. Eu a vi sair sem ousar dizer adeus. No doutor Guillaume, nunca havia cruzado com outro paciente.

— Pode entrar, senhor, por favor.

Levantei-me lentamente e passei pela porta esfregando o nariz com a mão esquerda, cada vez mais agitado. A psicóloga estava sentada atrás de uma mesa em desordem; ela me observou com ar sério.

— Sente-se — disse-me ela, indicando-me a cadeira na sua frente.

Obedeci, olhando a barafunda existente no consultório. Havia montes de livros, um computador deixado no chão, um grande climatizador branco... Eu esperava uma sala mais sóbria e, sobretudo, mais bem arrumada. Uma psicóloga negligente poderia ser uma boa psicóloga?

— Bem. Antes de tudo, como se chama?

— Eu me chamo Vigo Ravel, como o compositor, e tenho 36 anos.

Eu a vi anotar o meu nome num grande caderno preto.

— Então, diga-me tudo.

— Doutora, acho que...

— Já vou interrompê-lo — disse ela levantando a caneta. — Não sou doutora. Sou psicóloga.

— Não é a mesma coisa?

— Não, de jeito nenhum. Não estudei medicina...

— Ah, não tem problema — disse eu sorrindo —, estou louco, não doente.

Ela se manteve surpreendentemente serena. Isso não a fez rir.

— Por que diz que é louco?

— Na verdade, não sou eu que digo. São os meus pais e o meu psiquiatra, o doutor Guillaume. Eles dizem que sou esquizofrênico... Sou tratado há anos.

— E não acredita nisso?

Ela falava com voz monótona e meneava constantemente a cabeça, como para significar que compreendia bem tudo o que eu dizia ou, certamente, para tranquilizar-me. E o mais surpreendente é que funcionava. Sem entender por quê, eu já confiava naquela mulher. No seu olhar havia uma contradição que me agradava: ela era maternal e neutra ao mesmo tempo. Protetora e imparcial. Eu tinha a impressão de que poderia dizer-lhe qualquer coisa que ela não me julgaria. Ao contrário do doutor Guillaume, que sempre parecia me avaliar.

— Bom, é um pouco mais complicado do que isso. No começo, eu não acreditava, depois, acabei acreditando e, agora, tenho dúvidas de novo... É meio embrulhado, admito. Eu gostaria de falar com o meu psiquiatra, não a teria incomodado, mas o problema, sabe, é que ele morreu. No atentado.

Vi que ela ergueu lentamente a cabeça, uma sobrancelha ligeiramente mais levantada do que a outra. Tentava não parecer surpresa, mas não me convenceu. Eu sorri.

— O seu psiquiatra morreu no atentado da Défense? — perguntou ela, limpando a garganta.

— Morreu. Ao menos, acredito que sim. Não tenho muita certeza de nada, agora. Sabe, não estou certo de que ele existia. Desculpe-me, mas preciso saber: o atentado aconteceu mesmo, não é?

Dessa vez ela não tentou ocultar a surpresa.

— Sim — disse ela, franzindo as sobrancelhas. — Houve um atentado na Défense. Por que duvida que o seu psiquiatra tenha existido?

Fiz uma careta. À medida que lhe explicava as coisas, fui tomando consciência da excentricidade da minha história.

— Quando voltei lá, na Défense, as pessoas que cuidavam das vítimas do atentado me disseram que não havia nenhuma clínica médica na torre. No entanto, era lá mesmo que eu ia ver o doutor Guillaume todas as semanas, há anos. E era para lá que eu estava indo no dia do atentado... Conhece o doutor Guillaume? Meus pais dizem que ele é famoso.

— Não, sinto muito, o nome não me diz nada. Foi encaminhado a um atendimento de emergência depois do atentado?

— Não.

— Não lhe fizeram um interrogatório psicológico?

— Não, porque eu logo fugi da torre...

— Mas estava *na* torre SEAM exatamente no momento do atentado?

— Estava. Mas sobrevivi. Porque consegui sair antes de as bombas explodirem. E é por isso que vim vê-la. Porque, se sobrevivi, quer dizer que não sou realmente esquizofrênico. E eu preciso saber...

Ela me fitou sem dizer nada.

— Acha que sou esquizofrênico? — insisti.

— Em primeiro lugar, não gosto de dizer que uma pessoa *é* esquizofrênica. Em psicologia não classificamos as pessoas, mas sim os distúrbios. Prefiro dizer que uma pessoa apresenta uma esquizofrenia...

Meneei a cabeça, mas no fundo estava pouco me lixando para o psicologicamente correto. O que me interessava era saber se eu era completamente maluco, sim ou não.

— Está certo, concordo, mas, na sua opinião, eu *apresento uma esquizofrenia*?

— Caberia ao seu psiquiatra lhe dizer, pois ele o acompanhou por muito tempo... O diagnóstico dele seria mais seguro do que o meu.

— Sim, mas o meu psiquiatra morreu. Preciso saber. É urgente. Não pode me deixar na dúvida. A senhora é psicóloga. De qualquer modo é capaz de reconhecer um esquizofrênico, não? É básico. Se não, é falta de atendimento à pessoa em perigo. Como saber se somos esquizofrênicos?

Acho que ela soltou um leve suspiro.

— É bem complicado, mas começamos a conhecer melhor esse distúrbio. Conhece um pouco a história da descoberta dessa doença, senhor Ravel?

— Conheço, vagamente.

— Os primeiros estudos de Kraeplin, isso lhe diz alguma coisa?

— Sim... O doutor Guillaume me falou sobre ele. É o psiquiatra que, nos anos 1900, diferenciou a esquizofrenia da paranoia, é isso?

— Isso. Primeiro ele chamou de *Dementia præcox*, demência precoce, porque ela atinge essencialmente os homens jovens, de 18 a 25 anos. Essa diferenciação foi essencial. Depois, a abordagem clínica da esquizofrenia progrediu muito e, para diagnosticá-la, existem muitos métodos. Suponho que seu psiquiatra deve ter lhe falado sobre isso também. Em geral nos referimos aos critérios diagnósticos do *DSM* IV.*

— Sim, sim. Eu me lembro. Mas não prestei muita atenção na época. É o quê, exatamente?

---

* Sigla em inglês para *Diagnostic and Statistical Manual of Mental Disorders*, adotada em todas as línguas. (N. T.)

— Uma classificação americana das doenças psiquiátricas... Nela encontramos, sobretudo, uma lista dos sintomas característicos da esquizofrenia, ou melhor, *das* esquizofrenias. Quando um paciente apresenta ao menos dois desses sintomas, podemos declarar que ele apresenta uma esquizofrenia.

— Bom, aí está! — exclamei. — É exatamente isso que eu queria saber! Saber, objetivamente, clinicamente, se sou esquizofrênico. Isso porque, durante anos, me disseram que eu era, mas, agora, não tenho mais certeza...

A psicóloga ficou em silêncio um instante. Ela me olhou muito séria, o que achei tranquilizador. Introduzi uma das mãos no bolso da jaqueta, em busca dos meus Camel.

— Posso fumar?

— Não.

Pus o maço de volta no lugar.

— Quais são os sintomas que fizeram o seu psiquiatra dizer que o senhor apresentava uma esquizofrenia? — finalmente me perguntou.

— Ouço vozes dentro da cabeça.

Ela anotou alguma coisa no caderno.

— São vozes de fora ou é a sua própria voz?

— Bom, vozes de fora que ouço quando tenho as crises. Na verdade, eu acho... enfim, começo a acreditar que o que eu ouço são os pensamentos das pessoas.

Não ousei dar exemplos. No entanto, havia um que eu não podia esquecer. *Rebentos transcranianos, 88, está na hora do segundo mensageiro...*

— Sei. Pois bem, se é isso que quer saber, então sim, isso parece de fato um dos sintomas expostos no *DSM* IV. Mas não é suficiente para afirmar que sofre de uma esquizofrenia...

— O que precisaria mais?

— Existe um monte de sintomas, senhor Ravel, porém, mais uma vez, eu lhe digo, não se diagnostica assim esse tipo de doença, numa simples conversa. É preciso tempo. Depois, agora existem meios mais desenvolvidos. Podem-se pedir, em alguns casos, exames de imagens cerebrais...

— Sim, sim, eu sei: já fiz muitos. Montes, durante anos. Havia tantas imagens do meu cérebro no consultório do doutor Guillaume que poderiam fazer uma história em quadrinhos!

— Bom, ao menos tem senso de humor...

Sorri. Decididamente, alguma coisa me agradava naquela psicóloga. Sobretudo o modo de falar comigo, como a um adulto. O doutor Guillaume, meus pais, até mesmo meu patrão, nunca haviam falado comigo desse jeito. Para eles, eu sempre fora um esquizofrênico, um doente e, portanto, uma pessoa totalmente irresponsável. E agora, pela primeira vez, é o que me parecia, aquela mulher me olhava como um adulto comum, sensato, que talvez apresentasse um simples distúrbio psicológico... Era uma impressão nova. Na nossa conversa havia estima, respeito mútuo e eu achava isso calmante. Quase libertador.

— Seja gentil — disse eu avançando na cadeira. — Sei bem que é delicado, mesmo assim me diga o que acha. Dê-me a sua opinião, a sua opinião pessoal. Estou realmente perdido.

— Não posso formar uma opinião tão rapidamente, senhor Ravel...

— Então me diga ao menos os outros sintomas, para que eu veja se me dizem respeito...

— Há muitos...

— Dê-me exemplos, veremos!

Ela suspirou de novo, hesitou, depois, dando de ombros, decidiu responder.

— Pode haver a sensação de que o seu corpo é controlado por outra pessoa, o que, às vezes, provoca movimentos involuntários...

— Não. Não tenho esse sintoma. Controlo perfeitamente os meus gestos.

— Pode haver uma desorganização do discurso, de que o senhor também não parece sofrer... Mesmo que tenha tendência a se entusiasmar quando fala — acrescentou ela, sorrindo.

— É porque estou muito atrapalhado, compreende, um pouco estressado. Vamos, o que mais?

— Frequentemente os doentes são impressionantes consumidores de tabaco, notamos por seus dedos amarelos ou pelos buracos de cigarro nas roupas...

Examinei as minhas mãos com um trejeito embaraçado. As falanges estavam completamente marrons.

— É, mas, afinal, nem só os esquizofrênicos fumam como uma chaminé... Isso não prova grande coisa. O que mais?

— Sabe, não sei todos os sintomas de cor. Eu precisava dar uma olhada no manual. O que posso dizer, por exemplo, é que observamos muitas vezes nos pacientes tentativas mais ou menos conscientes de automedicação. Acontece de o senhor escolher seus próprios remédios?

— Talvez. E o que mais?

— Pode haver um comportamento catatônico, distúrbios de humor...

— É, isso acontece comigo. Distúrbios de humor. Mas acontece com todo mundo, não?

— Obsessão por detalhes, calendários, datas, que chamamos de aritmomania...

— E o que mais?

— Ouça, realmente não adianta nada listar todos eles. O senhor mesmo diz que sofre de alucinações auditivas. Talvez devêssemos começar cuidando disso. Seria mais razoável consultar um psiquiatra, que poderia lhe prescrever medicamentos...

— Não, não. Chega de medicamentos! Tentei todos eles, neurolépticos, todos! Em pílula, em injeção... Não adiantou nada, as vozes na minha cabeça nunca desapareceram.

— Senhor Ravel, no quadro de uma esquizofrenia, o que chamamos de *aliança terapêutica* é realmente importante. Uma continuidade do tratamento deve ser assegurada, se possível com o mesmo psiquiatra e a mesma equipe médica. Os distúrbios dos quais o senhor sofre são muito importantes para que os considere levianamente. O senhor deve não só seguir um tratamento à base de neurolépticos, mas também de uma psicoterapia. Deixe-me indicá-lo para um especialista...

— Não! Não quero consultar outro doutor Guillaume. Quero simplesmente a sua opinião. A opinião de alguém como a senhora. Não pode me forçar — disse eu, empertigando-me.

— Não, de fato. A menos que represente uma ameaça para a ordem pública. Acha que representa uma ameaça para os seus concidadãos?

— Não, não. Nunca fiz mal a uma mosca! Tem de me ajudar. Não lhe peço muita coisa. Quero apenas que me ajude a saber se as vozes que ouço na minha cabeça são mesmo alucinações.

— Mas o que você quer que seja, se não for isso?

Dei de ombros. Esse era um dos principais argumentos do doutor Guillaume. *O que você quer que seja, se não for isso?* Efetivamente essa era a pergunta. A única pergunta válida.

— Pois bem, eu lhe disse... Acho que são os pensamentos das pessoas. Eu ouço os pensamentos das pessoas.

— Há quanto tempo ouve essas vozes?

— Não sei. Não me lembro muito do meu passado. Mas creio que faz, no mínimo, quinze anos.

— E as ouve todo o tempo?

— Não. Não todo o tempo. Aparecem alguns sinais antes que eu as ouça. Uma dor de cabeça, a tontura e, depois, a minha visão se duplica. Uma espécie de crise epiléptica. Agora, por exemplo, não as ouço.

— Não ouve os meus pensamentos?

— Não.

Fiz uma careta.

— Não acredita, é isso? Com o pretexto de que não ouço os seus pensamentos, não acredita em mim?

— Não estou aqui para acreditar, senhor Ravel. Tudo o que posso fazer é ajudá-lo a ver mais claro... E, antes de tudo, gostaria de ajudá-lo a não se angustiar. O senhor me parece terrivelmente angustiado.

— Não ficaria angustiada se tivesse ouvido a voz dos terroristas na sua cabeça alguns segundos antes de a Défense explodir?

— E o que lhe diziam essas vozes? Elas lhe diziam para colocar as bombas?

Neguei com a cabeça.

— Não! De jeito nenhum! Sei muito bem aonde quer chegar! Está subentendendo que talvez tenha sido eu quem colocou as bombas, e nesse caso eu me torno realmente um perigo para a ordem pública e, pronto, pode se livrar de mim e me hospitalizar compulsoriamente!

— Não é a minha intenção. Mas vejo que conhece o termo hospitalização compulsória. Já aconteceu com o senhor?

Ela estava começando a me irritar. Ao contrário do que eu esperava, ela já lançava para mim um olhar acusador. Talvez não valesse mais do que o doutor Guillaume.

— Não, nunca! — respondi secamente. — Mas também não sou totalmente imbecil. Já li livros. Sei o que é hospitalização compulsória.

Ficamos um longo tempo sem falar. Ela não tirava os olhos de mim. Acreditei distinguir novamente no olhar dela o lampejo de respeito do início da nossa conversa. Recuperei um pouco de confiança.

— Para dizer a verdade, acho até que sou bem inteligente — murmurei. — Sempre tento compreender o mundo. Faço um monte de anotações. Leio um monte de livros. Os esquizofrênicos são inteligentes?

— Em geral, os pacientes com esquizofrenia têm um QI inferior à média... Mas são apenas estatísticas. No entanto, é verdade que eles apresentam vários distúrbios intelectuais, como déficit de atenção ou problemas de linguagem... Mas há pessoas muito inteligentes afetadas pela esquizofrenia, como o famoso prêmio Nobel de Economia, John Nash.

— E se me fizesse passar por testes de atenção e de QI? Tenho certeza de que estou acima da média! Isso provaria que não sou esquizofrênico?

Ela sacudiu a cabeça.

— Por enquanto, provaria principalmente que é pretensioso. Senhor Ravel — anunciou-me com voz franca —, eis o que lhe proponho. Num primeiro momento, vamos deixar de lado a questão de saber se o senhor apresenta ou não esquizofrenia e vamos nos concentrar nas vozes que ouve na sua cabeça. Agora, é o que lhe causa mais problemas e penso que seria mais sábio trabalhar em cima disso. O que me diz?

— Não sei...

— Não posso forçá-lo. Mas as vozes parecem realmente incapacitá-lo no cotidiano. Se, de fato, não quiser consultar um psiquiatra, o que eu desaprovo intensamente, talvez possamos ao menos tentar trabalhar juntos em cima disso. Não sei se posso ajudá-lo, mas acho que precisa esclarecer esse problema.

— Quer que eu volte a vê-la, é isso?

— Cabe ao senhor decidir.

Demorei um pouco para resolver.

— Não consigo sair disso sozinho — confessei finalmente.

— É totalmente compreensível. O senhor me disse há pouco que tinha pais... Eles podem ajudá-lo?

— Não. Não no momento. Não estão aqui.

— O distúrbio de que o senhor sofre é muito difícil de administrar sozinho, senhor Ravel. Mas não deve jamais esquecer que é um distúrbio, e não uma fatalidade. Há remissões possíveis. O fato de ter consciência do distúrbio já é um ponto positivo.

— Certo, concordo, mas no fim das contas, depois de analisarmos a questão das minhas alucinações, vai me dizer que sou esquizofrênico, e voltaremos ao ponto de partida...

— Já lhe disse que não digo esse tipo de coisa. E vou repetir: vamos deixar de lado essa problemática para nos concentrarmos primeiro nas vozes que ouve.

— Está certo — respondi sem convicção. — Quero tentar...

— Perfeito. Então vamos marcar uma hora.

— Tudo bem.

Ela pegou um segundo caderno preto, menor, e eu a vi lamber o indicador todas as vezes que virava a página. Tive a impressão de que era uma mímica que a minha mãe fazia, mas não consegui imaginá-la ali. Não consegui ver exatamente o rosto da minha mãe fazendo exatamente esse gesto e, no entanto, tinha certeza de que havia alguma relação com ela... Era bem estranho. Como esses sonhos em que as pessoas têm um nome, mas não um rosto.

— Pode voltar depois de amanhã?

— Posso. Não... Não tenho nada planejado.

— Não trabalha, senhor Ravel?

— Trabalho. Mas não no momento...

— Então, depois de amanhã, às 15 horas.

Perguntei quanto lhe devia e paguei na hora.

Ela sorriu, levantou-se e estendeu a mão.

— Adeus, senhor Ravel. Tente descansar. Parece não ter dormido muito nos últimos dias, e o cansaço com certeza não melhora as coisas.

Levantei-me e apertei a mão dela, tomando consciência, subitamente, do sentido profundo desse gesto. Um gesto que eu não fazia muito. Apertar a mão de alguém. Compartilhar por um instante nossas ferramentas... Algo assim. Minhas mãos não são esquizofrênicas.

— Obrigado, senhora.

Saí do consultório.

22.

Caderneta Moleskine, anotação nº 113: a memória.

Dizem que poder dar um nome aos nossos distúrbios já é meio caminho para a cura. Então aí vai: sofro de amnésia retrógrada. Para ser exato, quase não me lembro de nenhum acontecimento anterior aos meus 20 anos. As raras coisas de que me lembro, possivelmente, são falsas lembranças, coisas que meus pais me teriam contado e das quais eu me teria apropriado ou, então, o que é chamado de "paramnésia reduplicativa", ilusões da memória. Está nos dicionários. Isso se traduz por impressões de déjà-vu *ou revivescências confusas de cenas da infância. Às vezes, elas se apoderam de mim, como flashes, diante de um objeto, um cheiro, um som.*

É particularmente penoso não se lembrar da infância, nem mesmo da adolescência. Na compreensão, no conhecimento de si mesmo, uma lacuna tão grande é necessariamente uma deficiência. Portanto, *eu me conheço mal.* Portanto, *não tenho certeza de nada que se relaciona a mim. Não tenho certeza das minhas escolhas políticas, dos meus gostos, dos meus desejos. Dizem que um homem é a soma de todas as escolhas que fez na vida. Mas, então, é possível ser um homem quando não nos lembramos de nenhuma dessas escolhas?*

Às vezes, no entanto, tenho a impressão de me lembrar de fatos antigos. Lembranças vagas, confusas; mesmo assim, lembranças. Não sei se são reais ou se são paramnésias causadas por meus distúrbios mentais; mesmo assim, tomei a decisão de anotar aqui essas lembranças. Talvez eu possa reconstruir pouco a pouco a pessoa que sou ou que era. É o que os psiquiatras chamam de a "técnica do passo a passo". Reviver lentamente a viagem da minha vida passada, mas na segunda classe, por favor.

23.

No dia seguinte da visita à psicóloga, depois de passar minha primeira noite relativamente calma desde o atentado, resolvi não ficar fechado no hotel. Durante horas, eu havia revirado todas as perguntas na cabeça e ainda não sabia em que ponto estava. Eu me sentia sozinho demais, perdido demais e logo percebi que devia ver alguém. Alguém que me conhecesse, perto de quem talvez eu pudesse reencontrar o sentido da realidade. Ainda não tinha nenhuma notícia dos meus pais e não estava certo de querer revê-los por enquanto. Portanto, decidi visitar o senhor De Telême, meu patrão.

Fiz a toalete rapidamente e me vesti, não sem sentir um real prazer. Vestir aquelas roupas era um primeiro passo para a aceitação de uma certa realidade. Uma realidade na qual eu devia estar barbeado, limpo, apresentável.

Tomei um café e comi um croissant embaixo do hotel, num barzinho. Tentei não prestar atenção às vozes dos outros clientes. Precisava me concentrar em outra coisa. Dei uma olhada nos jornais da manhã. Só falavam do atentado e da pista islamita. Viam-se também as fotos da Défense, dos socorristas no meio das ruínas. Minha realidade. Paguei ao garçom e me pus a caminho.

A sociedade Feuerberg ficava na praça Denfert-Rochereau. Ainda apreensivo com a ideia de voltar para debaixo da terra, tomei o ônibus e atravessei Paris na superfície. Mas quando estava a alguns passos do escritório, ao ver pelas janelas passarem várias silhuetas, tive repentinamente um estranho sentimento. Não era realmente de medo, mais de ansiedade. Estaria preparado para rever todos os meus colegas de uma vez? Eu havia desaparecido por vários dias, eles iam me crivar de perguntas, lançar-me olhares suspeitos... Não. Ainda era muito cedo para enfrentar isso. Melhor seria ver o senhor De Telême a sós.

Peguei o telefone celular e liguei para o escritório. A secretária atendeu. Era uma mulher de quem eu nunca havia gostado. Falava pouco, nunca dava a sua opinião. Limitava-se a seguir o senhor De Telême por todo lado, com uma caderneta na mão, e dava estranhos sorrisos que, com certeza, não eram sorrisos.

— Posso falar com o senhor De Telême, por favor?

— Ele não está aqui hoje. Quer deixar um recado?

— Não — respondi. — Ligarei novamente amanhã.

A secretária pareceu hesitar um instante.

— Senhor Ravel, é o senhor?

Ela me havia reconhecido. Havia reconhecido Vigo Ravel. Eu. Portanto, era mesmo a realidade. Feuerberg, François de Telême, a secretária... Ao menos isso eu não inventara.

— Não, não — menti. — Obrigado, senhora, voltarei a ligar.

Desliguei imediatamente. Dei alguns passos em volta da praça, suspirando. Que imbecil! Eu havia atravessado Paris inteira por nada! Bastaria ter ligado para evitar que eu me deslocasse! Mas, no fim das contas, andar me ajudava a ver um pouco mais claramente. Por enquanto, não ouvia mais as vozes na minha cabeça. Não me sentia tão tranquilo desde os atentados. Agora que eu estava ali, e com boa disposição, só tinha de aproveitar o bom tempo e passear um pouco...

Passei a tarde andando pelo XIVe arrondissement. Como ainda não estava totalmente tranquilo e continuava esperando ver surgir os dois sujeitos que me haviam perseguido, passeei por lugares mais calmos e os mais discretos do bairro: os jardins do Observatório, as ruelas da vila d'Alésia, o parque Montsouris...

No caminho de volta, mais calmo, me surpreendi recuperando sensações antigas: o estado de espírito no qual eu estivera por muito tempo. Recuperei, sem realmente conseguir explicar, a resignação que o doutor Guillaume sempre havia encorajado. Pouco a pouco, a certeza de que eu era mesmo um esquizofrênico se instalou novamente e fiquei quase convencido de que tudo o que me havia acontecido de estranho nos últimos dias não passava de produto dos meus delírios. Os dois sujeitos que me haviam perseguido, sem dúvida, nunca existiram, assim como a câmera no apartamento dos meus pais, e a frase que pensara ouvir na torre SEAM não tinha nenhum sentido. Não era uma mensagem secreta indecifrável, era, simplesmente, uma frase sem pé nem cabeça, que eu havia inventado de ponta a ponta.

No fundo, era relaxante saber que se era simplesmente louco. Era reconfortante e era uma resposta fácil para todos os meus questionamentos. Já que eu era esquizofrênico, então não havia nenhum mistério, apenas algumas alucinações às quais eu não devia dar crédito.

Foi então que, no bulevar Raspail, cruzei com um olhar que me pareceu familiar. Parei, em dúvida, e observei mais atentamente a jovem que atravessava um pouco mais à frente. Aquele corte de cabelo, o nariz fino, as pernas curtas... Sim, era ela mesmo. A contadora da Feuerberg. Sem pensar, gritei o nome dela:

— Joëlle!

A jovem virou-se e pareceu surpresa ao ver o meu rosto. Desviou os olhos e continuou a andar com um passo mais rápido.

Hesitei um segundo, desconcertado pela sua reação, depois comecei a segui-la.

— Joëlle! Sou eu, Vigo!

Ela andou mais rápido ainda. Corri para alcançá-la e, quando cheguei perto, passei na frente dela e a segurei pelo ombro.

— O que está havendo? — perguntei, perplexo. — Não me reconhece?

Ela se soltou, com os olhos cheios de pânico.

— Deixe-me, por favor.

Depois recomeçou a andar. Perplexo, eu a agarrei de novo pelo braço, mais firme dessa vez.

— Que baboseira é essa? Joëlle! Trabalhamos juntos na Feuerberg! Eu sou Vigo Ravel!

— Senhor, não sei do que está falando, não o conheço, deixeme em paz!

Ela me empurrou violentamente e saiu correndo para o outro lado da rua.

Eu me perguntei se era possível estar enganado, ter confundido o rosto dela, mas estava totalmente convencido de que a reconhecera, até mesmo a voz, o olhar. Era ela, não havia dúvidas. Então, por que mentir? Alguns passantes haviam começado a me fitar com desconfiança; no entanto, eu me recusava a desistir. Precisava de uma explicação. Foi a minha vez de começar a correr.

A contadora tinha uma boa vantagem de distância, mas eu ia muito mais rápido e logo a pegaria. Vi que ela virou numa rua à direita.

— Oh! Senhor! Deixe-me em paz!

Um louro alto atrás de mim parecia querer bancar o justiceira, mas eu não tinha a intenção de me deixar impressionar. Corri mais ainda.

Quando cheguei à esquina, percebi dois policiais a postos. Xinguei. A jovem avançava direto para eles. Ia me denunciar. Denunciar o quê? De tê-la reconhecido? Dei meia-volta imediatamente, invadido por um enorme sentimento de injustiça. Agora era a mim que iriam perseguir, sendo que eu era, pura e simplesmente, a vítima dessa história!

Corri para o cruzamento e, sem hesitar, subi num ônibus. Saí daquele bairro, desapontado, olhando os dois policiais afastarem-se.

No dia seguinte, na hora marcada, sentei-me em frente à mesa de *Sophie Zenati, psicóloga, 1º andar, à esquerda.*

24.

— Como se sente hoje, senhor Ravel?

Estranhamente, eu estava feliz em reencontrar a senhora Zenati, que já gostava de chamar de *a minha psicóloga.* Ficava tranquilo em me apropriar dela. Tinha a impressão de estar sendo cuidado.

— Não sei — respondi pigarreando... — É estranho. Por um lado, me sinto melhor, sem dúvida por ter falado com a senhora, mas, por outro, tenho uma impressão estranha. Como se eu saísse de um grande pesadelo... preciso confessar que, desde ontem, eu me pergunto se tudo o que lhe contei é mesmo real. Sinto um pouco de vergonha, mas é isso...

— Como assim?

— Toda a história do atentado... E ainda não lhe contei tudo. Há também o apartamento dos meus pais, que encontrei de cabeça para baixo, e, depois, esses dois sujeitos que me teriam perseguido até as catacumbas... Agora, quando penso nisso, parece-me completamente impossível. Completamente estapafúrdio. Acho que delirei um pouco... Reconheço sinais da minha esquizofrenia. O delírio de perseguição, tudo isso...

— *Sua* esquizofrenia? Então, acredita de novo que sofre desse distúrbio?

Suspirei.

— Não sei de mais nada, comecei a duvidar de tudo. Eu me pergunto se realmente sobrevivi a esse atentado ou se não inventei tudo... mesmo assim, parece incrível que eu tenha sobrevivido, não?

— Recomeçou o tratamento com neurolépticos?

— Não.

— Acho que deveria recomeçar.

— Não suporto mais os efeitos colaterais.

— São mais insuportáveis do que o seu distúrbio?

Dei de ombros.

— Como posso dizer? Esses medicamentos me transformam numa pessoa que não posso mais ver no espelho. Eles me fazem engordar, me deixam completamente letárgico, mal consigo erguer os olhos, olhar as pessoas de frente. E, depois.... Sou incapaz de ter a menor ereção...

Ela aquiesceu e escreveu no seu caderno. Imaginei sorrindo a frase que ela devia anotar. *Incapaz de ter ereção.* Minha vida era fabulosa.

— Talvez pudesse fazer com que lhe prescrevessem remédios que não tivessem os mesmos efeitos colaterais...

— É, talvez...

Houve um momento de silêncio. Observei à minha volta. O consultório continuava desarrumado.

— Senhor Ravel, eu lhe trouxe um livro que gostaria de que lesse.

— Acha que não tenho mais nada para fazer?

— É sobre a esquizofrenia. Um livro excelente, claro e conciso. O autor, Nicolas Georgieff, é um psiquiatra muito bom. Devia lê-lo, permitiria que identificasse melhor seus distúrbios. Verá que são claramente reconhecidos pela medicina moderna. Quer que eu leia uma passagem?

— Vá em frente...

A psicóloga pôs os óculos e começou a leitura como uma professora escolar:

— *O delírio e as alucinações são dois sintomas psicóticos típicos da esquizofrenia. O delírio se define por uma crença absoluta, inabalável, do sujeito na realidade dos conteúdos imaginários do pensamento, crença que ele não compartilha com outra pessoa. As ideias delirantes mais frequentes são de perseguição, em que o sujeito está convencido de que personagens, reais ou não, o perseguem com intenções criminosas, conspiram contra ele.*

— É. Parece comigo. Formidável! — disse eu ironicamente.

— Espere. O que se segue vai lhe interessar: *O que caracteriza o delírio é uma crença especial chamada de "convicção delirante". Trata-se de uma convicção íntima que resiste a qualquer contestação pelos fatos. Em geral, ela nasce pela atribuição de um significado pessoal e estranho a um acontecimento real qualquer, que adquire sentido bruscamente e de maneira evidente: o sujeito tem a intuição de que o acontecimento se refere a ele. O delírio põe o sujeito no centro do mundo, diante de acontecimentos que adquirem sentido para ele, dizem respeito a ele e não parecem mais aleatórios e sim expressam necessariamente uma lógica oculta. As alucinações psicóticas, segunda categoria de distúrbios psicóticos típicos, consistem, na maioria das vezes, na percepção de vozes que se dirigem ao sujeito.*

— Fantástico. Vou ler o seu livro.

Ela me entregou, suspirando.

— Ainda não posso fumar? — perguntei erguendo as sobrancelhas.

— Não, senhor Ravel. Não se fuma no meu consultório.

— Que coisa chata.

Ela não respondeu.

— Diga-me, ainda ouve as vozes na cabeça?

— Só quando tenho crises.

— E, quando sente as crises chegarem, não há nada que possa fazer?

— Quando uma crise chega, o único meio de não ouvir as vozes é me isolar completamente.

— Talvez seja um ponto positivo: já sabe que é a proximidade de outra pessoa que provoca o seu distúrbio.

— É. A proximidade do outro.

— Mas o problema, senhor Ravel, é que não pode passar o resto da vida isolado. Portanto, será preciso encontrar outra solução. Está consciente disso?

— Estou. Ainda mais que... Ainda mais que...

— Sim?

— Ainda mais que isso me faz falta.

— O que lhe faz falta? O contato com as pessoas?

— É. Os outros. Sempre me senti um estranho. Sem ligação com as pessoas.

— Mesmo com as pessoas com quem trabalha?

— Sim. Nunca conversamos. Na Feuerberg, ficamos separados, cada um num pequeno escritório separado por divisórias, digitando o dia inteiro no computador... Conhece o gênero? Todo o esplendor do século XXI. Ontem... Ontem cruzei com uma colega na rua, ela nem me reconheceu. Ou não quis me reconhecer, sei lá.

— Não fazem intervalo para um café?

— Não há máquina de café no escritório. O senhor De Telême é contra.

— E no almoço?

— A maioria leva o próprio sanduíche e come na sua mesa. Tenho a impressão de que todos os empregados dessa empresa são tão esquizofrênicos quanto eu! — acrescentei sorrindo.

— O senhor não é "esquizofrênico", senhor Ravel. Mais uma vez, acho que deveria banir essa palavra do seu vocabulário.

Concordei com a cabeça, desanimado.

— Não há realmente ninguém no seu trabalho com quem converse de vez em quando?

— Bom, tem, o senhor De Telême, o patrão. Ele sabe que sou louco, então é atencioso. Na verdade, é até simpático. Ele é a única pessoa com quem eu saio. É. Poderia até dizer que é um amigo. Uma espécie de amigo... Mesmo assim, continua a ser meu patrão.

— E, quando saem, vocês vão aonde?

Eu sorri.

— Há uma boate de blues, em Neuilly, aonde vamos muito.

— Gosta de blues?

— Gosto. Depois, tem tanto barulho nessa boate que, se por acaso tenho uma crise, não ouço as vozes na minha cabeça...

— Quando há um barulho assim, não ouve nada das vozes?

— Quase nada. Elas são abafadas.

Ela concordou lentamente com a cabeça e fez novamente algumas anotações no grande caderno preto.

— Anteontem, o senhor me disse que acreditava cada vez menos nos seus distúrbios esquizofrênicos. Hoje, o senhor me diz que, finalmente, começa a acreditar neles. O que o fez mudar de opinião?

— Não sei. Ao passear na rua, ontem, acho que minhas ideias ficaram mais claras. Eu me dei conta de que toda a minha história não tinha sentido.

— Diga-me exatamente o que não tem sentido.

— Nada tem sentido! Não tenho mais certeza de nada. Eu lhe disse: não tenho nem certeza de que o doutor Guillaume realmente existiu!

— Não devia verificar pessoalmente? Talvez isso ajudasse. Não sozinho, é claro, mas com a ajuda de alguém...

— Com a sua?

— Não. Justamente, não poderia fazê-lo com o seu patrão ou, melhor ainda, com seus pais? Não tem nenhuma notícia deles desde o atentado?

— Não. Nem sei se voltaram para casa, para a rua Miromesnil. Tenho medo de voltar lá. Quando fui lá, havia... Bom, achei que havia uma câmera. Mas devo ter imaginado. É claro. Na minha paranoia.

— Uma câmera?

— Sim, sim.

Ela anotou.

— Com certeza seus pais devem estar muito preocupados a esta altura. Deveria tentar entrar em contato com eles e pedir que o ajudassem a ver tudo mais claro. A discernir o falso do verdadeiro...

— E se eu tiver inventado tudo, como a câmera? E se nem mesmo os meus pais existirem?

— Vai saber ao tentar vê-los, senhor Ravel. Isso me parece importante. A solidão na qual se fechou me parece perigosa. Precisa voltar a ter contato com a realidade. Acontece que, ao fazer isso, corre o risco de passar por fases difíceis. Seria bom se estivesse acompanhado.

Enquanto a escutava, não podia deixar de pensar nos meus pais. A ideia de que eles também pudessem ser fruto da minha imaginação me pareceu tangível. E aterradora. Talvez o apartamento da rua Miromesnil nem mesmo fosse real. Talvez eu sempre houvesse vivido naquele hotel...

— Qual é a probabilidade de que eu tenha inventado a existência do doutor Guillaume? — perguntei apoiando o queixo nos punhos.

— Se as pessoas na Défense lhe disseram que a clínica médica não existia, há grandes chances de que tenha, de fato, inventado.

— Assim como invento as vozes na minha cabeça? Essas vozes não são reais, não é?

— Elas são reais para o senhor, Vigo. O senhor as ouve mesmo. Mas é preciso compreender que não podem ser os pensamentos das pessoas. São os seus próprios pensamentos. O seu cérebro faz uma confusão entre o seu *ego* e o mundo exterior, assim como entre a sua vida psíquica, o seu imaginário, e os acontecimentos reais que o cercam...

Soltei um longo suspiro. Sim. É claro. Evidente. Como poderia ser diferente? No entanto, tudo isso parecia tão real!

— E esses cortes que tenho nos dedos? — disse eu, levantando as mãos à frente. — Não são do atentado?

— Segundo as informações, senhor Ravel, nenhuma das pessoas que estavam na torre SEAM sobreviveu... Nenhuma. E, quando vemos as imagens, é difícil imaginar o contrário...

— Então, eu não estava na torre?

— Provavelmente, não.

— E por que me lembro disso?

— Talvez estivesse nas proximidades, o que poderia explicar os ferimentos. Ou, então, viu as imagens na televisão, elas o impressionaram e alimentaram no senhor uma crise de paranoia, no fim das contas uma coisa bastante clássica...

— Clássica? — disse eu meio ofendido.

— No quadro dos distúrbios dos quais sofre, sim. O senhor atribuiu um significado pessoal e estranho a um acontecimento real do qual, no entanto, não participou. As crises de esquizofrenia paranoide constantemente dão a impressão ao sujeito de que ele está no centro do mundo, diante de acontecimentos que não parecem aleatórios e que exprimem para ele uma lógica bem precisa... Como eu li há pouco...

— Em resumo, as coisas que imaginei não são surpreendentes numa pessoa afetada pela esquizofrenia?

— É um distúrbio bem comum. O senhor se colocou no centro desse excepcional acontecimento, como se fosse o sujeito principal. Como se fosse o centro da atenção do mundo inteiro. E, quando esse tipo de distúrbio é duplicado pelo sentimento de que ninguém acredita no senhor, como citou outro dia, podemos chamar de síndrome de Copérnico.

— Síndrome de Copérnico?

— Sim, é uma síndrome recorrente em muitos pacientes afetados de paranoia ou de esquizofrenia paranoide: a certeza de possuir uma verdade essencial, capital, que o coloca acima do comum dos mortais, mas na qual o mundo inteiro se recusa a acreditar.

— E acha que sofro dessa síndrome?

— Parece-me muito provável. O senhor está convencido de haver descoberto uma coisa extraordinária, a capacidade de ouvir o pensamento dos outros, e que, ainda por cima, esse poder lhe permitiu escapar do mais terrível atentado da nossa história. Além do mais, está convencido de que ninguém vai acreditar no senhor, de que o mundo inteiro refuta a sua verdade, até mesmo que existe um complô para impedir que revele a sua história... Existem aí todos os elementos da síndrome de Copérnico.

— Mas isso é horrível!

— Não. É um sintoma bem comum.

— Está dizendo isso para me tranquilizar? — salientei ironicamente.

— De jeito nenhum. Estou dizendo porque é a realidade e que é isso que deve recomeçar a fazer agora: reconhecer a realidade. Mas não será fácil, senhor Ravel. Compreender que, às vezes, o seu cérebro mente, não deve arrastá-lo no sentido inverso; não deve fazer com que perca o sentido da realidade nem da sua própria pessoa. Nem tudo é ilusão, nem tudo é alucinação. Há realidade no que vê, no que sente, no que ouve. Deve reaprender a captar o real. A saber a diferença.

Concordei.

— Senhor Ravel, agora que nos conhecemos, tem certeza de que não quer consultar um psiquiatra? O seu distúrbio é sério e...

— Não! — interrompi. — Não, de verdade. Não, por enquanto, em todo caso. Por favor. Eu... Eu prefiro continuar a vê-la. Preciso de tempo. E de pontos de referência. A senhora, meus pais... São referências para mim.

— Entendo. Bom. Vai entrar em contato com a sua família?

— Vou.

— Perfeito. Quer que façamos isso juntos?

— Não, não. Vou buscar minhas coisas no hotel, depois ligarei para eles, sozinho.

— Muito bem. Parece-me que fez a escolha certa.

Ela me dirigiu um sorriso satisfeito. Devia achar que fazíamos progresso. Sem dúvida, tinha razão. Aos poucos, eu voltava a me conscientizar da minha doença. As crises desapareceriam em breve, eu queria acreditar. E eu poderia novamente recuperar uma vida quase normal, trabalhar, continuar o meu tratamento...

— Bom — disse ela pondo as mãos em cima da mesa. — Já fizemos muito por hoje. Quer que nos vejamos dentro de dois dias?

Uma rotina, uma referência? Sim, eu queria, precisava.

— Quero sim — disse eu, contorcendo as mãos.

Perfeito. Então vou me despedir, senhor Ravel. Entre em contato com a sua família e tente reconstituir um pouco as coisas com eles, ver, entre as lembranças, quais delas são reais, quais são fruto da sua imaginação. Mas vá devagar. Não há pressa. É inútil querer fazer demais, por enquanto... Talvez pudesse começar verificando quem era o seu psiquiatra...

— Combinado.

— E me contará isso daqui a dois dias.

Fiz que sim com a cabeça e paguei o preço da consulta. Enquanto preenchia o cheque, olhei o meu nome escrito em letras de imprensa. *Vigo Ravel.* Ao menos, por mais estranho que fosse, não havia imaginado o meu patronímico. Obviamente, o Crédit Agricole me reconhecia como tal... Vigo Ravel.

Apertei a mão da psicóloga e saí do consultório. Ao atravessar a pequena sala contígua, vi a mulher com quem eu havia cruzado dois dias antes, naquele mesmo lugar. Eu a reconheci imediatamente. Aquela mulher de 30, de cabelos castanhos curtos, rosto fino, frágil, olhos verdes protetores, sobrancelhas finas, pele bronzeada pelo sol do Magreb, provavelmente. Ela estava ali, sentada, imóvel, o coração prestes a se abrir para a psicóloga, a alma da sala de espera, as lágrimas à beira das palavras. Dessa vez a consulta dela seria depois da minha. Esquecendo quem eu era, dirigi-lhe um sinal amigável de cabeça. Ela me devolveu o que parecia ser um sorriso.

No corredor, fechei a porta atrás de mim e parei de repente, com o punho cerrado na palma da mão. Não me mexi, como se fosse prisioneiro do olhar da Medusa. Mas havia sido um anjo que me deixara pregado no chão.

A jovem, sua tristeza, seu silêncio... Eu não conseguia tirar o rosto dela da cabeça. Havia alguma coisa no seu olhar verde-escuro... Força e fraqueza, ao mesmo tempo, como um entusiasmo aniquilado, e essa luzinha enternecedora, uma luz de vigília numa noite de pesadelo. Ela possuía o ar frágil e duro das pessoas que haviam sofrido. Conheço bem esses rostos.

E, então, no fim dessa estranha semana, à guisa de conclusão talvez, para coroar tudo, desci a escada do prédio e fui sentar num banco no meio da calçada, decidido a esperar por ela. Para revê-la.

25.

Caderneta Moleskine, anotação nº 127: Nicolau Copérnico.

Desde que a psicóloga mencionou a síndrome de Copérnico, a vida desse astrônomo polonês me deixou obcecado... Tinha a impressão de que devia conhecê-lo. Para tentar compreender, procurei a pista dele nos livros de história. Anotei sua biografia para encontrar ressonâncias, explicações e um pouco de segurança.

Nikolaj Kopernik nasceu no dia 12 de fevereiro de 1473 em Torun. Eu procurei. Era a capital da Prússia polonesa. O pai, que era padeiro, morreu quando Copérnico tinha 10 anos. Pergunta: seria a perda prematura do pai que o levou a sondar os mistérios do Universo? A questionar toda a cosmogonia do seu tempo? Talvez. Que solidão maior poderia incitar um homem a interrogar assim o céu e a sua imensidão? Não deixa de passar pela minha cabeça que Copérnico também deveria ter angústias. Isso, ao menos, faz com que tenhamos algo em comum.

Em seguida, ele foi adotado pelo tio, que não era ninguém mais do que o bispo de Cracóvia... Que ironia, quando sabemos que justamente a Igreja será por muito tempo o seu maior e mais violento adversário! Na realidade, o trabalho de Copérnico marcou, na história, o início das divergências entre ciência e religião... vejo alguma coisa aí. Vejo um homem que, ao tocar com o dedo numa pontinha de verdade, embaraçou enormemente seus contemporâneos, porque questionou o sistema de crença — e, portanto, o poder — da classe governante... Mas não vamos nos precipitar. Não fui eu que descobri que a Terra girava em torno do Sol. Estou me desviando do assunto.

Em todo caso, essa adoção permitiu a Copérnico seguir estudos brilhantes. Assim, ele se iniciou nas artes liberais na Universidade de Cracóvia. Depois, o tio o nomeou cônego de Frombork. Na realidade, ele assumiu mais responsabilidades financeiras do que religiosas nesse posto.

Em seguida, ele foi a Bolonha, na Itália, estudar direito canônico, medicina e astronomia. Lá, ele conheceu Domenico Maria Novara, um dos primeiros cientistas a questionar o sistema geocêntrico, a tese então admitida por toda a cristandade e segundo a qual a Terra estaria no centro do Universo. Copérnico ficou hospedado na casa do professor, que lhe transmitiu sua paixão pela astronomia.

Juntos, eles observaram o eclipse de Aldebarã pela lua, que ocorreu em 9 de março de 1497.

Em 1500, Nicolau Copérnico se tornou professor de matemática em Roma, onde também deu algumas conferências notáveis sobre astronomia. Em seguida, decidiu ir para Pádua estudar medicina. Observo, de passagem, que foi nessa mesma universidade que, um século depois, um certo Galileu também ensinou... Paralelamente, Copérnico obteve o doutorado em direito canônico. Depois, voltou para a Polônia para cumprir seu dever de cônego.

Mesmo trabalhando como administrador e como médico, nunca abandonou as pesquisas em astronomia e consagrou sete anos da sua vida na redação do De Hypothesibus Motuum Coelestium a se Constitutis Commentariolus, *um tratado de astronomia que já enunciava os princípios do heliocentrismo, mas que não foi publicado antes do século XIX!*

No entanto, em 1512, ele se dedicou ao que seria a obra da sua vida: De Revolutionibus Orbium Coelestium. *Levou dezoito anos para terminá-la. Esse ensaio, tão magistral quanto controvertido, só foi publicado algum tempo antes da morte do autor. Nicolau Copérnico morreu em Frombork, no dia 23 de maio de 1543, alguns dias depois de receber o primeiro exemplar impresso.*

Agrada-me pensar que ele morreu com o livro entre as mãos. Bem apertado.

26.

Enquanto esperava embaixo do prédio da psicóloga, eu desfrutava a luminosidade de um dia magnífico, com os braços apoiados no encosto verde do banco parisiense. Eu me sentia bem, embalado pelo ronronar dos carros e pelos caprichos do vento, com todos os sentidos satisfeitos pela riqueza do verão urbano. Não vi o tempo passar, mas logo senti a ardência do sol no rosto inteiro.

Fumando um cigarro atrás do outro, não podia deixar de pensar na jovem da sala de espera. O que acontecia comigo? Estava em vias de sentir *atração*? Era assim que os homens sentiam o famoso mistério de amor à primeira vista? Não. Certamente, não. Sem dúvida o amor era mais complicado do que isso. Tantos livros já foram escritos, tantos refrãos já foram cantados! Mas então era o quê? O que eu queria dela, dessa outra de quem eu nada sabia?

Talvez precisasse me sentir menos sozinho. Pois ela e eu compartilhávamos ao menos uma coisa: o pequeno consultório em desordem do primeiro andar, suas confidências e seus segredos. Sim, certamente eu queria falar com alguém que compartilhasse essa estranha realidade, a das nossas psicoses ou nossas neuroses e das nossas confissões. Isso porque, apesar do que eu havia dito à psicóloga, a ideia de falar com meus pais não me dava nenhum prazer em especial. Em compensação, encontrar o sentido da realidade falando com aquela jovem em vez de falar com eles me parecia uma excelente iniciativa.

Meus pais... Apesar de tudo, algum dia teria de entrar em contato com eles. E se tivessem voltado? Talvez naquele momento estivessem na rua Miromesnil. Teriam encontrado o apartamento tal como eu o havia deixado? Devastado pelo arrombamento?

Eu precisava saber. Peguei o celular e preparei-me para digitar o número do nosso apartamento. Mas, quando aproximei os dedos do pequeno teclado, me dei conta de que não conseguia lembrar o número. Procurei em vão, tentei combinações de algarismos, nada me vinha à mente. Decidi consultar a lista dos meus contatos no telefone. Estava vazia. Eu nunca a preenchera? Não sabia dizer e, meio desorientado, decidi ligar para o auxílio à lista telefônica.

Um telefonista atendeu com a cortesia ritual e afetada dos operadores particulares.

— Boa-tarde — respondi. — Eu queria o número de telefone do senhor Ravel, que fica na rua Miromesnil, 132, por favor.

— Em que cidade?

— Bom, em Paris.

— Qual arrondissement?

— No VIIIe, senhor.

— Obrigado por esperar, o auxílio à lista vai fazer a busca.

Eu esperei, com os olhos voltados para o sol. Acendi outro cigarro.

— Senhor — retomou finalmente o desconhecido do outro lado —, não existe nenhum assinante com esse nome na rua Miromesnil.

— Como assim? — exclamei.

— Não há nenhum senhor Ravel na lista telefônica, na rua Miromesnil, em Paris, VIIIe arrondissement. Quer que eu tente uma ortografia parecida?

— Não, é Ravel, como o compositor.

— Sinto muito, não existe ninguém com esse nome, senhor.

— Ah, está bem — balbuciei. — Obrigado.

— O auxílio à lista agradece, senhor, um bom dia.

Ele desligou.

Fiquei boquiaberto. Precisei de longos segundos antes de decidir tirar o telefone da orelha.

Não existe ninguém com esse nome, senhor. Não há nenhum senhor Ravel.

Não tive tempo de medir as consequências dessa frase assassina. A jovem da sala de espera apareceu de repente na grande porta de duas folhas do prédio.

Eu me ergui de um pulo, sem pensar. Dividido entre o desejo de vê-la, o desejo de fugir e o de ceder à angústia que brotava no meu íntimo, fiquei por um momento de pé, como um imbecil.

Olhei para ela, pasmo, seu corpo estava mergulhado na sombra e o rosto mate iluminado por um raio de sol estouvado. Antes de fechar a porta atrás de si, ela me viu e me dirigiu um olhar surpreso.

Era tarde demais para fingir que não esperava por ela. Dei alguns passos à frente, sem dúvida com o rosto descomposto.

— Ainda está aí? — disse ela com um ar cínico.

— É, estou — respondi abestalhado.

— Ah. E o que está esperando?

Hesitei. Poderia fazê-la pensar que eu queria subir de novo para ver a psicóloga. Aliás, com o choque que eu havia acabado de sofrer — *Não existe ninguém com esse nome, senhor* —, a ideia não me desagradava. Mas não sei o que me deu que me ouvi responder:

— Eu queria lhe oferecer uma bebida.

Ela caiu na gargalhada. Um riso tão espontâneo que me assustei.

— Ouça, honestamente, eu não preciso, de verdade, francamente, *de verdade*, que tentem me paquerar, aqui, neste momento!

Ergui as sobrancelhas. *Paquerar?* Era uma coisa da qual nunca me sentiria capaz.

— Mas não estou paquerando — expliquei. — Quero apenas tomar alguma coisa...

— Ah, é? E para comemorar o quê?

— Bom, ora, não sei... Consultamos a mesma psicóloga.

Ela desatou a rir novamente, um riso generoso, quase infantil. A porta se fechou atrás dela.

— Qual é a ligação?

Realmente, sem dúvida, eu era o único a poder encontrar para isso uma explicação lógica. Mesmo assim, tentei expor para ela:

— Quer dizer que, sabe, eu disse a mim mesmo que, se você vai consultar *Sophie Zenati, psicóloga, 1º andar, à esquerda*, é que você está mal. Acontece que eu também vou vê-la e, portanto, é porque estou mal. E é por isso que disse a mim mesmo que, talvez, pudéssemos tomar alguma coisa, sem nenhuma razão em especial. Ficarmos mal juntos. Porque, quando estamos mal, faz bem compartilhar, não?

— Ah, é? Quando estamos mal, tomar alguma coisa com alguém que também está mal? Que ideia maravilhosa!

— É, sim. Porque as pessoas felizes não compartilham a felicidade.

— Ah. Você é infeliz?

— Não é bem isso. Tenho uma *dementia prӕcox*.

— O que é isso?

— Sou esquizofrênico.

Ela ergueu as sobrancelhas.

— Esquizofrênico? E quer que eu vá beber com você? Pois bem! Você sabe falar com as mulheres!

— Não muito bem. Faz parte. Distúrbio de relacionamento com o outro...

Dessa vez o sorriso não foi zombeteiro. Ela era capaz de iluminar o rosto tão duro. Foi a minha vez de sorrir.

— E você, é infeliz?

Ela deu de ombros. Pareceu avaliar-me com o olhar.

— Não — disse, finalmente. — Depressão passageira...

— Ah, sinto muito. Mas eu estou pior — disse, enfiando as mãos nos bolsos. — Esquizofrênico é mais grave.

— Isso é uma maldade!

Vi que ela começava a rir. Afinal, eu não era tão desajeitado assim.

— Então, você vai? Não pode imaginar o esforço que representa para um esquizofrênico convidar alguém para tomar alguma coisa!

Ela sacudiu a cabeça e ergueu a mão esquerda. Mexeu o anular para me mostrar a aliança.

— Alguém espera por mim.

— Compreendo — disse eu baixando os olhos. — Desculpe-me. É que não tenho muitas oportunidades de conversar com alguém, então, lá, na minha psicóloga, disse a mim mesmo que... Ora... Deixe pra lá. Em todo caso, um bom dia! Sem dúvida, nos cruzaremos lá em cima num desses quatro...

— Espere — interrompeu ela. — Como se chama?

Engoli em seco. Lutei para não deixar meu olhar despencar na direção da calçada, para manter a cabeça erguida.

— Acho que me chamo Vigo. E você?

— Como assim, você *acha*?

Cocei a cabeça, com ar aborrecido.

— Ultimamente, peguei o hábito de duvidar de tudo, até do meu nome. A única certeza é que é o nome que está impresso no meu talão de cheques... Vigo Ravel.

— Ravel? Igual ao compositor?

— É. E você, como se chama?

— Agnès.

Disfarcei minha surpresa. Eu esperava um nome árabe ou, em todo caso, mais exótico...

— Muito prazer.

Estendi a mão. Ela a apertou com uma delicadeza que eu não podia imaginar.

— Bom — disse ela suspirando —, quero ir tomar alguma coisa ali em frente, já que insiste, mas vou avisando, não tenho muito tempo... Alguém me espera, de verdade.

Mal consegui acreditar. Em todas as minhas lembranças, era a primeira vez que eu convidava uma estranha para tomar alguma coisa comigo e, além do mais, havia funcionado! Ato contínuo, eu me perguntei, de repente, o que poderia dizer a ela. Convidá-la para tomar alguma coisa já resultava numa façanha, mas, agora, seria preciso manter uma conversa. Imediatamente, fiquei angustiado. Ela deve ter notado e bateu no meu ombro com amabilidade.

— Tem um café ali, aonde vou de vez em quando, quando estou adiantada — disse ela estendendo a mão.

— Está bem, vamos — murmurei.

27.

Atravessamos a rua juntos e nos instalamos no terraço ensolarado. Ela sentou primeiro e, desajeitadamente, ocupei o lugar em frente. Eu estava nervoso e isso parecia diverti-la.

— Você é realmente esquizofrênico? — perguntou ela, como se fosse uma pergunta banal.

Ao menos, ela me tirava a angústia: encarregava-se de puxar conversa.

— É, sou, eu acho — respondi. — Está um pouco complicado no momento. Como lhe disse há pouco, comecei a duvidar de tudo. Mas, totalmente, sou; em linhas gerais, acho que se pode dizer que sou esquizofrênico.

— Ah. E isso quer dizer o quê? Quer dizer que, em certos momentos, você acha que é Napoleão, esse tipo de coisa?

Eu sorri. Ela era de uma franqueza cheia de ingenuidade, que só as crianças preservam. Ou, talvez, a similitude dos nossos supostos sofrimentos a convidasse a confraternizar com mais facilidade. Isso era agradável.

— Não, fique tranquila. Não acho que sou Napoleão nem Ramsés II. Mesmo assim, tenho distúrbios bem fortes — admiti, quase com orgulho.

— Ah, é? Quais?

Hesitei. Estava virando um interrogatório, mas, no fim das contas, eu havia procurado.

— Ouço vozes.

— Como Joana d'Arc?

— É. Como Joana d'Arc.

— Certo — disse ela simplesmente, como se essa explicação fosse suficiente.

Mas eu quis lhe contar mais.

— Em alguns momentos, tenho a impressão de que, o que eu ouço, são os pensamentos das pessoas, mas, na realidade, parece que são alucinações produzidas pelo meu cérebro.

Ela fez uma cara compadecida.

— Deve ser muito... muito incapacitante.

— É — confessei. — Estou atravessando uma época especialmente difícil.

— Imagino — disse ela, meneando a cabeça. — Mas não deveria consultar um psiquiatra para esse tipo de distúrbio?

— Ora... É uma longa história. Eu me consultava com um, mas não o vejo desde o atentado de 8 de agosto... Não sei se é verdade, mas acho que ele estava lá no momento das explosões. Depois disso, a minha vida ficou de pernas para o ar...

No mesmo instante, o garçom do café se aproximou da nossa mesa, no seu uniforme preto e branco.

— Bom-dia, senhora, senhor.

Agnès fez um sinal de cabeça amigável. Estava em território conhecido.

— O que desejam?

— Um café — pediu a jovem.

— Dois — confirmei.

— E dois expressos, dois — exclamou o garçom antes de desaparecer no interior do café.

Eu o olhei, sorrindo. Havia alguma coisa de tranquilizador para mim nessas caricaturas humanas. Esses clichês eram como provas da realidade.

— E você? — disse aproximando a cadeira da mesa. — Quais são as razões da sua... depressão passageira?

Eu a vi franzir as sobrancelhas. Era novamente o rosto frágil que eu vira na sala de espera...

— Ora... Nada de terrível. Sou um pouco ciclotímica, como mulher. O cansaço, pequenos problemas na vida conjugal, tudo isso... E, depois... Exerço uma profissão... difícil. Uma atividade cansativa. É frequente esse tipo de pequena depressão na minha atividade.

Professora. Tive a certeza de que era professora. Reconheci nos olhos dela aquele desgaste, a desilusão que, no entanto, se recusava a ceder. Ela devia ter um emprego num bairro difícil, numa Zona de Educação Prioritária,* como eles dizem. Um des-

* Zonas ou conjuntos de escolas públicas criadas pelo governo em bairros carentes. (N. T.)

ses guetos modernos que o mundo fabrica. Para os esquizofrênicos, inventaram a hospitalização compulsória; para os bairros carentes, a educação prioritária. Ao menos, não me sentia tão só.

— E o que foi mal primeiro? — perguntei. — O seu trabalho ou a sua vida conjugal?

Ela ficou em silêncio, desconcertada. Insisti:

— O seu casamento começou a desabar por causa dos seus problemas no trabalho, ou você não suporta mais o trabalho porque as coisas vão mal em casa?

Ela suspirou.

— Ora! Você vai direto ao ponto! Sinto muito, Vigo, mas não é o tipo de conversa que imaginei ao vir tomar alguma coisa com você...

— Espere aí, eu lhe disse que ouvia vozes na cabeça... E você tem medo de se abrir? Não é muito equitativo!

— Não é que eu tenha medo de me abrir, é só porque não tenho muita vontade de falar sobre isso...

— Ah. Prefere falar da chuva e do bom tempo? Sinto muito, não sei se tenho essa habilidade.

Ela sorriu.

— Não, não, fique tranquilo, também gosto de sinceridade...

— Foi isso que entendi — disse eu com segurança. — Aliás, acho isso muito bom. Essa maneira que você tem de fazer as perguntas com franqueza... É um ganho de tempo dos diabos.

Ela concordou:

— Sim, a franqueza é uma coisa boa. Mas nem sempre se pode falar de tudo tão diretamente...

— Tem razão. Estou angustiado, por isso tenho tendência a ir meio rápido ao ponto principal... Deve ser uma coisa de esquizofrênico. Quando se tem medo de morrer, também se tem medo de perder tempo...

— Você tem medo de morrer? — perguntou ela, surpresa.

— Você não tem?

Ela mostrou uma expressão hesitante.

— Zenati diria que eu tenho medo de viver.

— Como vê, voltamos à sua depressão...

— Sim, mas tem de me compreender, acabei de aguentar uma hora com a nossa adorada psicóloga, já é o bastante por hoje.

Meneei a cabeça. O garçom do café trouxe o nosso pedido.

— Você notou a zona no consultório dela? — perguntei em tom de confidência. — É estranho, não? Uma psicóloga que não arruma as próprias coisas!

Ela sorriu.

— É — disse ela. — Ou talvez seja uma artimanha de psicóloga. Com certeza, para os pacientes, a desordem deve ser menos opressora do que a ordem... Deve incitar mais à confidência.

— Acha? Eu simplesmente acho que ela é bagunceira.

A jovem pegou a xícara de café rindo, em seguida, deu um gole. Foi nesse instante — sem compreender por quê, como uma evidência repentina — que a achei bonita. Verdadeiramente bonita.

Até aquele momento, ela me deixara intrigado, surpreso. Mas, então, na futilidade daquele simples gesto, na eternidade gratuita daquele segundo, eu a achei magnífica. O rosto frágil se encheu de uma triste ternura e os olhos verdes se tornaram doces! Ela era a mais bela de todas as belezas, aquela que, prudente, se entrega lentamente.

Quando ela pôs a pequena xícara branca de volta na mesa, eu devia parecer estupefato.

— O que foi? — disse ela, franzindo as sobrancelhas.

— Você... Você é muito bonita, Agnès.

Ela arregalou os olhos, estupefata.

— Alguma coisa está errada, não?

Eu me dei conta do que havia acabado de dizer. Esfreguei o rosto, embaraçado.

— Desculpe. Não disse isso para lhe fazer a corte, eu juro! Foi simplesmente porque a achei realmente bonita, sendo que, antes, você parecia meio séria...

Ela caiu na gargalhada.

— Seja o que for! Bom, Vigo, podemos dizer que, de fato, você precisa melhorar nas suas relações com os outros.

— Sinto... Sinto muito. Não sei o que me passou pela cabeça.

— Não faz mal. É amável. É sincero. Vamos admitir que deve ser por causa do seu "medo de morrer" que você diz tudo o que lhe passa pela cabeça...

Ela tomou mais um gole de café. Eu a imitei.

Quando pus a xícara de volta, senti uma dor de cabeça característica. Minha dor de cabeça, *aquela* dor de cabeça. *Não! Agora, não!* Mas eu sabia muito bem que não podia fazer nada. Minhas mãos começaram a tremer. Eu as pus em cima da mesa para tentar controlá-las. Agnès me olhava. Fiz de tudo para disfarçar a crise que tomava conta de mim. Mas logo a minha visão se turvou, e as imagens à minha frente começaram lentamente a multiplicar-se. As cores e as formas repetiam-se em ecos vacilantes. O rosto de Agnès tornou-se duplo, assim como o mundo atrás dela. Pisquei os olhos.

Este sujeito é realmente estranho. Em certos momentos parece totalmente desequilibrado. Mas ele é engraçado. Na verdade, ele não é bonito, mas tem belos olhos. Como os do meu tio...

Levei um susto. Era a voz dela. A voz de Agnès, ali, na minha cabeça. Eu poderia jurar! Mas, não. Não, eu tinha de raciocinar! Não passava de alucinação. Uma alucinação auditiva, totalmente banal para um esquizofrênico da minha laia. Era isso. Não prestar atenção. Não deixar a loucura se apoderar de mim.

Com a mão trêmula, peguei a xícara de café e tomei num só gole. A crise desaparecia lentamente e com ela os murmúrios na minha cabeça.

— Você está tremendo. O café deles não é muito bom, não é? — disse Agnès, se inclinando para mim.

Examinei o fundo da xícara. A borra estava cheia de pequenos grãos pretos. Eu havia engolido alguns, de um amargor desagradável. Mas não era por isso que eu tremia. Hesitei em dizer a verdade. *Achei que ouvi seus pensamentos, Agnès.* Mas, finalmente, decidi que nem todas as verdades deviam ser ditas.

— É, nada excepcional — concordei.

— No entanto, continuo a vir aqui todas as vezes que vou à consulta de Zenati. É estranho, não?

— Hum! Nós nos acostumamos a tudo.

— Pode ser. Ou então sou eu que tenho a aborrecida tendência a me acostumar a tudo o que não é bom. Veja, por exemplo: você fuma?

— Como uma chaminé — disse eu tirando o maço de Camel.

Ela mergulhou a mão na bolsa e, por sua vez, tirou um maço. Eu sorri. Não conseguia parar de encará-la. Os cabelos curtos de menino, os olhos profundos, a pele cheia de sol. Havia alguma coisa na sua atitude que me enternecia. A voz e os gestos demonstravam uma força segura que a fazia parecer intocável, até mesmo infalível; no entanto, a sua presença na psicóloga e alguma coisa no seu olhar traíam a sua fragilidade, mais profunda.

— Esta merda acabará nos derrotando — disse ela, acendendo um cigarro.

— Temos de morrer de alguma coisa...

— Sim... É o que dizemos para tapar o sol com a peneira, hein? Bom, com essas palavras, Vigo, preciso ir agora...

Ela pôs algumas moedas em cima da mesa e empurrou a sua cadeira.

— Não a assustei demais com as minhas histórias de alucinações auditivas? — perguntei, chateado.

Estava aterrorizado com a ideia de não ter agradado. De haver revelado rápido demais a verdade crua da minha esquizofrenia.

— De jeito nenhum, Vigo. Se eu lhe dissesse tudo o que tenho na cabeça, talvez você é que ficasse com medo! Mas preciso mesmo ir embora. Já lhe disse, sou esperada. Voltaremos a nos ver.

Sem pensar, peguei-a pela mão.

— Vamos trocar os números de telefone? — perguntei, embaraçado.

— Para quê?

— Não sei. Por nada, se algum dia você estiver mal, pode me ligar, a qualquer hora.

— Ah, é? Pois bem, você não! — replicou ela, sorrindo. — De noite, eu durmo, e meu marido, sem dúvida, não acharia isso muito engraçado.

Entretanto, ela tirou o celular da bolsa.

— Vamos, fale.

Ela anotou o meu número, depois me deu o dela. Eu o anotei na minha lista de contatos, desesperadoramente vazia.

Ela se ergueu, depois, sem que eu esperasse — e ainda menos tivesse esperanças —, me beijou no rosto. Dirigiu-me um último sorriso e se afastou num passo rápido. Eu a olhei partir, ereta e ágil, atravessar a rua e desaparecer como se apaga a grande distância num horizonte chuvoso.

Passei a palma da mão no rosto, como para me certificar de que o beijo era bem real. Depois, observei minhas mãos. Elas tremiam. Cerrei os punhos para expulsar os espasmos ridículos, mas os batimentos do coração não eram controláveis. Eles estavam cada vez mais rápidos. Fechei os olhos, incrédulo. Seria possível? Estaria sentindo essa coisa que nunca havia sentido? Ali, de repente, sob o sol de verão, no meio de uma semana que ia além do entendimento? Amor? Sem avisar? Como uma chuva inopinada no meio do verão, inesperada e refrescante?

A recordação da sua boca se perpetuou por longo tempo, como uma carícia no meu rosto. Levantei-me de um pulo e saí para beijar a cidade.

28.

Devo ter rido alto duas ou três vezes no trajeto de volta. As pessoas com as quais eu cruzava deviam me considerar louco: estava pouco ligando, eu era mesmo.

Tinha a impressão de ter 15 anos, e eu nunca tive 15 anos. Tinha a impressão de que nada mais importava, a não ser Agnès, cujo nome aparecia em tudo o que é lugar à minha volta, piscava, transformava-se em *anjos* e enchia todo o céu com as asas de penas. A-pai-xo-na-do. Como essas cinco sílabas eram leves! Como tinham o sabor sensual do proibido!

Bravo, Vigo, você se apaixonou por uma mulher casada e depressiva! Bravo, de verdade! Acho que Zenati, psicóloga, 1º andar, à esquerda, vai felicitá-lo!

Mas eu estava pouco ligando para Zenati. Estava pouco ligando para o atentado de 8 de agosto, estava pouco ligando para a rua Miromesnil, para Kraeplin e a *dementia præcox*, para o doutor Guillaume e para a minha saúde mental. Só uma coisa contava. Eu era capaz de me apaixonar! A-pai-xo-na-do. *Na terra, cabeça aérea, a-pai-xo-na-do.* E eu achava isso delicioso. Quase engraçado! As palavras dessa música me voltavam à memória, evidentes, pertinentes, como se houvessem sido escritas para mim. *Na Terra, cabeça aérea, apaixonado, há centelhas no fundo dos seus olhos...**

Eu tinha certeza de que tudo isso nunca teria acontecido se não tivesse parado o tratamento com os neurolépticos. Pela primeira vez, eu tinha a impressão de estar no controle da minha vida, impressão de que meus atos não eram mais ditados por um psiquiatra ou por medicamentos. Paris nunca me pareceu tão bela. Meu olhar nunca voara tão alto.

Quando cheguei ao hotel com o rosto iluminado, o gerente me olhou estarrecido.

— Ora! O que aconteceu? — lançou ele, perplexo. — Hoje, o senhor parece bem feliz!

— Estou de bom humor — confessei.

— Tem sorte. Tome, alguém deixou isto aqui para o senhor.

Ele me entregou um envelope branco. Estava escrito o meu nome, Vigo Ravel. Franzi as sobrancelhas. E, de repente, voltei para a Terra. Aterrissagem forçada.

Quem poderia ter deixado um bilhete para mim? Com exceção da minha psicóloga, ninguém sabia que eu estava ali, naquele hotel.

Com mão trêmula, peguei o envelope.

— Obrigado.

---

* Tradução livre da música "Tête en l'air" (Cabeça aérea), de autoria do cantor e compositor Jacques Higelin. (N. T.)

Abri a carta imediatamente. Só havia uma folha. Uma só. Com algumas palavras escritas a mão. Uma simples mensagem. E tive de lê-la várias vezes para ter certeza de que não estava sonhando. Pois não era uma mensagem comum. Era uma mensagem surpreendente, até mesmo aterradora. Que me gelou o sangue.

O seu nome não é Vigo Ravel e você não é esquizofrênico. Encontre o Protocolo 88. E estava assinado apenas: *EsFiNgE.*

Pensei que fosse desmaiar. Perder os sentidos no pequeno saguão branco daquele hotel Novalis.

Num único dia o meu cérebro havia passado por um excesso de realidades diferentes. Informações em excesso, sentimentos em excesso. Naquele momento, tive certeza de que estava completamente louco. Louco de pedra.

O gerente do hotel olhou-me com ar desconfiado. Baixei novamente os olhos para a carta, li outra vez as poucas palavras: *Você não é esquizofrênico. Encontre o Protocolo 88.*

Quem poderia ter escrito isso? Quem? Por quê? Aquilo não fazia nenhum sentido! *Protocolo 88?* Que bobagem era aquela? Eu tinha vontade de gritar para acordar do horrível pesadelo. Mas não era um pesadelo. Era a minha vida. Real. Queria dar a mensagem para o gerente do hotel ler, para me certificar de que era mesmo autêntica, mas, evidentemente, não podia. Senti que não devia. E, de qualquer modo, não podia ser uma alucinação. Eu não podia ter inventado isso. Um nome desses! *Protocolo 88!*

— Está tudo bem, senhor Ravel?

Eu me assustei.

— Hum... Sim, sim, tudo bem — menti.

Exceto que eu talvez não me chame senhor Ravel, idiota.

— Má notícia? — insistiu ele.

— Mais ou menos — admiti.

Tentei recuperar-me. Enfiei a carta no bolso, despedi-me do gerente e subi num passo rápido para o quarto.

Quando cheguei ao pequeno aposento, quadrado demais, joguei-me pesadamente na cama. Virei-me de costas com as mãos no rosto. Em seguida, olhei para o teto por longos segundos. O teto branco que eu havia fitado por horas inteiras nos dias de angústia. Tão em branco quanto a minha cabeça vazia, naquele momento.

Soltei um longo suspiro. A mensagem não existia. Eu a havia inventado. Sim. Com certeza. Devia ser isso. In-ven-ta-do. No entanto, sentia o pedaço de papel no bolso. A carta dobrada ao meio. Sabia que ela estava ali, encostada na minha coxa. Realmente ali. Eu sabia que bastava estender a mão e relê-la. Mas qual o preço a pagar?

Afinal, eu lera direito? Talvez houvesse lido mal, na pressa. Com o pânico...

Hesitei ainda um momento, depois enfiei a mão no bolso. Tirei o pedaço de papel. Deitado de costas, li mais uma vez:

O seu nome não é Vigo Ravel e você não é esquizofrênico. Encontre o Protocolo 88. EsFiNgE.

Que crédito eu poderia dar a essa mensagem surrealista? *Você não é esquizofrênico!* Fácil de dizer! Mas como saber? Por que acreditar nessa mensagem? Havia muito tempo que eu me perguntava sobre isso, havia muito tempo que os psiquiatras me davam as provas... Como acreditar num simples pedacinho de papel, deixado por uma misteriosa EsFiNgE na recepção do hotel? Tudo isso era totalmente ridículo.

No entanto, talvez houvesse um meio de saber. De pôr tudo em pratos limpos. Sim. Talvez. Um único meio.

Com a mão trêmula, peguei o celular e digitei o número de Agnès.

A jovem atendeu depois do primeiro toque.

— Vigo! Não está certo você me ligar! Achei que era só em caso de emergência! Faz apenas uma hora que nos separamos!

— Sim, mas é justamente uma emergência.

— Está me gozando? Você me incomoda, Vigo! Não deveria ter lhe dado o número do meu telefone!

Ela estava tão furiosa que mal reconheci a sua voz. Pigarreei. Não me sentia à vontade. Mas, realmente, era uma emergência.

— Agnès. Há pouco, no café, quando você me olhou, no que pensava?

— Que idiotice é essa?

Suspirei. Não ousava dizer o que precisava. Entretanto, eu precisava saber.

— Agnès. O seu tio, seu tio... Ele tem... Ele tem olhos azuis como os meus?

— O quê? — exclamou ela, com uma voz estupefata.

Eu me dei conta do absurdo da minha pergunta. Se estivesse errado, se tudo não passasse de alucinação, ela ia mesmo me considerar muito doente. E, sem dúvida, nunca mais ia querer me ver. Mas eu tinha certeza. Tinha certeza de que não estava errado.

— Há pouco, no café, quando você me olhava, eu disse que a achava bonita e você... você, Agnès, disse a si mesma que eu não era muito bonito, mas que tinha belos olhos, como...

— ... como os do meu tio — continuou Agnès, com uma voz vacilante, incrédula. — Co... como sabe, Vigo?

Finalmente, tive uma resposta para a minha pergunta mais antiga. Pela primeira vez na vida eu estava certo. Absolutamente certo. Achei que ia desmaiar. Mas, não. Tinha de enfrentar a realidade. Controlá-la. Comecei a balbuciar:

— Agnès... Não... não sou esquizofrênico. Eu ouço o pensamento das pessoas.

SEGUNDA PARTE

GNOSE

29.

Há minutos que, às vezes, parecem ser bem mais longos do que os sessenta miseráveis segundos. E, nesse caso, a relatividade não tem nada de teórico. Nós nos afogamos, sufocamos, escapamos de tudo.

Nesse instante a minha vertigem foi tão grande que tive a impressão de cair, durante um eterno presente, numa fenda gelada e sem fundo. O eco daquelas palavras ressoou na minha cabeça como um pedido de socorro no meio de um estacionamento deserto: *O seu nome não é Vigo Ravel e você não é esquizofrênico.*

Não sou esquizofrênico, esquizofrênico, esquizofrênico. Foi como se eu perdesse tudo o que possuía, não em bens materiais, e sim a certeza e a consciência do eu — uma consciência que já não passava de ruínas e isso havia muito tempo. Tudo o que constituía minha identidade, minha memória, por mais minguada que fosse, meus pensamentos, minhas representações do mundo, tudo o que restava da minha frágil intimidade ruiu como um castelo de cartas que jamais poderia ser reconstruído. De repente, eu não era mais eu mesmo e sim outro totalmente diferente. Um desconhecido que nunca havia sido esquizofrênico, que nunca havia sido Vigo Ravel, porém que, há mais de dez anos, ouvia realmente — sem ter plena consciência disso — os pensamentos das pessoas. Nada de alucinações. *Pensamentos.* Verdadeiros e secretos. Longínquos, mas concretos. *Hoje, os aprendizes de feiticeiro na torre, amanhã, nossos pais assassinos no ventre, sob 6,3.*

Depois de desligar o telefone, não pude me impedir de chorar. *É tudo mentira.* Agnès certamente não havia compreendido. Não podia compreender. Ninguém poderia. Nem compreender nem acreditar em mim. Isso porque a minha vida inteira ia além do entendimento. Eu estava sozinho, totalmente, terrivelmente sozinho diante do incrível. A psicóloga podia dar a isso o nome que quisesse, síndrome de Copérnico ou não: agora, eu tinha a comprovação íntima, eu ouvia o pensamento das pessoas e ninguém acreditaria em mim.

Repeti mil vezes essa frase impossível. *Ouço os pensamentos das pessoas.* E nada a tornava mais fácil de ouvir. Nem mesmo o hábito. Não nos habituamos ao inconcebível.

Imóvel no meio do quarto do hotel, fui invadido por uma angústia tão grande que desejei ver os meus pais, custasse o que custasse. Encontrar-me com Marc e Yvonne Ravel, esperando que existissem, que fossem bem reais. Já que eu não era mais eu mesmo, ao menos que eu fosse um filho! Que eu visse nos olhos deles o lampejo, mesmo ínfimo, de um reconhecimento. Minha identidade.

O seu nome não é Vigo Ravel. Mas, então, quem eu era? Qual o meu nome? Qual a minha história? Eles, que me viram crescer, saberiam me dizer?

Quaisquer que fossem as minhas relações com meus pais, eu estava convencido de que me poderiam dar um pouco de conforto. O suficiente, em todo caso, para que eu me aguentasse de pé, para que eu me segurasse. De qualquer maneira, eu não tinha uma ideia melhor. Tinha de vê-los, imediatamente. E, já que eles pareciam não constar do catálogo telefônico, eu não tinha outra opção além de voltar, o mais rápido possível, ao apartamento da rua Miromesnil. Ao maldito apartamento. Ir até lá fisicamente e confiar no que eu pudesse ver.

Infelizmente, a simples ideia de sair para a rua me aterrorizava. Isso porque, lá fora, havia os outros. Havia as vozes, os murmúrios. E, agora, eu sabia que esses murmúrios não eram alucinações auditivas. Que não eram produto de uma esquizofrenia paranoide aguda. Eram *pensamentos*. Eram reais. E não queria mais ouvi-los. Mas eu tinha escolha?

Peguei a coragem que me restava e me levantei lentamente. Como um ritual, olhei-me no espelho; e, sem poder acreditar, tive a impressão de me reconhecer, apesar de tudo. Ao menos, eu não havia mudado de rosto. Era o meu último baluarte, a minha derradeira realidade. Os olhos azuis. A boca séria. A testa grande, tão preocupada. Mas eu continuava a ter essa impressão estranha, esse mal-estar que parecia causado pelo reflexo no espelho... Como se ele encerrasse um símbolo que eu não compreendia. E que me incomodava, sem razão.

Saí do hotel rapidamente e me recusei a pegar o metrô. Gente demais, sombras demais, vozes demais. Fiz o trajeto a pé até a casa dos meus pais. Por todo o caminho, repeti a mim mesmo a incrível verdade. *Não sou esquizofrênico*. Esse pensamento ocupou toda a minha mente e, sem dúvida, me poupou de ouvir os pensamentos das pessoas com as quais eu cruzava. Assim que um vulto se aproximava, eu me afastava e permanecia mergulhado na minha introspecção obsessiva, os olhos novamente voltados para a calçada.

Ao chegar embaixo do imóvel — não podia tê-lo inventado, eu o reconhecia — não fiquei totalmente surpreso quando o código que digitei não abriu a grande porta de entrada. Mantive a calma, creio até que esbocei um sorriso. Podiam tê-lo mudado. Ou então, podia ter me enganado. Afinal, havia esquecido nosso número de telefone... No entanto, não podia deixar de pensar que a rua Miromesnil pudesse ser uma falsa lembrança. Uma invenção. Não. O apartamento da rua Miromesnil não podia ser uma alucinação. Eu não tinha alucinações. *Eu não era esquizofrênico.*

Tentando não me estressar, esperei que uma pessoa passasse e me esgueirei atrás dela. A pessoa não prestou atenção em mim. Talvez me reconhecesse. Eu não soube dizer. Não ouvia os seus pensamentos. Já não era tão mal. Ela pegou o elevador, e eu a escada.

Quanto mais eu subia os degraus do prédio, mais o medo me invadia. Estaria pronto para uma nova surpresa, uma nova desilusão? Da última vez que estivera lá, o apartamento havia sido "visitado". E haviam instalado uma câmera. Isso também eu não podia ter inventado... Mas, então, o que eu esperava? Que, finalmente, os meus pais estivessem de volta? As chances eram bem pequenas.

Ao chegar diante da porta, da grande porta de madeira que eu reconhecia perfeitamente, peguei as chaves no bolso e inspirei profundamente. Não havia nenhum ruído no interior do imóvel. O que encontraria no apartamento? A aparência anterior? O olhar perplexo dos meus pais? Ou a desordem que eu havia deixado alguns dias antes, com a tal câmera que eu esmagara no chão?

Não podia hesitar por mais tempo. A verdade não estava na minha cabeça, estava no interior daqueles cômodos. Engoli em seco e aproximei lentamente a chave da fechadura. Com a mão hesitante, tentei introduzi-la várias vezes. Insisti. Mas, para a minha grande surpresa, não conseguia fazer a chave entrar na fechadura. Com certeza, eu devia estar tremendo demais. Tentei de novo. Não. Nada a fazer. Não era a chave certa! Deviam ter trocado a fechadura ou, então, realmente, eu não havia morado lá...

Vá embora.

Imediatamente, como alguns dias antes na praça da Défense, o instinto me mandou fugir. Soube, no íntimo, que não podia permanecer ali. Uma voz, no fundo de mim, gritava que eu corria perigo. Todo o meu corpo sentia o perfume de ameaça evidente. Qualquer que fosse a razão de a chave não funcionar mais, eu não podia continuar diante daquela porta. Sem me fazer mais perguntas, dei meia-volta e desci os degraus a toda a velocidade. Meus passos ressoavam pelas paredes brancas da escada. Eles se confundiam tanto uns com os outros que eu não tinha mais certeza de estar sozinho. Saí correndo para a rua.

Meu coração batia disparado. Sentia-me aniquilado pela solidão, pela urgência e pelo medo. Onde poderiam estar meus pais? Teria acontecido alguma coisa com eles? Seriam mesmo meus pais?

Não conseguia encontrar uma resposta lógica para todos esses enigmas. Senti-me mais perdido do que nunca.

Cambaleando como um bêbado pela rua Miromesnil, prestes a desmaiar, passei em frente aos comerciantes que eu conhecia bem, mas que de repente se haviam tornado estranhos. O sapateiro, velho racista, cáustico, com quem eu me desentendera alguns anos antes, a confeitaria oriental com o forte odor açucarado, o pub irlandês, a tabacaria Europa onde comprava meus cigarros... Eu os *re*conhecia. Não podiam ser lembranças falsas! No entanto, não conseguia me sentir em casa nessa terra, entre esses homens.

Com a mente confusa, saí do quarteirão dos meus pais e entrei numa ruela deserta. Minha cabeça girava cada vez mais. Joguei-me num degrau, embaixo de um prédio velho, e cobri o rosto com as mãos. Não sabia mais o que fazer. Aonde ir? Para quem me voltar? Perto de quem encontrar um pouco de paz, de socorro? Um simples olhar que me pudesse dizer que eu não era louco, que eu existia. Que sempre existira.

Agnès? Não. Não podia me permitir incomodá-la de novo e ela não me conhecia bem. Minha psicóloga? Também não. Não seria suficiente. Precisava de uma prova mais antiga da minha existência. Então, por falta de opção, voltei-me novamente para ele. Senhor De Telême. Eu me dei conta de que talvez ele fosse a minha última chance. Meu último vínculo com o passado. Meu último vínculo com quem eu acreditava ser. Vigo Ravel, 36 anos, esquizofrênico.

Peguei o celular e digitei o seu número particular. Ouvi os toques tranquilizadores. O telefone foi tirado do gancho e, para meu grande alívio, foi a voz do senhor De Telême que atendeu:

— Vigo? Mas onde você está, droga? Faz uma semana que todo mundo procura por você!

Vigo. Ele me chamou de Vigo. Reconhecera a minha voz. Para ele, eu existia.

— Senhor De Telême, preciso encontrá-lo. Estou... Estou com problemas.

— Bom, está bem, meu caro! Não temos notícias suas desde 8 de agosto! Espero que me dê explicações. Espero-o amanhã, de manhã, no escritório!

— Não. No escritório, não. E amanhã, não.

— Como assim, no escritório não?

— Prefiro que nos encontremos em outro lugar, senhor De Telême.

Ele hesitou. Eu não saberia dizer se estava preocupado ou furioso.

— Está bem. Onde você está?

— No hotel Novalis, no XVIIe arrondissement, mas não é o melhor lugar para nos vermos...

— Então, onde?

Refleti. Um lugar neutro. Um lugar onde eu me sentisse em segurança.

— No Quai du Blues.

— Está brincando? Não é a ocasião ideal para ouvirmos blues, meu caro Vigo!

— Preciso vê-lo, senhor De Telême, longe dos olhares indiscretos, a sós. Pode ir lá hoje à noite?

Ele ficou um tempo novamente em silêncio. Em seguida, depois de um suspiro irritado, concordou:

— Está bem, estarei lá por volta das 22h30.

Desliguei. Quando anoiteceu, peguei um táxi que me levou a Neuilly, no coração silencioso da ilha de Jatte.*

30.

Caderneta Moleskine, anotação nº 131: coincidências.

Eu sei, os distúrbios esquizofrênicos se traduzem principalmente por distorções do pensamento e da percepção. Já não acredito que eu seja esquizofrênico. No entanto, entre os fenômenos psicopatológicos

* Ilha situada no rio Sena, em Neuilly-sur-Seine, a 7 quilômetros da igreja de Notre-Dame. (N. T.)

recenseados pelos eminentes especialistas existe um contra o qual tenho de lutar diariamente: uma tendência a associar ideias que não têm correlação real entre elas e certa obsessão por detalhes. Números, datas, acontecimentos...

Vejo todo o tempo, em todos os lugares, coincidências sibilinas que me saltam aos olhos como evidências. Vejo laços ocultos, fios invisíveis, adivinho relações, conexões misteriosas. Em toda parte, à minha volta, o mundo transpira mensagens e não posso deixar de fazer ligações entre elas, como se houvesse uma intenção secreta em todas as coisas, um sentido hermético no Universo.

Desde o atentado, essa impressão intensificou-se. De nada adianta dizer a mim mesmo que não passam de correlações ilusórias; vejo sentido oculto nos menores acontecimentos.

Copérnico, por exemplo. Desde que a minha psicóloga falou do astrônomo polonês, vejo o nome dele em toda parte. Primeiro, dizem-me que sofro de uma síndrome com o seu nome, depois, eu me lembro de que o prédio pelo qual entrei nas catacumbas dava para a rua Copérnico, e, finalmente, na televisão, os jornalistas não cessam de fazer referência ao atentado ocorrido na sinagoga dessa mesma rua... É como se eu fosse atormentado por correspondências.

Entretanto, não devo ceder a essa obsessão. A vida é cheia de coincidências, pela mera e simples razão de que os acontecimentos obedecem às leis da probabilidade. Tendemos a notar unicamente as coincidências, sem levar em conta o fato de que elas sobrevêm no meio de um número considerável de outros acontecimentos nos quais não se passa nada de extraordinário. Sei disso: a ocorrência do que nos parece ser coincidência sobrenatural é explicada, na realidade, pelo que chamamos de "lei dos grandes números". Segundo essa lei, com uma amostra suficientemente grande de acontecimentos, mesmo o mais improvável passa a ser provável.

E, no entanto... Como ver a diferença entre uma simples probabilidade e um acontecimento inesperado realmente significativo?

Não consigo deixar de esquadrinhar o invisível.

31.

— Vigo! Você está com uma cara horrível!

A apresentação já começara havia muito tempo. A grande sala estava mergulhada na luz acolhedora dos spots vermelhos e azuis. As pessoas haviam terminado de jantar e estavam como que aspiradas pela atuação cênica de um velho *bluesman* da Nova Orleans pós-inundação. O sujeito, a sua voz e a sua guitarra formavam uma entidade no meio dos halos coloridos. Uma espécie de bola de notas, de ritmos e de dilacerações que iam direto na alma. Seus lamentos de homem abandonado saíam de todas as suas cordas, vocais e metálicas, e tudo chorava suavemente em volta dele: as vibrações do órgão Hammond na caixa Leslie,* o deslizar dos dedos num baixo sem trastes...** Era belo como uma carta de adeus encontrada um século depois. Os pelos dos meus braços buscavam o céu. Todo o meu corpo ouvia a música. Eu tinha a impressão de ser também um dos instrumentos, ali, de pé, a alguns passos do pequeno palco.

---

* Caixa Leslie é um sistema criado por Don Leslie, nos anos 1960, que produz efeitos especiais nos órgãos eletrônicos do tipo Hammond. Consiste numa caixa acústica em cujo interior há dois, quatro ou mais alto-falantes presos num eixo e que são girados mecanicamente. (N. T.)

** Trastes são linhas, tiras ou varetas que podem ser feitas de diferentes materiais e que, colocadas perpendicularmente e em distâncias calculadas ao longo do espelho de instrumentos de cordas, delimitam os espaços em que os dedos pressionam a corda, definindo as notas. (N. T.)

— Vigo?

Saí do torpor e tentei sorrir para o senhor De Telême. 22h48. Ele acabara de sentar na minha frente e parecia inquieto, pouco à vontade no terno cinza. No mesmo instante vi que não me olhava mais com os mesmos olhos de antes. Durante mais de dez anos, ele havia sido uma das raras pessoas à minha volta que jamais me viram como um esquizofrênico. Ao menos, era essa a impressão que eu tinha. Mas agora, de repente, eu reconhecia aquele véu distante no olhar dele, a condescendência afetada que as pessoas boas destinavam a criaturas da minha espécie. Um constrangimento de estranho.

— Boa-noite, senhor De Telême. Desculpe-me... Eu... Eu estou completamente hipnotizado. Sabe, esta música... A música...

— Sim?

— Acho que é bem mais eficiente do que a linguagem.

— Do que está falando?

Dei de ombros. Existem sensações que não se pode traduzir em palavras.

— O blues, é como uma comunhão, não acha?

— Ora, Vigo, foi para me dizer esse tipo de besteira que me fez vir até aqui?

Eu sorri. Já era tempo de descer à Terra. François de Telême não estava a fim de filosofar. Não havia nem mesmo dado uma olhada nos músicos. Com as duas mãos em cima da mesa, parecia estressado, com pressa de liquidar o assunto.

— Não, não, sinto muito — disse eu, endireitando-me na cadeira. — Não. Tem razão. Eu... Estou com problemas, senhor De Telême.

Nesse instante, o proprietário da casa noturna, um tal de Gérard, chegou para nos cumprimentar. Estava acostumado a nos ver por lá, De Telême e eu, e havíamos conversado em várias ocasiões. Era um sujeito meio extravagante, que tinha o ar empolgado e impaciente dessas pessoas que não terminam as frases e que desaparecem assim que você lhes dá as costas. Jamais mudava o visual: óculos em meia-lua, um velho jeans já gasto, um casaco azul e pequenos tênis brancos. Entusiasmado, administrava a boate com paixão e lutava para prestar homenagem ao blues puro e autêntico, afro-americano, remando contra a maré. Fazia da programação musical o que se faz na política, com panfletos, entusiasmo e palavras pesadas. Eu gostava dele, por instinto.

— Vocês vão ver, hoje à noite a música é dos diabos, ele está completamente pirado — disse, antes de voltar para trás do console de mixagem.

De Telême olhou-o afastar-se, depois se virou novamente para mim.

— Bom, Vigo, diga-me, o que aconteceu com você?

Hesitei. Não queria contar toda a minha história. Só precisava de reconhecimento.

— Há quanto tempo trabalho na sua empresa, senhor De Telême?

Ele franziu o cenho.

— Já se encheu, é isso?

— Não, de jeito nenhum! Quero simplesmente saber há quanto tempo trabalho na Feuerberg...

— Ora... Sabe tão bem quanto eu, há quase dez anos.

— Dez anos? Verdade? E fui lá todos os dias da semana, esse tempo todo?

O meu patrão sacudiu a cabeça.

— Mas o que são essas perguntas estapafúrdias, Vigo?

— Eu... Eu já não estou muito seguro das minhas lembranças, senhor. Eu fui mesmo durante dez anos ao seu escritório?

— Foi, é claro!

Meneei a cabeça. Ele parecia sincero. Bom. Já era uma coisa concreta. Feuerberg. O meu trabalho. Uma coisa tangível. A realidade. Certo.

— E já viu os meus pais? — perguntei, timidamente.

Ele pigarreou. Parecia cada vez mais embaraçado.

— Não. Não, nunca os vi. Mas você me falou muito deles...

— Diga-me, sinceramente: tem certeza de que os meus pais existem?

O homem ficou perplexo por alguns instantes. Ele me olhava fixo. Havia alguma coisa na sua atitude, alguma coisa que eu não gostei. Um plano, um estratagema.

— Ouça, Vigo, você passou por um choque bastante sério, acho que precisa de ajuda...

Eu me afundei na cadeira. *Precisa de ajuda.* Não era o tipo de frase que eu queria ouvir dele.

— Por que me diz isso? — perguntei num tom seco.

— Pois bem, você estava no atentado, não estava?

— Quem lhe disse?

— Ninguém! Simplesmente, sei que você ia à Défense às segundas-feiras de manhã e, desde aquele dia, não tivemos mais notícias suas... Deduzi que você estava lá... Não esteve?

Soltei um suspiro. Havia sido eu quem pedira para ele ir até lá. Era eu quem devia fazer as perguntas!

— Senhor De Telême, por isso mesmo, diga-me, o que eu ia fazer na Défense, todas as segundas-feiras?

— Ia ver o seu psiquiatra!

— Por quê?

— Como assim, por quê?

— Por que vou ver um psiquiatra?

— Porque... Enfim, sabe perfeitamente por quê, Vigo!

— Diga. Preciso ouvi-lo dizer.

Ele fez uma pausa. A sua expressão tornou-se menos dura. Ele estava aborrecido.

— Porque sofre de esquizofrenia.

— Verdade? Acha que sou realmente esquizofrênico?

Ele mordeu os lábios. Senti que estava arrependido de ter ido ali e que queria ir embora. Olhava constantemente em volta, como se quisesse escapar. Como se eu lhe metesse medo.

— Vigo, *você precisa de ajuda*. Tem de voltar ao seu psiquiatra e, depois, voltar ao trabalho. Precisa... precisa recuperar a vida normal.

— Nunca tive *uma vida normal*!

— Antes, você estava bem melhor. Está passando por uma crise, Vigo, não é a primeira e, sem dúvida, não será a última, mas deve tratar-se e...

Eu o interrompi:

— Diga-me, François... Acredita mesmo que o meu sobrenome seja realmente Ravel? Quero dizer, *Ravel*, é grotesco, não? É o sobrenome de um compositor! E Vigo? Isso é realmente um nome?

O senhor De Telême segurou as minhas mãos por cima da mesa com um ar paternalista. Atrás de nós, o *bluesman* iniciou um clássico de Willie Dixon.

— Vamos, acalme-se, Vigo, acalme-se. Precisa raciocinar um pouco e dar a volta por cima. Voltaremos a falar sobre isso com calma, quando tiver consultado o psiquiatra, está bem? Enquanto isso, precisa relaxar. Você está exausto, meu caro. Quer que eu vá buscar uma bebida?

No mesmo instante, quando estava a ponto de aceitar, eu os vi entrar. Os dois caras de agasalho cinza. Do outro lado da sala, à luz avermelhada da entrada. Impossível enganar-me, eram eles, realmente. E procuravam-me com o olhar.

Soltei imediatamente as mãos do meu patrão e inclinei-me sobre a mesa, enfiando a cabeça nos ombros. Havia muita fumaça na boate e estava escuro. Eles ainda não tinham me visto.

— Dê-me as chaves do seu carro! — disse eu, olhando para o meu patrão direto nos olhos.

— Como? Isso, não!

— Preciso sair imediatamente! Dê-me as chaves do seu carro!

— Você está delirando totalmente, Vigo! Não tem nem habilitação!

Eu me aproximei dele e apertei-lhe os braços. Gotas de suor escorriam pela minha testa. As minhas mãos tremiam. Senti na língua o gosto familiar do pânico.

— Ouça, François, tem dois caras que me perseguem — disse eu, apontando-os. — Eles... Eles me perseguem desde o atentado. Por favor... Tenho de sair daqui, dê-me as chaves do seu carro!

O senhor De Telême lançou um olhar para a entrada. Depois, fitou-me parecendo perturbado.

— Vigo... Eu...

Ele fez uma careta. Alguma coisa não se encaixava. O seu olhar fugidio...

— Vigo, essas pessoas não lhe querem mal. Querem ajudá-lo, como eu.

A resposta do meu patrão me gelou o sangue. Levei algum tempo para me conscientizar do que significava, e, quando realmente compreendi, fiquei imensamente chocado. Não havia dúvida. Ele também estava envolvido. François de Telême estava envolvido! Desde o começo. E, com certeza, havia sido ele quem levara os caras até ali! O canalha me havia traído!

Não perdi um segundo a mais. Fora de mim, pulei da cadeira e agarrei De Telême pelo colarinho. Vi o terror nos olhos dele. Puro terror. Eu não estava errado. Ele estava mesmo com medo de mim. Apalpei os bolsos do casaco dele, depois os da calça e acabei encontrando o chaveiro. Ele ficou tão surpreso, ou apavorado, que nem se debateu. Empurrei-o para trás, para a cadeira, e precipitei-me para a direita do palco. Sabia que ali havia uma porta que levava ao escritório do andar térreo. O dono da boate levara-me lá um dia, para que eu ouvisse velhos discos de blues. Era a minha única chance.

Encurvando as costas, passei em frente ao palco num passo rápido, deixando o meu patrão atônito para trás. Vi, então, que os dois sujeitos me haviam localizado. Eles avançaram na minha direção.

— Algum problema, meu caro?

Levei um susto. Era Gérard, o proprietário. Ele me agarrou pelo ombro e me encarava, desconfiado. Decidi contar-lhe. Na verdade, não tinha escolha e ele sempre me parecera um bom sujeito.

— Aqueles dois caras estão atrás de mim — disse eu apontado os dois molossos.

Gérard deu uma olhada na direção deles e anuiu:

— OK. Siga-me! — disse, puxando-me pelo braço.

Comecei a correr atrás dele. Nós nos esgueiramos entre as cadeiras. Alguns frequentadores gritaram. Virei uma mesa e por pouco não caí. A música continuava, ensurdecedora. Contornamos o palco e o proprietário me fez passar pela porta do escritório. Trancou-a depois que passamos.

— Desça por ali, rápido! Vou pedir que o segurança os detenha.

Balancei a cabeça.

— Obrigado!

Sem esperar, despenquei pela escada a toda a velocidade, atravessei correndo a desordem indescritível do escritório e cheguei rapidamente em frente à grande porta coberta de cartazes e pôsteres. Entreabri-a e, com todo o cuidado, examinei a rua com o olhar. Ninguém. Saí, e depois de alguns metros localizei o Porsche do senhor De Telême, estacionado na calçada em frente. Não podia me enganar: por diversas vezes, o meu patrão me fizera subir no seu bólido de que tanto se orgulhava. Um 911 dos anos 1980. Atravessei, desativei o alarme e entrei no carro.

Você não sabe dirigir, Vigo.

Enfiei a chave de contato no dispositivo de segurança, à esquerda do painel, e pus as mãos no volante. Meus dedos crisparam-se no couro preto. Virei a cabeça duas vezes para descontrair a nuca. Então, ouvi os gritos dos dois sujeitos na rua. Olhei para a entrada do Quai du Blues. Eles estavam do lado de fora e já corriam na minha direção.

Você não sabe dirigir, Vigo.

Virei a chave. O seis cilindros roncou alto. Apertei a embreagem e engatei a primeira.

Você não sabe dirigir. Sobretudo um carro desses!

Fechei os olhos e deixei-me levar pelo instinto. Acelerar.

Os pneus cantaram, a propulsão fez o carro arrancar a toda, derrapar ligeiramente; corrigi o carro e o pus no prumo. Em seguida, afastei-me da boate de blues. No retrovisor, vi os dois perseguidores desistirem da corrida, sem fôlego. Virei na primeira rua à direita, depois em outra e não demorei a sair da ilha de Jatte, muito acima da velocidade permitida.

Sei dirigir muito bem.

Não me chamo Vigo Ravel, não sou esquizofrênico e sei dirigir muito bem.

32.

Caderneta Moleskine, anotação nº 137: recordação.

Estou num carro, na parte de trás. Não sei aonde ele vai, onde está, quem eu sou. Duas pessoas estão sentadas na frente. Não as conheço. São apenas silhuetas vagas, sem rosto.

O cenário desfila do lado de fora, incerto. Um campo, acho eu: há vegetação. O céu está cinza. Até mesmo branco. Talvez o mar estenda-se ao longe, sombrio e encapelado.

Uma mosca não para de pousar no meu braço. Todas as vezes que a espanto, ela volta. Irrita-me. Voa devagar, como em câmara lenta, bate no vidro e sempiternamente volta a pousar em mim. Enoja-me. Não consigo matá-la. Eu a espanto várias vezes, em vão.

As pessoas discutem na frente do carro. A que dirige está com raiva. Não sei por quê. Apenas ouço a voz dela e vejo os gestos bruscos.

O carro para, de repente. Ouço o chiar dos pneus nos cascalhos ou, talvez, na areia.

A recordação para por aí.

33.

Depois de passar por vários cruzamentos, recuperei um pouco a calma. Na realidade, estava tão surpreso de ser capaz de dirigir que, praticamente, havia esquecido o resto.

O subúrbio estava especialmente calmo àquela hora. Alguns raros pedestres noturnos passeavam ao longo das grandes avenidas arborizadas. Via-se, a perder de vista, o alinhamento dos sinais vermelhos que pareciam corresponder a um ritmo hermético. A cidade tinha inteligência própria. Melhor para ela.

Perdi-me nos meus pensamentos e não vi mais o tempo passar. Onde e quando havia aprendido a dirigir? E a dirigir *rápido* ainda por cima! Um Porsche! Não tinha a menor lembrança de ter segurado, algum dia, um volante nas mãos; provavelmente, isso datava de antes da minha amnésia retrógrada. Tentei, em vão, encontrar a origem dessas sensações. A extremidade da alavanca de câmbio na mão, o apoio de cabeça na nuca... Eu tinha a impressão de sempre ter conhecido isso, sem, no entanto, lembrar-me de uma única ocasião.

O meu hotel não estava muito longe. Pus um fim na minha introspecção e, com um gesto automático, liguei o rádio. Fiz as frequências desfilarem para encontrar informações. Dei com a voz monótona de um especialista que falava sobre a eventual implicação do movimento Al-Qaeda nos atentados de 8 de agosto. *... inúmeros indícios apontam para a organização islâmica armada de Osama bin Laden. O ministro do Interior, Jean-Jacques Farkas, afirmou hoje de manhã que várias células da Al-Qaeda estão há muito infiltradas na capital e que é muito provável que tenham organizado esses atos terroristas. Vários supostos membros da organização islâmica foram interpelados esta semana em Paris e na região parisiense; a polícia informou que documentos suspeitos foram apreendidos e estão sendo analisados...*

Desliguei o rádio e soltei um suspiro. Eu ouvira os colocadores das bombas. Ao menos, havia escutado os pensamentos de um deles. Mas isso não me ajudava em nada. Eu não poderia dizer, de acordo com o que ouvira, se se tratava ou não de um terrorista islâmico e, de qualquer jeito, não tinha a certeza de poder fazer alguma coisa!

Estava começando a estacionar o carro em frente ao hotel quando notei um homem que parecia esperar na entrada. Levado pela minha paranoia, decidi continuar mais à frente. Era quase meia-noite e nunca vira esse sujeito no bairro. Usava um blusão grosso de aviador e não parecia simpático, com as mãos nos bolsos e a cabeça enfiada entre os ombros.

Dei meia-volta na rotatória e passei mais uma vez em frente ao hotel. O sujeito estava com o telefone celular no ouvido e esticou a cabeça para tentar me ver quando passei. Eu o vi dar alguns passos na rua, depois acelerar desligando o telefone. Corria na direção do meu carro.

Pisei imediatamente no acelerador e fugi. O desgraçado do De Telême havia informado o meu esconderijo. Não lhe devia ter dito em que hotel estava hospedado.

Voltei a subir rapidamente o bulevar e virei na praça do Marechal Juin, depois virei em várias ruazinhas. Quando tive certeza de que não estava sendo seguido, recuperei a calma e peguei o telefone. Só tinha um último recurso.

Agnès atendeu a ligação com voz sonolenta.

— Você viu que horas são, Vigo?

— Sinto muito. Não sei mais a quem pedir ajuda. Estou com um grande problema, Agnès.

— Mas o que está acontecendo, droga?

— Estou sendo seguido por uns caras. E, depois, aconteceu uma coisa estranha no hotel. Tenho de lhe mostrar. Para que você me diga o que acha. Tenho a impressão de que estou ficando totalmente louco, Agnès. Você tem de me ajudar.

— *Tenho* de ajudá-lo?

— Você *podia* me ajudar...

Ouvi-a suspirar.

— Como se eu já não tivesse problemas suficientes! — resmungou ela.

Eu não soube o que responder. Afinal, ela tinha razão. Com que direito eu pedia ajuda a essa mulher que eu mal conhecia?

Contudo, "mal", para mim, já era muito. Porque eu tinha a impressão de não conhecer mais ninguém. Apenas eu.

— Os meus problemas farão você esquecer os seus — arrisquei, sem acreditar muito no resultado.

— Bom, Vigo, você conhece o Wepler?

— Na praça Clichy? Conheço...

— Em quanto tempo pode chegar lá?

— Num quarto de hora.

— Então, até já — soltou, com voz cansada.

E ela desligou.

34.

Caderneta Moleskine, anotação nº 139: a revolução copérnica.

Do lado de fora, pela janela, ouço um sujeito que passa cantarolando uma música que conheço. As palavras ressoam por entre as paredes da ruela estreita e me dão uma dessas piscadelas que a vida nos reserva quando gostamos de escutá-la. "No povoado sem pretensão, tenho má reputação, quer eu me agite, quer eu fique quieto, eu sou um joão-ninguém..."* *Às vezes tenho a impressão de ter esse chapéu cheio de furos e uma barba de Robinson. Espero calmamente que me atirem pedras, isso deixa a pele dura. Os asilos estão cheios de joões-ninguém. E, no entanto...*

A síndrome de Copérnico deve o seu nome à certeza que ele tinha de estar de posse de uma verdade capaz de mudar a ordem do mundo — admitindo que houvesse uma — e, ao mesmo tempo, da recusa dos seus contemporâneos em levá-lo a sério. É fácil ver desenharem-se

---

* Tradução livre da música "La mauvaise réputation" (A má reputação), de Georges Brassens, lançada em 1952. (N. T.)

todos os sutis ingredientes para o desenvolvimento de uma perfeita paranoia. Acredite, estou começando a aprender a receita.

Mas eis o que se passou: em que Copérnico acreditava tanto? Eu pesquisei. Sim. Nos dicionários.

Antes dele, a Igreja e as ciências aceitavam uma visão do Universo estabelecida no século II por um certo Ptolomeu. Esse geógrafo havia escrito Almagesto *no ano 141, um tratado sobre o "geocentrismo", que permaneceu como palavras do Evangelho — peso as minhas palavras — até a Renascença. Segundo ele, a Terra era o centro de tudo, era fixa, e os planetas giravam tranquilamente em volta dela — além do mais, numa ordem diferente da que conhecemos atualmente: a Lua era a mais próxima, depois Mercúrio, Vênus, o Sol, Marte, Júpiter e Saturno. Como não se podia deixar de notar um monte de objetos celestes brilhantes e extremamente pequenos, ficou estabelecido que existia uma esfera bem mais afastada que carregava sozinha todas as estrelas do céu, supostamente fixas. É isso aí. As coisas eram assim, todo mundo estava tranquilo, e atenção quem expressasse a menor dúvida: essa visão, por sorte, estava em total acordo com a última versão da Bíblia.*

Infelizmente, no século XVI, Copérnico estabeleceu uma teoria radicalmente diferente... Esse astrônomo aventureiro afirmou, de cabeça erguida, que a Terra não era o centro do Universo, mas sim que ela girava, como os outros planetas, em volta da sua estrela: o Sol. Esse foi o nascimento do que mais tarde foi batizado de visão "heliocêntrica" do Universo. Como se isso não bastasse, o louco do Copérnico sustentou, além do mais, que a Terra também girava em torno de si mesma.

A teoria de Copérnico era sustentada por simples constatações para quem quisesse erguer um pouco a cabeça. A rotação da Terra sobre si mesma justificava sem dúvida que se constate o movimento diário do Sol, da Lua e das estrelas; e a revolução da Terra em torno do Sol permitia compreender o movimento anual dela, as estações... Acredita-se, porém, que isso não tenha sido suficiente para convencer. Os contemporâneos de Copérnico não acreditaram numa só palavra, e a Igreja ficou chocada com uma teoria tão blasfematória.

Até o século XVII, o heliocentrismo só conseguiu a adesão de uma dezena de cientistas, entre eles o italiano Galileu Galilei — que recebeu uma severa condenação —, o alemão Johannes Kepler e o filósofo Giordano Bruno.

Foi preciso esperar o fim do século XVII e a elaboração da mecânica celeste por Isaac Newton para que aceitassem a evidência: o idiota do Copérnico tinha razão!

35.

Sentado numa mesa da grande cervejaria vermelha, olhar perdido no vazio, eu tentava imaginar o rosto de todos aqueles que haviam apoiado os cotovelos sob o mesmo teto, Picasso, Apollinaire, Modigliani... Sempre gostei do ambiente Anos Loucos* dessas grandes salas parisienses onde o barulho me protege dos pensamentos invasores do mundo do lado de fora. Há o tango dos garçons do café, o burburinho dos consumidores, o eco dos tetos altos; rapidamente nos tornamos invisíveis e logo nos sentimos em casa. Na realidade, os bares deveriam ser reembolsados pela Seguridade Social. As suas banquetas de couro, às vezes, são mais eficientes do que os divãs dos psicólogos e um uísque puro sempre custa mais barato do que uma consulta.

* Paris na década de 1920. (N. T.)

Eu já começava a me dizer que Agnès havia desistido de vir me encontrar, quando a vi aparecer na outra ponta do Wepler. Usava um jeans preto e um casaco vermelho colado nos magros quadris. O cabelo castanho estava ligeiramente despenteado. Eu lhe fiz um gesto com a mão. Ela veio sentar-se na minha frente.

— Então? O que aconteceu com você, Vigo? O que vale a felicidade de sair da cama a esta hora da noite?

Eu lhe dirigi um olhar confuso. Não sabia por que a havia escolhido, que força inexplicável me levava a entrar de cabeça num encontro sem precedentes. Isso não fazia o meu gênero. Entregar-me assim a uma desconhecida. Mas saberia realmente qual era o *meu gênero*? Talvez houvesse simplesmente pressentido que ela era a minha última chance, o meu último recurso para manter uma ligação com o real. Tudo havia desabado à minha volta, tudo, exceto essa luz de esperança: encontrar nesta mulher uma alma irmã — uma irmã apenas — cuja ajuda e o olhar bastariam para me convencer de que eu não estava completamente louco. Era ousado, mas eu não tinha nada além disso.

— Agnès, preciso me abrir. Mas não sei se vai acreditar em mim.

Ela deu uma olhada em volta, como se tivesse medo de que nos ouvissem ou nos vissem juntos.

— Acreditar em você a respeito de quê?

— Acreditar em mim, simplesmente.

Ela deu de ombros.

— Quero tentar.

— Acreditou quando eu disse que havia escutado os seus pensamentos?

Ela me encarou, muda, depois remexeu na bolsa e acendeu nervosamente um cigarro. Pela primeira vez seu olhar se tornou fugidio. Insisti:

— Acreditou em mim?

— Eu... Eu não sei. Confesso que me deixou perturbada.

Com o cotovelo apoiado na mesa, ela soltou uma baforada de fumaça, depois se virou para mim, com um olhar falsamente malicioso.

— Ouça, não sei, talvez você apenas tenha adivinhado o que eu pensava... Um golpe de sorte.

Ela resistia. Eu não podia guardar rancor. É difícil admitir o inadmissível. Aproximei-me dela e falei de novo, com voz mais baixa, porém mais premente:

— Eu teria adivinhado, sem mais nem menos, que me comparava com o seu tio? Seria uma maldita coincidência, não acha?

Ela fez uma careta e certificou-se novamente de que ninguém nos ouvia. O barman e os garçons estavam muito ocupados, apesar da hora tardia, para prestarem atenção.

— Sim, uma maldita coincidência... Mas sejamos realistas, como poderia...

Ela baixou sensivelmente o tom de voz:

— ... como poderia ouvir os pensamentos das pessoas, Vigo? Essas coisas não existem! Deve haver uma explicação racional. Sinto muito, mas não acredito no sobrenatural, nos médiuns, em todas essas idiotices!

— Nem eu, Agnès! No entanto, tenho de aceitar a evidência: de uma forma ou de outra, em alguns momentos, ouço o pensamento das pessoas que estão à minha volta.

Ela sacudiu a cabeça.

— Você se dá conta do que está dizendo? É... É simplesmente... Surrealista!

— Mas é o que acontece comigo. Na verdade, deve haver uma explicação racional. E, acredite, eu queria muito conhecê-la.

Ela franziu as sobrancelhas, depois deu outra tragada no cigarro. Foi a minha vez de acender um, como se a barreira de fumaça que soltávamos na nossa frente pudesse erguer um véu pudico entre nossas duas perplexidades.

No mesmo instante, um garçom aproximou-se.

— Posso servir-lhe alguma coisa, senhora?

Ela deu uma olhada no meu copo de uísque.

— A mesma coisa — disse ela.

O garçom concordou com a cabeça e trouxe rapidamente a bebida. Ficamos calados alguns minutos, constrangidos. Agnès dava um gole de tempos em tempos, depois fazia o uísque girar no fundo do copo, com ar sonhador.

Ainda a olhava, quando a dor de cabeça tomou conta de mim. Fiz uma careta, depois esfreguei nervosamente a testa. Estava molhada de suor.

Agnès virou-se para mim, endireitando-se na banqueta. Minha visão começou a turvar-se.

— Diga-me, Vigo, você...

Ela interrompeu a frase:

— Eu o quê? — insisti, com voz trêmula.

Ela fez uma cara embaraçada. Achava difícil formular o que estava a fim de perguntar. Adivinhei por quê.

— Bom... Está tudo bem?

Enxuguei outra vez o rosto. Eu via o mundo em dobro diante de mim. Era como dois filmes totalmente idênticos, um ao lado do outro.

— Está ouvindo os pensamentos, agora?

Eu já previa essa pergunta, mas não estava certo de querer dizer a verdade. Tinha medo de que ela me tomasse por louco ou, pior, por um monstro, um animal de exposição. Mas precisava que confiasse em mim.

— Estou — murmurei.

Ela franziu o cenho.

— Ah, é? E o que ouve?

A minha dor de cabeça ficou mais intensa.

— Ouço a confusão dos seus pensamentos, Agnès.

Ela deu um sorriso nervoso.

— Não tem nada de especial adivinhar que estou um pouco confusa!

— Ouço bem mais do que isso. E... E, aliás, acabei de compreender uma coisa a seu respeito.

— É? O quê?

Pigarreei. Agarrei-me à mesa em frente. A sala inteira balançava à minha volta. Tinha de me manter concentrado. E dizer a ela.

Eu nunca havia pronunciado esse tipo de coisa. Nunca aceitara levar em consideração essas impressões secretas, esses murmúrios nebulosos que me chegavam como ondas repentinas. Nunca aceitara traduzi-los e, menos ainda, repeti-los a alguém. No fundo, ao revelar o que ouvia na cabeça, eu tinha a impressão de violentar Agnès, de roubar a sua intimidade e de ter de admiti-lo. Estava especialmente constrangido. Mas o único meio de convencê-la era não mentir. A minha crise atingira o seu paroxismo. Eu estava enjoado, mas precisava resistir. Precisava falar. Precisava que ela soubesse.

— Quando você me disse que exercia uma profissão difícil, no café, achei que era professora. Mas, agora, eu sei. Acho que entendo melhor quem você é, porque ouço nas suas angústias e nos seus questionamentos os ecos cheios de sinais.

— Verdade? E, então, quem eu sou? — perguntou ela num tom que me pareceu próximo do desafio.

— Você... Você é da polícia, não é?

Vi a imagem desfocada do rosto dela crispar-se. Fechei os olhos e continuei. Os seus pensamentos me chegavam como ondas sucessivas. Era só deixá-los me ditar as poucas frases...

— Você é da polícia e está se perguntando se deve acreditar em mim ou mandar me prender... E agora, você se pergunta se eu pude ver a sua identificação de policial na sua carteira ou se faço investigações a seu respeito. 541 329. Está pensando nesse número. E agora questiona se estou lhe pregando uma peça para impressioná-la. Você está começando a ficar com medo... E agora se pergunta se trouxe a carteira, se não a esqueceu no seu apartamento... E, depois... Medo, confusão... Muitas, muitas coisas. O seu marido...

De repente, as vozes pararam. A dor de cabeça desapareceu tão depressa quanto havia chegado.

Abri os olhos e olhei para Agnès, confuso. Ela estava lívida, petrificada. Mordi os lábios. Estava arrependido. De repente, ela se levantou, deu meia-volta e foi em direção à saída do Wepler em passos rápidos, sem nem me olhar.

Voltando a mim, paguei a conta rapidamente e fui atrás dela.

O XVIIIe arrondissement ainda resplandecia de luz àquela hora da noite. Dei alguns passos na calçada e logo a vi, sentada ao pé da estátua do marechal Moncey,* com a cabeça entre as mãos.

Atravessei a rua e me reuni a ela num passo hesitante.

— Sinto muito se lhe causei medo, Agnès.

Ela ergueu a cabeça na minha direção. Olhou-me com um brilho de pavor nos olhos. Exatamente o que eu temia: ela me via como um monstro.

— Posso me sentar ao seu lado? — perguntei, timidamente.

---

* Marechal do império. (N. T.)

Ela não respondeu. Considerei como um sim. Mas, quando ia me sentar, ela se ergueu de um pulo e deu um passo para trás. Queria, claramente, manter certa distância entre nós. Era compreensível.

— Vigo, eu... Você tem de consultar especialistas. É preciso avisar alguém... É preciso... Não sei... Mas não é a mim que se deve confiar...

— Não posso, Agnès. Alguns homens me seguem e...

— Justamente por isso, deve procurar ajuda!

Enfiei as mãos nos bolsos, embaraçado.

— E aí... acredita em mim? — perguntei com voz trêmula.

— Eu... Eu não sei. Isso é... espantoso!

Não podia dizer o contrário. Além de tudo, não sabia mais o que dizer. Abatido, decidi finalmente me sentar aos pés da estátua. Agnès olhou-me, suspirou, depois se sentou ao meu lado. Ficamos por muito tempo sentados bem no meio da praça Clichy, ridiculamente mudos, as nossas angústias embaladas pelo rom-rom dos motoristas noturnos. Quando o silêncio se tornou muito constrangedor, peguei o envelope que havia guardado no bolso e lhe entreguei.

— Veja o que encontrei no hotel.

Ela hesitou, depois abriu o envelope e leu o pequeno bilhete que estava dentro. Devolveu-o, bestificada.

— Mas o que é isso? Do que ele está falando?

— Não tenho a menor ideia.

— É uma história louca — murmurou. — Uma história louca! Não pode manter isso em segredo...

— Por isso eu queria falar com você...

— Mas não é comigo que tem de falar! Não pode deixar de contatar as autoridades competentes. Você ainda não percebeu!

— Agnès, não quero falar com quem quer que seja por enquanto. Não confio em ninguém.

— E em mim, você confia?

— Confio.

Ela arregalou os olhos.

— Mas não vejo por quê, Vigo! Mal nos conhecemos! Não passo de uma simples funcionária da polícia e, além do mais, meio depressiva! Não posso fazer nada para ajudá-lo. A sua história é demais para mim. E, para dizer a verdade, ela me dá medo. Tem de falar com pessoas mais capacitadas para ajudá-lo...

— Não. Confio em você, Agnès, só em você. Por favor, tem de respeitar isso. Primeiro, tenho de compreender o que acontece comigo, e acho que pode me ajudar, porque acredita em mim e porque... Porque também acredito em você. Acredito que seja real. Você é a única realidade que me resta.

— Isso é asneira! Você não me conhece! Nós nos cruzamos duas vezes na psicóloga e tomamos um café juntos! Não vejo, na verdade, o que justifique essa confiança que tem em mim.

— Essas coisas não se explicam, Agnès.

— É totalmente ridículo! Não é porque tem a impressão de ter não sei o quê, de estarmos conectados ou alguma idiotice do gênero, que deve contar comigo para sair dessa. Não vejo o que posso fazer por você.

— Acreditar em mim.

— Mas, com as provas que tem, as autoridades também podem acreditar em você, não precisa de mim.

— Pode ser, mas eu não vou acreditar nelas. Pode atribuir isso à paranoia, se quiser, mas vejo inimigos por todo lado.

— Isso é estúpido! O mundo inteiro não está unido contra você, Vigo! Não pode sair dessa história sozinho e, visivelmente, outras pessoas estão envolvidas. Esta carta anônima... É preciso investigar. E o seu estado... Cientistas precisam descobrir a verdade sobre o seu estado...

— Não, Agnès. Consultei psiquiatras durante anos. Isso nunca serviu para nada. Quanto às autoridades, não conseguirei acreditar nelas. Com esses caras que estavam prestes a me atacar na Défense, agora desconfio de todo mundo. Não posso confiar em ninguém. Só em você.

— Mas você tem família, amigos...

— Não. Os meus pais desapareceram, o psiquiatra parece que nunca existiu, se eu acreditar nas pessoas que estavam na Défense depois do atentado. Quanto ao meu patrão, nitidamente, ele está no mesmo time dos sujeitos que me perseguem há vários dias.

Ela sacudiu a cabeça.

— Ouviu o que disse? *No mesmo time!*

Ela soltou um longo suspiro, depois me olhou direto nos olhos.

— Como quer que o ajude? — perguntou com uma voz mais calma.

— Não sei. Queria, ao menos, tentar compreender como tudo isso aconteceu comigo. Onde estão os meus pais. Para onde foi o psiquiatra que me acompanhava. Por que a clínica dele não aparece na lista das empresas da torre SEAM. Quem são os sujeitos que me perseguem, por que o meu patrão os pôs no meu encalço. Quem escreveu esta carta anônima e o que ela quer dizer. Como posso ser perfeitamente capaz de dirigir um carro, quando não me lembro de já ter feito isso um dia? Tenho de encontrar resposta para todas essas perguntas! Você é da polícia, deve poder me ajudar, não?

Ela ergueu os olhos para o céu.

— Não, você está delirando! Não acha que vou responder a todas essas perguntas! Pensa que está num filme? Seria muito mais simples confiar nas autoridades.

— Pela última vez, Agnès, não quero! Não por enquanto. Vamos, me ajude! Apenas alguns dias. O tempo suficiente para ver se sou louco ou se existe alguma trama por trás dessa história! Por favor... Preciso de alguém que acredite em mim e me apoie.

Ela respirou fundo, nervosa, exasperada. Mas eu podia sentir a sua emoção. O que ela mais temia não era me ajudar, e sim, ao fazê-lo, ter de admitir que a minha história era verdadeira. Que eu realmente ouvia o pensamento das pessoas. Isso demandava um esforço de submissão ao impensável, que a aterrorizava. No entanto, ao mesmo tempo, ela tinha pena de mim.

— Acho isso completamente idiota, Vigo.

— Pode ser, mas não posso continuar a ser a vítima ingênua de tudo o que me acontece.

Ela concordou.

— Então, me ajude.

Agnès fechou os olhos, como se já se arrependesse do que ia dizer.

— Bom. Vou tentar — cedeu finalmente. — Porém, um ou dois dias, não mais. O tempo para separar o verdadeiro do falso na sua história e montar um dossiê para, em seguida, ir ver as autoridades. Combinado?

Concordei lentamente com a cabeça, sem ousar expressar a minha emoção. Na realidade, ouvir essas palavras era, para mim, um grande alívio! Como se um peso enorme fosse tirado dos meus ombros. Eu havia encontrado a mão estendida com a qual tanto sonhara. Não estava mais totalmente sozinho... Não mais *totalmente sozinho.*

— Bom, já é tarde — disse ela, levantando-se. — Quero voltar para a cama.

— Claro.

— E você, o que vai fazer? — perguntou, limpando a poeira do casaco.

— Não sei. Não posso voltar para o meu quarto do hotel. Quando quis voltar há pouco, um sujeito estava de vigia, na entrada.

— Tem certeza de que não está se deixando levar pela paranoia?

— Tenho — respondi, sorrindo. — Tenho certeza. Ele correu na minha direção quando me aproximei.

— Entendo. Bom, venha dormir na minha casa, se quiser, há um sofá na sala. Mas só por essa noite, está bem?

— E o seu marido, não vai achar estranho?

— Ele foi embora. Não leu isso nos meus pensamentos? — perguntou ela, com um sorriso zombeteiro.

— Não. Tentei não escutar. E, depois, sabe... Eu... Eu não ouço todo o tempo. Felizmente. Mas o seu marido foi embora... embora?

— Foi embora, embora.

Olhei a mão dela. Havia tirado a aliança. Eu não era o único cuja vida entrara num turbilhão. Há momentos assim... E não somente nos filmes. Na vida, na verdadeira. Eu me levantei também e nos afastamos, lado a lado, da praça Clichy.

36.

O apartamento de Agnès ficava oculto sob os telhados de um velho imóvel da rua Batignolles. Era um pequeno três-peças e ela precisaria ao menos de mais duas para todos os móveis e objetos amontoados lá, numa desordem espantosa. Eu me perguntei quantos anos eram necessários para acumular tamanha confusão. Eu nunca poderia viver num ambiente desses, mas não me surpreendi de encontrar uma certa estética do caos. O acúmulo de bibelôs, de livros e de revistas, de velas, de velhas luminárias, de quadros, de vasos e de uma miríade de utensílios insólitos formava, no final, um verdadeiro cenário que, misteriosamente, dava a aparência de uma secreta coerência.

— Desculpe, está meio zoneado... Ficará mais apresentável quando Luc vier buscar as coisas dele.

Eu podia sentir o seu embaraço. Eu mesmo não me sentia à vontade. Perguntei-me se não era a primeira vez na vida que entrava assim, sozinho, na casa de uma mulher...

— Aí está, pode se instalar ali — disse ela, apontando-me o sofá laranja que estava do outro lado da sala. — Amanhã vou trabalhar muito cedo. Tentarei fazer pesquisas sobre os seus pais na delegacia, certo?

— É realmente gentil da sua parte...

— Vou fazer o que puder. Diga-me apenas tudo o que puder a respeito deles.

Eu me esforcei ao máximo para falar sobre Marc e Yvonne Ravel, sobre o que sabia da vida deles e do que sempre me haviam contado. Mencionei a casa que alugavam nas férias, o fato de os dois terem trabalhado num ministério e todos os detalhes de que podia lembrar... Ela anotou tudo numa caderneta.

— Bom, vou ver o que posso encontrar com isso. Agora, já é hora de dormir. Tem um edredom embaixo do sofá-cama, sinta-se em casa. O banheiro é ali, vou pegar uma toalha para você.

Concordei, tentando sorrir, mas, no fundo, estava completamente desorientado. Não estava acostumado a dormir na casa de ninguém, a ser recebido assim, menos ainda por uma mulher. Não sabia como reagir e até me perguntei se conseguiria dormir, a tal ponto a ideia de não estar em casa me angustiava.

— Obrigado por tudo, Agnès.

— De nada. Amanhã vou sair por volta das 8 horas. Pode sair mais tarde, se quiser. Mas não muito mais tarde, gostaria que não cruzasse com Luc, caso resolva vir buscar as coisas dele durante o dia. Bata a porta ao sair. Ligarei para você à noite para contar o que encontrei.

— Combinado.

Achava difícil imaginar que tudo aquilo era real. Que aquela mulher ia realmente me ajudar, que ambos havíamos aceitado o absurdo da situação... No que se referia a mim, eu não tinha escolha.

— E você, quem sabe não poderia ir a uma biblioteca ou a um cibercafé fazer algumas pesquisas, hein?

Dei de ombros.

— Por que não...

Ela pareceu surpresa por eu não demonstrar mais entusiasmo.

— Bom, sim! Você me disse que queria respostas para todas as suas perguntas, então deve ter interesse em se mexer, Vigo!

— Quero dizer... Não saberia por onde começar...

— Por exemplo, poderia tentar encontrar alguma coisa a respeito do *Protocolo 88*, mencionado na carta anônima.

— Está bem. Boa ideia.

Na verdade, eu estava apavorado com a ideia de fazer minha própria pesquisa, sozinho, no dia seguinte. Eu me sentia totalmente incapaz. Mas ela tinha razão. Eu precisava avançar. Já que não podia confiar em ninguém, era obrigado a buscar por mim mesmo.

— Então, até amanhã, Vigo. Boa-noite.

— Boa-noite, Agnès. Mais uma vez, obrigado.

Ela me deu um sorriso e desapareceu no quarto.

37.

Caderneta Moleskine, anotação nº 149: recordação, exatidão.

Estou sentado atrás de um carro. Sou eu. Sou jovem. Apenas adolescente. Ainda não reconheço as duas pessoas sentadas na frente, mas, agora, lembro-me de que se trata de um homem e de uma mulher. E tenho a certeza de reconhecer suas vozes.

É o homem quem dirige. Ele dirige depressa.

Agora, vejo distintamente o cenário que desfila do lado de fora. É mesmo o mar, ao longe, além das falésias. Um mar verde, ensombrecido pelas nuvens de um céu cinzento.

Ainda há aquela mosca que não para de pousar no meu braço. Gostaria que essa mosca teimosa, que monopoliza minha atenção e impede que eu ouça o que dizem as pessoas na frente, desaparecesse. Mas não posso fazer nada. Ela está me provocando.

Só consigo perceber a entonação das vozes. Frases voam, sobrepõem-se. Eles não conversam. Eles brigam. Ambos. Isso me irrita. Como a mosca. Tudo me irrita. Quero gritar. Mas é como nos sonhos em que os sons não querem sair, nesses pesadelos em que as pernas se recusam a correr. Não posso. Não posso mudar uma recordação. Não posso reescrever o passado. Sou apenas um passageiro da minha memória fraca.

De repente, o carro para. Um pouco bruscamente. Preciso segurar no banco da frente. Ouço o ruído da areia contra os pneus, depois o barulho do mar. O motorista estaciona num dique.

Descemos do carro.

Por enquanto, a recordação para por aí: no ruído surdo das portas que batem sucessivamente. E eu saio.

38.

Quando acordei, levei alguns segundos para me lembrar do lugar onde estava. Senti certa tontura, uma impressão de flutuação, de falta de gravidade. Depois, reconheci o apartamento de Agnès. Os bibelôs, a desordem, a mesa de centro, Scorsese e Woody Allen jogados no carpete... De tanto correr, não tinha mais pontos de referência. Eu me dei conta de que sentia falta do meu quarto. Estranhamente, sentia falta da rua Miromesnil. Ali eu tinha marcas, rotinas, uma espécie de segurança... Mas eu não era mais aquele homem. Tinha de me acostumar; nada mais seria como antes. As mudanças na minha vida haviam atingido um ponto sem volta. O futuro nunca me pareceu tão incerto. O próprio presente me parecia vago, inacessível ou enganador.

Soltei um longo suspiro. Tinha de tentar reencarnar, voltar a ser quem eu era. Eu me ergui no sofá-cama e rememorei lentamente o dia anterior. *Não sou esquizofrênico.* Eu havia esperado, ao adormecer, que as coisas ficassem mais claras, mais aceitáveis no dia seguinte, mas não aconteceu nada disso. Ao contrário. Achei difícil recuperar a aparência de calma que eu conseguira adotar depois da conversa com Agnès. A realidade parecia-me ainda mais difícil de admitir.

Como pude contar-lhe tudo aquilo? Como ela pôde acreditar em mim? E se eu estiver enganado? E ela, será que hoje ainda acredita em mim, depois de uma noite de sono? E se me denunciar à polícia? Como pude ser tão idiota para me abrir com uma tira?

Fechei os olhos por um instante, depois os abri de novo. Ainda estava lá, no sofá-cama laranja. Por mais que fosse incompreensível, a realidade era imutável. *Não sou esquizofrênico. Preciso acreditar no que eu sei. Ou seja, não muita coisa. Não sei quem eu sou, não sei por que sou assim, não sei o que está acontecendo comigo, mas sei uma coisa: não sou esquizofrênico. Então, eu posso, eu devo confiar na minha razão. Já é um ponto de partida. É o momento de bancar o Descartes, meu caro. Fazer tábula rasa do passado. E confiar na razão.*

Depois de alguns minutos de silêncio, consegui me acalmar um pouco. Escutei o ritmo regular da minha respiração e me deixei embalar pela sua exatidão. *Bom. Agora, preciso levantar-me. Vestir-me. Passar pelas etapas, uma a uma. Enfrentar o dia e avançar na descoberta da minha nova realidade. Não posso me encerrar nessa angústia insensata.*

Levantei-me lentamente, afastando os braços, como se estivesse com medo de perder o equilíbrio. Como se, durante a noite, a gravidade pudesse ter desaparecido. Dei alguns passos à frente e o mundo me pareceu suficientemente estável. Atravessei a sala e dei uma olhada no corredor. Ninguém, evidentemente. O quarto de Agnès estava escancarado. Ela saíra havia muito tempo.

O apartamento estava mergulhado num silêncio inquietante. Grandes lâminas de luz cortavam o ar às minhas costas, através da cortina da sala. Lá fora se ouvia o ronronar distante dos carros que começavam a invadir o bulevar des Batignolles. Eu me perguntei que horas seriam. Ergui o pulso. O meu relógio ainda piscava no 88:88. Xinguei.

Dei meia-volta e fui abrir as cortinas. Os raios de sol invadiram toda a sala. O apartamento não tinha a mesma aparência à luz do dia. Havia perdido o charme e ganhado a verdade crua. Não era mais uma misteriosa confusão, era simplesmente o hábitat em desordem de um homem e de uma mulher. Por todo lado eu via surgir o marido de Agnès, a realidade dele. Suas coisas, roupas, revistas masculinas... Fiquei com medo de vê-lo aparecer de repente no meio do dia. Como Agnès pudera me deixar sozinho ali?

Fui, imediatamente, assaltado por um sentimento de urgência. Com mãos trêmulas, fechei num único gesto as cortinas da sala. O aposento mergulhou novamente numa penumbra mais tranquilizadora. Cerrei os punhos. Não podia ficar ali. Tinha de sair daquele apartamento.

Finalmente encontrei forças para agir. Apressei-me para tomar um banho e me vestir. Ao enfiar as roupas, evitava o reflexo do meu próprio rosto no espelho do banheiro.

Voltei rapidamente para a sala, dobrei o sofá e, involuntariamente, já que deveria me dirigir imediatamente para a saída, me joguei nas enormes almofadas laranja, como atraído por elas. Fiquei um longo tempo olhando o teto, pensativo, dividido entre a vontade de ir embora e o medo de enfrentar o mundo lá fora. A minha razão gritava *levante-se*, mas as pernas recusavam-se a me obedecer.

Depois de longos minutos imóvel, senti que as forças me haviam abandonado totalmente. Baixei os olhos lentamente, desesperado. Meu olhar bateu no videocassete, enfiado de través em cima da televisão. Então, vi os quatro números verdes que piscavam no pequeno mostrador preto. Esfreguei os olhos, incrédulo. O videocassete indicava a mesma hora do relógio! 88:88. A hora que não existe! Os quatro caracóis verdes acendiam e apagavam num ritmo regular e a imagem deles impregnou meus olhos arregalados. Logo tive a impressão de que os números se haviam descolado do videocassete e que flutuavam, luminosos, no meio da sala. Fechei os olhos. Mas ainda os via, imensos, avançando na minha direção, ameaçadores, como quatro gigantescos hologramas.

Foi nesse instante, tenho de reconhecer, que a minha crise de angústia se transformou em alucinação; o meu cérebro, sem dúvida fragilizado pelos traumas dos últimos dias, começou a sair dos trilhos.

De repente, era como se tudo adquirisse sentido, como se tudo se tornasse límpido: eu me convenci de que o tempo havia parado.

O tempo. Não o tempo dos outros ou o do planeta, só o meu. As minhas horas, os meus minutos, os meus segundos haviam parado. Simplesmente. E isso explicava tudo. Eu tinha certeza de que, de um modo ou de outro, havia entrado num círculo atemporal do qual não podia mais sair. Pensando bem, era a própria evidência. É bem verdade que eu ouvia o mundo do lado de fora, que continuava a viver, a avançar, mas eu não estava mais nele. Eu me havia extraído do tempo.

Por mais inconcebível que possa parecer, de nada serve negar a evidência. Provavelmente, não estou em condições de compreender como e por que, mas tenho de decidir. Estou fora do tempo. Seja ele absoluto ou relativo, estou fora do tempo.

É muito excitante. Talvez esteja à beira de uma nova etapa na compreensão do tempo. Além da física clássica, além da relatividade, além até da física quântica, talvez eu esteja à beira de uma nova etapa de interpretação do espaço-tempo, que será possível analisar graças ao meu estado pouco comum. Estou pronto para me submeter à analise dos físicos. Não sou rancoroso.

Em todo caso, uma coisa é inegável: aqui, onde estou, de nada adianta ter espaço e matéria, não há mais tempo matemático, mensurável. É verdade que isso põe em dúvida todas as teorias atuais e, sobretudo, a da relatividade restrita, segundo a qual o tempo e o espaço estão ligados. No entanto, hoje em dia admitimos que o tempo teria começado há treze bilhões de anos, o que subentende que ele teve um começo. Ora, se o tempo teve um começo, por que não teria um fim? Até mesmo uma pausa? Talvez eu esteja numa pausa temporal, quem sabe?

Do que eu não duvido é que eu tenha saído da linha geométrica em que o tempo parecia ordenado. Pronto, é isso. Não estou mais na linha. Se é verdade que, numa reta, um ponto situa-se necessariamente antes ou depois de outro ponto, em compensação, o que dizer quando nos afastamos dessa reta?

Por outro lado, a minha experiência poderia confirmar as teorias segundo as quais o tempo é absoluto. Pois, se o tempo é absoluto, isso implica que ele não pertence ao mundo material nem ao espiritual e, portanto, que ele existiria mesmo que o mundo ou o nosso espírito não existissem. Não há interdependência. Logo, o meu espírito pode muito bem se extrair do tempo, não é isso que vai pará-lo.

Os relógios ficarão arruinados.

É absolutamente necessário que eu entre em contato com os senhores e senhoras cientistas. Eles poderão estudar isso de perto. Quanto a mim, não posso explicá-lo de verdade. Simplesmente tomei consciência, num nível superior — que não domino completamente, tenho de confessar — da evidência. O presente não existe. No entanto, é simples: o instante só pode existir se ele cessar de existir. A própria função do instante é passar; enquanto não o fizer, ele não existe, portanto, o instante não existe. O presente não existe. Tudo é passado.

Isso é deslumbrante.

Então, estou fora do tempo. É claro, isso é bem extraordinário, até mesmo inacreditável. Mas acho que aceito bem a coisa. No fundo, é quase tranquilizador.

Eu me pergunto.

Merda de videocassete.

Bom-dia, como você me vê, estou preso fora do tempo. Deve ser um fenômeno físico totalmente inexplicável. Uma espécie de transbordamento, de deslizamento. Muito raro, sem dúvida. Mas não se pode dizer que isso me surpreenda, com tudo o que aconteceu de estranho. Tem de haver uma explicação racional. Uma boa razão. E agora, ao menos, sei o que ocorre comigo. Simplesmente eu saí do tempo. Nada de esquizofrênico. Fora do tempo.

Veja. Além do mais, posso verificar.

Um, dois, três.

Aí está. Não passou nenhum segundo. O meu relógio e o videocassete continuam a marcar a mesma hora. 88:88. Um Hamilton! Ele não pode mentir! Eu devia ter mais respeito pelos relógios. No fim das contas, eles sabem muito mais do que nós sobre essa questão de tempo. Eles sabem medir o tempo que um raio luminoso, provocado pela excitação de um átomo de césio 133, necessita para efetuar mais de nove milhões de oscilações. Ou seja, um segundo. Os relógios são fortes.

Não sei por que sou tão cabeça-dura. Preciso avisar Agnès. Ela não deve se preocupar comigo. Não corro nenhum risco, basta que eu me acostume.

Tenho de parar de querer voltar ao tempo dos outros. Tenho de parar de me prender. Com certeza, é perigoso. Talvez, eu devesse parar de interagir com ele. Com eles. Com aqueles que permanecem dentro do tempo. Certamente, não podem me compreender. E corro o risco de fazer o tempo deles descarrilar. Não posso assumir esse risco. É extremamente egoísta da minha parte.

Eu me pergunto se sou mortal.

E se os dois sujeitos de agasalho cinza estivessem tentando me prevenir? Por que não? Parece plausível, agora que estou pensando nisso. Bem mais plausível do que todo o pequeno roteiro paranoico que inventei... Não vejo o que matadores viriam fazer na minha história.

Nunca fiz mal a uma mosca. Não, eles certamente são uma espécie de agentes do tempo. Sujeitos que estão a par do que acontece comigo. Isso explicaria tudo.

Os sujeitos de cinza são agentes do tempo.

Além do mais, eles não me desejam nenhum mal. Deveria ter deixado que me explicassem. Eu teria compreendido mais facilmente. Bolas, não tem importância! Agora não preciso mais deles. Porque agora eu sei. Compreendi tudo sozinho. Estou num círculo atemporal e não sou esquizofrênico.

No fundo, é bem mais simples do que isso, eu sou *atemporal.*

E isso certamente explica por que tenho a impressão de ouvir os pensamentos das pessoas. Deve ser um fenômeno físico. Como não estamos no mesmo tempo, eu já sei o que elas vão dizer antes que o digam e, consequentemente, tenho a impressão de ouvir os pensamentos. Alguma coisa do gênero.

Eu me pergunto se sou mortal.

A questão é se Agnès vai acreditar em mim. E se ela acreditar, será que vamos poder continuar a nos ver?

Veja. Outra hipótese. Talvez eu não tenha realmente saído do tempo no sentido literal. Talvez simplesmente eu tenha chegado ao fim. Seria um sinal precursor do fim do Homo sapiens. *Eu seria um dos primeiros a chegar ao fim dos tempos. Provavelmente porque eu compreendi. Compreendi que vamos nos extinguir. Eu tinha razão desde o começo, então eu estou sozinho no fim do círculo temporal. Aliás, talvez eu não seja o único. Provavelmente deve haver outros. Outros atemporais como eu, ou como os agentes de agasalho cinza que percorrem o mundo para salvar as ovelhas perdidas do tempo.*

Eu me pergunto se sou mortal.

Em todo caso, isso é certo, estou no fim dos tempos.

Eu sinto isso.

Eu me pergunto se eu sou. É estranho. Tenho a impressão de que, agora, o tempo se sobrepõe. Que se amalgama. E o meu nome será esperança. Eu me pergunto.

Eu me pergunto se. Tenho a impressão — eu me pergunto — de que agora — se sou — o tempo — mortal — se sobrepõe. Tenho — eu — a impressão — me — de — perguntar — que — se — agora — sou — o tempo — mortal — se sobrepõe. Tenho mortal agora. O meu nome será Amal. Amalgama. Amal gama. O que ainda está fazendo aí? Ele se amalgama.

Da próxima vez que eu vir os agentes do tempo, terei de me mostrar mais educado. Vigo? O que ainda está fazendo aí? Tenho a impressão de que o tempo se sobrepõe. Vai me responder, porra? Ele se amalgama. Vigo!

39.

Não sei quanto tempo essa crise delirante durou nem quanto tempo teria continuado se, de repente, eu não tivesse saído do meu torpor por causa dos gritos furiosos de Agnès.

— O que ainda está fazendo na minha casa, Vigo? Devia ter saído hoje de manhã! Você é mesmo folgado!

Fiquei bestificado por um longo tempo, mudo, completamente perdido. Como se houvesse acordado de um eletrochoque, conscientizei-me de que o meu cérebro pirara — havia um bom tempo — e que Agnès havia voltado do trabalho. Sentado no sofá, desorientado, eu a ouvia gritar sem compreender o que dizia.

— Você é muito gentil, Vigo, mas já tenho problemas suficientes sem, além do mais, hospedar um sujeito como você! Realmente, você é um cara de pau! Eu me ofereci gentilmente para hospedá-lo por uma noite, mas não disse que podia se instalar aqui! Ei! Está me ouvindo? Podia, ao menos, responder!

Voltei a mim com dificuldade. A raiva de Agnès tinha, ao menos, o mérito de forçar a minha aterrissagem. Uma coisa era certa, eu não estava *fora do tempo*. Longe disso. Estava plenamente dentro dele.

— Estou confuso... Achei que... Achei que tinha saído do tempo — murmurei.

— Quê? Do que está falando?

Eu a vi passar ao meu lado feito um raio, o olhar furioso, depois abrir as cortinas com um gesto amplo e brusco. Eu me assustei. A luz de agosto me cegou.

— Eu não devia ter oferecido para você ficar aqui! Sou mesmo muito ingênua!

— Eu... Eu sinto muito, Agnès, eu... Tive um pequeno problema. Achei que estava fora do tempo... Fique sossegada, já vou embora...

Ela me observou boquiaberta. Não saberia dizer que sentimento prevalecia no seu olhar, se era raiva ou incompreensão. Uma coisa era certa, não estava orgulhoso de mim e tinha pressa em sair de lá.

Assim que consegui, me levantei do sofá, lutei contra a tontura que fazia a sala girar e fui buscar as minhas coisas. Vi Agnès se apoiar numa cadeira e me fitar franzindo os lábios, com ar perturbado. Começava a recuperar a calma.

— Sinto muito ter gritado com você assim — disse ela com voz mais serena —, mas, francamente, Luc poderia muito bem ter voltado hoje e dado de cara com você! Você me teria posto numa situação muito desagradável, Vigo!

— Sinto muito, Agnès.

E, realmente, sentia. Ela estava certa. Não havia sido muito inteligente da minha parte. Nem eu gostaria de me encontrar cara a cara com o marido dela. E, de qualquer maneira, havia abusado da sua hospitalidade... Eu me odiava! Mas não conseguia encontrar as palavras para ser perdoado, para tentar fazê-la compreender a crise que eu havia atravessado. Ainda estava completamente desnorteado. A minha cabeça ainda girava e tinha a impressão de não ter saído totalmente do meu estranho pesadelo.

Com as pernas vacilantes, precipitei-me para a porta e saí do apartamento.

— Sinto muito — repeti, fechando-a atrás de mim.

Desci as escadas cambaleando e acho que algumas lágrimas escorreram dos meus olhos.

40.

Ao chegar embaixo do prédio, fiquei parado por alguns segundos, de pé, no hall, sem fôlego, obrigado a me apoiar na porta de vidro para não perder o equilíbrio. Esfreguei os olhos com a manga para eliminar a umidade embaraçante.

Lá fora os moradores da rua viviam a cem por hora. Era o mundo, o verdadeiro, o nosso espaço-tempo. O mundo para o qual eu absolutamente precisava voltar, reapoderar-me das minhas referências. Ao menos *apoderar-me*. No fundo, eu não tinha certeza de algum dia ter tido pontos de referência.

Como eu parecera imbecil! Como pudera ficar num estado desses? Por dentro, estava com vergonha de mim mesmo. Vergonha da fraqueza do meu humor, da minha razão. E, acima de tudo, estava envergonhado de haver contrariado Agnès. E com medo de tê-la perdido.

Com um nó na garganta, olhei os carros que passavam diante do prédio, os moradores do bairro que passeavam. Na verdade, não sabia o que fazer, aonde ir. No entanto, precisava sair dali, ir em frente.

Inspirei profundamente e saí. Não foi tão difícil quanto eu temia. Deixei-me acariciar pelo ar citadino do fim da tarde, fui andando em frente, os olhos fixos no chão, fugindo do olhar do mundo ao redor.

Depois de alguns passos, olhei para trás, para o último andar do prédio de Agnès. Pensei ter localizado a janela da sala. A luz estava acesa. Eu me perguntei o que ela estaria fazendo naquele momento. Se já havia virado a página e decidido me esquecer. Baixei novamente os olhos e continuei o meu caminho. Será que Agnès me perdoaria? É bem verdade que, na véspera, me havia prometido ajudar. Mas, e agora?

Se Agnès me abandonasse, eu seria capaz de responder a todas as perguntas? Certamente, não. No entanto, entregar-me às autoridades, conforme ela havia sugerido, dava-me ainda mais medo.

A minha barriga começou a roncar. Eu estava com fome. Não havia comido nada o dia inteiro. Teria de começar por aí. Alimentar-me. Coisas simples. Uma a uma. Fui andando pela calçada em direção à praça Clichy e, sem pensar, voltei ao Wepler.

A cervejaria estava cheia e enfumaçada, barulhenta. Instalei-me numa mesinha no fundo da sala grande, a salvo dos olhares.

Acendi um cigarro. O garçom anotou o meu pedido. Como estava com fome e queria comer logo, pedi um *croque-madame,** uma porção de fritas e uma cerveja. Afinal, era uma cervejaria parisiense.

---

* Sanduíche tipo misto-quente, ao qual se acrescenta molho branco, leva-se ao forno para gratinar e serve-se com um ovo frito. (N. T.)

Enquanto esperava meu pedido, para tentar não pensar mais em Agnès, decidi reler o bilhete que havia encontrado no hotel. Tirei o envelope e alisei a folha na minha frente.

O seu nome não é Vigo Ravel e você não é esquizofrênico. Encontre o Protocolo 88.

Protocolo 88. Tinha de me centrar nele. Não havia avançado nem um centímetro desde que recebera a mensagem. Talvez até houvesse recuado. A passos largos.

Tentei concentrar-me, fazer-me as perguntas certas, em vão. Todas as vezes que tentava encontrar uma resposta, uma pista, o rosto de Agnès vinha assombrar-me o espírito. O olhar furioso, as palavras duras. Gostaria muito que as coisas tivessem acontecido de forma diferente. Ela nem pudera me dizer se havia encontrado alguma coisa, se havia tido tempo de pesquisar sobre os meus pais, como mencionara... Será que me telefonaria? Teria revelações a me fazer? Aceitaria as minhas desculpas? Aceitaria me rever? Eu tinha de parar de pensar nisso!

O garçom trouxe-me o prato. Agradeci e atirei-me sobre a comida com apetite. Engoli o *croque-madame* e as fritas sem erguer a cabeça, exceto para tomar alguns goles de cerveja.

Quando o garçom veio buscar o prato vazio, pedi uma segunda cerveja.

Fiquei assim por várias horas, fumando um cigarro atrás do outro, emendando os copos de cerveja, incapaz de pensar em outra coisa que não naquela mulher, ao lado de quem eu gostaria muito de passar esta noite estranha. Uma noite a mais. Eu imaginava os olhos verdes, o sorriso tenso, o corpo magro, a bonita pele escura e via tudo isso se afastar, lentamente, como a plataforma da estação de uma cidade querida numa viagem só de ida. Eu tinha o sentimento de um grande desperdício e essa necessidade não satisfeita de mantê-la nos braços por uma hora silenciosa, como esperamos manter todas as promessas da vida. O Wepler lembrava-me o olhar dela. Para mim já era a quarta parte de uma lembrança. Eu nos via novamente, os dois, sentados no chão, no meio da praça Clichy. Não conseguia me convencer. Não era possível. A felicidade havia sido muito curta. Era característico da felicidade durar apenas um instante, o tempo suficiente para que nos lembrássemos dela e sentíssemos saudades?

No fim do sexto copo, o garçom dirigiu-me um sorriso compadecido.

— Dia ruim?

— Não foi pior do que ontem.

— Olhe, este é por minha conta.

Agradeci com um sinal de cabeça, as pálpebras pesadas, em câmera lenta. O álcool começava a fazer efeito.

Por volta das 22 horas, talvez um pouco mais tarde, quando eu começava a ficar seriamente embriagado, o telefone celular começou a tocar. Não ouvi imediatamente, no meio da barulheira ensurdecedora da grande cervejaria. Quando, finalmente, reconheci a campainha, mergulhei a mão no bolso e vi o número de Agnès exibido na pequena tela. O meu coração disparou.

— Agnès?

Nada. Nenhuma resposta. Ouvi apenas uma respiração. Um pouco forte.

— Agnès, é você?

Ouvi-a suspirar. Sim, era ela.

— Sinto muito, Agnès. Sinto sinceramente... Espero que não me odeie demais.

— Onde você está?

A voz dela estava trêmula, molhada. Não havia dúvida. Ela havia chorado.

— Ah, bem... estou no Wepler.

Um longo silêncio. Talvez, um soluço.

— Posso ir me encontrar com você? — murmurou, finalmente.

Eu sorri.

— Pode, é claro!

Ela desligou imediatamente. Fechei os olhos, cerrei os punhos e dirigi ao teto da cervejaria o meu maior sorriso depois de muito tempo e não só porque as sucessivas cervejas faziam a minha cabeça rodar.

Vi Agnès chegar quinze minutos depois, com um longo mantô branco. Ela havia refeito a maquiagem. Mas ainda tinha os olhos vermelhos e o rosto crispado. Levantei-me para puxar uma cadeira. Ela sentou-se à pequena mesa. A roupa opalina destacava magnificamente a pele acobreada.

— Tudo bem? — perguntei, voltando ao meu lugar.

— Não.

— É por minha causa?

Ela ergueu os olhos para o céu.

— Não diga besteiras! É claro que não!

— Sinto muito pelo que houve há pouco... Eu meio que adormeci na sua casa... Bom, mais exatamente, tive uma crise de angústia e...

— Não foi nada, Vigo. Eu é que sinto muito por ter gritado com você. Estou muito estressada.

Fiz um sinal de cabeça, que eu esperava ter sido caloroso.

— Vamos, o que está acontecendo com você, Agnès?

Ela deu de ombros.

— A rotina.

— Rotina? Está brincando? Estou vendo que você chorou...

— Luc foi buscar as coisas dele. Nós brigamos.

Fiz uma careta. Levantar o moral de uma mulher certamente não era uma das minhas capacidades. No estado em que eu estava, não podia correr o risco.

— Ah, sei... Sinto muito...

Não tinha nada melhor para dizer.

— Já estou de saco cheio... Sempre algo acaba dando errado algum dia! Nunca soube escolher um cara bom... Deve ser alguma coisa de tira.

Eu não disse nada e me limitei a assumir um ar condoído. Sentia-me incapaz de lhe dar o menor conselho. Não sabia nada sobre o amor e o único exemplo de vida conjugal de que eu podia falar se resumia à lamentável relação de Marc e Yvonne Ravel, os meus pais invisíveis.

— Há dois anos eu sei que essa história está ferrada e, como uma idiota, agarrei-me a ela. Cometo o mesmo erro todas as vezes. Não entendo por quê... Como se ele pudesse mudar no último minuto! Sendo que sei muito bem que ele não foi feito para mim.

Ela puxou um cigarro. Entreguei-lhe o meu isqueiro.

— Somos todas iguais! Temos medo de não encontrar nada melhor depois. Nós nos dizemos que todos os caras bons já foram pegos. É preciso dizer que não existe uma grande quantidade de caras bons. E mesmo esses caras acabam aprontando. Então, nos achamos felizes, nos contentamos, fazemos concessões, suportamos e perdoamos. E depois, um dia, nos damos conta de que há muito tempo estamos num impasse, então decidimos deixá-lo e, aí, percebemos que desperdiçamos cinco anos de vida com um canalha.

Ela deu um longo suspiro. Vi que as lágrimas haviam novamente invadido o seu olhar.

— Eu o aborreço com as minhas histórias?

— De jeito algum. Você fica bem chorando, os seus olhos brilham.

Ela enfiou o rosto nas mãos.

— Não diga besteiras, estou com uma cara assustadora!

— Eu gosto.

Ela sacudiu a cabeça e mostrou uma expressão desiludida.

— Não se preocupe demais comigo. Sabe, mesmo com uma pequena depressão, choramos por um nada...

Concordei com a cabeça. Não ousava confessar que também havia chorado ao descer da casa dela.

— Nós dois parecemos muito espertos, não? — disse ela, esboçando um sorriso. — A depressiva e o esquizofrênico na cervejaria da esquina.

— Quer uma cerveja?

— Por que não...

Fiz o pedido. O garçom trouxe dois copos de cerveja. Disse a mim mesmo que, sem dúvida, aquilo não era razoável depois de tudo o que o meu cérebro havia aprontado naquele dia; certamente não era o momento de abusar tanto da bebida... Mas eu era obrigado a reconhecer que ajudava a me sentir bem com Agnès. Então, nem liguei.

— Vigo — retomou ela, depois de dar o primeiro gole —, eu pensei... Mudei de opinião.

— A respeito de quê?

Ela hesitou, encarando-me. Fiquei escutando com a maior atenção, a cerveja em uma das mãos, a beirada da mesa na outra. Ela ficou em silêncio ainda por um bom momento, como se tivesse medo de dizer uma besteira, depois arriscou:

— Você pode ficar alguns dias no meu apartamento.

Arregalei os olhos. Não esperava por isso.

— Como?

— Quero hospedá-lo por alguns dias.

— Não, não, não quero incomodá-la! E, depois, com todas essas histórias, não me sentiria muito à vontade... Não. Vou procurar um hotel, é mais razoável.

— Não, é uma idiotice! Eu prometi ajudá-lo! Garanto que não me incomoda! Ao contrário! Além do mais, tenho um computador com Internet, você pode fazer as suas pesquisas durante o dia. E, à noite, me fará companhia. Isso evitará que eu entre em depressão...

— Tem certeza?

— Absoluta.

— E o seu marido? Não quero piorar as coisas...

— Ele se foi para sempre.

Hesitei. Não estava convicto de que fosse uma boa ideia. Depois... não conseguia esquecer a crise que eu tivera no apartamento dela. Como ter certeza de que não ia se repetir? Ao mesmo tempo, a perspectiva de passar vários dias perto de Agnès me agradava. Não sei se teria aceitado sem as incontáveis cervejas que havia emborcado, mas decidi aceitar:

— Pois bem, combinado — disse eu, sorrindo.

Ela ergueu a cerveja e convidou-me a brindar. Os nossos copos se chocaram e, em seguida, bebemos em silêncio. Depois de alguns minutos sem falar, como eu me sentia meio constrangido, puxei novamente a conversa sobre outro assunto:

— Encontrou alguma coisa sobre os meus pais?

— Não. Não, por enquanto. Mas vou procurar novamente amanhã.

Ela esmagou energicamente o cigarro no cinzeiro.

— Vigo — perguntou, erguendo os olhos na minha direção —, será que... Eu queria saber... Você teve mais uma dessas crises em que... ouve os meus pensamentos?

Fiz que não com a cabeça.

— Você... Você promete me avisar quando sentir uma delas chegar? Eu... Da última vez me deu muito medo... Prefiro não assistir.

Sorri.

— Claro, Agnès. Prometo.

Ela pareceu aliviada.

— Bom — disse ela, com a voz mais leve —, termine a bebida, preciso dormir... Estou abarrotada de remédios.

41.

Caderneta Moleskine, anotação nº 151: onde está o eu?

Procurei o lugar exato do meu eu. A sua residência principal. Às vezes, não se tem nada melhor para fazer. Não fiquei surpreso: tudo se passa na minha cabeça, no meu cérebro. O resto do meu corpo não passa de um prolongamento grotesco, contingente. Relativamente obediente, aliás.

As frases que você lê nascem no meu cérebro. As que você não lê também. Sim. É uma evidência: tudo o que faz com que eu seja eu está alojado no meu cérebro.

Eu tentei, para ver. Tentei imaginar as coisas de maneira diferente. Fiquei nu diante do espelho e tentei ver onde estava o meu eu. Procurei, revistei o meu corpo. E não consegui me convencer do contrário. Localizo perfeitamente o lugar do meu pensamento, anatomicamente. Ali. Atrás dessa grande testa preocupada. Tentei imaginar, como desafio, que a palavra pudesse nascer em outro lugar. Olhei os meus pés, fixamente, por muito tempo. Olhei as minhas pernas. E tentei ver nelas o lugar do meu pensamento. Tentei localizar ali o que faz com que eu seja eu. E não foi possível. As minhas pernas não pensam. Elas não têm a menor faculdade para isso. Tudo está ali. Na minha cabeça. Eu sinto, fisicamente, as ideias e as lembranças que vivem na minha cabeça. Então digo a mim mesmo que é ali que está o meu verdadeiro eu. Neste lugar misterioso onde estão situados o meu pensamento, a minha memória, a minha representação do mundo, a minha autonomia, a minha liberdade.

Se me cortarem os pés, eu ainda serei eu. Se me cortarem a mão, se me tirarem o fígado, se substituírem o meu coração, eu ainda serei eu.

O eu é o meu cérebro. E como o meu cérebro está doente, todo o meu eu está doente.

42.

— Vamos tomar uma última dose?

O apartamento ainda acusava as marcas da briga que Agnès tivera com o marido. Havia coisas derrubadas pelo chão e até um vaso quebrado. A cena devia ter sido bem mais animada do que Agnès me dera a entender.

A sala me deu uma impressão diferente da véspera, mas, sem dúvida, era por causa do meu estado. A minha cabeça girava, o mundo inteiro rodopiava.

— Você não queria dormir? — disse eu, afundando no maldito sofá laranja.

Agnès levantou os ombros e deu um sorriso malicioso.

— Ora! Eu dormiria ainda melhor com um último copo.

— Pois bem, vamos! Uma dose a mais não faz muita diferença! — exclamei, erguendo a mão de maneira meio ridícula.

Ela desapareceu na cozinha.

Eu estava tão bêbado que duvidava conseguir me levantar do sofá. Completamente largado, deixei o meu olhar deslizar pelas prateleiras da biblioteca bem ao meu lado. Sentia dificuldade em me concentrar, em fixar o olhar. Os livros estavam amontoados uns sobre os outros, transbordavam por todos os lados e eu não consegui detectar a menor classificação lógica. Romances ao lado de ensaios filosóficos, documentos, biografias, dicionários... Havia várias obras jurídicas, sem dúvida ligadas à profissão de Agnès, algumas histórias em quadrinhos e uma bela coleção de videocassetes. A maioria das capas estavam destruídas, dobras no canto. Era totalmente o contrário da minha própria biblioteca, cuidadosamente ordenada, romances de um lado — classificados por ordem alfabética dos autores — e ensaios de outro, por temas. Ao menos, antes de as pessoas arrombarem o apartamento dos meus pais e jogarem tudo no chão... Mas eu não devia pensar mais nisso. Não agora.

Agnès reapareceu com dois copos de uísque, que ela pôs na mesa de centro, depois foi acender um bastão de incenso do outro lado da sala.

— Estava olhando a minha biblioteca?

— Estava...

— Gosta de ler, Vigo?

Eu sorri.

— Muito.

— Eu também — disse ela, sentando-se ao meu lado.

Ouvi-a suspirar e pensei discernir naquele suspiro um extremo cansaço, quase uma resignação no fim da sua dura jornada.

— É um meio de fuga, não é?

— Como?

— A leitura, é um bom meio de fuga...

Hesitei. Nunca me havia feito essa pergunta. Por mais que eu devorasse uma quantidade gargantuesca de livros todas as semanas, nunca me havia perguntado o que me levava a fazê-lo. Eu me limitava a tomar notas nas minhas cadernetas Moleskine, por medo de esquecer. Obsessão de amnésia. Mas fuga? Verdade? De quê?

— Não sei — balbuciei, finalmente. — Não estou certo de que a fuga seja realmente o que busco nos livros.

— Ah, é? Então, não gosta de romances?

— Gosto! Muito! Mas, na verdade, não creio que seja como meio de fuga...

— Por que, então?

Dei de ombros. Não tinha certeza de ser capaz de responder a esse tipo de pergunta.

— Humm... como dizer? Na verdade, deve ser um pouco o contrário.

— O contrário de fuga?

— É. Eu leio...

Procurei o verbo adequado.

— Leio para me encarnar.

— O que quer dizer?

— Para me sentir humano, ter a impressão de compartilhar alguma coisa...

— Compartilhar o quê?

— É difícil de dizer. Hã... A condição humana? Gosto dos livros quando tenho a impressão de encontrar, mesmo sucintamente, o que faz a especificidade da nossa condição... Não sei se estou sendo claro... Não se esqueça de que estou embriagado, Agnès.

Pigarreei, movendo-me desajeitadamente no sofá. Não estava muito acostumado a esse tipo de situação e tinha certeza de que dominava muito mal o jogo da conversação. Depois do que havia acontecido naquele mesmo dia, eu estava ainda mais preocupado com a ideia de desagradar Agnès, e tinha a impressão de ter de controlar cada uma das minhas frases, cada uma das minhas palavras, como se o menor erro me pudesse ser fatal. Era cansativo.

— Não acha que a leitura também possa ser um simples divertimento? — perguntou ela, levando o copo de uísque aos lábios.

— Humm... Um divertimento? Sim, claro. Mas do que eu gosto também é quando o autor consegue evocar sentimentos profundos, terrivelmente humanos, universais, sentimentos que eu descubro que não são só meus, mas próprios de toda a humanidade. Isso me tranquiliza. Entende o que quero dizer?

— Acho que sim.

— Pois bem, é isso. Nesses momentos, o livro passa a ser uma ponte entre mim e o mundo, uma ligação entre o íntimo e o universal. Compreende?

— Sim, sim.

— Não sei como consegue me escutar e, menos ainda, me compreender. Estou completamente bêbado e falando demais, isso não tem nenhum sentido...

— Mas, não! — replicou ela, rindo. — Você não fala demais! Ao contrário, é muito interessante! Agora, diga-me, quais são os romances que o fazem se sentir assim?

Eu me perguntei se ela zombava de mim ou se era sincera. Preferi dizer a mim mesmo que ela queria me ouvir falar, sem dúvida, porque isso a distraía, impedia de pensar no que a deixava triste...

— Que romances? Humm... Não sei... Os romances de Émile Ajar... Gosta de Ajar?

— É o pseudônimo de Romain Gary, não é?

— Sim... Foi com esse nome que ele escreveu *La Vie devant soi.**

— Ah, é! Adorei esse livro! — revelou ela. — Acho que foi o único que li de Gary sob o nome de Ajar, mas é muito tocante, de fato. Sei exatamente o que quer dizer!

Eu sorri. De repente, era tranquilizador. Como se o fato de os dois terem lido o mesmo livro no passado pudesse servir de substituto a recordações compartilhadas. E boas recordações ainda por cima.

— Não leu *Pseudo*?

— Não.

— Bom, em *Pseudo* — continuei — há tudo isso e até mais, tudo o que sinto, o medo de ficar sozinho no meio dos outros, de nunca se encontrar nem se compreender realmente, o medo de não ser você, de não passar de um envoltório... porque o si próprio é indizível para o outro, é inatingível. Entende o que quero dizer?

— Mais ou menos...

— Tudo se resume nas primeiras frases do primeiro capítulo e na última. Olhe, vou dizer de memória: *Não há começo. Eu fui engendrado, cada um na sua vez, e, depois, é o pertencer. Tentei de tudo para me subtrair, mas ninguém consegue isso, todos somos adicionados.* Depois: *Continuo a procurar alguém que não me compreenda e que eu não compreenda, porque preciso terrivelmente de fraternidade.*

Ela fez uma cara de admiração.

— É muito bonito. Não estou muito certa de ter captado, mas é bonito. E, depois, puxa, que memória!

---

* *A vida pela frente.* No Brasil, foi publicado com o título *Toda a vida pela frente.* (N.T.)

— É, mas não pense que sou um grande erudito e que sei muitas citações como essa de cor, hein? Não estou tentando impressioná-la. Simplesmente é meu livro preferido.

— Não é surpreendente — disse ela, sorrindo. — Desculpe, mas com essa história de Émile Ajar, de pseudônimo e de testa de ferro, podemos perguntar se Romain Gary não era meio esquizofrênico...

Concordei, sorrindo.

— É, com certeza foi o que imediatamente me agradou! E você lê livros policiais, é isso?

Ela revirou os olhos.

— Engraçado! Os tiras *só* leem livros policiais!

— Ora, mas já é bom que saibam ler — insinuei ironicamente.

— É ruim! Não, imagine que leio um pouco de tudo, como pode ver. Prefiro a leitura para divertir, os policiais, sim, mas também os thrillers, ficção científica, romances de aventura... Há pessoas que consideram isso subliteratura, mas estou pouco ligando, isso me convém, me toca: é uma fuga. Então, leio toneladas. Aliás, era um dos motivos recorrentes das minhas brigas com Luc. Eu o criticava por passar muito tempo na casa dos amigos, e ele queria que eu lesse menos livros... É meio ridículo, não é? Que clichê!

— Não sei. Não estou particularmente em condições de julgar as relações conjugais. Sempre fui sozinho...

— Nunca teve uma namorada?

Fiz uma careta. Uma parte de mim havia esperado que pudéssemos evitar esse assunto. Mas outra parte provavelmente só esperava por isso...

— Acho que não. Talvez tenha tido antes da minha amnésia, mas, depois, não.

Agnès mal conseguiu disfarçar a surpresa, o que me fez ficar ainda menos à vontade. Ela deve ter percebido e desviou o olhar. Apoiou o copo na mesa e levantou-se suspirando.

— Bom, vamos... Chega de aborrecê-lo. Já passou da hora de dormir. Obrigada por me fazer companhia esta noite, Vigo. Ainda estou consternada de haver gritado com você hoje. Amanhã, poderá ficar aqui. Prometido, não vou gritar com você. Sinta-se em casa. Também pode usar o computador no escritório para fazer suas pesquisas.

— Obrigado, Agnès. Muito obrigado.

Ela me deu um último sorriso e foi dormir. Levantei-me com dificuldade, quase quebrei a cara, abri o sofá, puxei as cortinas e caí de costas, os braços em cruz. Atordoado com a tontura provocada pelo álcool, demorei um pouco a pegar no sono, mas quando ele veio, foi de uma profundidade abissal.

43.

Acordei no dia seguinte com uma terrível dor de cabeça. Resmunguei e me refugiei embaixo do edredom. Dessa vez levei alguns segundos para me lembrar de onde estava, mas não me deixei dominar pelo pânico ou pela tontura do primeiro dia. Tudo estava claro. Eu estava no pequeno apartamento de três-peças de Agnès, que me hospedava alguns dias na sua casa, tudo estava normal. Eu tinha apenas uma considerável ressaca.

Eu me levantei, fazendo uma careta, mas sereno, e fiz, um a um, os gestos de uma manhã quase comum. Tomei um banho de chuveiro, vesti-me e encontrei comida na cozinha para fazer um café da manhã digno desse nome.

De volta à sala, liguei a televisão. Olhei por um instante as notícias que ainda falavam do atentado, da pista islâmica, do balanço... Suspirei e desliguei. Tinha de me concentrar na minha própria investigação, tinha de começar pelo início. E, como Agnès havia sugerido, o mais simples era procurar eu mesmo o que podia ser o tal Protocolo 88, de que falava a carta misteriosa.

Portanto, às 9 horas, apesar da dor de cabeça que não me largava, decidi ligar o computador no escritório de Agnès. O aposento era a imagem do resto do apartamento: em desordem, submerso em móveis e objetos insólitos. Sobre uma mesa montada em cima de cavaletes, espremida entre colunas de livros e papéis, o PC parecia haver sobrevivido milagrosamente a múltiplas tempestades. O teclado estava sujo de cinzas e de manchas amarronzadas. Depois de algumas vacilações, consegui me conectar à Internet e comecei a minha busca. Eu tinha de chamá-la assim. *A minha busca.* No fundo, eu não era nada mais do que o detetive da minha própria existência.

Digitei "Protocolo 88" num site de busca. De súbito, o simples fato de eu mesmo escrever essa expressão lhe dava uma existência, uma realidade. Eu ainda não sabia a que correspondia, mas o mistério dessa palavra e desse número se tornava concreto. E eu achava isso quase tranquilizador. Isso me dava um objetivo. Talvez eu não fosse Vigo Ravel, talvez eu não fosse o esquizofrênico que acreditava ser, mas, ao menos, eu era o "o homem que devia encontrar o que era o Protocolo 88". No ponto em que me encontrava, em questão de identidade, estava pronto para me satisfazer com isso.

O site de pesquisa mostrou nove resultados. Nos milhões de sites referenciados na Web, só havia nove ocorrências da expressão "Protocolo 88"! Era pouco, muito pouco, mas já era alguma coisa. Estremeci de excitação. Ia, finalmente, encontrar uma pista. Um início de pista! Uma abertura.

Percorri, um por um, os textos que mencionavam o objeto da minha pesquisa. A maioria era de textos técnicos, muito oficiais. E, rapidamente, percebi que nenhum deles citava o que quer que fosse que tivesse relação mais ou menos direta comigo ou com a minha história. Nada sobre esquizofrenia, nada sobre o atentado e nada muito misterioso. Nada, em todo caso, que me chamasse a atenção, que despertasse a minha curiosidade. Tudo o que eu encontrava dizia respeito a protocolos sobre a segurança de navios, sobre encaminhamento de dados informáticos ou sobre a legislação para os controladores do espaço aéreo. Todos traziam o número 88 simplesmente porque haviam sido assinados em 1988, só por isso. Por instinto, vi imediatamente que não tinham nenhuma relação com o que eu procurava. Por precaução, resolvi ler todos os textos do começo ao fim, mas, de fato, não encontrei nada concludente.

Soltei um longo suspiro de decepção. O mistério não estava próximo de ser resolvido. Mas eu não podia desistir tão rápido. Decidi, ao acaso, inverter os dois termos da expressão e digitei "88 protocolo". Não encontrei nada melhor. Quanto a um ou outro sozinho, os resultados eram muitos para que eu encontrasse alguma pista.

Praguejei. Tinha de haver alguma coisa sobre o número 88: ele ecoava tantos detalhes depois do dia do atentado! A começar pela frase misteriosa do terrorista: *...88, está na hora do segundo mensageiro.* Eu não ousava pensar, além do mais, na hora que o meu relógio exibia. Só podia ser coincidência. Mas, fora isso, com certeza, havia alguma coisa com o número 88. No entanto, digitar esse número como única palavra-chave num site de busca resultava em vários milhões de respostas. Não adiantava começar só com ele.

Continuei ainda com as minhas investigações por quase uma hora, em vão; depois, desanimado, joguei-me no encosto da cadeira. Vi, então, um dicionário na mesa do escritório de Agnès. Pelo sim, pelo não, tomei o cuidado de copiar na minha caderneta as definições da palavra protocolo.

Protocolo: *s.m. (lat.* protocollum, *do gr.* Kollao, *"colar"). Registro das fórmulas em uso para os atos públicos, para a correspondência oficial. Conjunto de resoluções tomadas numa reunião. Resumo, enunciado de uma operação, do desenvolvimento de uma experiência científica. Conjunto de convenções necessárias para a cooperação de entidades geralmente distantes, em particular para estabelecer trocas de informação entre essas entidades.*

Realmente, isso não me orientava nas minhas buscas, mas, ao menos, eu tinha uma ideia mais exata de tudo o que podia ser um protocolo; determinei para mim um contexto, um campo de busca.

Um pouco antes do meio-dia, a minha dor de cabeça aumentou e, certo de que não iria encontrar nada mais interessante sobre o assunto, desliguei o computador e fui me esticar no sofá da sala. Fechei os olhos e tentei relaxar, mas a dor se recusava a desaparecer. Lentamente, ela se estendeu até as têmporas, os olhos e até mesmo a nuca. Massageei a cabeça por muito tempo, mas de nada adiantou, a dor continuava a aumentar e se tornou insuportável. Em seguida, tive a impressão de ouvir um assobio superagudo, cada vez mais forte, cada vez mais desagradável. Depois fui tomado por náuseas e tontura. Por várias vezes tive a impressão de que ia vomitar ou desmaiar.

Isso não vai recomeçar!

Eu não sabia se o sofá laranja me dava azar, mas não tinha a menor vontade de reviver o delírio de pesadelo da véspera. Eu tinha de me controlar. Ergui-me e tentei dominar a tontura. Mas não podia fazer nada: a sala girava, e a minha cabeça parecia estar a ponto de estourar, esmagada por um torno invisível.

Como a dor aumentava ao mesmo tempo que o enjoo, logo tive certeza de que eu estava passando, não por um surto delirante, nem mesmo por uma das minhas crises alucinatórias, mas sim por uma crise de abstinência. Os neurolépticos? Não, eles não criavam nenhuma dependência. Devia ser outra coisa. Os ansiolíticos, talvez. Fazia muito tempo que eu não os tomava, e o meu cérebro, certamente, começava a se rebelar.

Levado por uma raiva súbita, levantei-me e revistei idiotamente a minha mochila. Mas eu sabia muito bem que não havia nenhum medicamento. Eu jogara tudo pela janela do hotel. Deixei a mochila cair no chão, irritado, e precipitei-me para o banheiro. Abri o armário de remédios de Agnès. O meu olhar treinado caiu logo sobre os antidepressivos, depois, ao lado, sobre uma pequena caixa branca. Lexotan. Ergui a mão trêmula para a cartela de comprimidos. Depois fechei os olhos. Não. Não, eu não podia fazer isso. Eu não *devia* fazer isso. Havia jurado a mim mesmo!

Olhei novamente o conteúdo do armário e os meus dedos deslizaram mais para a direita, para uma caixa de aspirinas. Uma simples caixa de aspirinas. Peguei um comprimido e fui para a cozinha servir um copo d'água. Tomei o medicamento de um gole e voltei a me deitar no sofá.

A dor era tão intensa que comecei a gritar, como se isso pudesse me libertar. Tinha a impressão de que o meu cérebro estava se liquefazendo, fervendo. Depois, recusando-me a me dar por vencido, tentei novamente me controlar, lutar. *É só uma pequena crise. Uma crisezinha comum. Não posso me entregar como ontem. Tenho de resistir.* Concentrei-me em todas as partes do meu corpo para tentar esquecer a testa. Em seguida, tentei visualizar a dor na minha cabeça como uma bola pequena de um vermelho denso e imaginei que ela explodia, que se dispersava e se retirava lentamente como uma onda numa longa praia de areia fina. Expulsei-a o mais longe que pude. O apito estridente entre os meus tímpanos começou a diminuir. Concentrei-me de novo, repeti o mesmo processo. Libertar-me da dor. Reconhecê-la apenas pelo que ela era: uma simples informação no meu cérebro. Sem saber por quê, comecei a repetir a frase que ouvira na torre SEAM. *Rebentos transcranianos, 88, está na hora do segundo mensageiro...*

Como uma litania, comecei a dizer e a repetir essa frase, lentamente, insistindo em cada palavra: *Rebentos transcranianos...* E, estranhamente, funcionou. Como uma fórmula mágica, as palavras que eu não compreendia me acalmaram, ajudaram-me a esquecer progressivamente a minha horrível dor de cabeça. *...está na hora do segundo mensageiro.* E, de tanto buscar a paz no meu espírito, acalentado por essa enigmática invocação, acabei adormecendo.

44.

Acordei sobressaltado com o toque do telefone celular. Dei uma olhada no relógio. Não. É claro. Impossível ver as horas. Ele ainda piscava no 88:88. Eu ainda não resolvera pôr na hora certa; mantinha-o assim, no pulso, talvez supersticiosamente, testemunha íntima e secreta do atentado, da realidade que eu havia vivido.

Sacudi a cabeça e peguei o telefone. Vi na pequena tela que já eram 15 horas. Eu havia dormido quase três horas. Minha dor de cabeça havia desaparecido completamente. Atendi.

— Vigo?

A voz do outro lado me gelou o sangue. Era François de Telême.

— O que... o que quer? — balbuciei, perplexo.

— Vigo, tem de parar com essas besteiras. Queremos ajudá-lo, sabe disso...

Naquele instante percebi que o detestava. Aquele homem, o único de quem eu havia gostado quase como um amigo, agora eu odiava.

— Quem são esses *nós*? — exclamei fora de mim.

— Eu... Eu estou com o doutor Guillaume...

Não acreditei no que ouvia. O doutor Guillaume? Ele estava vivo? E com De Telême? Não! Inacreditável. Era uma cilada! Uma nova cilada armada por esse traidor!

— Estamos muito preocupados com você, Vigo.

— Não acredito em você. Não acredito em você nem por um minuto. O doutor Guillaume morreu!

— Não, Vigo, está enganado. Ele está aqui, bem ao meu lado. Está tão preocupado com você quanto eu. Olhe, vou pô-lo na linha.

Os meus dedos crisparam-se no telefone.

— Vigo? Está me ouvindo?

Não havia dúvida. Era mesmo a voz do meu psiquiatra. Achei que ia desmaiar.

— Doutor? Mas... Mas... Não entendo...

— Vigo, você está passando por uma crise aguda de esquizofrenia paranoide. Precisa ser acompanhado. O seu patrão tem razão: estou realmente muito preocupado com você...

— Mas... O atentado... Achei que estava morto...

— Não. Por milagre, sobrevivi. Como você, Vigo. Eu estava atrasado naquela manhã e isso me salvou a vida. Mas você, Vigo, está em estado de choque. E é totalmente compreensível. No entanto, não pode se enganar assim. Está fazendo besteiras, Vigo. Tem de vir me ver. Precisa retomar o tratamento. Precisa de ajuda...

— Mas... Mas o que faz aí com o senhor De Telême?

— Bem, eu vim vê-lo porque não conseguia encontrá-lo. Eu o conheço há muito tempo... fui eu quem o apresentei a você, lembra-se?... achei que ele teria notícias suas. Onde você está, Vigo? Todo mundo procura por você. E a sua fuga naquela noite foi ridícula! O senhor De Telême queria apenas ajudá-lo...

— E meus pais?

Houve um silêncio. Um silêncio longo demais.

— Os seus pais? Eles estão a par, Vigo. Também estão loucos de preocupação. Você está lhes causando muitos problemas!

— Mas onde eles estão?

— Em casa...

— Mentira! — exclamei, furioso. — Tudo isso não passa de uma teia de mentiras! Sempre me mentiu! Os meus pais não estão em casa. Eu fui ver. Não só eles não estão lá, como alguém trocou a fechadura!

Houve um novo silêncio. Achei ter ouvido cochichos.

— Vamos, Vigo — retomou o psiquiatra com uma voz paternalista. — Você está em estado de choque e, sem a medicação, suas alucinações serão cada vez mais fortes. Viu o que acabou de dizer? Trocar a fechadura! Sabe bem que é uma crise de paranoia, Vigo. Eu lhe digo, é totalmente normal, depois do que vivenciou! Mas não pode continuar nesse estado. E vai piorar. Venha me ver o mais rápido possível, tenho de tratá-lo! Diga-me onde está e vou buscá-lo imediatamente.

— De jeito nenhum! Acha que sou idiota? O seu consultório nem mesmo existe! Os meus pais não constam da lista telefônica! Eu não sou louco. Não tenho *nenhuma* alucinação, está me ouvindo? Nenhuma! O senhor é que é louco! E não vou cair nessa conversa!

— Vigo, diga-me onde está, vou buscá-lo agora. O seu estado vai piorar e, legalmente, sou o responsável pelo seu acompanhamento psiquiátrico. Seja razoável. Diga-me onde está, droga!

— Vá se danar!

— Vigo, não me obrigue a pedir uma hospitalização compulsória. Diga-me onde está e tudo ficará bem.

— O senhor é surdo ou o quê? Eu disse para ir se danar!

Desliguei imediatamente.

45.

Caderneta Moleskine, anotação nº 157: o ano de 1988.

Não sei se isso vai realmente servir para alguma coisa, mas decidi anotar, pelo sim, pelo não, alguns dos acontecimentos que marcaram o ano de 1988 na França... Nunca se sabe. Alguma coisa poderia me dar uma pista.

Se não, posso atribuir isso à minha obsessão por datas, à minha aritmomania, como dizia Zenati, psicóloga, 1º andar, à esquerda.

4 de março: inauguração da pirâmide do Louvre, por François Mitterrand.

*30 de março: morte de Edgar Faure.**

*18 de abril: morte de Pierre Desproges.***

*24 de abril: primeiro turno da eleição presidencial, derrota do PCF,*** avanço da FN.*****

Maio: publicação do balanço exaustivo do genocídio judeu, pelo historiador Raul Hilberg.

*4 de maio: libertação de três reféns franceses, sequestrados no Líbano, Marcel Carton, Marcel Fontaine****** e Jean-Paul Kauffmann.*******

*5 de maio: drama de Ouvéa.******** Alguns dias antes, em Fayaoué, 24 guardas haviam sido feitos reféns por independentistas canacas; quatro haviam sido mortos. Foi o início da crise da Nova Caledônia. No dia 5 de maio, esse sequestro terminou num banho de sangue. Jacques Chirac deu ordem às forças francesas de atacarem. Os 19 sequestradores foram mortos, alguns deles depois de se entregarem. Dois militares morreram durante o ataque.*

8 de maio: segundo turno da eleição presidencial, François Mitterrand é reeleito com 54% dos votos, contra 46% de Jacques Chirac.

26 de junho: acordos de Matignon sobre o futuro da Nova Caledônia.

30 de junho: monsenhor Lefebvre, arcebispo, é excomungado pela Igreja Católica.

---

* Edgar Faure: político, historiador e ensaísta. (N. T.)

** Pierre Desproges: famoso humorista francês. Morreu prematuramente de câncer. (N. T.)

*** PCF: Partido Comunista Francês. (N. T.)

**** FN: Front National (Frente Nacional), partido de extrema direita. (N. T.)

***** Marcel Carton e Marcel Fontaine: diplomatas franceses. (N. T.)

****** Jean-Paul Kauffmann: escritor e jornalista, correspondente no Líbano. (N. T.)

******* Ouvéa: uma das ilhas que fazem parte do território ultramarino da Nova Caledônia, de possessão francesa, localizada a leste da Austrália. (N. T.)

6 de julho: catástrofe da plataforma de petróleo Piper Alpha, no mar do Norte, com 167 mortos.

3 de outubro: inundação em Nîmes, dez mortos.

30 de novembro: adoção do RMI, * *que instituiu uma ajuda de custo para 570 mil famílias sem recursos na França.*

Refleti bem. Creio que o único acontecimento com o qual talvez eu tenha alguma ligação é a morte de Pierre Desproges.

46.

Ainda estava dando voltas diante do sofá, furioso com a ideia de haver sido enganado e tomado por imbecil por mais de dez anos pelo doutor Guillaume, quando a porta de entrada se abriu ruidosamente. Levei um susto. E se fosse o marido de Agnès? Como poderia explicar minha presença ali? Mas não. Agnès me havia asseverado que ele partira para sempre.

Inclinei-me para olhar a entrada e, finalmente, eu a vi; os braços finos, os traços deliciosamente sérios, o corte de cabelo joãozinho. Agnès. Ela era ainda mais bonita do que eu me lembrava. E sua beleza tinha algo de tranquilizador para mim.

— Boa-tarde, Vigo.

— Boa... boa-tarde — balbuciei.

Ela pendurou o casaco ao entrar e se juntou a mim na sala. Usava uma blusa azul de tecido brilhante, sendo que os dois primeiros botões não estavam fechados e deixavam aparecer a cor castanha do pescoço. As linhas delicadas das clavículas desenha-

* RMI: Revenu Minimun d'Insertion — Renda Mínima de Inserção. (N. T.)

vam uma bela fragilidade. Ela era cheia de vida, de movimento. Como um sopro de vento que se introduzira no apartamento.

— E então? O que houve com você? — perguntou ela ao ver o meu olhar inquieto. — Fique tranquilo, está tendo mais uma crise?

Mostrei-lhe o meu telefone celular em cima da mesa de centro, e que eu havia deixado lá como se não quisesse mais tocá-lo.

— Acabei de falar com o doutor Guillaume ao telefone.

— Doutor Guillaume?

— O meu psiquiatra. O canalha do meu psiquiatra! Que eu achava ter morrido no atentado.

— E daí?

— E daí? Daí que não é possível, Agnès! Ele falou comigo como se tudo estivesse normal! Como se nada houvesse acontecido! Acontece que a clínica Mater, aonde eu ia me consultar, não existe! Ela não existe! E para ele, esse canalha, tudo isso é perfeitamente normal, como se eu é que estivesse louco! Além disso... Além disso, ele me ligou do escritório do meu patrão! Diga-me o que esse pseudopsiquiatra poderia estar fazendo com o meu patrão, hein? O tal patrão já me traiu ao chamar os sujeitos de agasalho cinza para a boate de blues! Eu não sou louco, Agnès! Não sou louco! Esse caras estão querendo me manipular. Eles me esconderam alguma coisa durante anos! Não sei o que, mas eles me esconderam alguma coisa. Tenho certeza! E, agora, têm medo de que eu descubra o que é. Então, eles tentam me pegar. A única coisa que interessava ao doutor Guillaume era saber onde eu estava!

— Espero que não tenha dito!

— Claro que não! Esse miserável!

— Bom, ouça, acalme-se, Vigo, acalme-se. Você fez exatamente o que devia. Vamos cuidar disso. Se esses caras têm alguma coisa para esconder, se estão mancomunados, acabaram de cometer um erro grosseiro. Pois nós sabemos onde eles estão. Isso nos dá uma vantagem sobre eles e vamos poder investigar.

— Mas eles vão acabar me encontrando!

— Por enquanto, eles não sabem onde você está escondido. Está em segurança aqui, então acalme-se, Vigo. Cada coisa a seu tempo. Cuidaremos desses caras assim que tivermos avançado no resto, combinado?

Concordei, mas, na realidade, não tinha nenhuma condição de me acalmar. De nada adiantava eu ter certeza de que o doutor Guillaume mentia, o telefonema dele me havia mergulhado novamente na dúvida a respeito da esquizofrenia. Todas as minhas lembranças confundiam-se. As falsas, as verdadeiras, as paramnésias, as alucinações... Tudo se embaralhava de novo. Cheguei até a me perguntar se podia confiar em Agnès. E se ela também estivesse no time deles? Afinal, ela era tira. Eles podiam tê-la convencido a ajudá-los a me manipular. Isso poderia explicar o fato de, subitamente, ela ter resolvido me hospedar na sua casa... Não. Não era possível. Não Agnès. No entanto, eu devia ficar de sobreaviso.

— Encontrou os meus pais? — perguntei, tentando recuperar uma voz mais serena.

Vi desenhar-se no rosto dela uma expressão aflita, cheia de compaixão. Compreendi imediatamente que as notícias não eram boas.

— Não. Sinto muito, Vigo, mas o que descobri pode desagradá-lo...

— Pode falar.

Ela se sentou na minha frente.

— Os seus pais... Os seus pais não existem. Nunca existiram. Em todo caso, não com esse sobrenome.

— Como assim?

— Não encontrei em nenhum lugar a menor pista legal de um casal com o nome de Marc e Yvonne Ravel. Nem no arquivo da Polícia Judiciária, nem nos registros das prefeituras, nem nos arquivos das carteiras de habilitação, nem mesmo nos da Seguridade Social, e posso lhe dizer que ninguém supõe que eu tenha olhado ali... Foi preciso molhar algumas mãos. E acontece que não encontrei nenhuma pista. Em parte alguma. Marc e Yvonne Ravel não existem.

Sentei no encosto do sofá.

— Mas... Mas não vejo como isso é possível! Todos esses anos, dos quais me lembro... Morei com eles. Eu não os imaginei!

— Não, é claro, Vigo. Mas, sem dúvida, não é o nome verdadeiro deles que você conhece. Não sei como é possível, Vigo, nem por que, mas é a realidade. E, infelizmente, não é tudo...

— O que mais?

— Bem, levei as minhas pesquisas até o seu próprio nome: Vigo Ravel. Esse nome também não existe legalmente... A carta anônima que você recebeu não mentia sobre esse ponto. Você não se chama Vigo Ravel.

— Mas... Eu tenho uma carteira de identidade, tenho uma conta bancária! Olhe, tenho até um talão de cheques! O meu nome está escrito embaixo. Como poderia ter aberto uma conta num banco?

— Provavelmente, os seus documentos de identidade são falsos. Quanto à conta bancária, ela deve ter sido aberta graças aos documentos falsos. Mostre-me a sua carteira de identidade.

Eu a entreguei. Ela examinou minuciosamente.

— Parece autêntica, mas não sou especialista. Vou mandar analisá-la amanhã. A sua conta pode ser uma boa pista para a pesquisa. Sabe que agência seus pais usavam?

— A mesma que eu.

— Perfeito. Amanhã vou procurar por esse lado.

Ela me entregou a carteira de identidade. Não pude deixar de examiná-la. Olhei o texto ao lado da minha foto. "Sobrenome: Ravel. Nome (s): Vigo. Nacionalidade: Francesa." Estava escrito, preto no branco. E, no entanto, não era eu. Esse não era o meu nome. Soltei um suspiro desanimado.

— Vamos, Vigo, estamos apenas no começo das nossas investigações... Não desanime tão rápido. De qualquer forma, você esperava um pouco por isso, não é?

— Não deixa de ser difícil de ouvir. Não sei a minha verdadeira identidade, Agnès. Não tenho sobrenome. Não tenho pais...

Ela se levantou, veio sentar-se ao meu lado e pôs a mão no meu ombro.

— Sinto muito, sinceramente. Compreendo que seja duro admitir. Muito desconcertante. Mas você mesmo decidiu fazer a investigação, então tem de estar preparado para enfrentar esse tipo de verdade...

Concordei com a cabeça e tentei dar um sorriso. Ela tinha toda a razão. E, certamente, eu não havia chegado ao fim das más surpresas. Se eu não quisesse afundar, ao contrário, deveria usar esses desapontamentos para, com raiva, poder continuar.

— E você? — perguntou ela. — Encontrou alguma coisa a respeito do Protocolo 88?

— Não, nada.

Contei a ela os resultados decepcionantes das minhas pesquisas.

— Entendo — disse ela. — Temos de procurar em outro lugar. A carta anônima não mentiu sobre a sua identidade. Não sabemos quem a escreveu; em todo caso, podemos supor que Protocolo 88 é uma verdadeira pista...

Aprovei com um sinal de cabeça.

— Acho que já fizemos muito por hoje, Vigo. Estou exausta, não tenho ânimo de preparar nada para o jantar. E você também não parece estar em grande forma, meu caro. Eu o convido para irmos a um restaurante.

Ergui as sobrancelhas, meio surpreso.

— Eu... eu não sei. Não me sinto muito bem. E... e confesso que estou com um pouco de medo de sair...

— Não! Ao contrário! Vai lhe fazer muito bem! Você ficou enfurnado o dia inteiro! Tem um bom e pequeno restaurante aqui pertinho, ambos precisamos disso.

Apesar da ansiedade e da "depressão passageira" que ela me havia relatado, Agnès tinha recursos de energia inesperados. Talvez fosse exatamente um meio de resistir, de lutar. Da primeira vez em que a vi na psicóloga, *a priori* imaginei tolamente — sem dúvida por causa da seriedade da sua aparência — que se tratava de uma mulher triste, retraída e abatida. Mas, na realidade, ela era cheia de coragem, de vigor e até, agora eu descobria, de alguma malícia.

— E se os caras tiverem me seguido? — disse eu. — Deixei o Porsche do meu patrão aqui embaixo da sua casa. Provavelmente encontraram, não é um carro muito discreto, e, se isso aconteceu, devem estar me procurando por todo o bairro.

— Não diga bobagens! Ninguém o seguiu. Não vai viver continuamente aterrorizado, Vigo! Vamos, eu garanto que não há nada melhor do que um bom restaurante nesse tipo de situação.

Agnès dirigiu-me um sorriso cúmplice. Eu tinha a impressão de compartilhar com ela muito mais do que já havia partilhado com alguém. Os olhos dela estavam cheios de insinuações que valiam mil lembranças. Ao me estimular, acho que ela queria se estimular também. Afinal, talvez precisássemos um do outro.

— Combinado, vou com você.

Saímos do apartamento de braços dados.

47.

— Como prato principal, recomendo coração de alcatra com cinco especiarias, fatiado.

O Parfait Silence era um pequeno restaurante de bairro com aparência de bistrô antigo, todo em nuanças amadeiradas, onde se misturavam gastrônomos barrigudos e burgueses do século XVIII. A decoração, sem nenhum estilo específico, era original, com toques de art déco e, aqui e ali, algumas cores provençais.

— Está bem. Confio em você.

— Vai tomar vinho, Vigo?

— Com prazer.

— Escolha você.

Eu não tinha certeza de querer assumir esse tipo de responsabilidade, mas queria ser simpático, parecer seguro, independente, capaz de escolher uma boa garrafa. Em resumo, não queria bancar o esquizofrênico complexado. Dei uma olhada na carta de vinhos e optei, com segurança, por um Pessac-Léognan, de idade razoável.

Agnès fez o pedido. O garçom retirou-se discretamente levando os cardápios debaixo do braço.

— O Ministério do Interior não me paga o suficiente para vir jantar aqui todas as noites, porém venho de vez em quando. É delicioso.

— Não duvido... Parece simpático.

— Sim. O dono é um filantropo.

Eu não sabia por que ela me dizia isso. Um *filantropo*? Não estava nem certo de saber o que isso queria dizer. Talvez quisesse simplesmente me pôr à vontade...

Agnès ofereceu-me um cigarro, sorrindo. Aceitei. Não fumávamos a mesma marca, mas eu tinha impulsos de versatilidade.

— E então, Vigo, você se virou bem no apartamento, apesar de toda a minha zona?

— Sim, sim, não se preocupe. Obrigado. A sua hospitalidade me comove muito, sabe...

— Por favor, é um prazer. Um pouco de companhia não faz mal...

— Diga-me, Agnès, tem certeza de que o seu marido não pode aparecer a qualquer momento?

Ela sorriu.

— Ficou com medo o dia todo?

— Digamos que me fiz essa pergunta e que se ele entrasse eu teria muita dificuldade em explicar o que fazia lá...

Ela fez uma cara divertida.

— Fique tranquilo. Depois da nossa briga de ontem, ele foi para a casa dos pais, na Suíça. E não vai voltar logo...

— Acha que o seu caso com ele está... Quero dizer... está definitivamente acabado?

— Ah! Já vi tudo — disse ela, apoiando o cigarro na beirada do cinzeiro. — Vou passar por um interrogatório?

— Bom... Não sei muita coisa sobre você. Mas não é obrigada a responder. Não sei nem o seu sobrenome.

— Não faz mal! — replicou, sorrindo. — De qualquer modo, corro o risco de voltar a usar o meu sobrenome de solteira!

— Qual é?

— O meu sobrenome de solteira? Fedjer. Eu me chamo Agnès Fedjer.

— Bem que eu achava que você parecia ser do Sul...

Ela olhou para o alto.

— De que país?

— É argelino — respondeu ela.

— Agnès não é lá muito argelino.

— Meu pai não tinha meios para trocar o nosso sobrenome. E ele achou que um nome francês me faria sofrer menos.

— É horrível ter de esconder a origem, ter vergonha do sobrenome...

— Não tenho vergonha do meu sobrenome! — protestou ela. — O meu pai nunca se iludiu sobre o racismo patológico deste país, Vigo, e só. Mas não tenho vergonha do meu sobrenome. Eu me chamo Agnès Fedjer.

Concordei. No fundo, Agnès tinha sorte. Eu não tinha nem a certeza de ter um sobrenome...

— Tudo bem, mas você não respondeu à minha primeira pergunta — retomei. — Acha que está definitivamente acabado, com o seu marido?

— Você é insistente, Vigo... Eu lhe disse ontem. Faz, no mínimo, dois anos que procuramos resolver um problema que não parece ter outra solução que não seja a separação. Além disso, acho que Luc não suporta mais que eu seja tira, e eu não estou nem perto de parar. Sim, acho que é definitivo. Mas vamos falar de outra coisa?

— Ainda está apaixonada por ele?

Ela arregalou os olhos.

— Isso é que é pergunta! Para começar, quem lhe disse que eu já fui apaixonada?

Dei de ombros.

— Vocês se casaram...

— É possível se casar sem amor, não?

— É o seu caso? — insisti.

— De qualquer forma, nunca disse a ele que o amava.

Pela maneira como se expressava, tive quase certeza de que nunca havia dito essas palavras para ninguém.

O garçom trouxe o vinho. Eu o provei, fiz sinal de que estava bom e ele encheu os dois copos. Agnès brincou comigo, um terno sorriso no canto dos lábios.

Depois ela pegou mais um cigarro. Eu a imitei e lhe estendi o meu isqueiro.

— Já foi um maço hoje! — afirmou ela com um ar desiludido. — Mas, como você diz, temos de morrer de alguma coisa...

Ergui os ombros.

— De qualquer maneira, com a minha angústia escatológica, não é o cigarro que me dá medo...

— A sua o quê?

Eu sorri. Percebi que havia falado dessa coisa íntima como se se tratasse de uma evidência... Eu me perguntei se era uma boa ideia contar tão cedo para Agnès as minhas obsessões. Mas, afinal, ela já me havia feito muitas confidências.

— A minha angústia escatológica.

— O que é exatamente isso?

— Ora, nada, uma espécie de ideia estranha que me obceca todo o tempo.

— Explique!

— Vai achar que sou louco.

Ela caiu na gargalhada.

— Meu pobre Vigo, faz muito tempo que já o coloquei na categoria dos pesos pesados, nível loucura...

Assenti com a cabeça. De fato, não faria muita diferença.

— Está certo... Aí vai: às vezes tenho o sentimento de que a nossa espécie está em vias de extinção...

— A nossa espécie? Quer dizer os fumantes?

— Não! O *Homo sapiens*! Tenho o sentimento de que o *Homo sapiens* está em vias de ser extinto.

Ela assumiu um ar surpreso.

— O que está dizendo?

— Ora, não é nada! Nunca aconteceu com você de ter essa impressão?

Ela desatou a rir.

— Na verdade, não, não mesmo!

— No entanto, para todo lado que olho, vejo sinais da nossa futura extinção. Isso nunca lhe chamou a atenção?

— Não, de jeito nenhum. Olhe, você é mesmo um otimista!

Dei uma tragada no cigarro e pus rapidamente o isqueiro no bolso.

— Sabia que, diariamente, cerca de trezentas espécies vegetais e animais desaparecem da Terra? Temos de aceitar a evidência, algum dia será a nossa vez.

— Algum dia, talvez, sim, talvez... Mas não necessariamente agora! Um pouco de otimismo, diabos!

— Estranho conselho, para uma depressiva! — ironizei.

— Em primeiro lugar, não sou depressiva — defendeu-se ela. — Sou ansiosa e estou atravessando uma depressão passageira... E, de qualquer modo, meus problemas não têm relação com a espécie humana em geral, mas apenas com o meu caso em particular. As minhas angústias são muito... pessoais. Ainda tenho esperança na humanidade, apesar de tudo. Ao contrário de você...

— Espere, a minha angústia não é tão pessimista quanto parece!

— Ah, é?

— Pense: acha triste que o homem de Neandertal tenha sido extinto em favor do *Homo sapiens*? Não, claro. Pois bem, nesse caso, é a mesma coisa. Eu me pergunto se a nossa espécie não chegou ao fim da sua evolução, a um estágio em que faz mais mal ao meio ambiente do que bem... A natureza será obrigada a se defender, e portanto a espécie humana terá de evoluir. Em resumo, eu me pergunto se o *Homo sapiens* não chegou ao fim.

— E não acha isso pessimista?

— Não necessariamente. Quem sabe? Outra espécie poderá sair triunfante, como em cada nova fase da evolução do gênero humano.

— Você me dá medo, Vigo. Não vá me sacar um Nietzsche e todas as derivações sobre o super-homem, vai? Sabemos aonde esse tipo de filosofia leva...

— Não, não — tranquilizei-a. — Isso não é do meu feitio!

— Pois bem, preste atenção, porque o seu discurso catastrofista e essa ideia de uma nova espécie humana é meio extrema...

— Eu avisei.

— Sim... Acho que você pensa demais, caro Vigo — disse ela, não sem certa ternura.

— Sem dúvida. Leio muitos livros, deve ser isso; faço anotações demais. Mas fique sossegada, tudo isso é por causa da angústia. Em alguns momentos, tenho simplesmente a impressão de que a nossa espécie está em vias de ser extinta e que a natureza vai mudar. Tenho o sentimento de que os homens se tornaram muito perigosos para o planeta e também uns para os outros... Que são incapazes de se compreenderem e, portanto, de salvarem a si próprios.

— Eu — disse ela com um ar contestatório — acho que o instinto de sobrevivência é mais forte do que tudo, e que o homem será capaz de mudar antes que seja tarde demais e se adaptar, como sempre.

— No fundo, você é uma depressiva otimista.

— É isso. Como sabe, para ir consultar espontaneamente um psicólogo, é preciso, apesar de tudo, alguma fé na possibilidade de melhora. É um ato otimista.

— Então eu também devo ser um pouquinho!

— Sim. No fim das contas, não estamos tão longe assim um do outro! — disse ela apertando a minha mão um instante, por cima da mesa.

O contato foi delicioso. Um calor diferente que, de bom grado, eu teria desfrutado por mais tempo.

— Em todo caso, faço questão de, novamente, agradecer pelo que tem feito por mim, Agnès.

— Oh! Não me agradeça assim o tempo todo! Eu juro, é um ato muito egoísta. Isso me ajuda a não pensar mais em mim. Sou muito mais eficiente para cuidar dos problemas dos outros do que para resolver os meus.

— Foi por isso que entrou para a polícia?

— Não — respondeu ela, sorrindo. — Não. Isso é uma coisa de família. O meu pai era tira na Argélia. Ele queria que o filho fosse como ele e que eu fosse dona de casa. Nós dois o decepcionamos. Não se pode dizer que ele tenha ficado feliz da primeira vez que me viu de uniforme. Apesar de tudo, acabei achando que ele tinha razão. Sem dúvida, não foi muito inteligente da minha parte. Não é fácil se chamar Fedjer nessa profissão, na França. Sou a filha de imigrante africano de plantão. Se, por um lado, os colegas são muito condescendentes comigo por causa disso, por outro lado, quando tenho a infelicidade de prender um árabe, ele me olha como traidora. E, depois... Eu, que queria a qualquer preço fugir da depressão, não escolhi a profissão ideal.

— Você já era meio depressiva antes?

— Não, ao contrário! Não cresci numa casa muito alegre, então eu compensava me forçando a ser feliz. Desde bem pequena, sempre disse a mim mesma que não era do tipo de ficar deprimida. E aí, um dia, você dá de cara com isso. Eu havia jurado a mim mesma nunca pôr os pés num psicólogo... E, veja só, no fim das contas sou cliente de Zenati.

— Ao menos lhe faz bem?

— Nem sei! O mais louco de tudo é que tenho horror disso! É muito paradoxal, concordo com você. Sempre considerei a depressão um luxo dos ocidentais, uma doença de pequeno-burgueses. Além do mais, uma parte de mim não acredita na psicanálise. E, apesar de tudo, não consigo deixar de ligar para Zenati pedindo socorro quando me sinto mal. Sou uma perfeita imbecil, não sou?

— Não. Seria idiota não enfrentar a sua dor por motivos de pudor, por velhos princípios, não acha?

— Pode ser. Mas o que me censuro não é querer me tratar, são as razões pelas quais eu sofro. Elas são... ridículas.

— Realmente?

— No fundo, são. A nossa sociedade nos leva a dar muita importância às pequenas dores da alma. Acabamos por nos focalizar nelas e a lhes dar mais valor do que deveriam ter. É uma forma de complacência... Eu gostaria de encontrar forças e virar a página. Não me sentir encurralada por essa introspecção sempiterna...

Meneei a cabeça. *Introspecção sempiterna*. Não seria eu que iria contestar essa expressão.

— Eu me pergunto se tudo isso não vem simplesmente da nossa solidão — confiei-lhe. — Essa necessidade de falar de si mesmo com um psicólogo, no fundo, deve ser a expressão de uma frustração. A de não ter nenhum ouvido que realmente nos escute, de não ter ninguém que nos compreenda totalmente... Não acha? Então nos confiamos a um psicólogo, acreditando que ele, pelo profissionalismo e objetividade, é capaz de nos compreender... Isso nos tranquiliza.

Ela sorriu.

— Voltamos à sua angústia sobre o *Homo sapiens* — insinuou ela, dirigindo-me um olhar divertido — e ao que você procura nos romances de Romain Gary. A incomunicabilidade, tudo isso...

— Exatamente. Os homens correm o risco de ser extintos por não saberem se compreender...

— No entanto, nós nos compreendemos, não?

— Sim, é verdade — admiti, sorrindo.

— Então! Talvez eu o obrigue a revisar os detalhes da sua angústia... como você a chama?

— A minha angústia escatológica.

Um segundo garçom chegou com as entradas. Ele as colocou cuidadosamente na nossa frente e desejou-nos bom apetite. Eu havia escolhido um prato de *foie gras* ao ponto. Agnès havia optado por um pequeno prato de legumes recheados com queijo de cabra fresco e sálvia. Depois de alguns minutos de silêncio, sem dúvida gastronômico, recomecei a conversa:

— Agnès, você não me disse em qual arrondissement trabalha.

— Sou tenente de polícia na delegacia central do XVIIIe...
Cuido, sobretudo, de inquéritos judiciais locais. Nada de apaixonante, roubos, vandalismo...

— Sei. Um verdadeiro tira, ora.

— É. Não como nos filmes.

Sorri e comi algumas garfadas de *foie gras*.

— Não sei o que vou fazer amanhã — retomei, para mudar de assunto. — As minhas pesquisas sobre o Protocolo 88 não deram em nada.

— Talvez pudesse procurar do lado do seu estranho psiquiatra. Ver se encontra alguma coisa a respeito da clínica fantasma, ou mesmo sobre ele...

— Por que não? Gostaria muito de ferrar esse filho da mãe!

— Do meu lado, se quiser, mandarei analisar a sua carteira de identidade e fazer investigações sobre as contas no banco; a sua e as dos seus pais.

— Perfeito. Não vou atrapalhar se continuar na sua casa?

— Não, de jeito nenhum, Vigo! Em compensação, já é hora de nos tratarmos com menos cerimônia, não acha?

Franzi o cenho. Pensei nas minhas ideias sobre a linguagem, ponte entre os homens e, ao mesmo tempo, discreta barreira que se ergue entre as nossas subjetividades. Máscara cheia de mentiras, tanto quanto a mão estendida, que afasta e aproxima. Então, tratar com menos cerimônia... Sim. Por que não? Era uma maneira de vencer o primeiro obstáculo virtual. Tudo ia tão depressa no nosso relacionamento que isso não mudaria muita coisa!

— OK. Se quiser — respondi timidamente.

Ela abriu um largo sorriso.

— Ah! Assim é bem melhor.

A espontaneidade dela me encantou. Por trás do rosto sério e dos modos masculinizados, meio rudes, ela mantinha um lado da infância. Isso me comovia. Talvez porque eu houvesse esquecido a minha.

Terminamos as entradas e o prato principal nos foi trazido rapidamente. Ela não havia mentido: o coração de alcatra fatiado era delicioso.

Aos poucos, íamos nos descontraindo e o riso se fazia mais frequente, mais franco. A atmosfera do restaurante era tranquilizadora, entre o jazz discreto difundido por caixas acústicas invisíveis e a luz vacilante das velas. O vinho também começava a cumprir sua função.

— Podíamos assistir a um filme ao voltar para casa, se quiser — propôs ela. — Isso nos fará espairecer.

Eu não estava convencido de que um filme fosse capaz de me fazer esquecer que eu havia acabado de perder o sobrenome e meus pais, mas estava pronto para compartilhar qualquer pequeno prazer com aquela mulher. Mesmo que eu assumisse mal o papel de amigo descontraído, desenvolto, esse era um exercício que eu queria treinar. No fim das contas, depois que eu havia encontrado Agnès, acumulava novas experiências sociais. A ideia de assinalar a opção "noite de vídeo" não me desagradava.

No mesmo instante, um sujeito, que havia saído da cozinha, aproximou-se da nossa mesa. Com o cabelo meio longo, olhar cintilante, devia ter uns 50 anos e, a julgar por suas formas arredondadas, era um *bon-vivant*. Adivinhei logo que era o proprietário do restaurante, o famoso filantropo.

— Boa-noite, Agnès — disse ele, beijando-a três vezes no rosto.

— Boa-noite, Jean-Michel, quero lhe apresentar Vigo, um amigo.

Apertei a mão que ele me estendeu.

— Ah! Ora! Um amigo! Vou deixá-los sossegados. Até segunda, minha linda...

Ele deu uma piscada para Agnès e nos deixou a sós novamente.

Era assustador entrar assim na vida daquela mulher, descobrir, um a um, os elementos que faziam parte do seu cotidiano. O seu bairro, os seus amigos, o seu passado, os seus problemas... Eu queria saber tudo e, *a priori*, já gostava de tudo. Não demorei a perceber que, em toda a minha vida de adulto, nunca me abrira tanto como fizera com aquela mulher. Então, *sentir-se bem com alguém* era isso! Provavelmente, em tempos passados, adolescente, devo ter tido amigos bem mais chegados do que Agnès naquele momento, mas não me lembrava de nenhum e, de repente, ali, eu me sentia renascer, viver, enfim. Eu era como uma criança que descobre um novo sabor ao provar pela primeira vez. Esqueci-me de todo o resto, estávamos sozinhos no mundo, um espetáculo que comentávamos juntos, divertidos, surpresos. O restaurante estava vazio quando percebemos que já era tempo de ir embora, nossas velas já se haviam apagado há muito tempo, e eu não vira as horas passarem.

Quando voltamos para casa, eu me peguei dando a mão a Agnès. Ela não reagiu. Não sei se era porque havia bebido demais, mas achei aquilo delicioso.

48.

Caderneta Moleskine, anotação nº 163: os filantropos.

Quando Agnès me falou do dono do restaurante, prometi a mim mesmo procurar o que poderia ser um filantropo. Eu me perguntei que cara poderia ter um filantropo verdadeiro. Como reconhecê-lo. Para que ele servia.

Filantropo (1370, do gr. **philanthropos**, de **philos**, "amigo", e **anthropos**, "homem"). 1. Pessoa que é levada a amar todos os homens. 2. Pessoa que se dedica a melhorar a sorte material e moral dos homens. V. humanista.

Que merda! Não sei você, mas isso me dá tontura. É preciso dizer que é tentador como função, mas mesmo assim! Gostar de todos os homens é um trabalho dos diabos! E para encontrar desafios não é preciso buscar muito longe, um Hitler ou um Mussolini, isso porque eu, por exemplo, já acho difícil gostar do doutor Guillaume. No máximo, é possível aceitar que alguém se esforce para melhorar a sorte material e moral dos homens, mas gostar de todos...

Eu me pergunto se isso existe realmente; se esse proprietário do restaurante é um filantropo autêntico, juramentado. E que sacrifício exige ser filantropo?

Talvez seja preciso ir aos poucos. Proceder por etapas. Antes de gostar, procurar compreendê-los. E isso, como sempre digo, já é muito difícil conseguir. Além do mais, eu me pergunto se não é o inverso. Se não é mais fácil gostar do outro, assim, simplesmente, do que compreendê-lo de verdade. O verdadeiro desafio seria a antropologia absoluta.

No fundo, provavelmente os filantropos são indolentes.

49.

Durante toda a primeira metade do filme, não consegui me concentrar no que se passava na pequena tela da televisão. Eu estava com a mente totalmente focada na minha mão. A mão que Agnès ainda segurava na dela. Para mim era mais uma estreia. Outra deliciosa estreia. Tanto quanto eu conseguia me lembrar, nenhuma mulher havia segurado, assim, a minha mão. Nem mesmo a que eu considerava como mãe. E eu não podia me impedir de, angustiado, fazer a mim mesmo um milhão de perguntas, no ritmo de cada instante desse contato tão suave. Por quanto tempo ainda ela seguraria a minha mão? Seria só essa a única vez? E como interpretar esse gesto? Será que ela me amava, sendo que havia acabado de romper um relacionamento? Eu a amava? Ela ia querer mais? Esperava alguma coisa de mim? Éramos amigos, seríamos amantes? Eu saberia sê-lo? Era assim que se dava a mão? Haveria algum sentido, alguma intenção por trás desse gesto ou era um simples impulso irrefletido? Uma atenção sem futuro, como um sorriso, uma piscadela, furtiva, intangível...

Eu poderia me contentar para sempre com isso. Só com esse contato, os dedos entrecruzados nos meus. Eu poderia me transformar em estátua de mármore e ser apenas, por toda a eternidade, essa alegoria simples da felicidade. Duas pessoas silenciosas, cujas mãos ligadas eram uma ponte na qual se cruzavam as suas almas. Não era nada e era tudo. Era um compartilhamento intraduzível, eram dois que, sem nada dizer, pareciam ser apenas um.

Eu não tinha certeza de captar o sentido dos batimentos do meu coração. Estaria com medo? Estaria apaixonado? Constrangido? Impaciente? Não saberia dizer o que exprimia esse frágil pequeno músculo, mas uma coisa era certa: ele batia.

Depois, lentamente, porque a felicidade pode ser reconhecida pela sua finitude, a mão dela se retirou.

Agnès se levantou, fez uma pausa no filme e me dirigiu um sorriso. O seu olhar era brilhante, os gestos incertos. Devia estar um pouco embriagada.

— Quer beber alguma coisa?

Meu punho se fechou no sofá.

— Humm... Quero. Por que não?

— Vou preparar um pequeno martíni para mim. Quer?

— Com prazer.

Ela deu meia-volta e foi para a cozinha.

Olhei para a tela da televisão. A imagem imóvel cintilàva ligeiramente. Mia Farrow, petrificada em plena marcha, parecia aguardar febrilmente que a vida voltasse. Não a dela. A minha. Diverti-me pensando que a minha mão, abandonada por Agnès, sofria a mesma angústia, crispada no tecido laranja do sofá.

Ouvi o barulho dos copos e do gelo na peça ao lado. Acho difícil explicar o que senti durante essa espera. Uma estranha impressão de que passávamos para uma nova etapa na nossa intimidade: *Agnès está preparando uma bebida para mim, na cozinha, enquanto eu espero em frente à televisão, como um marido indolente.* Talvez fosse um gesto simples e banal, mas tão novo para mim, tão... social! Eu me tornava muitas coisas ao mesmo tempo: um amigo com quem se janta, com quem se fala, um homem a quem se dá a mão, para quem se prepara um martíni... Eu não estava certo de estar preparado. Preparado para dar e receber coisas tão simples.

Agnès reapareceu na sala com dois copos. Ela os pôs na mesa e, com um gesto, dispersou todos os meus questionamentos. Eu a vi pôr um joelho na beira do sofá, bem perto das minhas pernas fechadas, pôr uma das mãos no meu ombro, inclinar-se para mim e, com uma ternura que a vida nunca me havia oferecido, dar-me o mais suave dos beijos.

Não reagi, perplexo, quase sufocado, depois os meus lábios se entreabriram para acolher os dela. Docemente, ela se apoiou nos meus ombros para me empurrar contra o encosto do sofá, depois se sentou nos meus joelhos. Nessa posição, ela ficava mais alta do que eu e tive a impressão de não poder lutar. Enquanto me cobria de beijos, ela desabotoou a minha camisa e começou a acariciar o meu peito, os meus quadris. Em alguns momentos, eu sentia o cabelo dela raspar no meu rosto, a sua respiração no meu pescoço. As minhas mãos tremiam, de medo, de excitação, não sei. A minha cabeça foi assaltada por mil apreensões, mil sentimentos contraditórios que a urgência do instante se recusava a me deixar compreender. Logo eu estava deitado de costas, meio nu, e vi Agnès, como um anjo suspenso acima do meu corpo, retirar as suas últimas roupas.

Sem que eu tivesse escolha, meu corpo inteiro crispou-se. Não conseguia me entregar, perder o nível de consciência do qual eu bem sentia que devia me livrar para simplesmente ceder ao desejo. As mãos de Agnès procuraram, em vão, a prova do meu desejo por ela. A minha alma pertencia-lhe por inteiro, mas o meu corpo a rejeitava. Tanto a ela quanto a mim.

Com as nossas cabeças encostadas uma na outra, ouvi o ínfimo suspiro de Agnès na têmpora.

— Sinto muito — murmurei. — Não posso.

Ela se ergueu e pegou a minha cabeça nas mãos.

— Não diga besteira. Eu é que sinto muito. Não... não sei o que deu em mim.

— Você não tem nada com isso, Agnès. Deve ser por causa da minha doença... E essas merdas de neurolépticos...

Ela pôs um dedo nos meus lábios e me impediu de continuar.

— Não vamos mais falar sobre isso — disse ela. — Eu bebi demais, estou fazendo bobagens.

Ela ficou um instante encostada em mim, a cabeça apoiada no meu ombro. Era agradável e muito reconfortante; aliás, acho que poderia ter pegado no sono nos braços dela, mas Agnès acabou levantando-se. Vestiu rapidamente a blusa e sentou-se ao meu lado. Em seguida, acariciou lentamente o meu ombro.

— Esta tatuagem é estranha — disse ela inclinando a cabeça. — O que é? Um lobo?

Foi a minha vez de olhar o pequeno desenho azul no alto do meu braço.

— É. Acho.

— Você acha?

— Não lembro. Deve ser de antes da minha amnésia... É, parece mesmo um lobo.

Ela pegou um dos copos de martíni na mesa, ergueu-o parecendo embaraçada.

— Acho que já bebi muito por esta noite... Sinto muito, Vigo. Vou dormir.

Levantando-se, ela foi para o quarto sem nem me dirigir um olhar. Ouvi um discreto clique e Mia Farrow desapareceu da tela da televisão. Apaguei a luz, deitei-me e esperei o sono chegar. Mas ele resolveu representar o papel dos intocáveis.

50.

No dia seguinte, por volta das 8 horas, ouvi Agnès sair do banheiro e ir para a cozinha. Ela passou rapidamente pela sala, bela como um elfo que vai para o Além, mas não me dirigiu nem um olhar. Sem dúvida, achou que eu dormia. Ou então, temia ter de falar comigo.

Eu a ouvi preparar um café. Nesse instante, talvez eu devesse ter levantado e me reunido a ela na cozinha. Mas não tive coragem. Não saberia dizer as palavras certas. Alguns minutos depois, Agnès saiu sem fazer barulho e vi a sua sombra frágil desaparecer na porta da entrada.

Fiquei por muito tempo deitado no sofá-cama. Não conseguia esquecer a cena da véspera. O seu abandono, o meu fracasso. Eu me perguntei como administraríamos a situação. Não estava certo dos meus sentimentos e menos ainda dos dela. Agnès havia agido sob o efeito do álcool ou sentia alguma coisa por mim? E eu? Seria capaz de viver uma aventura com uma mulher? Tudo isso era complicado demais para Vigo Ravel, um possível esquizofrênico. Complicado demais e assustador. Eu duvidava tanto de mim, e o outro me dava tanto medo! Não tinha certeza de ser capaz de viver um relacionamento. Apesar de tudo! Apesar de tudo, eu sentia por essa mulher o que nunca havia sentido por ninguém. A simples ideia de ter ofendido Agnès, na véspera, ao me recusar a ela — involuntariamente —, atormentava-me. E se tivesse sido minha única chance?

Soltei um suspiro e me levantei de uma vez. Não podia passar a manhã inteira remoendo esse tipo de pergunta. Eu tinha de ir em frente. Tinha de tentar não pensar mais nisso. Afinal, havia coisa melhor para fazer. *Nós* tínhamos coisa melhor para fazer.

Sem titubear, entreguei-me, então, ao que parecia se tornar uma rotina: banho, café da manhã, depois pesquisa na Internet, no escritório de Agnès. Conforme ela havia sugerido, tentei buscar alguma coisa a respeito do doutor Guillaume. No entanto, novamente, a minha prospecção não levou a lugar algum. Não encontrei nada sobre a clínica Mater, nem sobre o homem que afirmava ser o meu psiquiatra há dezenas de anos. Se acreditasse na Web, nenhum dos dois existia. Não fiquei totalmente surpreso. Há vários dias havia aceitado a ideia de que aquela clínica médica não existia legal nem oficialmente. Durante anos eu havia frequentado um consultório fantasma. O doutor Guillaume, se é que esse nome era verdadeiro, era um impostor. Faltava compreender com que finalidade ele me havia acompanhado por tanto tempo... E por que meus "pais" me haviam mandado lá.

Por mais que não estivesse surpreso, eu não deixava de estar com raiva, furioso mesmo. E depois de ficar andando de um lado para o outro no escritório de Agnès, só dando atenção à minha raiva, peguei a cópia das chaves do apartamento e saí para a rua.

Fui até o 911 do senhor De Telême e descobri, não sem sorrir, duas multas enfiadas no limpador de para-brisa. Rasguei-as e joguei-as na sarjeta. O meu patrão teria a surpresa de receber as contravenções majoradas. Nada de pequenos prazeres.

Entrei no carro e dei a partida, ainda surpreso com a desenvoltura com a qual eu dirigia. Como se tivesse feito isso toda a minha vida...

Fui para a praça Denfert-Rochereau, com a firme intenção de obter explicações do senhor De Telême. Eu tinha certeza de que ele sabia muito mais do que quis dizer e estava disposto a lhe dar um murro na cara se não me explicasse quem eram os sujeitos que me seguiam e o que o doutor Guillaume fazia com ele. Eu queria poder responder à eterna pergunta de todo bom e velho romance policial: quem saía ganhando com o crime?

Atravessei Paris cerrando os dentes todas as vezes que via policiais. De Telême podia ter dado queixa do roubo do carro e, além do mais, eu não tinha carteira de motorista, nem mesmo carteira de identidade, que Agnès havia levado com ela.

Apesar de tudo, cheguei sem problemas à grande praça do leão.* Estacionei numa rua adjacente, depois andei na direção do prédio onde ficava o escritório da Feuerberg. Quando estava a apenas alguns passos da entrada, vi que alguma coisa não estava normal.

Inicialmente, de longe, notei que haviam retirado a placa da empresa da parede do prédio. Depois, como em frente ao meu hotel, dois sujeitos pareciam vigiar a entrada. Olhei para cima, para o andar do escritório, e vi várias pessoas carregando móveis: estavam esvaziando o local! Por mais inacreditável que pudesse parecer, como no apartamento dos meus pais, alguém tinha interesse em apagar todos os vestígios da minha vida anterior.

---

* Obra de Frédéric Bartholdi, o "Leão de Belfort" é uma escultura em homenagem à resistência ao cerco de Belfort na guerra contra a Prússia, em 1870, bravamente comandada por Denfert-Rochereau. (N. T.)

Praguejei. Mas não era o momento de notarem a minha presença. Com as mãos enfiadas nos bolsos, desviei o meu caminho de cabeça baixa e fui em direção ao outro lado da praça. Quando achei que estava longe o suficiente, virei-me mais uma vez. Os dois sujeitos ainda estavam postados em frente à porta e, visivelmente, eu não fora seguido.

Joguei as chaves do Porsche na sarjeta. Não devia assumir mais riscos com o carro. Depois, apesar de apreensivo, decidi voltar para a praça Clichy de metrô.

Com o coração disparado, desci os degraus que levavam para dentro da terra e segui por um longo corredor para chegar à plataforma. A passagem estava quase deserta. Cruzei apenas com uma ou duas pessoas. Porém, alguns metros antes da plataforma de embarque, fui atacado por mais uma crise. A dor, o equilíbrio, a visão... O esquema habitual. Em seguida, cochichos que ecoavam na minha cabeça.

Estremeci. Nenhuma dúvida. Eu teria reconhecido aquelas vozes no meio de outras mil. Eram as que eu ouvira mil vezes e que pareciam vir do subsolo de Paris. O murmúrio das sombras, como frequentemente eu as chamava. Contudo, naquele momento, e pela primeira vez, eu sabia com certeza que não eram fruto da minha imaginação, que não eram simples alucinações auditivas e sim vozes bem reais.

Parei. Olhei em volta. Nenhuma porta, nenhuma saída além da plataforma, a alguns metros dali. Avancei e dei uma olhada. Ninguém esperando ao longo dos trilhos. Eu estava sozinho. Totalmente sozinho. E no entanto, no entanto, eu ouvia as vozes, os murmúrios! Eram pensamentos longínquos, é verdade, mesmo assim eram pensamentos! Tomando um pouco de coragem, tentei me concentrar para melhor ouvi-los. Mas só me chegavam palavras confusas, indistintas. Fechei os olhos e não pensei em mais nada. Só queria ouvir as vozes. Queria descobrir o mistério de vez.

Lentamente, o murmúrio das sombras se tornou cada vez mais distinto, o eco passou a ser menos confuso. As palavras se destacaram, uma a uma. E, finalmente, pude compreender algumas sílabas, depois até algumas expressões. Não, nenhuma frase completa, mas, ao menos, algumas palavras. Algumas curtas palavras. E que tinham significado.

51.

Caderneta Moleskine, anotação nº 167: ilusão.

O olho humano não é a ferramenta que interpreta as imagens que recebemos. Ele não passa de um conjunto de receptores fotossensíveis. A ferramenta que interpreta as imagens é o cérebro. Sim. Ele, de novo.

Existe um fenômeno que se conhece há muito tempo e que, no entanto, não cessa de me perturbar. Os pesquisadores tiveram uma ideia estapafúrdia. Afinal, não podemos odiá-los: é o trabalho deles. Fizeram com que algumas pessoas usassem óculos especiais que invertiam as imagens. Nos primeiros dias, essas pessoas viam o mundo de cabeça para baixo, o que, necessariamente, não devia ser muito prático... mas, depois de uns oito dias, a informação foi corrigida pelo cérebro e elas começaram a ver direito outra vez, como se não usassem mais os óculos! Aconteceu a mesma coisa quando os óculos foram retirados; essas pessoas precisaram de oito dias para que o cérebro se acostumasse e elas voltassem a ver normalmente.

Não posso deixar de encontrar aí a prova, se não flagrante, ao menos provável, de que a nossa visão do mundo não passa de uma gigantesca ilusão, interpretada por nossos cérebros doentes. No fundo, o real não tem muito a ver com a imagem que fazemos dele. Às vezes, estranhamente, isso me tranquiliza.

52.

Agnès voltou para casa um pouco depois das 18 horas. Levantei-me imediatamente e lhe dirigi um sorriso. Ela pendurou o casaco na entrada e parou na porta da sala.

— Boa-noite, Vigo.

— Boa-noite.

Enfiei as mãos nos bolsos, pouco à vontade. Vi nos olhos dela que estava tão embaraçada quanto eu. Era difícil esquecer o fiasco da véspera. Mantínhamos distância, o olhar furtivo. Apertar as mãos teria sido um gesto frio demais, e beijar-nos, muito familiar. Na verdade, eu não sabia em que ponto estávamos. As coisas haviam ficado em suspenso, não resolvidas. Não havíamos trocado uma palavra depois do acontecido — ou, melhor, do que não havia acontecido — no sofá... Ao longo de todo o dia, eu me havia indagado como seria o nosso encontro, como poderíamos assumir o nosso relacionamento. Por um instante, eu havia esperado que ela me beijasse, com uma desenvoltura inesperada, e que tudo ficaria resolvido. Mas nada é assim tão simples. E, visivelmente, Agnès não queria retomar as coisas do ponto em que havíamos parado na véspera.

— Vou fazer um chá — anunciou ela, entrando na cozinha.

Hesitei um instante, depois a segui. Porém, como ela havia feito um pouco antes, parei na soleira da porta. Apoiado no batente, vi que ela ligava a chaleira elétrica. Parecia preocupada, tensa. Mas continuava bonita. Como eu era imbecil! Tivera essa mulher nos braços, ela me havia beijado, despira-se na minha frente e eu não havia conseguido controlar a situação. Agora, estávamos numa espécie de *no man's land* relacional e não sabíamos, nem um nem outro, em que pé estávamos.

— Tudo bem? — perguntei, sempre com as mãos nos bolsos.

— Um dia de merda.

— Problemas na delegacia?

— Os de rotina. Um chá?

Aceitei. Ela não parecia querer contar mais nada.

— Hoje à tarde, tive a minha consulta com Zenati. Sempre saio abalada, só isso. E você, não vai mais lá?

Dei de ombros.

— Para quê? Não sou esquizofrênico...

Não era uma resposta aceitável, mas, na verdade, depois de tudo o que havia acontecido, uma sessão com a psicóloga me parecia uma coisa bem ridícula...

— Avançou nas buscas? — perguntou Agnès, como se quisesse mudar de assunto.

— Na verdade, não.

— Não encontrou nada sobre o seu médico? — insistiu ela, enchendo duas xícaras.

Eu quase havia esquecido que havíamos combinado de acabar com a cerimônia. Isso ainda exigia de mim um esforço. Eu não conseguia me sentir à vontade, ser natural. De nada adiantava estarmos ali, os dois, na cozinha e ter passado aquela noite tão íntima, eu ainda me sentia um estranho. Um intruso. Talvez até mais do que antes.

— Não. E também nada sobre a clínica Mater. Quanto à Feuerberg, a firma em que eu trabalhava, ela simplesmente desapareceu. Fui ver *in loco*, alguns homens estavam desocupando o escritório!

Ela ergueu as sobrancelhas.

— Desocupando o escritório?

— Sim. Os móveis, tudo. E dois sujeitos estavam postados na entrada.

— Que loucura! Não pode ser coincidência...

Ela pôs as duas xícaras na pequena mesa da cozinha e caiu pesadamente numa cadeira. Sentei-me na frente dela.

Depois de alguns minutos de um silêncio pesado demais, senti-me tão pouco à vontade que não pude deixar de enfrentar a situação:

— Tenho... tenho a impressão de que a estou incomodando, Agnès...

— Não, de jeito nenhum!

— É por causa de ontem à noite?

— Não, estou exausta, só isso...

— Tem certeza? O que aconteceu ontem...

— Eu havia bebido demais, sinto muito. Não faça uma ideia errada.

Ideia errada? Não tinha certeza de captar o que ela queria dizer. Ou, melhor, tinha medo de compreender...

— Confesso que não sei direito em que ponto estou — disse eu. — Ou em que ponto estamos...

Ela suspirou, inclinou-se por cima da mesa e segurou a minha mão.

— Ouça, Vigo, eu o estimo muito e estou feliz por recebê-lo aqui, mas o que fiz ontem à noite foi uma verdadeira idiotice. Peço desculpas, não devia ter feito isso. Acabei de sair de uma história longa e dolorosa, estou meio desorientada e fazendo besteiras. Tudo o que quero é ajudá-lo. Como amiga, combinado?

Concordei com a cabeça. Não era o que eu esperava, mas, ao menos, a mensagem era clara. Talvez fosse melhor assim. Ao menos eu queria me convencer disso. *Como uma amiga.*

Agnès soltou a minha mão e começou a tomar o chá. Fiz o mesmo. A atmosfera ficou um pouco menos tensa.

— Aconteceu-me uma coisa estranha — disse eu, encostando a cabeça na parede.

— O quê?

— No metrô, ouvi vozes...

Ela recuou ligeiramente.

— E daí? Você... Você está começando a se acostumar, se assim posso dizer, não?

— Sim, claro... Porém, não sei se vou me acostumar realmente. Mas o caso, sabe, é que as vozes não diziam coisas sem significado. Eram vozes que eu já tinha ouvido...

— Como assim?

— Pois bem, no passado, eu fazia questão de não pegar o metrô ou me aproximar das bocas de esgoto, porque, por várias vezes, ouvi cochichos estranhos, que me assustavam. Na época, dizia a mim mesmo que eram alucinações, sem dúvida causadas pelo meu medo do escuro, meu medo do vazio ou sei lá o quê. No meu pequeno jargão de esquizofrênico, eu as chamava de *o murmúrio das sombras*. Mas, há pouco, quando ouvi, e agora sei que não são alucinações, percebi uma coisa...

— O quê?

— Quase todas as vezes que ouvi esses murmúrios foi nos mesmos lugares. Em Denfert-Rochereau, perto da firma Feuerberg e na Défense, perto da torre SEAM...

— Nada de muito surpreendente, Vigo. São os dois lugares em que você ia com mais frequência...

— É, pode ser. Mas também passei muito tempo no bairro dos meus pais e não me lembro de ter ouvido lá. E, nos últimos dias, aqui, neste bairro, também não. Sei que pode ser apenas coincidência, mas algo me faz pensar que tudo isso tem relação com a minha história.

— Como assim?

— Há pouco, quando ouvi de novo os murmúrios no metrô, tentei prestar atenção. Eu me concentrei bem e...

— O quê?

Dei um suspiro. A lembrança me gelava o sangue.

— Ouvi palavras que não me deixam nenhuma dúvida.

— Que palavras? — apressou-me Agnès.

— Bom, três delas me chamaram a atenção. Três palavras que não podem ser fruto do acaso, Agnès. A primeira foi "SEAM". É só o nome de uma sociedade, eu sei, mesmo assim, a ligação com o atentado...

— Qual mais?

— A segunda foi "Ravel"... Não preciso dizer em que me fez pensar. Sei bem que não sou o único no mundo que tem o sobrenome Ravel, mas a coincidência é surpreendente...

— Certamente.

— Mas foi, sobretudo, a terceira expressão, Agnès, que não me deixou a menor dúvida. Porque, sabe, a terceira coisa que ouvi nesses murmúrios do metrô não foi nada mais do que o nosso querido "Protocolo 88"...

— É... É incrível! Tem certeza? Tem certeza de que não interpretou mal palavras quase inaudíveis? Está tão obcecado com essa história que pode ser que veja correlação em tudo, não? Seria bem compreensível...

— É possível. Mas estou quase certo de ter ouvido essas palavras. Admito que posso ter me enganado a respeito de "SEAM" ou "Ravel"... Mas "Protocolo 88", ora...

— É estranho.

— Passei o dia tentando compreender. Acredite, eu me perguntei de novo se não estava louco. Mas essa história é tão cheia de surpresas que acho que posso acreditar no que ouvi. *A priori*, logicamente, isso quer dizer que alguém no metrô, ou em algum lugar perto do metrô, falava ou pensava em toda essa história. Na *minha* história. Alguém cujos pensamentos chegaram até mim diretamente... Sei que é totalmente inacreditável, mas não tenho outra explicação.

— Acho que ainda nos faltam muitos elementos para tirar conclusões...

Concordei. No entanto, tínhamos de começar a buscar hipóteses. Fiquei em silêncio por um curto momento antes de continuar:

— Acha... Acha que as pessoas com as quais estamos envolvidos poderiam... poderiam estar escondidas no metrô? Embaixo da terra? Eu me lembro de também ter ouvido essas vozes no dia em que me refugiei nas pedreiras embaixo de Paris...

Ela deu de ombros.

— Não sei. Isso me parece meio forçado. Mas podemos nos informar, se quiser. Talvez haja construções subterrâneas nesses dois lugares. Existem muitas em Paris...

— Construções secretas?

Ela sorriu.

— Não vamos nos precipitar!

— Mesmo assim! — insisti. — É surpreendente que eu tenha escutado exatamente o mesmo tipo de murmúrios no subsolo da Défense, no de Denfert-Rochereau e nas catacumbas, não é?

— Parece que também há catacumbas em Denfert-Rochereau. Ouça, há um departamento da polícia parisiense especializado nos subterrâneos: a Equipe de Busca e Intervenção nas Pedreiras. Há algum tempo conheci um colega que trabalha nesse departamento. Poderia falar com ele, se quiser.

— Quero, pelo sim, pelo não...

Ela se serviu de mais um pouco de chá.

— E você? — perguntei. — Encontrou alguma coisa do seu lado?

— Encontrei. Não tive muito tempo, tivemos muito trabalho na delegacia, mesmo assim fiz algum progresso... Venha, vou contar tudo na sala. Estou acabada, preciso relaxar.

Eu a segui e nos instalamos no sofá, com a xícara na mão.

53.

— Bom. Primeiro me concentrei no banco. E tenho más notícias, Vigo.

Pus a minha xícara na mesa e esfreguei a testa, preparando-me para o pior.

— A sua conta no banco foi encerrada.

— Como?

— Os seus pais, ou as pessoas que se fazem passar como tais, encerraram ontem a sua conta no banco.

— Mas... Mas como é possível?

— Eles são os seus tutores legais. Obviamente por causa dos seus distúrbios psiquiátricos, eles têm a liberdade de fazer isso aos olhos da lei. A conta foi encerrada ontem, às 10h30.

— Ontem? Mas... E o meu dinheiro? Como... Como vou sair dessa, agora?

— Não sei. É claro que é muito embaraçoso... Você não tinha nenhuma poupança em outro lugar?

— Não! Não! Sempre preferi ter dinheiro vivo. Peguei o que eu tinha outro dia, ao passar em casa, mas não dá para viver muito tempo! Ah, filhos da mãe! Como vou fazer?

Agnès exibiu uma expressão embaraçada.

— Posso ajudar por algum tempo, Vigo. Enquanto ficar aqui, não vai precisar de muita coisa, e, depois, será preciso arranjar um novo emprego. De qualquer maneira, terá de voltar a trabalhar algum dia!

— Mas essa história é muito louca! — exclamei, em pânico. — Você não percebeu! Não tenho mais nada! Nada! Não tenho nome, não tenho identidade, não tenho pais, não tenho dinheiro! Eu não existo mais, Agnès!

Joguei a cabeça para trás, desesperado.

— Não posso viver às suas custas — murmurei, fechando os olhos. — Já aborreço demais morando aqui na sua casa...

— Vamos encontrar uma solução, Vigo. Por enquanto, não é isso o mais importante.

Fiquei imóvel por um instante, tentando recuperar a calma. Não podia sucumbir ao pânico. Abri os olhos e virei-me para Agnès.

— Em todo caso, isso quer dizer que os meus pais estão em algum lugar...

— As pessoas que *afirmam* serem seus pais, sim. Eles estão por aí e, incontestavelmente, decidiram cortar todos os seus meios de subsistência. O que confirma que estão no mesmo time das pessoas que o procuram.

Dei um longo suspiro desiludido.

— De Telême, o doutor Guillaume, os meus pais... As únicas pessoas nas quais eu confiava...

— Se o que suspeitamos for verdade, Vigo, essas pessoas manipularam a sua vida por mais de dez anos. Eles sempre mentiram para você. E, agora, acho que sabem que você descobriu a mentira e tentam botar a mão em você. Sobretudo cortando o seu sustento.

Mergulhei de novo no silêncio. Outra vez a raiva me dominou. Doravante, descobrir a verdade não era suficiente para mim; tinha de fazer essas pessoas pagarem! Fazê-las pagar pelas mentiras, pelas manipulações.

— E a conta deles? — continuei. — Encontrou a conta bancária dos meus pais?

— Encontrei. Na sua agência havia uma conta em nome de Marc e Yvonne Ravel... Mas ela foi encerrada junto com a sua. Isso não muda em nada o fato de esses nomes não serem verdadeiros... Aliás, o departamento central de documentação confirmou que a sua carteira de identidade é falsa...

— Mas, talvez, se esmiuçássemos essa conta pudéssemos encontrar informações sobre eles, não? Descobrir quem são na verdade.

— Para isso, seria preciso abrir um processo judicial, Vigo, com consentimento do procurador. Não se pode brincar assim com o Código de Processo Penal! Ao fazer a minha pequena investigação pessoal, já ultrapassei e muito os limites da legalidade. Fui obrigada a contornar a lei e pedir favores discretos a vários colegas que compactuam comigo, mas, confesso, na verdade não gosto disso. Se os meus superiores descobrirem tudo o que fiz, posso ter problemas. Agora, cabe a você decidir. Eu acho que já temos provas suficientes para entregar a sua história nas mãos do procurador. A polícia judiciária terá toda a liberdade para investigar o caso...

— Não! Não, Agnès! Você prometeu me ajudar a entender antes de avisar as autoridades. Agora, temos a prova de que não sou louco, que não inventei toda essa história! Sabemos que alguma coisa está sendo tramada! Passei dez anos da minha vida sendo manipulado. Quero compreender por mim mesmo. E, sabe: eu tinha razão em não confiar em ninguém. Todas as pessoas que fizeram parte da minha vida nos dez últimos anos me traíram. Não posso confiar em ninguém, Agnès, nem mesmo na justiça!

— Está exagerando. A justiça não tem nada a ver com essas pessoas!

— Isso é o que você pensa! Tudo o que sei, Agnès, é que essas pessoas aparentemente têm muito poder e muitos recursos. Elas foram capazes de fazer com que três pessoas vivessem dez anos sob uma falsa identidade, em plena capital! Foram capazes de camuflar a existência de uma clínica médica no alto da maior torre da Défense. E foram capazes de fazer desaparecer, do dia para a noite, uma empresa estabelecida na praça Denfert-Rochereau. Por enquanto, não sabemos com quem estamos lidando. E estamos apenas no começo das descobertas. Então, sim, realmente, prefiro terminar o que começamos antes de nos voltarmos para a justiça. Eu lhe peço, Agnès, você prometeu me ajudar e já progredimos na nossa investigação!

Ela fez uma cara exasperada.

— Percebe o que está me pedindo? Eu sou tira, apesar de tudo!

— E você percebe o que estou vivendo? Agnès, eu descubro que não sou esquizofrênico, de alguma maneira, ouço o pensamento das pessoas, e uns caras dos quais não sei nada me manipulam há mais de dez anos! Acha mesmo que um procurador vai acreditar em mim sem provas concretas? Precisamos saber mais. Por favor! Peço apenas alguns dias a mais...

Ela sacudiu a cabeça.

— Só para ver aonde isso nos leva! — insisti.

— Saiba que desaprovo totalmente...

— Quer dizer que aceita me ajudar mais alguns dias?

Ela hesitou.

— Quarenta e oito horas. Nem um segundo a mais.

Concordei, aliviado.

— É fim de semana. Não vou trabalhar. Com a exceção de sábado à noite, quando tenho um jantar, ficarei aqui com você nos dois dias e poderemos fazer algumas pesquisas juntos. Mas, depois, acabou.

— Obrigado — disse eu apertando a mão dela nas minhas.

— Só espero não estar fazendo a maior besteira da minha vida...

Ela soltou a mão nervosamente.

— Você teve tempo de encontrar mais alguma coisa? — perguntei, afundando de novo no sofá.

— Tive... E talvez seja o começo de uma pista. O colega do departamento central de documentação que contatei encontrou a quem pertence, ao menos há doze anos, o apartamento onde você morou com os seus pretensos pais.

— Verdade? A quem? — apressei-a.

— A uma empresa *offshore*, denominada Dermod, e cuja atividade oficial é importação-exportação, como a maioria dessas empresas fictícias instaladas em paraísos fiscais.

— Dermod?

— Sim.

— Nunca ouvi falar.

— Em todo caso, é o início de uma pista. Não sei aonde nos levará, mas vale a pena procurar.

Concordei com a cabeça.

— Obrigado por tudo, Agnès.

— Espero sinceramente não ter de lamentar por me comprometer assim por você.

— Não sei como agradecer...

Ela deu de ombros.

— Tenho de confessar que também estou particularmente intrigada com toda essa história. Mas continuo convencida de que deveríamos informar tudo às autoridades, mas, bom, não vou insistir. Em todo caso, não por enquanto. De toda forma, estou avisando, se isso ficar muito perigoso, mesmo antes das quarenta e oito horas que lhe dei, quer queira, quer não, vou entrar em contato com o procurador.

— Combinado.

— Bom, chega! Basta por hoje. Preciso refrescar a cabeça.

— Está bem... De qualquer modo, acho que não ia conseguir ouvir mais nada — confirmei, sorrindo.

— Não vamos outra vez ao restaurante. Vou preparar alguma coisa para nós...

— Posso ajudar?

— Se quiser.

54.

Caderneta Moleskine, anotação nº 173: recordação, precisão.

O meu nome não é Vigo Ravel. Tenho 12 anos, talvez 13. Estou na parte traseira de um carro, é uma caminhonete, uma grande caminhonete verde. Os adultos, na frente, são marido e mulher. Devem ser os meus pais. Os meus verdadeiros pais. Mas não distingo os seus rostos. Não passam de dois fantasmas.

Do lado de fora, agora tenho certeza, estendem-se as colinas verdes da costa normanda. Antigas casamatas surgem por detrás dos outeiros de relva, imortais cubos de concreto, como se a terra jamais esquecesse os ferimentos da guerra. Ao longe, as falésias de argila se projetam sobre um mar agitado.

Eu olho a mosca idiota. Ela pousa, vai embora, volta lentamente. Sei que não vou conseguir expulsá-la. Ela está ali para desviar meu olhar, para me levar para longe dos segredos do mundo adulto.

Na frente, a conversa envenena-se. Fico contrariado. Estou cansado. Já ouvi mil vezes essas recriminações, essa discórdia, mil vezes vi esse pugilato.

Deve ser culpa minha, pois estou ali.

Depois, o carro para. Vejo as minhas mãos que se seguram no apoio de cabeça. Ouço o barulho da areia nos pneus, o mar, as portas que batem. Pum, pum, pum, como três bofetadas nas faces vermelhas da minha recordação.

Arrasto os pés na praia deserta. Sigo de longe os adultos que não me ouvem. Andamos nos seixos. O clamor das ondas e o vento abafam toda a paisagem.

Na nossa frente, vejo o longo espigão coberto de algas verdes. Em seguida, novamente, a recordação se apaga lentamente, no bater das asas de uma gaivota.

55.

No dia seguinte, de manhã, ao sair do banheiro, vi que Agnès já estava no escritório. Sem me esperar, ela havia começado as buscas na Internet. Não pude deixar de ficar emocionado ao vê-la da porta: a nuca delicada, as mãos tocando de leve o teclado. Eu não conseguia esquecer os beijos que ela me dera, os poucos minutos de uma intimidade que parecia perdida para sempre e que, no entanto, eu gostaria de desfrutar outra vez.

— Você ronca, Vigo.

— Como?

Ela não se virou.

— Você ronca como um ogro! Ouço até no meu quarto.

— Eu... eu sinto muito...

Finalmente, Agnès girou a cadeira para me olhar de frente. Um sorriso gozador iluminava o seu rosto.

— Nunca ouvi ninguém roncar tão alto! É incrível!

— Sinto... Sinto muito, de verdade!

Ela parecia deleitar-se com o meu embaraço.

— Venha ver, acho que encontrei alguma coisa interessante a respeito da sua carta anônima.

Eu me aproximei do computador.

— Olhe. Tenho a impressão de que identifiquei o cara que deixou a mensagem no hotel!

— Verdade?

Agnès mostrou-me a tela. O Internet Explorer estava aberto num fórum.

— Este é o nome de um hacker, um ciberpirata, se preferir, e não é um qualquer...

No meio da longa lista de mensagens exibidas na tela, ela me fez notar várias vezes a mesma assinatura: EsFiNgE.

— Ah, é. E por que diz que não é um qualquer?

— Quando li a sua mensagem, tive a impressão de já ter visto esse nome em algum lugar. Então, verifiquei. E aí está... Com certeza, devo ter notado o nome na Internet. Olhe, ele é o cara misterioso que fez revelações sobre a Pedra de Iorden...

— Ah, é, eu me lembro. A famosa mensagem oculta de Cristo...

— Exatamente. As revelações causaram um escândalo na época e permitiram desmantelar a Acta Fidei, uma organização mafiosa infiltrada no Vaticano...

— E qual é a relação conosco?

Ela deu de ombros.

— Não tenho a menor ideia. Mas, ao menos, sabemos que é sério. Eu me permiti enviar um e-mail para essa misteriosa EsFiNgE, espero que não se incomode. Veremos se ela responde! Criei uma conta para nós no fórum, que vai permitir que enviemos e mandemos mensagens.

— Fez bem. Tem certeza de que é a pessoa que assinou a minha carta?

— Quase. Veremos, conforme a resposta. Mas, olhe, é a mesma tipografia, com uma maiúscula a cada duas letras.

— Isso. Mesmo assim, é incrível! Eu me pergunto por que um ciberpirata teria deixado essa mensagem no hotel!

— Bem, lendo as mensagens, tive a impressão de que esse cara passa todo o tempo denunciando escândalos políticos, financeiros e outros mais. O site dele parece uma espécie de *Canard enchaîné** da Web!

— Interessante...

— É. Ainda não olhei tudo, mas parece confiável... Mesmo assim, é preciso desconfiar, existem muitos malucos na Web, pseudojornalistas de investigação que denunciam teses totalmente fajutas.

— Como aquele que explicou que nenhum avião havia caído no Pentágono nos atentados de 11 de setembro...

— É um exemplo... Mas esse não parece ser o gênero da nossa EsFiNgE. Li um ou dois artigos que ele publicou no Opus Dei sobre o caso Clearstream** e são muito coerentes... Veremos.

---

* Jornal francês satírico, fundado em 1915, que denuncia os escândalos públicos, econômicos e judiciários não só da França mas também de outros países. (N. T.)

** Dominique Villepin, ex-premier do governo de Jacques Chirac, foi acusado, com mais quatro pessoas, de falsificar listas de contas bancárias na sociedade financeira luxemburguesa Clearstream. (N. T.)

— É mesmo uma boa notícia! Espero que ele possa nos contar mais. Já tomou o café da manhã?

— Não. Vamos tomar.

Passamos o resto do dia juntos, dividindo o tempo entre refeições, conversas e novas buscas na Internet, que confirmaram a nossa boa impressão a respeito do misterioso hacker. Porém, não recebemos nenhuma resposta para a mensagem de Agnès.

No fim da tarde, quando eu estava lendo um artigo da famosa EsFiNgE sobre o escândalo da prisão de Abu Ghraib,* no Iraque, ouvi a voz de Agnès na sala:

— Vigo! Venha depressa! Novidades sobre o atentado!

Levantei-me e corri para me sentar com ela no sofá. O telejornal exibia a foto de um homem de uns 30 anos.

...chamado Gérard Reynald, teria sido preso hoje de manhã no seu domicílio parisiense, no caso da investigação sobre o atentado de 8 de agosto. Esse homem de 36 anos, desconhecido do departamento policial, é suspeito de ser um dos envolvidos na explosão da torre SEAM. Segundo as informações, o suspeito sofre de distúrbios psiquiátricos muito sérios, do tipo esquizofrênico...

Senti a mão de Agnès crispar-se no meu braço.

...essa prisão surpresa põe em dúvida a tese da pista islâmica e da rede Al-Qaeda... O juiz de instrução encarregado do dossiê recusou-se a fazer comentários sobre o caso, mas soubemos de fontes ligadas à polícia que outros suspeitos ainda estão sendo procurados...
Agnès e eu ficamos longos minutos perplexos diante da televisão. Quando o jornalista passou para o caso seguinte, eu me virei para ela e tudo o que consegui dizer foi:

— Que merda! Merda, merda e merda!

---

* O escândalo sobre essa prisão surgiu quando vieram à tona fotografias que mostravam militares americanos torturando e humilhando os detentos. (N. T.)

Agnès limitou-se a concordar. Ela estava tão embasbacada quanto eu.

— Um esquizofrênico! — murmurei, sacudindo a cabeça.

— Não é possível... Não pode ser coincidência! Não... não é possível!

— Guardou o nome do cara? — perguntei, preocupado.

— Sim, sim. Gérard Reynald.

— Temos de descobrir quem é esse cara. Com certeza, tem alguma relação comigo. Com certeza!

De repente, percebi que um elemento-chave da verdade havia aparecido. Mas não havia nada que pudéssemos fazer por enquanto. Nada, a não ser aceitar essa notícia no mínimo perturbadora.

Foi Agnès quem, finalmente, decidiu tirar-nos do torpor.

— Bom, não vamos ficar aqui a noite inteira de olhos arregalados, como dois imbecis, Vigo. Principalmente porque tenho de ir ao jantar. No fim das contas, vamos nos alegrar: eis uma pista a mais, e uma confirmação de que a sua história não é produto da sua imaginação e que, talvez, ela tenha uma ligação direta com o atentado de 8 de agosto.

— Atentado perpetrado na torre onde ficava o consultório fantasma do doutor Guillaume!

— Você acha que...

— Que o quê? — perguntei, levantando-me.

— Acha que esse cara é como você? Que é outro paciente do doutor Guillaume e pode ter explodido a torre?

— É uma explicação plausível, não é? Esse Gérard Reynald, provavelmente, não é mais esquizofrênico do que eu. Talvez seja um cara que descobriu as maquinações do doutor Guillaume e, para se vingar, pôs as bombas na torre SEAM...

Agnès anuiu lentamente.

— É preciso... É absolutamente preciso sabermos mais sobre esse sujeito!

— Quer dar uma olhada na Internet?

— Vamos, mas rápido, vou me atrasar.

Nós nos instalamos novamente no computador. Estava se tornando um hábito do qual eu começava a gostar. Mais uma vez, não encontramos nenhuma informação interessante. Com exceção de um comunicado da AFP* que não dizia muito mais do que escutáramos na televisão, não havia nenhuma pista tangível a respeito de Gérard Reynald, em todos os resultados listados pelos sites de busca.

Suspirei.

— Pode olhar se a EsFiNgE respondeu à sua mensagem?

Agnès conectou-se no fórum, mas logo viu que ainda não havíamos recebido nenhum correio eletrônico. Ela deu de ombros com ar desolado.

— Não saberemos mais nada hoje à noite — disse ela. — Tenho de ir. Não o convido para vir, pois é um jantar de policiais...

— Certo, fique tranquila...

— Tente relaxar, pensar em outra coisa. Amanhã recomeçaremos.

Concordei com a cabeça. Mas assim que ela saiu continuei as buscas na Internet. Passei horas tentando cruzar referências, o nome do suspeito preso, o Protocolo 88, a clínica Mater... Porém, não encontrei nada de concreto.

Até uma hora da manhã Agnès ainda não havia voltado. Exausto, fui dormir na sala.

* AFP: Agence France-Presse. Agência de notícias francesa, atualmente uma das maiores do mundo. (N. T.)

56.

No dia seguinte, fui acordado bruscamente por uma súbita luz. Agnès havia aberto as cortinas e estava na minha frente com um café na mão. Surpreso, olhei o relógio do videocassete. Agora, indicava uma hora bem real: já eram 10 horas.

— Vigo, encontrei as coordenadas do advogado de Gérard Reynald.

Ela se sentou na beirada do sofá-cama e me entregou a xícara de café. Eu me ergui com dificuldade.

— Vamos tentar encontrá-lo? — propôs ela.

Franzi as sobrancelhas.

— Num domingo de manhã?

— E daí? Prefere esperar? Lembro que o seu *sursis* terminará logo, Vigo. Amanhã, aconteça o que acontecer, vou ligar para o procurador.

Resmunguei.

— Você é bem matinal! A que horas voltou?

— Por volta das 2 horas... Mas não podemos perder tempo, Vigo... Por isso, comecei cedo hoje. Eu trabalho por você, meu caro...

Sorri. Por mais que tentasse mostrar impertinência, estava cativada pela nossa investigação, ao menos tanto quanto eu. Eu poderia jurar que ela lamentava ter de entregá-la à justiça no dia seguinte.

— Bom — disse eu —, deixe, ao menos, eu me levantar.

Tomei o café e fui me vestir no banheiro. Quando voltei, Agnès me entregou o telefone.

— Ligue para o advogado. Diga que quer encontrá-lo.

— Mas... Como quer que eu proceda?

— Sei lá. Diga-lhe que tem informações importantes para dar a ele...

Sacudi a cabeça. Disse a mim mesmo que Agnès seria mais eficiente do que eu para tomar esse tipo de providência. Mais convincente. Mas a responsabilidade era minha. Peguei o telefone e digitei o número do advogado. Evidentemente, o escritório estava fechado. No entanto, a mensagem da secretária eletrônica indicava um número de telefone celular em caso de urgência.

Alguns instantes depois, finalmente, o doutor Blenod estava do outro lado da linha. Ele não parecia feliz de ser incomodado num domingo de manhã. Mas eu não podia ficar ressentido. Além disso, não era hora para delicadezas.

— Doutor, preciso urgentemente falar com o seu cliente Gérard Reynald. Tenho informações para lhe transmitir que podem ser capitais na defesa e preciso conversar com ele a respeito do atentado da torre SEAM...

— Está brincando? É uma farsa?

— Não... Tenho de me encontrar com o seu cliente.

— Ora, senhor! Ele está em prisão cautelar!

— Tenho informações essenciais que devem chegar até ele.

— Ouça, nem sei quem é o senhor!

Hesitei. Não podia assumir o risco de dar o meu nome tão facilmente.

— Não posso dizer nada por telefone. Tem de confiar em mim... Tenho informações realmente importantes. *Preciso* encontrar o seu cliente.

— Repito que é impossível. O meu cliente está em prisão cautelar, não pode encontrá-lo e ponto final.

— Estou lhe dizendo que sei coisas... Coisas importantes... Que poderiam ser úteis no processo e...

— Pode ser, mas é assim, senhor... E, agora, me desculpe, tenho coisas importantes a...

— Ele lhe falou sobre a clínica Mater? — interrompi.

O advogado ficou em silêncio.

— Ele lhe falou, não é?

Mais um momento de silêncio. Não havia nenhuma dúvida. O nome da clínica dizia-lhe alguma coisa.

— Sinto muito, mas aquilo que o meu cliente me fala no âmbito da sua prisão cautelar é estritamente confidencial. Além do mais, não sei quem é o senhor e não vejo que ligação pode ter com o caso...

— Eu estava na torre no momento do atentado. Ouça, diga ao seu cliente que tenho informações sobre a clínica Mater. Diga-lhe apenas isso e me ligue de volta.

Ele deu um suspiro, mas concordou. Eu lhe dei o número do meu celular.

— Vou aguardar a sua ligação, doutor.

— Não lhe prometo nada.

Ele desligou. Lancei um olhar satisfeito a Agnès.

— Tenho certeza de que o cliente dele falou da clínica. Ele ficou surpreso quando pronunciei a palavra *Mater*.

— Então, estamos na pista certa.

Por precaução, anotei o número e o endereço do advogado na minha caderneta Moleskine.

Agnès e eu passamos uma boa parte do dia procurando, em vão, outras informações na Internet; depois, no fim da tarde, o meu celular tocou finalmente. Atendi logo, impaciente:

— Alô!

— Quem fala é o doutor Blenod. Ouça, quero encontrá-lo amanhã, segunda-feira, às 11 horas.

— Não podemos nos ver esta noite?

— Não. Quero encontrá-lo amanhã, se puder, realmente, fornecer informações importantes...

— Combinado.

— Às 11 horas, em frente ao Palácio da Justiça.

— Já anotei.

Ele desligou. Virei-me de novo para Agnès.

— Deixe-me adivinhar — disse ela com um ar exasperado. — Vai me pedir para esperar até amanhã à tarde para avisar o procurador.

Fiz uma cara embaraçada.

— O advogado não pode me ver hoje... Temos uma pista, Agnès, uma pista verdadeira. Não vamos desistir!

— Não é razoável, Vigo! O seu caso está ficando perigoso...

— Mas foi você quem me disse para ligar para o advogado, e eu não vou abandonar tão perto do fim...

— Bom... No fim das contas, o problema é seu! — soltou ela com voz desanimada.

Agnès estava dividida entre a vontade de me ajudar e as suas próprias angústias, que eu adivinhava pela tensão da sua voz, no seu olhar. Eu tinha vergonha de abusar assim da sua ajuda e da sua hospitalidade num momento tão delicado da sua vida. Ela deve ter percebido e procurou arejar a minha cabeça propondo outra noite de vídeo... Agnès preparou o jantar e escolheu uma velha comédia americana na sua biblioteca.

Havia nessa mulher uma generosidade profunda e sincera, abandonada, que me emocionava sem que eu pudesse expressar o meu reconhecimento. Por várias vezes, durante o filme, senti a mão dela fechar-se sobre a minha com uma ternura discreta. Mas não nos arriscamos, nem um nem outro, a levar avante essas tímidas provas de afeição.

Por volta das 11 horas, o telefone de Agnès tocou. Ela se levantou e foi isolar-se no quarto. Por trás da porta, ouvi o tom da sua voz subir progressivamente, e, rapidamente, a conversa transformou-se numa longa briga. Só distingui algumas palavras, mas foram suficientes para compreender quem estava do outro lado da linha: o marido dela. Sem dúvida, as coisas estavam mais complicadas do que Agnès quis me dizer.

Quando, finalmente, a voz dela se calou, um silêncio de chumbo invadiu o apartamento. Eu não ousava me mexer, mesmo sabendo que ela chorava, sozinha, deitada na cama. Resisti ao desejo de ir ter com ela no quarto para dar-lhe o conforto de que certamente precisava. Eu não teria encontrado as palavras certas. Eu ainda não a conhecia muito bem. E, no entanto, eu não conhecia outra pessoa além dessa mulher.

Agnès não voltou para a sala. Fui dormir por volta de 1 hora da manhã, terrivelmente preocupado, silenciosamente desconsolado.

57.

Na segunda-feira de manhã, novamente sozinho no apartamento, preparei-me para passar o dia. Depois de tomar um rápido café da manhã, liguei o computador de Agnès. Conectei-me no fórum, no qual havíamos tentado entrar em contato com a misteriosa EsFiNgE, e imediatamente descobri que tínhamos uma resposta. Senti o pânico e, ao mesmo tempo, a excitação tomarem conta de mim. Não ousava lê-la sem a opinião de Agnès. Afinal, o correio eletrônico era dela.

Agnès e eu não havíamos trocado nem uma palavra depois da sua briga com o marido na véspera. Ela havia saído muito cedo, antes que eu acordasse. Hesitei por um instante, depois liguei para o seu celular.

— Bom-dia, Vigo — disse ela, em voz baixa.

— Eu a incomodo?

— Estou no escritório... Mas pode falar...

— Recebemos uma resposta da EsFiNgE.

Ela ficou em silêncio por um instante.

— Você a leu?

— Não.

— Pois bem, vá em frente, olhe!

Obedeci. A mensagem era de poucas linhas. Li em voz alta: *Saiam imediatamente — IMEDIATAMENTE — do apartamento. Vocês correm perigo. E diga a Vigo para não usar mais o celular. Entraremos em contato sem demora. EsFiNgE.*

Comecei a tremer.

— De quando data a mensagem? — pressionou-me Agnès do outro lado da linha.

Olhei no cabeçalho do correio eletrônico.

— Foi enviada hoje de manhã, às 7h54.

— Vigo, desligue imediatamente e saia do apartamento! Encontre-me em frente ao restaurante.

— Hein?

— Desligue, merda! E desligue o celular, não o ligue de jeito nenhum!

Cortei a conversa e desliguei o telefone na mesma hora. Pensei um pouco, recusando-me a sucumbir ao pânico. Agnès tinha razão. Não podia perder um minuto. Ambos sabíamos que o hacker era confiável — a primeira mensagem havia provado —, não podíamos assumir o risco de ignorar seus conselhos. Precisava agir depressa. Bem depressa. Raciocinar e agir rapidamente. Sem esperar um segundo a mais, corri para a sala, peguei a mochila e juntei as minhas coisas. Dei uma última olhada no apartamento, depois me precipitei para a entrada, enfiei o meu casaco e saí.

Ao chegar ao corredor, ouvi que o elevador subia. Um barulho característico dos cabos que deslizavam. A cabine em movimento aproximava-se lentamente. *Vocês correm perigo.* A mensagem do hacker era clara. Alguém podia vir, e rápido, ao apartamento. Seriam eles? Dei meia-volta e abri a porta da escada de emergência. Desci os degraus correndo. Ao chegar ao andar térreo, parei em frente à porta. E se houvessem deixado alguém em frente ao prédio? Decidi fugir pela garagem.

Dei meia-volta outra vez e despenquei pelos degraus para o primeiro subsolo. A luz apagou. Hesitei. Decidi não acender a minuteria. Às cegas, procurei a porta que dava para a garagem. A minha mão encontrou uma maçaneta. Abri.

As fileiras de carros estavam iluminadas pelas fracas luzes verdes do letreiro da saída de emergência. Não havia ninguém, nenhum barulho. O meu coração batia forte. E se eu desse de cara com os sujeitos? Ainda via os meus dois perseguidores da Défense, com os seus agasalhos cinza. Esperava vê-los surgir a qualquer momento ao volante de um carro, todos os faróis acesos, avançando para cima de mim.

Mas não, não devia ter medo. Não havia ninguém na garagem. Eu me enchi de coragem e avancei na penumbra. Atento, passei ao lado dos capôs dos carros alinhados. Vi a rampa de saída na minha frente. Acelerei o passo. De repente, um motor deu a partida atrás de mim. Eu me virei. Vi os faróis de um carro escuro de quatro portas se acenderem. Fiquei com medo. Corri para detrás de um carro e me agachei. O quatro portas saiu lentamente do lugar e virou na minha direção. A luz dos faróis me cegou. Eu me abaixei mais. Sentia o sangue latejar nas têmporas, o suor escorrer nas costas e na palma das mãos. O carro aproximou-se. Cerrei os dentes. Quando chegou à altura de onde eu estava, inclinei-me para ver o motorista. Soltei um suspiro de alívio. Era uma velhinha, colada ao volante.

O carro parou na saída da garagem. A motorista inseriu um cartão no leitor magnético. A porta se abriu. Esperei que ela saísse, depois corri atrás dela para aproveitar a porta aberta. Com as costas encurvadas, subi rapidamente a longa rampa. Ao chegar em cima, grudei na parede. Em seguida, avancei com cuidado para a rua. Com toda a cutela, dei uma olhada para a esquerda. A entrada do prédio ficava a uns 15 metros. E, como eu temia, um homem vigiava em frente à porta. Não usava um agasalho cinza, mas não parecia um anjo. Jaqueta de couro, mãos nos bolsos, cabeça raspada, parecia um leão de chácara de boate. Eu tinha certeza de que era um deles. Um dos caras que me procuravam.

Recuei a cabeça, com a respiração entrecortada. Hesitei um instante. Precisava encontrar um jeito de sair dali o mais rápido possível. Sem dúvida devia haver outros caras em cima, e, quando descobrissem o apartamento vazio, provavelmente iriam procurar nas outras saídas do prédio.

Dei mais uma olhada na entrada. Esperei alguns segundos e, quando o sujeito virou de costas, saí correndo no sentido oposto. A toda a velocidade, correndo paralelamente à parede, sem me virar, dobrei na primeira rua à direita.

Agnès havia dito para eu me encontrar com ela em frente “ao restaurante”. Não havia especificado qual, supondo que ouviam a nossa conversa, mas eu tinha quase toda a certeza de que ela falava do Parfait Silence, onde havíamos jantado. Se se tratasse do Wepler, sem dúvida ela teria dito “cervejaria”... Esperava não estar enganado. Continuei a correr, atravessei duas ruas, depois parei para ver se era seguido. Não vi ninguém atrás de mim. No entanto, não era razão para me demorar. Recomecei imediatamente a correr e só parei quando avistei o restaurante.

Agnès ainda não estava lá. Por precaução, mantive-me a distância. Escondido no pórtico de um prédio, esperei, o coração disparado. Uns dez minutos depois, eu a vi chegar num passo rápido. Avancei pela calçada e lhe fiz um sinal. Ela me viu e veio ao meu encontro, correndo.

— Tudo bem? — perguntou-me, sem fôlego.

— Sim, tudo bem. Mas acho que os caras estão na sua casa.

— Tem certeza?

— Ouvi o elevador subir, saí pela garagem e vi um cara vigiando a entrada do prédio.

— Merda! Dessa vez as coisas foram longe demais, Vigo! Temos de avisar o procurador.

— Não!

— Não vá recomeçar! Ouça, agora, eu estou sendo ameaçada! E se os caras estiverem revistando o meu apartamento, você é gentil, mas acho que tenho o direito, se não o dever, de fazer alguma coisa!

— Espere ao menos que eu fale com o advogado. Venha comigo, se quiser, e depois você fará o que lhe parece certo.

Ela sacudiu a cabeça.

— Você é um chato... A que horas vai vê-lo?

— Às 11 horas.

— Está bem. Espere.

Eu a vi pegar o celular e digitar rapidamente um número. Ela começou a andar em círculos na calçada, com o telefone colado no rosto. Depois, ouvi a sua conversa: "Michel? É Agnès. Sim... Olhe, preciso que me faça um favorzão... Sim, chegou a sua vez, meu caro! Acho que uns caras estão assaltando o meu apartamento... Não tenho tempo de explicar... Não posso ir até lá, tenho... tenho uma emergência. Pode ir ao apartamento com dois rapazes? Sim. Obrigada, retribuirei o favor. Mantenha-me a par." Ela desligou, depois veio na minha direção.

— Venha, vamos buscar o meu carro, vou levá-lo para falar com o advogado.

— Tem... tem certeza?

— Tenho. Ande, vamos embora.

Andamos num passo rápido para a delegacia central. Eu olhava constantemente para trás, para confirmar se não estávamos sendo seguidos. Quando chegamos à rua de Clignancourt, Agnès foi buscar o carro no estacionamento da delegacia, depois nos pusemos a caminho do Ier arrondissement.

Sentado obedientemente ao lado dela, percebi claramente a tensão de Agnès. A cabeça dela fervia. Aliás, ela acabou dizendo o que estava sentindo.

— Vigo, nós vamos ao seu famoso encontro e, depois, vamos parar, certo? Isso está ficando muito arriscado. Você tem de avisar o juiz.

Concordei com a cabeça, sem dizer nada. No fundo, a generosidade de Agnès não tinha limites. Sem dúvida, o seu apartamento estava sendo revirado pelos meus inimigos invisíveis e, apesar de tudo, ela ainda preferia me ajudar...

— Hoje de manhã tentei encontrar o comandante Berger, o colega de quem eu lhe falei e que trabalhava na Equipe de Busca e Intervenção nas Pedreiras, para falar a respeito da sua história das catacumbas. Infelizmente, ele se aposentou.

Sem tirar os olhos do caminho, ela me entregou um pedaço de papel.

— Tome, esse é o telefone particular dele. Pode tentar entrar em contato com ele da minha parte, mas não tenho certeza de que poderá ajudá-lo.

— Obrigado. Obrigado por tudo, Agnès.

Ela ficou em silêncio todo o resto do trajeto. Um pouco antes das 11 horas, chegamos em frente ao Palácio da Justiça.

58.

— Doutor Blenod?

O homem anuiu. Alto, magro, cabelos grisalhos, ele nadava dentro de um terno largo demais. Segurava embaixo do braço uma pasta de couro marrom. Tinha o olhar indiferente e os gestos apressados de um homem de negócios.

— Obrigado por aceitar me encontrar.

— Não vamos ficar aqui.

O advogado parecia estressado. Nós o seguimos até o outro lado do bulevar, depois ele nos guiou até uma ruazinha, um pouco mais longe. Inspecionou repetidas vezes os dois lados da rua, depois me olhou direto nos olhos.

— Posso saber como se chama?

— Prefiro continuar anônimo.

— Então, eu me despeço, senhor.

O advogado deu meia-volta. Eu o segurei pelo braço.

— Espere!

— Sinto muito, mas num processo como esse não estou disposto a falar com um desconhecido... Preciso saber com quem estou tratando.

— Não posso lhe dizer o meu nome — expliquei. — Já estou envolvido demais nesse caso.

— Posso prometer que não vou revelar o seu nome a ninguém... Tenho o direito de proteger as minhas fontes.

— Como posso ter certeza?

— Confiança mútua. A decisão é sua.

Eu me virei para Agnès com um olhar de interrogação. Com um sinal de cabeça, ela me encorajou a dizer o meu nome. A ideia não me agradava, mas era preciso fazer o advogado confiar.

— Eu me chamo Vigo Ravel.

O advogado pareceu cético.

— Ravel? Posso ver a sua carteira de identidade?

Ergui as sobrancelhas.

— Como?

— Aceitei encontrá-lo sem a menor informação tangível, sem saber quem o senhor era... Desculpe-me, mas acho que ao menos tenho o direito de me certificar da sua identidade.

Eu sorri. O pobre homem não sabia que eu era incapaz de garantir a mim mesmo o que quer que fosse em relação à minha identidade... Ele não podia entender a ironia da sua pergunta. Peguei a minha carteira e lhe entreguei os documentos, por mais falsos que fossem.

— Certo. E a senhora?

— Agnès Fedjer. Sou tenente de polícia — disse ela tirando a carteira.

Ele pareceu surpreso.

— Tenente da polícia? É uma piada?

— Não. Estou aqui oficiosamente — replicou ela. — Dou assistência ao senhor Ravel.

O advogado sacudiu a cabeça.

— Sinto muito, mas prefiro conversar a sós com o senhor Ravel.

— Por quê?

— Parece não perceber muito bem a situação. O meu cliente ainda está em prisão cautelar, eu não devia estar aqui. O senhor

Reynald é suspeito de ter cometido um ato terrorista que custou a vida de mais de 2.600 pessoas, então, deixe-me lhe dizer que o pessoal lá de cima não está brincando. O juiz de instrução está no meu pé. Nunca sofri tamanha pressão. Você compreende por que não gosto muito que uma tenente da polícia participe da nossa conversa, quaisquer que sejam as suas relações com ela.

Eu já me preparava para protestar, mas Agnès me pegou pelo braço e respondeu no meu lugar.

— Não tem problema, doutor, compreendo. Vigo, eu o espero no café — disse ela, indicando uma cervejaria na esquina do bulevar do Palais com a rua Lutèce.

Agnès afastou-se num passo rápido, sem esperar a minha resposta. Suspirei. Certamente, a presença dela seria bem mais tranquilizadora! Eu teria de me virar sozinho.

— Não se zangue comigo, mas a situação é particularmente tensa, sou obrigado a tomar precauções. Para dizer a verdade, não sei por que aceitei encontrá-lo, espero que suas informações...

— Ora, doutor — interrompi. — Sabe muito bem por que aceitou se encontrar comigo.

— Ah, é?

— É.

Ele ficou em silêncio. Eu tinha certeza de que não estava enganado. O silêncio dele o traíra na véspera, quando citei o nome da clínica Mater.

— E se fôssemos falar sobre tudo isso num café? — propus.

— Não — respondeu o advogado. — Diante da importância desse processo, sou vigiado de perto, o juiz parece inflexível. Vamos dar uma volta de carro, é mais seguro.

— De carro?

— Sim, estacionei ali — disse ele, apontando o fim da rua.

Fiz uma careta. Não gostei muito da ideia de entrar no carro de um desconhecido em quem não confiava muito, mas parecia que, realmente, eu não tinha escolha.

— Está bem.

Eu o segui até o pequeno Mercedes cinza, sentei-me ao seu lado e pus a mochila nos pés, pouco à vontade. Em seguida, ele deu a partida e saiu na direção da praça Saint-Michel.

Ele ligou o rádio numa estação musical, com o volume muito alto.

— Primeiro, faço questão de esclarecer uma coisa. Tudo o que o meu cliente me contou durante a prisão cautelar é segredo da instrução. Portanto, não espere que eu lhe diga alguma coisa sobre esse assunto. Está bem claro?

— Perfeitamente.

— Bem. Pode falar — disse ele finalmente, enquanto atravessávamos o Sena.

Inspirei profundamente. Não me havia preparado o bastante para a conversa. Eu tinha de prestar atenção para não falar demais, apenas o suficiente para que ele confiasse em mim e, por sua vez, desse informações. Isso prometia ser uma verdadeira partida de xadrez.

— Pois bem — comecei, pigarreando —, estou numa situação que parece ser muito parecida com a do seu cliente e não acredito que seja uma coincidência.

— O que quer dizer?

— Durante mais de dez anos, fui acompanhado, depois de diagnosticarem em mim uma esquizofrenia paranoide aguda, por uma clínica médica que ficava na torre SEAM: a clínica Mater... Ora, depois do atentado, descobri coisas perturbadoras a respeito dessa clínica. Portanto, a pergunta que me faço é a seguinte: o seu cliente também era paciente dessa clínica?

— Não posso lhe dar essa informação.

Fiz uma careta. Não ia ser fácil fazer o advogado falar. Porém, eu precisava de uma confirmação: a clínica Mater tinha relação com o atentado e com Reynald? A reação do advogado na véspera me levava a crer que sim, é verdade, mas eu queria ter certeza.

— Doutor, compreendo o seu ponto de vista e juro que posso lhe dar informações úteis para a defesa do seu cliente. Mas por que lhe daria essas informações sem nem mesmo saber se estamos na mesma pista? O fato de o seu cliente ter ou não frequentado a clínica Mater não é segredo da instrução...

Chegamos a um sinal vermelho. O carro parou. O advogado virou-se para mim e encarou-me por um instante.

— Estou disposto a dar-lhe alguma coisa se o que tiver para me dizer puder, realmente, ser útil para mim. Elas por elas.

Ele indicou a pasta de couro no banco de trás.

— Preparei uma pasta com algumas informações. Nada que traia o segredo da instrução, é verdade, nada do que foi dito durante a prisão cautelar, mas talvez tenha alguma coisa que possa ajudá-lo. A decisão é sua.

Era a segunda vez que ele me saía com essa réplica. *A decisão é sua!* Estava começando a me aborrecer seriamente. Dei uma olhada na maleta que estava atrás.

— Nem sei o que tem na sua pasta! — protestei.

— Tirei uma fotocópia do dossiê que estabeleci sobre o senhor Reynald, ele contém as informações que pude reunir previamente. Não é grande coisa, mas estou certo de que vai lhe interessar. De qualquer maneira, é preciso que compreenda uma coisa: por enquanto, não sei praticamente nada. Enquanto o meu cliente estiver em prisão cautelar, não tenho acesso ao dossiê.

E só pude conversar com ele por duas vezes, uma meia hora. Se tiver informações que possam me ajudar, estou disposto a ouvi-lo.

Hesitei. Eu tinha de decidir se podia revelar ao advogado a informação que, sem dúvida, era a principal pista nesse dossiê, se confiássemos no hacker: o Protocolo 88. Eu ainda não sabia do que se tratava, mas, se acreditasse na mensagem da EsFiNgE, o protocolo estava no centro do nosso caso. Dar essa única referência era arriscado. Afinal, eu tinha tantas razões para desconfiar desse advogado quanto do procurador que Agnès fazia questão de prevenir... Não. Seria melhor guardar o Protocolo 88 para mim. E se eu falasse da misteriosa sociedade Dermod, que Agnès havia descoberto ser proprietária do apartamento dos meus pais? De uma forma ou de outra, eu tinha certeza de que essa sociedade estava ligada à história. Porém, mais uma vez, era uma informação preciosa... Em compensação, talvez eu pudesse falar sobre a Feuerberg. Não sabia se a empresa na qual eu havia trabalhado por tanto tempo estava envolvida em tudo isso, mas tinha boas razões para supor que sim: o meu patrão me havia traído, parecia conspirar com o doutor Guillaume e os escritórios haviam sido misteriosamente esvaziados.

— Doutor, estou longe de deter a verdade a respeito desse caso, mas acho que o seu cliente e eu somos vítimas de uma mesma maquinação.

— Maquinação?

— Sim. Certamente o senhor fez a sua investigaçãozinha a respeito da clínica Mater...

Ele não respondeu.

— Então, sabe que, oficialmente, essa clínica não existe. No entanto, o seu cliente e eu a frequentamos durante muitos anos... Alguém tinha interesse em acompanhar ao menos dois pacientes esquizofrênicos numa clínica médica não declarada, oculta numa torre da Défense. Por quê? Ainda não sei.

— Não passam de suposições... Você me havia prometido informações.

Eu sorri. O advogado não perdia o norte.

— Estou disposto a revelar o nome de uma sociedade, sobre a qual tenho boas razões para pensar que estava ligada de perto a essa maquinação.

— Pode falar.

Hesitei. Tinha a impressão de que entregaria a ele, numa travessa de prata, um elemento-chave da investigação. Mas, talvez, fosse o preço a pagar para encontrar novas pistas. Era bom saber qualquer informação. Era mais forte do que eu, eu queria saber o que havia na desgraçada da maleta. No fundo, era também um meio de contentar Agnès: ao pôr o advogado na pista da Feuerberg, indiretamente, eu estava alertando a justiça, sem precisar avisar pessoalmente um procurador e comprometer-me no caso.

Decidi revelar ao advogado o nome Feuerberg. Nada mais.

— Tenho boas razões para acreditar que a clínica Mater ou, em todo caso, o doutor Guillaume, está ligada a uma sociedade de patentes denominada Feuerberg.

O advogado ergueu as sobrancelhas. Imediatamente, adivinhei que não era a primeira vez que ele ouvia esse nome.

— Isso lhe diz alguma coisa? — perguntei.

— Não.

Ele estava mentindo, eu poderia jurar.

— Pois bem, tem aí uma pista importante. Os escritórios da Feuerberg acabaram de ser mudados, como por acaso. Também tenho quase certeza de que o diretor da sociedade, o senhor De Telême, estava a par da maquinação da qual o seu cliente e eu fomos vítimas.

— Mais uma vez, não passam de suposições, senhor...

— Não. Não são suposições. É uma pista. Só precisa ir pessoalmente à sede social da sociedade Feuerberg, verá que se passa alguma coisa de anormal.

O advogado anuiu.

— É tudo o que pode me dizer?

— Isso já deveria ajudar muito. Investigue sobre a Feuerberg e sobre a clínica Mater e vai encontrar material para a defesa do seu cliente.

— É o que espero. É uma informação bem minguada.

O advogado fez uma cara de decepção, mas eu estava certo de que as minhas informações lhe seriam particularmente úteis.

— Agora é a sua vez. O que pode me dizer sobre o senhor Reynald?

— Verá tudo isso no dossiê...

— Acha que ele é realmente esquizofrênico? — insisti.

O advogado pareceu surpreso.

— O que quer dizer?

— Ele parece ser realmente esquizofrênico?

O doutor Blenod hesitou.

— Cabe aos especialistas decidirem isso... No entanto, as afirmações dele são bem confusas, até mesmo incoerentes, ele sofre de um delírio de perseguição.

— Se ele fala da mesma perseguição que eu, provavelmente não é um delírio — insinuei. — Por mais que seja um distúrbio típico da esquizofrenia, reconheça que a história da clínica Mater é preocupante...

— Pode ser, é preciso verificar.

Sorri com a ideia de que o advogado talvez me tomasse por um sujeito tão maluco quanto o seu cliente. Isso não tinha lá muita importância.

— Alguma coisa a mais?

— Só precisa ler o dossiê. E se posso lhe dar um conselho, no seu lugar eu desistiria dessa investigação... Se continuar a meter o nariz em tudo o que é lugar, a polícia vai acabar caindo em cima de você.

Foi nesse exato momento que notei alguma coisa anormal. Alguma coisa que poderia muito bem ter me escapado, mas que, por sorte, percebi com o canto dos olhos. Como uma imagem subliminar, um diapositivo furtivo.

Havíamos acabado de passar em frente ao Palácio da Justiça, e, em vez de parar, o advogado virou numa rua à esquerda. Inicialmente, achei que procurava um lugar para estacionar, mas logo compreendi que ele tramava outra coisa. O advogado parecia cada vez mais agitado, quando, à sombra de um grande pórtico, percebi a silhueta de dois homens. Com uma única olhada através do vidro, tive a certeza de tê-los reconhecido. Eram os meus dois perseguidores da Défense, com os seus agasalhos cinza.

Observei o advogado e vi no seu olhar fugidio que havia me traído. Ele ia me entregar ao inimigo.

Nem parei para pensar e me deixei levar pelo instinto, espectador dos meus próprios reflexos. Com um movimento brusco, peguei o volante e puxei de uma vez para a direita. O Mercedes girou com um guinchar de pneus e entrou numa caminhonete estacionada ao longo da calçada. O choque foi de uma violência inaudita. Houve um grande estrondo, barulho de lataria amassada e de vidro que voava aos pedaços. Os nossos corpos foram projetados para a frente e imediatamente detidos pelos air bags brancos.

Não perdi o controle dos meus atos, a percepção da emergência, nem por um instante. Ou melhor, foi como se alguém, uma espécie de consciência extralúcida, houvesse assumido o controle dos meus movimentos. Com gestos seguros e precisos, soltei o cinto de segurança, abri a porta o máximo possível e desembaracei-me do air bag inflado contra o meu peito. Deslizei pela pequena abertura, peguei a minha mochila e o dossiê na maleta do advogado, no banco de trás. Escapuli com agilidade entre a caminhonete e o carro destroçado. Uma vez na rua, comecei a correr imediatamente, deixando para trás o corpo inerte do advogado, cujo olhar estupefato percebi de relance.

Correndo na direção oposta, não me virei nem uma única vez. Sabia muito bem que eles estavam nos meus calcanhares. Eu ouvia ao longe o estalar dos passos deles na rua. Entretanto, eu estava na frente e, sem dúvida, a surpresa contava a meu favor. Corri com todas as minhas forças, a mão fechada na pasta do advogado, mudei várias vezes de direção, assumindo riscos insensatos ao atravessar, sem desacelerar, as ruas onde os carros passavam a toda a velocidade. Por pouco não fui derrubado várias vezes, porém eu corria cada vez mais, movido por uma força invisível, feita de raiva e frustração. Cheguei aos cais do Sena, esgueirei-me por entre turistas atônitos, depois, como eu havia feito na Défense, pulei num ônibus apenas alguns segundos antes de as portas se fecharem.

O motorista lançou-me um olhar indiferente, arrancou e enfiou-se rapidamente no trânsito. Dei uma olhada na rua. Eu tinha certeza de que dessa vez os dois sujeitos não me viram entrar. Eu os vi do outro lado do cruzamento, desamparados, examinando de todos os lados para tentar encontrar a minha pista. Sob o olhar perplexo de uma velha senhora sentada no fundo do ônibus, ergui o dedo médio da mão direita e agitei na direção deles.

Recuperando o fôlego, introduzi o dossiê do advogado na mochila, depois me sentei num banco isolado, no qual me joguei, soltando um longo suspiro. Sem dúvida, fiquei assim por longos minutos, em estado de transe, deixando que os meus batimentos cardíacos voltassem ao ritmo normal, antes de me dar conta de que havia me esquecido de Agnès.

Eu me ergui no banco e enfiei a mão no bolso para pegar o celular. Hesitei por um longo momento antes de ligá-lo. Na mensagem, o hacker me havia recomendado com firmeza que o desligasse e não mais o usasse. Mas eu precisava avisar Agnès a todo custo. Não tinha escolha. Liguei. Vi na tela o símbolo que indicava que eu tinha uma mensagem. Acessei imediatamente a minha caixa de mensagens.

Vigo! Sou eu! Onde você está? Estou começando a ficar seriamente preocupada. Bom. Espero que não tenha acontecido nada com você... Sinto muito, não posso esperar mais... Eles reviraram o meu apartamento, os meus colegas me esperam, tenho de ir até lá. Estou me mandando. Ligue-me rápido.

Digitei sem demora o número dela. Foi a minha vez de cair na caixa de mensagens. Hesitei. Como lhe dizer? Como explicar? O bipe ressoou no meu ouvido. Pus a mão na frente da boca, esperando que os outros passageiros não me ouvissem, e tentei ser breve:

Agnès... Sou eu... Estou bem... Mas era uma cilada. O advogado está do lado deles... Fui obrigado a fugir. Não sei muito bem o que fazer. Aguardo notícias suas. Mas tenho de desligar o celular... Envie um SMS, vou verificar constantemente... Um beijo.

59.

Passei boa parte da tarde vagando pelo Quartier Latin, ainda aturdido com o rumo que os acontecimentos haviam tomado.

Não conseguia acreditar que o advogado pudesse ter me traído assim. E, sobretudo, não compreendia bem por que ele havia procedido daquele jeito... Por que não me havia entregue de cara aos sujeitos de agasalho cinza? Por que essa palhaçada? Esperava obter informações antes que eles pusessem as mãos em mim? Sem dúvida, era a melhor explicação. Mas eu estava furioso por me deixar enganar desse jeito. E, principalmente, eu me perguntava o que poderia fazer agora. Claro, nem pensar em ir ao encontro de Agnès, por enquanto. Estava por minha conta e isso me angustiava terrivelmente.

No fim da tarde, quando eu ia na direção do Odeon, senti, repentinamente, despontarem os sintomas de uma crise epiléptica. A dor de cabeça, o zumbido, o equilíbrio que ia embora, a visão que se turvava... Em breve, eu sabia, as vozes iam me submergir com os pensamentos de todas aquelas pessoas à minha volta. Não! Não queria mais ouvi-los, não queria mais senti-los! Não suportava mais essa submissão impotente do meu cérebro doentio! Devia haver um meio de resistir, de me defender.

Cambaleando, fui em direção a um banco, onde me joguei pesadamente. Dobrado ao meio, segurei a cabeça com as mãos e tentei não pensar em mais nada, expulsar o mundo externo, os odores, as cores. Mas os murmúrios foram chegando lentamente, penetrantes, rodopiantes, como uma cantilena confusa. Lembrando-me do que havia funcionado na casa de Agnès, concentrei-me novamente na frase misteriosa da torre SEAM. *Rebentos transcranianos...* Repeti uma a uma as palavras sem sentido, como uma fórmula mágica. E, progressivamente, a dor desapareceu da minha fronte, os murmúrios voaram para longe. Aos poucos, as vozes calaram-se. Abri os olhos. O mundo voltara a ser claro, único, fluido, na sua normalidade reconfortante. Eu havia vencido a crise.

Levantei-me e recuperei a calma. Ou, ao menos, uma aparência de calma.

Mas, agora, o que fazer? Aonde ir? Eu havia voltado ao ponto de partida, confrontado com a minha solidão e o meu julgamento, que, precisava admitir, ainda era frágil.

Pensei um instante no dossiê do advogado dentro da minha mochila. Estava impaciente para ver o que continha, mas a rua não era o melhor lugar para lê-lo. Perigoso demais. Isso tinha de esperar. De qualquer maneira, precisava encontrar um hotel. Então, poderia consultar tudo com calma.

Retomando a caminhada pelo bairro estudantil, com a cabeça enfiada entre os ombros, tentei analisar a situação, fazer metodicamente a soma das minhas descobertas. No fundo, a minha investigação já estava bem substancial. Eu começava a ver um pouco mais claro; já tinha até algumas convicções. Mas ainda restavam muitas perguntas e eu tinha de ir em frente, com ou sem Agnès. Eu me perguntei onde ela poderia estar no momento. Decidi verificar o celular e, de fato, ela havia deixado um SMS.

Apoiei-me numa parede e li a mensagem:

Vigo, mensagem recebida. Tranquilizada, mas cuide de você. Quanto a mim... Difícil dizer por SMS. Mandei uma mensagem pela Internet, na nossa caixa de entrada, no fórum. Seja cuidadoso.

O meu coração começou a disparar. O que ela queria dizer? *Difícil dizer por SMS.* O que queria me comunicar? O cuidado... Só podia ser um mau sinal. Não consegui impedir que a angústia me dominasse e me preparei para o pior.

Impaciente e preocupado, comecei imediatamente a procurar um cibercafé. Era o tipo de coisa que não devia faltar naquele bairro. Andei depressa, quase correndo. Algumas ruas depois, vi um pequeno estabelecimento que parecia corresponder ao que eu procurava. Através da vitrine, podia-se ver fileiras de computadores, jovens inclinados sobre os monitores com fones nos ouvidos... Atravessei apressadamente a rua e entrei no cibercafé. O sangue latejava cada vez mais forte nas minhas veias e eu tinha a sensação de que um nó se apertava no meu estômago.

Um sujeito, na recepção, fez-me sinal para eu me sentar onde quisesse. Atravessei a sala mal-iluminada e me instalei em frente a um computador, o mais longe possível da rua.

Conectei-me à Internet e, sem dificuldade, encontrei o fórum no qual havíamos entrado em contato com a EsFiNgE da primeira vez. Digitei a senha para ter acesso à caixa de correspondência que Agnès havia criado. Então, vi a mensagem dela. Com a mão trêmula, cliquei no ícone. Os meus piores temores foram confirmados.

Vigo... Gostaria de poder lhe dizer de viva voz, mas as circunstâncias não me facilitam a tarefa... E, é claro, você deve realmente evitar usar o seu telefone...

No fundo, talvez seja melhor que eu lhe diga isso por escrito. Não sei se teria forças para dizer de outra maneira.

Acho... Acho que não vou poder continuar a ajudá-lo. Tudo isso aconteceu num momento ruim... No pior momento possível. Estou furiosa comigo mesma por abandoná-lo assim, mas tudo está ficando muito complicado. Complicado demais.

Luc me ligou de novo. Não posso mentir a mim mesma. Preciso resolver as coisas com ele. É o meu marido... Não sei mais onde estou. Onde estamos. Acho que vou viajar por alguns dias. Tirar umas férias e encontrá-lo na Suíça. Tentar consertar as coisas, se é que isso ainda é possível. De qualquer maneira, não me fará mal me afastar um pouco de tudo. Talvez seja melhor para nós dois...

Espero que não me odeie. Que compreenda. Gosto muito de você, Vigo. Muito. Mais do que saberia dizer. Porém, é o momento errado.

Se ao menos...

Saiba que compreendo que você tenha a necessidade de conhecer a verdade da sua história e respeito a sua escolha. Até o admiro. Você é bem mais forte do que pensa. Espero que consiga; porém não posso mais ajudá-lo.

Prometo manter segredo. Cabe a você decidir se quer avisar o procurador. Acho que deveria fazê-lo, mas, afinal, isso é com você. Diga-se de passagem, você é um desgraçado de um cabeçudo. Você me lembra o meu pai.

Quanto ao meu apartamento, meus colegas foram lá. Os caras quebraram tudo e levaram o meu computador! Não sei o que poderiam encontrar, a não ser a mensagem da EsFiNgE, mas isso não é muito importante. Demos queixa de roubo... Estou escrevendo do meu escritório...

Seja gentil e não tente me encontrar. Dê-me um tempo. Dê-nos um tempo.

A não ser em caso de emergência, é claro.

Boa sorte. Desculpe-me. Vou sentir saudades. Muitas.

Um beijo.

Agnès.

P.S.: Deixei um envelope para você no restaurante, fale com Jean-Michel em meu nome.

Fiquei imóvel na cadeira por muito tempo, arrasado, incrédulo. Imediatamente, o rosto de Agnès me veio à cabeça. Eu o vi, inteiro, todo ele, afastar-se, desaparecer lentamente sem que eu pudesse detê-lo. O pensamento de não mais revê-la torturou a minha alma, deixou-me dilacerado em três, em quatro mil pedaços.

Sentindo os olhares dos outros frequentadores do cibercafé, lutei para resistir às lágrimas que ameaçavam invadir esses olhos que tanto gostavam de vê-la. Enfiei a mão no bolso e segurei o telefone desligado. Queria ligar para ela, impedi-la, dizer que ela havia sido o que de melhor acontecera na minha vida de adulto, dizer que não queria perdê-la. Mas precisava encarar os fatos: era razoável, talvez fosse melhor assim. Não podia lhe impor o que eu estava vivendo, nem impedi-la de salvar o casamento. Eu também devia respeitar a sua opção. Tinha de submeter-me, de resignar-me.

Resignar-me, de novo. Afinal, os meus ombros poderiam dobrar-se uma vez mais, já tinham tantos anos de treinamento! Eu tinha de aceitar. Pelo menos, por enquanto. Talvez, algum dia, eu voltasse a encontrá-la, se ainda fosse possível... Mas, por ora, devia concentrar-me na minha investigação.

Minha investigação. Já que era assim, melhor aproveitar a solidão para me dedicar totalmente a ela. Em todo caso, foi a mentira que disse ao meu coração para impedir que ficasse em farrapos.

E pronto. Na penumbra do pequeno estabelecimento do Quartier Latin, num dia estranho — no mínimo tão estranho quanto os anteriores —, eu me conscientizei de que estava sozinho de novo. Por minha conta e obrigado a ir em frente, apesar de tudo.

Você é bem mais forte do que pensa.

Lentamente, ergui os olhos para a tela do computador. Tentando expulsar a dor que me apertava o coração, forcei-me a refletir. Imediatamente, pensei na EsFiNgE e na sua última mensagem, naquela mesma manhã, que me havia feito sair com urgência do apartamento de Agnès. Uma mensagem no mínimo lacônica, escrita às pressas, mas que dava a entender que o hacker sabia bem mais do que nós sobre o que se tramava em segredo. Talvez devesse entrar em contato com ele e pedir explicações...

Procurei o e-mail dele no fórum e mandei uma mensagem particular. *Aqui é Vigo. Preciso de informações. Agradeço se me responder o mais rápido possível.*

Em seguida, decidi fazer algumas investigações sobre a sociedade Dermod. Digitei a palavra num site de busca. Encontrei mais de 45 mil referências. Aparentemente, Dermod era um nome irlandês bem comum. Várias pessoas homônimas eram citadas aqui e acolá. No entanto, visivelmente, nenhuma sociedade de importação-exportação. Contudo, num site de genealogia, descobri a etimologia da palavra, o que me interessou. Era gaélica e significava "homem livre". Eu não tinha certeza de que isso tivesse a menor importância, mesmo assim anotei na minha caderneta Moleskine.

Alguns minutos depois, quando eu continuava a navegar em busca de eventuais informações sobre a sociedade Dermod, uma janela se abriu para indicar que eu havia recebido uma mensagem particular no fórum. Eu a abri.

Vigo, aqui não... Este fórum não é seguro. Estaremos melhor no canal irc do nosso servidor. Conecte-se imediatamente no hacktiviste.com usando o login Vigo. Quanto à senha, você tem de adivinhar...*

Franzi as sobrancelhas. Eu tinha a impressão de fazer parte de um seriado americano de má qualidade. Porém, se quisesse saber mais, era obrigado a entrar no jogo. Segui as instruções do hacker. Digitei o endereço do servidor dele no navegador.

Uma janela se abriu e pediu um login e uma senha. No primeiro, digitei *Vigo*. Mas a senha eu teria de adivinhar sozinho... Hesitei. Certamente, ela deveria ter uma ligação com a minha história. Digitei *protocolo88*. Não funcionou. Evidente demais. Tentei *feuerberg*, depois *dermod*, sem sucesso. Lembrei-me então do caso que havia tornado a EsFiNgE famosa e digitei *iorden*. Também não era essa. Tentei *agnès*, ao acaso, depois *ravel*... Mas ainda não era a senha certa. Inevitavelmente, o hacker devia ter

* IRC: Internet Relay Chat. Canal de comunicação por escrito. (N. T.)

escolhido uma senha que eu poderia encontrar sozinho e que eu sabia que ele também conhecia. Portanto, era preciso uma referência comum, que nos ligasse. Pensei imediatamente na primeira vez que vira o nome da EsFiNgE. No hotel. Digitei a palavra *Novalis*. Não, não era essa. Comecei a perder a paciência. Que ideia! Deixar que eu adivinhasse sozinho a senha! Existiam mil combinações possíveis! Eu pensei: o que o hacker havia dito exatamente? *Quanto à senha, você tem de adivinhar...* Sorri. Era muito simples. Digitei *você tem de adivinhar*. O navegador conectou-se imediatamente no site.

Era uma página com um design high-tech preto e verde fluorescente e, no centro, várias notícias mais ou menos ligadas à segurança informática ou aos diversos dossiês eletrizantes nos quais a EsFiNgE devia trabalhar, como o grupo Carlyle, o programa "Petróleo como alimento" do Iraque, o Bilderberg...

No alto da página, vi links para várias subcategorias do site. Uma delas chamava-se *canal irc*. Cliquei em cima. Uma janela de diálogo se abriu. Então, eu vi aparecer o pseudônimo do hacker.

> *Bravo! Você encontrou a senha...*

As palavras apareceram no alto da janela, em verde, num fundo preto. O símbolo ">" piscava na linha seguinte, como se o computador esperasse a minha resposta. Hesitei. Olhei em volta. Ninguém parecia prestar atenção em mim. Decidi responder:

> *Sim...*

> *Sinto muito pelas precauções. Somos vigiados de perto. Mas, aqui, ficamos à vontade, tranquilos. Impedimos todos os acessos.*

Eu sorri. O cara devia ser mais paranoico do que eu.

> *Conseguiram sair do apartamento a tempo?*

>*Sim.*

> *Perfeito. Nós estávamos com medo de que fosse tarde demais!*

> *Nós? Vocês são muitos?*

> *Somos. EsFiNgE é o nome de um grupo...*

> *E com quem estou falando?*

> *Com dois de nós.*

> *Posso saber os nomes?*

> *O que vai adiantar?*

> *Não sei nem quem são vocês e parece que vocês sabem muitas coisas sobre mim!*

> *Pois bem, considere que somos dois ciberjornalistas de investigação.*

> *Isso não é suficiente.*

> *Diremos os nossos nomes quando chegar a hora. Não aqui.*

Decidi não insistir. O essencial era tirar o máximo de informações. Mas não podia deixar de sentir uma desconfiança.

> *Qual é o objetivo de vocês?*

> *Como assim?*

> *EsFiNgE... Que grupo é esse? O que vocês fazem, exatamente?*

> *Buscamos a verdade. A Internet é o último espaço no qual a liberdade de expressão ainda tem um pouquinho de sentido.*

> *É o que você diz.*

> *Usamos a Web para denunciar os escândalos políticos e financeiros. Achamos que o público tem o direito de saber e a imprensa institucional nem sempre faz o seu trabalho...*

Eu ainda não conseguia acreditar que estivesse on-line com os sujeitos que me haviam enviado o misterioso bilhete no hotel. Para mim, eles continuavam a ser totalmente irreais. E, no entanto, naquele momento eu conversava com eles, ao vivo. Finalmente, talvez eu ficasse sabendo mais.

> *O que me garante que vocês são mesmo o que dizem ser e que querem realmente me ajudar?*

> *Nada. Mas agora sabe que o bilhete no seu hotel era justificável. E você deve ter feito suas pequenas buscas sobre nós, não? Sabe que somos pessoas sérias.*

Pessoas sérias... Não estava muito certo disso. Mas Agnès havia achado que eles tinham alguma credibilidade. Já era alguma coisa. De qualquer jeito, eu não podia bancar o difícil. Precisava desesperadamente de informações.

> *A sua amiga está com você?*

Minha amiga? O mais provável é que conhecessem a identidade de Agnès. Inevitavelmente, já que nos haviam recomendado sair do apartamento dela! Eu tinha de me acostumar. Esses sujeitos sabiam muitas coisas e certamente mais do que queriam admitir.

> *Não. Ela preferiu... se retirar do caso. O apartamento dela foi saqueado pelos caras...*

> *Não foi muito esperto da sua parte confiar num tira...*

> *Ela é uma pessoa de confiança.*

> *É o que esperamos, por você. No futuro, desconfie.*

Eu já estava ficando impaciente. Não estava certo de gostar dessa condescendência. Afinal, tinha o direito de desconfiar deles, tanto quanto de Agnès. Não sabia a sua identidade e não tinha nenhuma prova de que não trabalhassem para o inimigo! Mas não podia me fazer de rogado.

Decidi ir direto ao assunto.

> *O que é o Protocolo 88?*

> *Ainda não sabemos.*

> *Então, por que me deixaram esse bilhete? E como estão a par de todo esse caso?*

> *Descobrimos por acaso, quando fazíamos pesquisas sobre outro dossiê.*

> *Que dossiê?*

> *O nosso servidor foi vítima de vários ataques nos últimos meses. Isso acontece todos os dias, é claro, mas esses ataques eram particularmente corrompidos e todos vinham da mesma fonte. Não pudemos identificar com precisão os autores desses ataques, mas conseguimos*

ver que eles eram feitos da sede social de uma companhia offshore que investigávamos.

> *Que companhia?*

> *Dermod.*

Franzi o cenho. Dermod. A misteriosa sociedade, proprietária do apartamento dos meus pais. Então era ela que havia posto os hackers na pista do meu caso.

> *O que vocês sabem sobre a Dermod?*

> *Pouca coisa. Sabemos que é uma espécie de holding offshore. O seu objetivo declarado é importação-exportação, mas, na verdade, é difícil saber suas reais atividades. Certamente não é a indústria têxtil. Nós nos indagamos por que um dos seus membros teria interesse em atacar o nosso site, e, portanto, fizemos uma pequena investigação. Ao piratear uma parte do servidor interno da Dermod foi que encontramos documentos... espantosos. Um deles nos levou até você.*

> *Que tipo de documentos?*

> *Ainda os estamos analisando. A maioria está codificada e não está muito claro. Mas, entre aqueles que conseguimos decifrar, havia a cópia de um acordo que ligava os seus pais à sociedade Dermod.*

> *Como assim?*

> *Sinto muito, pode não gostar disso...*

> *Já estou começando a me acostumar.*

> *É um contrato entre os seus pais e a Dermod, que especifica, principalmente, o montante da pensão que os seus pais receberiam em troca dos serviços prestados.*

> *Serviços?*

> *É. Obviamente a sociedade Dermod pagava para eles, no mínimo, desde 1991, para que passassem por seus pais, com o sobrenome de Ravel, e que cuidassem de você, fazendo com que tivesse a certeza de que era esquizofrênico...*

Estremeci. É bem verdade que não era uma descoberta, mas saber que a maquinação de que eu era vítima estava detalhada em algum lugar, preto no branco, aterrorizava-me ainda mais. Eu não passava de um pau-mandado num complô inacreditável. Eu me sentia estúpido e traído, ao mesmo tempo.

> *Compreende que, ao encontrar esse contrato, percebemos que havíamos descoberto, por acaso, alguma coisa enorme. O tipo de dossiê que nos interessa. Portanto, quisemos saber mais sobre você e seus pais e, assim, descobrimos que eles haviam desaparecido e que você havia fugido, depois do atentado. Depois que o encontramos, decidimos informá-lo da única coisa que sabíamos com certeza: "O seu nome não é Vigo Ravel e você não é esquizofrênico." Também encontramos uma ficha sobre Gérard Reynald, o homem acusado de haver cometido o atentado.*

> *Vocês sabem por que a sociedade Dermod pagava as pessoas para que passassem por meus pais?*

> *Não. Isso não sabemos! O contrato fazia referência a um certo Protocolo 88, sem especificar do que se tratava. Achamos que era justo pô-lo na pista desse famoso protocolo. Por enquanto, tentamos saber mais sobre a sociedade Dermod. Até hoje, sabemos apenas que é a holding à qual pertence a clínica Mater, bem como a sociedade Feuerberg, onde você e Gérard Reynald trabalhavam e que ela é proprietária do seu apartamento e do de Reynald.*

Reynald havia trabalhado na Feuerberg? No entanto, achava que nunca ouvira esse nome na época. Certamente, ele havia trabalhado em outro departamento... Afinal, todos nós vivíamos isolados, separados e nos relacionávamos pouco uns com os outros. Mesmo assim! Eu podia muito bem tê-lo encontrado! Quanto ao fato de o apartamento dele pertencer à Feuerberg... era difícil não ver aí a prova de uma gigantesca maquinação.

> *Vocês têm certeza em relação ao apartamento?*

> *Temos.*

> *Onde ele fica?*

> *Avenida de Bouvines, no XIe.*

> *Qual é o número?*

> *Dezoito.*

Anotei o endereço na minha caderneta Moleskine.

> *Obrigado. E como souberam onde me contatar?*

> *Você não é muito discreto, Vigo.*

Dava no mesmo eu não ser discreto, esses sujeitos haviam conseguido encontrar o hotel onde eu me escondia, depois o apartamento de Agnès... Eles deviam vigiar-me de perto e usando recursos provavelmente muito modernos!

> *Vocês dispõem de muitos recursos para simples hackers!*

> *Não somos "simples hackers", senhor Ravel. Digamos que nos viramos bem. E, depois, o nosso grupo goza de alguns apoios financeiros e logísticos... Tem de acreditar que não somos os únicos que gostam da verdade neste país. Temos generosos doadores e uma boa rede de informação.*

> *Precisamos nos encontrar.*

> *Sim. Em breve. Vamos organizar isso. Mas, primeiro, temos de verificar algumas pistas. Gostaríamos de poder ajudá-lo, Vigo, de lhe dar novas informações, mas é preciso ter paciência. Estamos particularmente interessados nesse caso. Só terá de voltar frequentemente a este site, tentaremos mantê-lo a par de tudo. Memorize esta nova senha: AdB_4240. Não anote em lugar nenhum. Memorize. Nós a mudaremos constantemente.*

Repeti o código várias vezes para não esquecê-lo.

> *Existe um sistema de caixa de mensagens no alto, à direita da janela, parecido com o fórum no qual nos contatou. Poderemos lhe deixar mensagens, não hesite em fazer o mesmo. Entraremos em contato assim que for possível.*

> *Espere! E eu, o que faço agora?*

> *Evite ser notado. Instale-se num hotel com uma identidade falsa, seja cauteloso e aguarde notícias nossas.*

> *Não posso mesmo usar o celular?*

> *Não. Nem pensar! Mesmo desligado, podem localizá-lo por triangulação. Tem de tirar a bateria. Livre-se dela, ainda é o que há de mais simples. Não sabemos se é a Dermod, mas uma coisa é certa: alguém o escuta e está atrás de você.*

> *Como sabe disso?*

> *Rá-rá. Nós também o escutamos...*

> *Está brincando?*

> *Não, sinto muito. Não brincamos com esse dossiê. No futuro, use as cabines telefônicas e evite falar mais de quarenta segundos. Assim que for possível, nós lhe forneceremos um telefone protegido. Da mesma forma, nunca fique muito tempo num cibercafé, trinta minutos no máximo, e não volte duas vezes ao mesmo. Tenha cuidado, Vigo. Faremos o possível para ajudá-lo.*

> *Obrigado.*

O pseudônimo dos hackers desapareceu da tela. Desconectei imediatamente. Com a sua paranoia, os caras da EsFiNgE me haviam deixado mais ansioso do que eu já estava. Paguei e saí rapidamente do cibercafé. Uma vez na rua, joguei o celular numa lata de lixo. Senti um aperto no coração. Com ele, desaparecia toda possibilidade de que Agnès pudesse me ligar algum dia... Mas eu não tinha escolha. No fundo, se eu estivesse sob escuta, também era uma maneira de protegê-la.

Continuei a andar, os olhos perdidos no vazio. Lentamente, comecei a me conscientizar de tudo o que os hackers me haviam dito. A situação era ainda mais incrível do que eu havia imaginado e, sobretudo, eu me sentia cada vez mais vulnerável. Estava certo de estar sendo espionado de todos os lados. Ao andar, eu via inimigos em todas as esquinas. Não ousava cruzar o olhar com as pessoas. Estava impaciente para me pôr a salvo, para poder ler o dossiê do advogado. No entanto, antes disso, ainda tinha uma coisa para fazer. Na mensagem, Agnès havia explicado que deixara um envelope para mim "no restaurante". Peguei um ônibus e fui para o bairro da praça Clichy.

Mal tinha dado alguns passos na rua, o desejo de ir ter com Agnès — que estava a alguns minutos dali — tornou-se odiosamente premente. No entanto, eu sabia que não era possível. Assim como não podia ligar para ela. A frustração foi terrível. A injustiça, sufocante. Talvez ela já houvesse partido para a Suíça. É. Era melhor dizer a mim mesmo que ela não estava mais lá...

Com o coração apertado, dirigi-me ao Parfait Silence. O proprietário, Jean-Michel, reconheceu-me facilmente. Ele me fez sinal para esperar, em seguida me trouxe um envelope. Piscando o olho, disse com um ar cúmplice:

— Tenha cuidado. Se precisar de alguma coisa, venha aqui. Os amigos de Agnès são meus amigos.

Agradeci, pouco à vontade, e saí. Afastei-me do restaurante e abri o envelope, com o coração disparado.

Dentro, como eu suspeitava, encontrei cinco notas de 100 euros e um pedaço de papel: *Isso é tudo o que posso fazer. Espero que saia dessa. Boa sorte. Agnès.*

Dessa vez não pude conter as lágrimas que haviam esperado por muito tempo. A generosidade de Agnès tornava a sua ausência ainda mais penosa, mais cruel.

Enquanto me dirigia para o metrô, guardei o dinheiro no bolso, depois tratei de arrumar um quarto. Optei por um velho hotel no bairro da Nation, não muito longe do apartamento de Gérard Reynald. Ainda não tinha certeza se teria coragem, mas a ideia de ir revistar o apartamento dele me havia passado pela cabeça...

Assim que entrei no quarto, não aguentei mais, joguei-me na cama, acendi um cigarro e abri a pasta que havia pegado no carro do advogado. Ansioso, retirei rapidamente os dois elásticos que a mantinham fechada. E, então, tive de enfrentar mais uma desilusão: eu havia sido enrolado! Não tinha nada do dossiê. Apenas algumas folhas em branco!

O desgraçado do advogado zombara de mim até o fim. Eu havia sido redondamente enganado e, além do mais, correra o risco de ser apanhado!

Estava rasgando as folhas em branco de raiva quando, de repente, fui paralisado por uma imagem que acabara de aparecer na televisão, acima da cama. Eu me ergui imediatamente, embasbacado. Não podia acreditar no que via. Foi como se tivesse levado um soco no estômago.

O telejornal das 20 horas havia acabado de divulgar minha fotografia.

60.

Caderneta Moleskine, anotação nº 181: os espelhos.

Eu gostaria de entender a razão desse distúrbio, desse mal-estar que os espelhos me causam. Esse relacionamento doentio que temos. Sei que existe uma razão oculta, profunda, por isso procuro, vasculho. Como sempre, procurei nos dicionários, nos livros. Não sei se a resposta está nas entrelinhas. Elas nunca me dizem nada.

Um espelho é uma superfície suficientemente polida para que uma imagem se forme nele. Daí a dizer que é preciso ser polido para refletir é só um passo.

O adjetivo relativo a espelho é "especular", pois o espelho — como, às vezes, eu mesmo tento fazer — especula, reflete.

Antes de entrar em considerações metafísicas — arrá, a palavra maldita — tentei compreender como os espelhos eram fabricados, para não morrer na ignorância, caso eu viesse a morrer.

Originalmente, os espelhos eram uma simples superfície de metal, polida até se tornar refletora. Atualmente, os espelhos usados normalmente nas casas são feitos com uma placa de vidro mais ou menos espessa, na qual é aplicada uma camada refletora de alumínio ou de prata, depois uma camada de cobre ou de chumbo (antes era usado o estanho). O vidro serve de suporte e de proteção para a camada refletora, sendo que a última camada torna o espelho completamente opaco. Assim, um espelho sem a camada de cobre ou de chumbo pode ser usado para espionar, pois se vê através dele. É o que chamamos de espelho falso.

Assim, todas as vezes em que vejo um espelho, tenho suspeitas. A partir daí, é possível nos questionarmos. É legítimo.

O espelho plano reflete uma imagem supostamente fiel da pessoa que se olha nele. Eu disse supostamente. A priori, *ele permite que nos vejamos tal como somos, sobretudo com os nossos defeitos. Portanto, ele é frequentemente associado à verdade, ao conhecimento, como o espelho mágico da Branca de Neve, por exemplo.*

Se a base do conhecimento é o "Conhece-te a ti mesmo", a frase que encimava o templo de Delfos e que se atribui a Sócrates, então o espelho talvez seja a primeira ferramenta do conhecimento. Caso, realmente, ele permita conhecer a si mesmo, tal como se é de verdade... Mas, pessoalmente, tenho dúvidas.

Havia um sujeito, o alquimista Fulcanelli, que foi ainda mais longe. Creio que é uma tendência disseminada entre os alquimistas. Ir um pouco mais longe. Segundo ele, só se poderia ver a verdadeira natureza num espelho, pois ela nunca se mostraria espontaneamente a quem a procura... Sobre esse aspecto, encontramos lendas sobre a medusa e o basilisco, criaturas míticas que não se podia olhar nos olhos sob pena de ficar petrificado, mas que, mesmo assim, se podia ver num espelho.

Em resumo, o espelho seria uma porta aberta para o que inevitavelmente não se vê com os olhos... Desculpem, porém tenho mais dúvidas.

Uma coisa é certa: mesmo que o espelho reflita uma imagem do mundo, ele não é o mundo. Ele não é eu.

Esse cara no espelho não sou eu. E não venham me dizer o contrário.

Uma das coisas que me incomodam no espelho não é a superfície e sim as costas. A face escondida, que é o preto absoluto, o desconhecido.

Para mim é muito difícil olhar-me num espelho sem nunca saber o que há por trás.

Fala-se com frequência, sobretudo nos contos fantásticos — e não apenas Lewis Carroll —, sobre o "outro lado do espelho", que evoca um mundo paralelo, supostamente oculto, e do qual não se sabe nada...

O espelho faz com que eu mergulhe em questionamentos sobre a ilusão... Assim como a Maia dos hindus, talvez ele seja o que podemos perceber do mundo, mas que não é a realidade...

No entanto, foi no campo da psicanálise que encontrei um arremedo de resposta. Zenati, psicóloga, 1º andar à esquerda, teria orgulho de mim. Eu olhei. Segundo Lacan, o estágio do espelho é a fase da constituição do ser humano. É um momento fundamental na formação do primeiro esboço do ego. Segundo ele, a fase do espelho é o momento da "individualização do sujeito". Antes dessa fase, a criança vive na confusão de si e do outro. O que a experiência do espelho lhe traz é a faculdade de individualização do próprio corpo. Três momentos se superpõem: inicialmente a criança vive na confusão de si mesmo com o outro. Depois, posta diante de um espelho, ela compreende que o que vê nesse espelho não passa de uma imagem; em outras palavras, que o outro do espelho não é real. Finalmente, num terceiro momento, este, decisivo: a criança reconhece a imagem do espelho como sendo a sua. Visivelmente, é um momento crucial.

Eu me pergunto se, algum dia, passei pela fase do espelho.

61.

Eu estava tão chocado que, até me recuperar, só consegui pegar o fim dos comentários do jornalista. Eu o ouvi repetir o meu nome, "Vigo Ravel", e confirmar que eu era suspeito de estar envolvido no atentado de 8 de agosto. Oficialmente, supunha-se que eu era o principal cúmplice de Gérard Reynald e a polícia lançou um alerta de busca internacional. A minha foto ia ser divulgada no mundo inteiro.

Acho que nunca senti uma angústia igual, uma raiva igual. No fundo, era o que podia acontecer de pior para a minha paranoia já amplamente exacerbada: saber que a minha foto era exibida em milhões de telas. Que essa imagem seria afixada em todas as delegacias, em todas as fronteiras... E eu não tinha nenhum meio de me defender. Estava sozinho, mais sozinho do que nunca. Eu me sentia vítima de uma terrível injustiça para a qual não via nenhuma saída feliz. Eu gostaria de gritar a minha inocência, a minha revolta, mas não havia nada para fazer. Era a minha esquizofrenia contra o mundo inteiro.

Nesse instante, senti a cabeça rodar, o meu coração bater anormalmente rápido. Eu conhecia muito bem esses pequenos avisos. A minha visão se turvou de novo. Não. Eu não devia me deixar vencer pelo medo. Tinha de me acalmar, pensar, compreender e encontrar uma solução. Encontrar a saída.

Concentre-se, Vigo. Você é inocente. A verdade está em algum lugar. Encontre-a! É a única saída. A única saída possível!

Alguém me havia traído. Podia ser qualquer um. Zenati, o desgraçado do advogado, até mesmo Agnès, ou os hackers do grupo EsFiNgE, no fim das contas! Qualquer um! A não ser que fosse uma manobra daqueles que haviam montado a incrível maquinação da qual eu era, havia muito tempo, uma das vítimas dóceis. O doutor Guillaume, De Telême, meus falsos pais...

Depois de longos minutos de perplexidade, levantei-me, de punhos cerrados, e comecei a andar em círculos no quarto do hotel. O que fazer? Me entregar? Claro que não! Fugir? Infelizmente, era a melhor solução. Mas acabariam me pegando. Mais uma vez, eu não poderia correr o resto da vida. E se o recepcionista do hotel me houvesse reconhecido? Talvez eu estivesse em perigo ali, agora, imediatamente!

Sem hesitar por mais tempo, corri para o banheiro, peguei o estojo de toalete na mochila e espalhei a espuma de barbear na cabeça. Olhos fixos, diretos, examinei a minha imagem no espelho. Depois, com a mão trêmula, comecei a deslizar o barbeador da nuca até a testa, lentamente, metodicamente. Cortei-me várias vezes, desajeitado, e o meu couro cabeludo ficou irritado, mas, depois de alguns minutos, finalmente estava careca. Enxaguei a cabeça e olhei-me de novo. Nem eu mesmo me reconheci. Perfeito, isso resolvia o caso. Eu estava com outra cara. A cara de um goleiro marselhês.

Reuni rapidamente as minhas coisas, verifiquei se não estava esquecendo nada e saí do quarto. Desci prontamente as escadas do hotel. Ao chegar embaixo, dei uma olhada na recepção. Ninguém. O caminho estava livre. Inspirei profundamente, fui em direção à porta e saí para a rua.

A noite começava a cair. A penumbra tinha, para mim, alguma coisa de reconfortante. Eu podia me acostumar. Tornar-me um animal noturno. Eu me perguntava se algum dia iria poder sair em pleno dia. Por quanto tempo teria de viver com medo de ser descoberto, reconhecido? Se, realmente, houvesse um meio de provar a minha inocência, teria de ser rápido. Não poderia escapar da polícia eternamente. O cansaço e o medo acabariam por me fazer cometer um erro. Sempre termina assim.

Com o coração acelerado, andei de cabeça baixa para a avenida de Bouvines, do outro lado da praça da Nation. As minhas mãos tremiam e todas as vezes que eu cruzava com alguém, desviava os olhos com medo de ser identificado. Era uma sensação horrível. Como se cada segundo que passasse fosse um novo *sursis*. Não podia deixar de pensar que iam me pegar, de repente, em plena rua, e que nunca mais haveria um abrigo, nenhum refúgio.

Não demorei a ver o prédio onde ficava o apartamento de Gérard Reynald. Hesitei. Decerto era a coisa mais idiota que eu podia fazer no momento em que a polícia me procurava ativamente, em que o Plano Vigipirate* havia sido elevado ao nível máximo em todo o país. Certamente não havia um meio melhor de cair na boca do lobo. Mas eu não sabia mais o que fazer, aonde ir, como sair desse pesadelo. Eu estava sozinho e pronto para tudo. Se acabassem me pegando, ao menos eu teria tentado alguma coisa!

Esse Gérard Reynald era uma das minhas únicas pistas verdadeiras. Com certeza eu tinha coisas para saber dele. E, no fim das contas, não tinha muito a perder. Eu havia perdido o meu passado,

---

* O Plano Vigipirate é um dispositivo de segurança francês, destinado a prevenir ameaças e a reagir diante de ações terroristas. (N. T.)

perdido o meu nome, perdido dez anos da minha vida, perdido Agnès... O que me restava de tão precioso para temer a prisão? Uma única coisa tinha preço, e eu ainda não a possuía: a verdade.

Decidi tentar a sorte. Dei mais alguns passos e, então, notei duas viaturas de polícia estacionadas diante do prédio. Nada a fazer. Eu não era suicida a esse ponto. O apartamento de Reynald estava sendo vigiado. Eu devia ter desconfiado.

Imediatamente, dei meia-volta. Tinha de encontrar outra coisa, sem demora. Não podia continuar vagando pela cidade. Tinha uma necessidade desesperadora de agir, de ir em frente. Não havia nenhuma salvação na inércia.

Foi então que tive uma ideia. Peguei a minha caderneta Moleskine e procurei o endereço do detestável doutor Blenod. Já que ele me havia enrolado, já que se recusara a me dar qualquer informação, melhor buscá-la eu mesmo. Eu sentia vontade de roubar. O escritório dele ficava no VIIe arrondissement.

62.

Com medo de ser reconhecido, afundei-me num banco no fundo de um ônibus. Finalmente cheguei em frente ao escritório do advogado, um pouco antes das 22 horas, no segundo andar de um antigo prédio parisiense. Hesitei por um momento, verifiquei se não havia ninguém na escada e toquei a campainha. Nenhum barulho. Toquei de novo. Ainda nada. O escritório estava vazio.

O que aconteceu, então, escapou ao meu próprio entendimento, ou ao menos à minha consciência direta. Sem pensar, tive um reflexo inexplicável, maquinal. Provavelmente levado por um sentimento de urgência e de pânico, tirei o canivete suíço da mochila e tentei arrombar a fechadura.

Eu fazia gestos de uma precisão inusitada, como se os houvesse feito mil vezes, como se, de repente, começasse a repetir, de cor, as estrofes de um velho poema já esquecido. Eu tinha a mesma sensação do dia em que havia dirigido o carro do meu patrão: a impressão de dominar perfeitamente uma técnica, da qual, no entanto, eu me sentia logicamente incapaz.

Inseri a ponta mais fina do canivete suíço na fechadura. *Retire-a lentamente para avaliar a pressão das molas. Em seguida, faça a fechadura girar ligeiramente. Insira novamente a ponta; puxe para você, agora fazendo pressão sobre as cavilhas. De novo e de novo, aumentando a pressão rotativa a cada passagem até que os pistões comecem a se posicionar. Pronto. Quase todas as cavilhas estão no lugar. Agora raspe a fechadura. Terminado.*

A porta se abriu.

Eu me levantei e olhei as minhas mãos, perplexo. Como havia feito aquilo? Onde eu havia aprendido? Teria sido um ladrão outrora, no passado do qual eu não sabia mais nada? Sacudi a cabeça, divertido e estupefato ao mesmo tempo.

Verifiquei se ainda não havia ninguém na escada e entrei sem fazer barulho no escritório do advogado. Fechei a porta atrás de mim.

E se houvesse um alarme? Inspecionei as paredes, os tetos, todos os recantos, em busca de sensores de movimento. Nada. Surpreendente. O senhor Blenod não era assim tão esperto. Avancei pela sala de espera, tentei me localizar. Havia vários escritórios, mas um deles era mais amplo e mais bonito do que os outros. Com certeza era o do advogado. Entrei imediatamente.

Dei uma volta rápida, observei os arquivos, os armários, a mesa. Havia dossiês por todo lado. Soltei um suspiro. Como ia me entender no meio daquilo tudo?

Coragem. Certamente deveria haver ali alguma ponta de verdade. Comecei pelo primeiro arquivo. Os dossiês estavam classificados em ordem alfabética. Olhei a letra R, de Reynald. Nada. Tentei a letra S, de SEAM. Também nada. Abri um grande armário, atrás da mesa. Nenhuma classificação; os dossiês estavam empilhados sem ordem aparente. Impossível verificar todos. Soltei um palavrão, virei-me e dei uma rápida olhada na mesa. Vários dossiês estavam reunidos do lado direito. Levantei um por um. Nenhum deles parecia corresponder ao que eu procurava. À esquerda, a tela do computador estava em espera. Puxei a tábua sob a mesa e cliquei numa tecla do computador. A tela acendeu lentamente. Bingo! Uma das pastas mostradas na tela era denominada *Dossiê_G_Reynald_SEAM*. Cliquei duas vezes na pasta. Vários arquivos apareceram. Alguns nomes citavam recortes da imprensa, outros, relatórios médicos, mas um deles em especial chamou a minha atenção: era um arquivo de texto intitulado *elementos_de_personalidade*. Eu o abri.

No mesmo instante, percebi com o canto dos olhos um díodo vermelho que piscava no canto esquerdo da sala, bem em cima da porta. Franzi as sobrancelhas. Ao me levantar, percebi a caixinha cinza. Um alarme! Teria me detectado? Já estaria piscando antes da minha chegada? Senti minha pulsação se acelerar. Não poderia continuar ali, esperando que viessem me pegar. Eu tinha de dar o fora. Mas não sem o arquivo! Ergui novamente os olhos para a tela. O texto era formado de cinco páginas, visivelmente notas biográficas a respeito de Gérard Reynald, que o escritório do advogado havia reunido. Eu não tinha tempo de ler tudo. Decidi passar para o papel e sair o mais rápido possível. A impressora acendeu. A sequência de inicialização, barulhenta, durou longos segundos. Eu estava impaciente, lançando olhares constantes para a entrada. Finalmente, uma a uma, as páginas começaram a sair na bandeja para papel. De repente, ouvi um ruído de chave na porta do outro lado do escritório. Meu coração parou de uma vez. Eu ia ser pego com a boca na botija! Corri para o cabo de alimentação da impressora e o arranquei da parede com uma puxada. A máquina apagou imediatamente. Peguei as três páginas que haviam saído, guardei-as na mochila e corri para me enfiar atrás da primeira porta de vidro.

— Tem alguém aí?

Não era a voz do doutor Blenod. A polícia? Já? Não, não era possível, não tão rápido. Ouvi os passos avançarem na direção do escritório.

— Martine, é você?

Cerrei os punhos. Era alguém do escritório. Senti o sangue latejar nas têmporas. O que fazer? Continuar escondido ou tentar fugir esperando não ser reconhecido? O homem se aproximou. Vi a sua sombra aumentar na abertura da porta. Não tinha jeito de sair dessa. Ele entrou no escritório.

— Que bagunça é essa?

Ele se virou e deu um grito ao me pegar atrás da porta.

— O que... o que faz no meu escritório? Quem é você?

Permaneci imóvel, petrificado. *Seu* escritório? Eu não compreendia. Seria um colega de Blenod?

— Senhor Ravel? É você? — disse o homem recuando, com os olhos arregalados. — Você... você me deu o cano hoje de manhã... O que faz aqui?

Dei o cano? Compreendi imediatamente. Por mais incrível que pudesse parecer, aquele homem era o verdadeiro doutor Blenod! O sujeito com quem eu me encontrara de manhã era um impostor!

Não havia tempo para eu me explicar! Vi a mão do advogado deslizar discretamente na direção de uma gaveta da sua mesa. Talvez ele possuísse uma arma. Sem hesitar, atirei-me para a frente e acertei-lhe um soco em pleno rosto. Ouvi o osso do seu nariz quebrar com o golpe. O doutor Blenod foi projetado para trás e caiu batendo na mesa, inconsciente.

Olhei a minha mão, incrédulo. Abri o punho, os meus dedos ensanguentados começaram a tremer.

Ergui a cabeça. O díodo vermelho continuava a piscar. Eu não podia vacilar nem mais um segundo. Saí correndo do escritório e desci os degraus do prédio em disparada. Ao chegar do lado de fora, corri com todas as minhas forças, atravessei várias ruas esperando que ninguém me houvesse notado, em seguida me precipitei para o ponto de ônibus. Sentei no banco, sem fôlego.

Puta que pariu, você é completamente imbecil ou o quê?

Observei novamente a minha mão direita. Como pude fazer aquilo? Limpei nervosamente os traços de sangue dos meus dedos. O ônibus chegou. Entrei, tentando disfarçar a minha agitação, depois fui me sentar bem no fundo.

Quando me recuperei um pouco, tirei da mochila as folhas que havia impresso e li as anotações do advogado. Não estavam muito organizadas e incluíam várias abreviações. Provavelmente, o doutor Blenod ainda não tivera tempo de passar tudo a limpo...

Gérard Reynald (segundo CI — nenhuma informação — ficha de estado civil não encontrada — provável pseudônimo — agente da polícia secreta?), nascido em Paris em 10 de fevereiro de 1970. Segundo CV encontrado pela PJ no seu dom. (fonte of.), filho único, pais Jean-Michel e Christiane, mortos em 2004 num ac. de automóvel.

Domiciliado na av. De Bouvines, 18, 75011.

Sem emprego desde X? Pensão por invalidez.

Emprego de digitação de dados na Feuerberg SA entre ? e ? Abandono do emprego.

Esquizofrenia paranoide aguda, acompanhado pelo doutor Guillaume (?) da clínica Mater na torre SEAM (?) (ambos inexis-

tentes no Conselho Regional de Medicina). No entanto, vários relatórios e IRM anexos parecem vir dessa clínica (falsos?).*

Alucinações audit. verbais. Amnésia retrógrada 1991. Obsessão por número (sobretudo 88 ou 888, cf. data e hora do atentado) e por datas (aritmomania).

Delírio de perseguição. Convencido de que pessoas o seguem e conspiram contra ele (cf. abordagem clínica da esquizofrenia). Discurso incoerente. Acha que seus pais não são os seus pais verdadeiros. Afirma que a clínica Mater manipula a sua vida e os seus pensamentos. Sujeito a crises, alteração do rosto. Senso do real desregulado.

Medicação pesada, neurolépticos e antipsicóticos (ZYPREXA, neurolép. atípico) (tentar encontrar receitas para ver que nome de médico aparece e cruzar com o Conselho Regional).

Um dedo cortado na mão esquerda.

Grande força física. Possivelmente violento.

Cultura pobre, apesar de obss. pela leitura e escrita.

*Fonte of. (possivelmente PJ ainda não esteja a par. RG?**): desde dez. de 2006, aluga um ap. conj. em Nice, rua do Château, 5.*

Apertei o papel com os dedos. Pela primeira vez naquele dia, tinha a impressão de, enfim, ter encontrado alguma coisa.

Ali havia várias informações importantes. Eu não perdera o meu tempo. Continuei a ler, entusiasmado. A vida de Gérard Reynald se parecia em muitos pontos com a minha. As coincidências eram tantas, que eu mal conseguia acreditar. Seguiam detalhes da sua prisão e as informações a respeito da sua prisão cautelar...

---

* IRM: Imagem por Ressonância Magnética. (N. T.)

** RG: Renseignement Généraux. Serviço de informações da polícia francesa. (N. T.)

Quando terminei de ler, dobrei as folhas e enfiei-as no bolso. Fechei os olhos e tentei analisar todas as informações contidas nas anotações. Três delas me interessavam particularmente. Primeiro, a ideia de verificar nas receitas o nome do médico que havia prescrito a Reynald, assim como a mim, os neurolépticos e os antipsicóticos. Se o doutor Guillaume não existia, ele devia ter usado o nome de um médico de verdade para que o Seguro Social não percebesse a fraude... Talvez ali houvesse uma pista séria. Em seguida, havia a ocorrência do número 88 e a relação que o advogado havia estabelecido com o atentado. Dia 8 de agosto, às 8 horas. 8/8, às 8 horas. Teria alguma relação com o Protocolo 88? Com certeza. Mas qual? Finalmente, o apartamento em Nice. O que Reynald poderia ter ido fazer em Nice? E, sobretudo, como supunha Blenod, se a polícia ainda não estivesse a par da existência desse apartamento conjugado, talvez ali houvesse um meio de encontrar informações de primeira mão. O apartamento em Paris estava sob vigilância, portanto impossível investigar desse lado. Mas em Nice...

O ônibus parou. Desci e procurei com os olhos um ponto de táxi. Não tinha razão para ficar perambulando.

Cerca de meia hora depois, cheguei à estação de Lyon. Dirigi-me ao guichê. Pouco à vontade por causa do aviso de "procura-se", tentei parecer desenvolto, esperando que o meu interlocutor não me reconhecesse. Eu precisava ser razoável. Provavelmente, nem todo mundo tinha visto a minha foto na televisão, e mesmo que aquele sujeito a tivesse visto, havia pouca chance de que tivesse memorizado meu rosto e que me reconhecesse com a cabeça raspada.

— Boa-noite, a que horas parte o próximo trem para Nice?

— Bom, amanhã de manhã tem o direto das 7h54.

— Não tem nenhum hoje à noite?

— O senhor, está brincando? Já passa de 23 horas. O último trem partiu um pouco depois das 21 horas.

— Então, dê-me uma passagem para amanhã de manhã.

Vi o homem dedilhar no computador. Foi nesse instante que me dei conta do risco que estava correndo. Ele perguntaria o meu nome? Não tinha certeza se uma passagem de trem era nominativa... E, se realmente a polícia houvesse lançado um aviso de busca, a minha cara não estaria estampada em todos o guichês das estações e dos aeroportos do país?

Meus dedos crisparam-se no meu bolso à medida que o bilheteiro fazia a busca no computador. Eu estava preparado para fugir à menor suspeita, observando cada um dos gestos dele.

— Passagem só de ida?

— Sim.

— Então, reservo um lugar no trem das 7h54?

— Sim.

— Como vai pagar, senhor?

Fiz uma careta. Em dinheiro, é claro; além do mais, não ia dizer a ele o meu nome! Mas um pagamento em dinheiro era, certamente, o melhor meio de despertar suspeitas. De qualquer jeito, eu não tinha escolha.

— Em dinheiro.

Eu o vi concordar com a cabeça, sorrindo. Ele olhou a tela. Os segundos pareciam durar horas. De repente, uma impressora começou a funcionar.

— São 105 euros e 70 centavos, senhor.

Paguei com o dinheiro que Agnès me havia deixado.

O funcionário entregou-me a passagem, todo sorrisos. Não perguntou o meu nome e não parecia questionar sobre a minha identidade. Soltei um suspiro de alívio e afastei-me do guichê rapidamente. Então vi uma patrulha de policiais armados até os dentes que avançava lentamente pelo meio da estação. Dei meia-volta e dirigi-me rapidamente para fora. Os policiais continuaram o seu caminho sem prestar atenção em mim.

Uma vez do lado de fora, desci num passo rápido para o bulevar Diderot, com as mãos nos bolsos, a cabeça enfiada nos ombros. Andei pela rua, perguntando a mim mesmo o que poderia fazer até o dia seguinte. Não tinha a menor vontade de ir para outro hotel. Era tarde e eu tinha muito medo de que reconhecessem o meu rosto. Quanto mais eu pudesse evitar contatos, melhor. Mas e aí? Ir aonde? Eu tinha de matar o tempo por oito horas...

Continuei a andar ao acaso, meio perdido, meio confuso, e cheguei ao bairro da Bastilha. As ruas estavam movimentadas, e disse a mim mesmo que talvez não fosse tão ruim me misturar à multidão noturna.

Subi a rua do Faubourg-Saint-Antoine. Depois de alguns minutos de caminhada, cheguei diante do La Fabrique, um bar e restaurante aonde eu havia ido uma ou duas vezes e que, tarde da noite, se transformava em clube noturno. Eu estava morrendo de fome e buscava o anonimato. Decidi entrar.

O restaurante já estava fechado, mas concordaram em me fazer uma grande salada. Comi rapidamente numa mesa de canto, no meio da barulheira do ambiente.

Enfiado num canto escuro, decidi ficar ali, na discrição dos jogos de luzes. Passei uma boa parte da noite afundado numa poltrona ovoide, uma noite insólita banhada de ruídos e de cores, aturdido pelos uísques e *White Russians** que eu emendava sem contar, a *house*** ininterrupta de um DJ superligado que gesti-

---

* Um tipo de coquetel, preparado com vodca, licor de café e leite. (N. T.)

** Estilo de música que associa o *pop* e o *disco*, com manipulação eletrônica do som. (N. T.)

culava no meio da pista de dança, e a fumaça acre dos meus próprios cigarros. A minha permanência nesse antro furioso foi como uma longa alucinação esquizofrênica, à qual todos os meus sentidos se submeteram como escravos voluntários — contentes, sem dúvida, de escapar por algum tempo das cores angustiantes do real. As horas desfilaram como minutos esfumados, cheias de flashes, de imagens sincopadas nas quais se imobilizavam os rostos em transe, punhos levantados e cabelos esvoaçantes. Os batimentos do meu coração pareciam responder em eco aos baixos regulares da música eletrônica que me estimulava as tripas. Talvez tenha trocado algumas palavras com outros frequentadores sem compreendê-los realmente, dancei um pouco, desajeitado, reconheci um ator de cinema cercado de uma horda de jovens, a não ser que também fossem falsas lembranças...

No meio da noite, sem referência cronológica, lembro-me de ter atravessado a multidão que dançava para ir ao banheiro. A minha cabeça rodava. Apoiado na pia, olhei-me interrogativamente num pequeno espelho rachado, cercado de pôsteres e de *flyers* coloridos. Eu estava com os olhos vermelhos, a pele macilenta, gotas de suor perlavam na minha cabeça e na testa. Nesse momento, percebi o rosto de uma moça no canto direito do espelho. Ela se aproximou devagar, com um sorriso nos lábios. Pensei reconhecê-la. Longos cabelos ruivos, narizinho de gato, boca carnuda, travessa. Havíamos dançado juntos alguns minutos antes. Pareceu-me que ela flertava comigo, mas atribuí o fato à minha paranoia ou ao álcool. Não havia acreditado realmente, nem prestado atenção. Com certeza eu estava errado e não era o momento de me deixar enganar pelas inépcias do meu pobre cérebro... No entanto, naquele instante, eu não podia estar errado. Lentamente, a jovem se colou nas minhas costas. Eu sorri. Devia estar sonhando! Em seguida, senti os lábios dela no meu pescoço, bem reais. Levantei os olhos. Vi nossas duas silhuetas enredadas no reflexo do espelho. Suas mãos deslizaram ao longo dos meus quadris. Um arrepio atravessou-me a coluna. Segurei seus dedos para impedi-los. Meu coração disparou. Na incongruência do instante, senti o desejo, violento, crescer em mim. E a evidência invadiu-me. *Eu estava com tesão.* Comecei a rir. *Fantástico, eu estava com tesão!* Eu me virei e peguei a moça pelos ombros, afastei-a lentamente de mim, do meu corpo. Dirigi-lhe uma expressão desolada.

Ela sorriu, deu de ombros e partiu em direção ao banheiro.

Completamente desnorteado, voltei a me afundar no grande ovo branco que cintilava sob os spots coloridos. Meu olhar perdeu-se além do balé de luzes. Furtivamente, o rosto de Agnès surgiu como um imenso slide no teto da boate. Seus grandes olhos verdes me fitavam. Eu gostaria de dizer-lhe: *Estou curado.* Dei um suspiro e me deixei levar pelas ondas da minha embriaguez. Logo me perdi no curso dos acontecimentos e as vibrações do tempo e das notas reuniram-se num magma nebuloso. Abandonei-me, resignado. No fundo, eu estava bem, longe de tudo, longe de mim.

Eram mais de 5 horas quando notei, distraído, que a sala se havia esvaziado em grande parte. Alguns minutos depois, um rapaz de camiseta preta, provavelmente um barman, veio avisar-me que já estava na hora de levantar acampamento. Levantei-me, atordoado, e saí para a rua cambaleando, meio bêbado, extenuado.

Por volta das 6 horas, cheguei novamente em frente à estação de Lyon. Eu flutuava num estado de sonolência e ainda tinha de esperar quase duas horas. Encontrei um velho banco verde na grande esplanada, afastado dos carros, e joguei-me, grogue, para finalmente cair numa sonolência agitada, com a cabeça para trás, apoiada num muro áspero. A cada quinze minutos eu saía com dificuldade dos braços de Morfeu, olhava o relógio da estação e voltava a dormir sem realmente pensar. Em certo momento, acordei sobressaltado com o ruído de passos de um sujeito que se afastava apressado. Não tinha a certeza de que fosse muito real. Eu teria sonhado ou o cara havia esvaziado meu bolso? Enfiei a mão na jaqueta. A carteira ainda estava lá.

Às 7h40, com a mente suficientemente clara para sentir novamente o sabor da urgência, fui para a plataforma já movimentada da estação de Lyon e subi no trem sem perda de tempo.

Abri caminho até o meu lugar, enfiei a mochila embaixo do assento e me instalei confortavelmente. Dormi durante toda a primeira metade do trajeto.

Um pouco antes do meio-dia, fui acordado pelos raios cintilantes do sol. Eu me estiquei, a mente embaralhada por essas horas estranhas. Tinha a impressão de não ser eu mesmo, de não estar no controle. Uma espécie de sincronicidade, de desencarnação. Ou talvez ressaca, simplesmente. Precisava de um café.

Levantei-me e fui para o bar do TGV. Sentado numa banqueta alta, meus olhos iam e vinham entre o bilhete de Agnès — que eu havia guardado com as notas de 100 euros e que havia aberto na minha frente — e o espetáculo róseo da Côte d'Azur que desfilava sob o grande céu de verão. Deixei-me envolver pela costa recortada, pelas casas de balaustrada, pela terra vermelha dos pequenos canyons que o trem atravessava, pelo azul artificial das luxuosas piscinas e pela baía dos Anges que, lentamente, se revelava ao longe... Depois, voltei a mergulhar nas poucas palavras de Agnès: *Isso é tudo o que eu posso fazer. Espero que saia dessa. Boa sorte.* A sua ausência, a sua partida estragavam o horizonte como as horríveis barreiras de imóveis erguidos em frente ao mar. Um insulto à beleza simples de como deveria ter sido. Entre Cannes e Antibes peguei-me a detestá-los.

63.

O trem entrou na estação de Nice às 13h33. Assim que saí do vagão, com a pequena mochila no ombro, fui envolvido pelo calor sufocante da cidade.

Eu tinha a impressão de ter saído da França, porque, para mim, há muito tempo, a França se resumia à cara de Paris. Alguma vez eu vivera em outro lugar? Ali, tudo era diferente, tudo era estranho. As pessoas, as árvores, o céu, os odores... Nem os segundos eram parecidos. Ali cheirava à Itália e à *Nouvelle Vague* até nos óculos de sol imensos dos pedestres perfumados. Eu era Michel Piccoli, e o meu desdém, a minha ausente, minha Brigitte Bardot, eram algumas palavras amassadas no fundo do meu bolso. *Espero que saia dessa. Boa sorte.*

Eu havia pegado um mapa da cidade no balcão de informações da estação e desci diretamente para a Nice Velha. Afinal, era melhor ir direto ao objetivo, eu não tinha ido bancar o turista de agosto.

Havia muita gente nas ruas da Cidade Velha, uma nuvem de pessoas impelida por um vento invisível, pessoas da região, com sotaque e voz forte, viajantes de todos os lugares do mundo, de todas as cores. O sol forçava a andar mais devagar, a não ter pressa. Todos aproveitavam a sombra oferecida pelas ruelas mais estreitas, diminuíam o passo. Isso formava engarrafamentos humanos. Levado pela multidão, eu me deixava invadir pelos amarelos e vermelhos dos muros de Nice, pelas fachadas em tons pastéis, pelas lousas pintadas que vendiam as virtudes do absinto, pelas guirlandas de toalhas de mesa provençais, pelos cafés, pelas lojas, pelas velhas de cabeça coberta com seus xales, reunidas atrás das grandes portas onde deviam trocar mil mexericos, pelos jovens indisciplinados avançando nas suas scooters, pelos barulhentos camelôs... Não demorei a chegar ao bairro dos artistas, pontilhado de galerias, de bobos* do Sul, de vitrines cobertas com dezenas de cartazes coloridos; em seguida, desci a rua Droite, passei ao lado do palácio Lascaris** e, finalmente, encontrei a viela que localizara no mapa.

Estremeci ao tomar consciência de que ali estava a razão da minha viagem. E uma boa parte das minhas últimas esperanças. O apartamento secreto de Gérard Reynald estava a apenas alguns metros. Encontraria ali as respostas? Novas pistas? A polícia ainda ignoraria a sua existência? Nenhuma certeza. Talvez a minha viagem houvesse sido em vão. Porém, ao menos, eu procurava. Não era um peão, era um ator. Ao menos, tentava sê-lo.

A rua do Château ou, como especificava a placa colada na parede, a Carriera del Castu, era uma pequena ruela estreita, que subia, abrupta, para a grande colina que dominava a baía dos Anges. As fachadas, dos dois lados da rua, eram tão próximas umas das outras que parecia que iam se juntar antes de abraçar o céu. O piso, em escada, era pavimentado de pedras brancas. As paredes — rosa, ocre ou amarelas — apareciam aqui e ali por trás das cortinas de roupas que secavam nas janelas. Já era a Sicília.

Subi os longos degraus. À direita, meninos jogavam numa casa com as portas escancaradas. Ouviam-se a algazarra de um futebol de mesa e o eco dos seus gritos de alegria. Continuei, aparentando flanar, e parei em frente ao número 5. A entrada do imóvel estava fechada por uma velha porta de madeira gasta e

---

* Acrônimo de *bourgeois bohème* — burguês boêmio. Membro de uma classe social abastada, jovem e culto, inconformista, que busca valores autênticos. (N. T.)

** Residência dos Lascaris-Vintimille no século XVII. Apresentando uma arquitetura barroca genovesa, esse palácio foi restaurado e transformado em museu. (N. T.)

um interfone, no qual aparecia uma meia dúzia de sobrenomes. Aproximei-me com prudência, as mãos nos bolsos. Um dos botões trazia a inscrição “G.R.”. Seria a abreviação de Gérard Reynald? Era bem provável. Apesar de tudo, hesitei um instante. Observei mais uma vez à minha volta. E se Blenod estivesse errado? Se os tiras já estivessem lá, esperando-me tranquilamente no apartamento? Não estaria cometendo o erro mais estúpido de um homem acuado? Resolvi que era tarde demais para desistir. Eu havia atravessado toda a França, não era o momento de voltar atrás. De qualquer modo, estava cansado de esperar. Se minha investigação terminasse ali, pois bem, que fosse! Preferia cair nas garras da polícia depois de tentar alguma coisa do que ficar enterrado em Paris. Apertei o botão. Nada. Segunda tentativa. Ainda nenhuma resposta. Sem dúvida, o apartamento estava vazio, como eu esperava. Dei uma olhada na porta de madeira. Sabia que não resistiria a uma boa ombrada, mas não era o momento de chamar atenção. Alguns meninos brincavam na rua a alguns metros dali. Seria melhor aguardar as sombras anônimas da noite. De qualquer modo, eu estava morrendo de fome.

Perambulando pelas ruas estreitas da Cidade Velha, em busca de um lugar para comer, fui repentinamente atraído pela vitrine reluzente de uma pequena loja. Na verdade, sem pensar, parei, com as mãos nos bolsos, como um cliente despreocupado. Diante de mim, dezenas de relógios estavam alinhadas, expostos com capricho em estojos coloridos. Havia relógios de todos os tamanhos, de todos os tipos, para homens, mulheres, crianças, relógios de quartzo, relógios automáticos, com ponteiros ou mostrador analógico, belos relógios de marca ou simples artigos baratos. Fiquei fascinado com aquele espetáculo, embora banal, com todos aqueles objetos anódinos que, abandonados atrás dos grandes vidros, mediam sabiamente o passar do tempo. Sob a iluminação quente das lâmpadas, todos os relógios indicavam a mesma hora, dóceis. Ergui o meu punho e olhei o meu. Continuava a piscar os mesmos números hipnóticos, 88:88. Sorri. Por que eu teimava em não acertar a hora? No momento, definitivamente, tratava-se de superstição. Talvez eu tivesse a impressão de ficar fora do tempo, fora do mundo... Ou, talvez, o homem que eu havia sido houvesse morrido no instante em que meu relógio quebrou, no momento do atentado, e que isso fosse bom. Eu ainda não estava preparado para voltar a viver. Para encarnar.

Dei meia-volta, voltei ao bairro do apartamento de Reynald e, finalmente, fui comer num pub irlandês, todo de madeira e pintado de verde.

A garçonete, uma britânica de origem pura, faces vermelhas e cabelos claros, recebeu-me com largos sorrisos.

— O que posso servir-lhe? — perguntou ela, com um sotaque delicioso.

Percorri o cardápio, depois pedi uma cerveja e uma *jacket potatoes & cheese*, para seguir as regras do jogo. Fui instalar-me num recanto escuro, atrás de uma imitação de barricada de velhos tonéis, e comi olhando, com o canto dos olhos, a retransmissão de uma partida de rúgbi, numa grande televisão presa na parede. A mudança de país me distraiu. Afinal, não estávamos longe da Promenade des Anglais*...

Quando a garçonete veio buscar o meu prato vazio, decidi fazer uma tentativa:

— Desculpe-me, por acaso conhecia Gérard Reynald?

Ela franziu as sobrancelhas.

— Você é policial?

— Jornalista — menti. — A polícia já veio interrogá-la?

* Avenida à beira-mar em Nice. (N. T.)

— Não, ninguém. Mas é o cara que foi preso na semana passada, não?

Concordei. A maneira como pronunciava os "erres" e os erros de gênero eram encantadores.

— Sim, ele vinha aqui de vez em quando. Mas nunca conversamos realmente... Não posso acreditar que ele tenha cometido um atentado. Parecia um homem de bem. Quando vi a foto dele na TV, não acreditei nos meus olhos!

— Ele vinha sozinho, aqui?

— Sim. Sempre sozinho. Como o senhor, ele sentava neste canto, aqui. E não falava muito. Era tímido...

— Nunca notou nada especial?

— Como o quê?

— Não sei... Um comportamento diferente, alguma coisa...

— Não, realmente. Ouvi na televisão que ele era... *esquizofrênico*, mas quando vinha aqui, não parecia ser louco. Só um pouco tímido... O senhor trabalha em que jornal?

— Na televisão — respondi com desenvoltura.

Ela pareceu satisfeita e afastou-se com um sorriso. Deixei uma gorjeta na mesa e saí para andar na rua.

Passei o fim da tarde e o começo da noite vagando na Cidade Velha, as mãos nos bolsos, como se perambular pelas mesmas ruas que Reynald deveria andar pudesse me aproximar dele, ajudar-me a compreendê-lo. Por que esse cara que se parecia tanto comigo havia colocado as bombas? A resposta estaria escrita nas paredes das ruelas de Nice? A alma dele ainda estaria ali, em alguma parte? Eu, que ouvia o pensamento das pessoas, não poderia encontrar nada ali, nas calçadas que ele devia ter pisado mil vezes?

Eu mesmo estava surpreso com a minha determinação. A apatia dos primeiros dias, a indolência forçada dos neurolépticos, o medo, a indecisão, tudo esquecido. Eu me tornara um homem diferente. De tanto buscar a mim mesmo, acabei por me construir. No entanto, não conseguia me acostumar às atitudes inatas das quais eu dava prova desde o início do caso. A corrida de perseguição na Défense, depois no carro do meu patrão, o arrombamento da fechadura, o soco no advogado, a investigação que eu fazia com uma obstinação completamente nova... Eu tinha a impressão de ser possuído por um fantasma do passado, de saber fazer muito mais coisas do que podia suspeitar e, quanto mais o tempo passava, mais eu adquiria a certeza de que havia uma explicação racional por trás de tudo isso: alguma coisa na minha vida anterior que me predispunha a essa situação. Eu começava a me perguntar se não havia sido um tira ou um ladrão... Alguma coisa assim. Em todo caso, de uma coisa eu tinha certeza: não havia sido no escritório de uma firma de patentes que eu havia aprendido a dirigir como um piloto das vinte e quatro horas de Le Mans ou a dar ganchos de direita!

Anoitecia tarde naquela parte da França e esperei muito tempo a escuridão total antes de, finalmente, decidir voltar ao velho prédio da rua do Château.

O bairro havia adquirido o seu aspecto noturno. Havia menos gente nas ruas, e vozes animadas, provocadas pelo álcool e pela vibração da noite, elevavam-se em eco entre as fachadas escurecidas. Ouvia-se ao longe as músicas eletrônicas dos últimos cafés abertos.

Ao chegar à rua deixei passar um grupo de baderneiros e, quando tive certeza de estar sozinho, apertei novamente o interfone. Nenhuma resposta. Inspecionei os dois lados da rua. Ninguém. Com uma ombrada, arrebentei a fechadura da grande porta e passei pelo pórtico.

A entrada do prédio estava mergulhada na escuridão. Apertei um interruptor, a luz iluminou um pequeno hall deteriorado onde reinava um cheiro nauseabundo. Examinei detalhadamente o local. A lista dos moradores estava estampada ao lado das caixas de correspondência. Segundo as etiquetas, o apartamento de "G.R." ficava no segundo andar, à direita. Subi as escadas.

Os degraus de madeira rangiam e tive de tomar mil precauções para ser o mais discreto possível. Com uma das mãos, apoiava-me na parede rachada; com a outra, mantinha o equilíbrio para subir sem ruído.

Ao chegar ao segundo andar, bati três vezes na porta. Ninguém havia respondido ao interfone, mas era melhor ter certeza. Também não obtive resposta. Peguei o canivete suíço no fundo da mochila e comecei o meu trabalho de pequeno arrombador. Agora eu sabia: bastava seguir o instinto.

No mesmo instante, ouvi vozes na rua. Um grupo aproximava-se do prédio. Acelerei o ritmo. A ponta entrou na fechadura. Franzi o cenho. Nenhuma resistência. Eu nem tinha verificado! Provavelmente, estava aberta... Embaixo, a porta do prédio foi aberta. Depois, gritos hilários de três ou quatro rapazes, cuja noite devia ter sido bem regada, subiram até mim. Pus a mão na maçaneta da porta e girei. Ela estava aberta. Estranho. Isso não pressagiava nada de bom. E se os tiras estivessem escondidos lá dentro? Pensei em voltar atrás, mas os jovens já estavam subindo as escadas. Não havia tempo para pensar. Empurrei a porta e entrei rapidamente no apartamento de Gérard Reynald.

Não tive tempo de me defender. Assim que fechei a porta atrás de mim, fui jogado contra a parede, o braço preso nas costas, com o cano de um revólver na têmpora.

— Mas...

— Shhhh...

O punho apertou mais o meu braço e um joelho forçou a minha lombar. Poderia tentar alguma coisa, soltar-me. Conhecia a técnica. Eu sabia, eu sentia: inscritos nos meandros insuspeitos da minha memória estavam os gestos exatos para me soltar desse golpe e virar a situação. Mas não era o momento de fazer barulho. Havia aquelas pessoas nas escadas. Naquele momento, permaneci imóvel.

As vozes dos caras alegres ressoaram bem diante da porta, depois subiram no prédio e, finalmente, desapareceram.

Imediatamente, eu me deixei levar pela fantasia de lutador, pelos meus reflexos inconscientes. Tudo se passou numa fração de segundos, sem que eu precisasse pensar. Com a velocidade de um felino, virei-me, dobrei o braço preso, segurei com força o punho do meu agressor e empurrei-o contra a parede para desarmá-lo, depois deslizei atrás dele, passei o braço em volta do seu pescoço e dei-lhe uma rasteira. O homem soltou um grunhido de dor e caiu na minha frente. Desarmado, ele estava de joelhos, uma das mãos esmagada contra a parede, e a garganta apertada pelo meu cotovelo. Sufocando, ele tentava falar. Aliviei ligeiramente o golpe.

— Vigo — balbuciou ele com uma voz gutural —, ghhh, solte-me...

— Qual é o seu nome, babaca? — repliquei com uma agressividade que surpreendeu a mim mesmo.

— EsFiNgE... Faço parte do grupo EsFiNgE! — exclamou ele, sem fôlego.

Abaixei-me com precaução, peguei o revólver caído no chão, soltei o homem que estava aos meus pés e dei alguns passos para trás, com a arma apontada para ele. Não podia ver bem os seus traços na escuridão, mas ele me pareceu meio velho para um hacker...

— Acenda a luz! — ordenei.

O sujeito ficou ainda algum tempo de joelhos, com a mão no pescoço, tossindo. Depois, levantou-se com dificuldade e apertou o interruptor. Então, vi o rosto dele. Devia ter uns 40 anos, não tinha físico de assassino, nem de pirata da informática, traços finos, cabelos pretos meio longos e grandes olhos azuis, assustados. Usava luvas.

— Que provas eu tenho de que você pertence mesmo ao grupo EsFiNgE?

O homem pensou antes de responder:

— Eu... eu sou Damien Louvel. Foi comigo que você entrou em contato outro dia na Internet... O código que eu lhe dei... foi AdB_4240.

Era realmente o código que me haviam passado. Não era uma garantia absoluta, é verdade — afinal, alguém podia ter espionado a nossa conversa —, mas decidi me contentar com isso. No fundo, ele parecia tão pouco com a imagem que eu fazia de um hacker que acreditei nele. A verdade é sempre mais surpreendente do que pensamos. Enfiei o revólver na cintura.

— Prazer, senhor Louvel... ou deveria dizer EsFiNgE?

O sujeito sacudiu a cabeça. Ainda estava sob efeito do golpe.

— Chame-me de Damien, está bom. Caramba! Você bate sem dó!

— Sinto muito, mas foi você quem pôs a arma na minha cabeça!

— Mas... mas o que veio fazer aqui, Vigo?

Dei de ombros, divertido.

— O mesmo que você, suponho...

— Bom, isso não foi muito esperto da sua parte! Nós o aconselhamos a se manter discreto...

— Não posso ficar de braços cruzados...

O sujeito concordou lentamente com a cabeça. Parecia compreender. Ou então, ainda estava com medo de mim.

— Mal o reconheci — suspirou ele. — Belo corte de cabelo!

— A gente faz o que pode...

Louvel acabou sorrindo. Achei-o simpático de cara. Não saberia explicar, mas alguma coisa no seu olhar me deixava à vontade, uma espécie de cumplicidade e simplicidade sinceras. Eu tinha a impressão de que estávamos no mesmo barco. Há vários dias fazíamos a mesma investigação, paralelamente, e, ao menos, tínhamos um objetivo em comum: a verdade. Além do mais, o seu lado de hacker, de Robin Hood do futuro, agradava-me *a priori*. Mas tinha de me manter com um pé atrás. A vida não cessava de me ensinar a não confiar em ninguém.

— E agora, o que fazemos? — perguntei dando uma olhada no apartamento de Reynald atrás de mim.

O apartamento estava numa desordem inominável. Um velho colchão no chão, alguns móveis de fórmica destroçados, papéis e livros jogados por todo lado, sacolas esportivas cheias até a boca, roupas espalhadas pelo chão, folhas grudadas nas paredes... No canto oposto à entrada, uma cozinha americana, e na parede em frente, uma janela com as persianas fechadas por onde filtrava a luz de um poste de iluminação.

— Agora, vou tentar recuperar o fôlego...

O hacker arrumou as roupas, esfregou mais uma vez o pescoço e inspirou profundamente.

— Bem — disse ele, finalmente —, agora, já que está aqui, suponho que não vá embora...

— Isso é certo. Vim buscar respostas e alguma coisa me diz que há algumas neste apartamento...

— Creio que sim. Ouça, o tempo urge, Vigo. Não devemos nos demorar por aqui. Não sei quanto tempo temos antes que os tiras acabem descobrindo a existência deste apartamento. Então, ajude-me a terminar o que tenho para fazer e vamos sair daqui.

— E o que está fazendo, exatamente?

Ele tirou uma pequena máquina digital do bolso.

— Fotos. Não há tempo de pegar tudo.

Com um sinal de cabeça, ele me convidou a segui-lo até o meio do apartamento.

— Estou tentando pegar o máximo de coisas. Fotografei tudo o que podia daqui até lá — disse ele, indicando a primeira metade da sala. — Preciso fotografar o resto.

— Está bem.

— Tome. Use isto. Não vale a pena deixar as nossas impressões por todo lado.

Vesti o par de luvas que ele me entregou. Peguei o revólver dele nas minhas costas, hesitei, depois devolvi. Ele sorriu, guardou-o, levou a máquina aos olhos e começou a metralhar os documentos que havia espalhado no chão.

Fui inspecionar a parede ao lado da cozinha americana, onde estava afixada a maior parte dos documentos. O meu olhar foi imediatamente atraído por uma folha em especial. Em caracteres enormes, escritos à mão, estava o começo da frase que eu ouvira na torre SEAM. *Rebentos transcranianos, 88, está na hora do segundo mensageiro.*

Senti o meu coração parar. Essas palavras retomavam, repentinamente, a gritante realidade. Eu não podia tê-las inventado. Além do mais, tendiam a mostrar que era Reynald quem eu ouvira no dia do atentado. Sim. Não havia dúvida. Mas a frase continuava sem sentido para mim. No entanto, devia significar alguma coisa importante. Parecia um slogan, uma espécie de grito de guerra... Se, ao menos, eu conseguisse decifrá-la! Rememorei a continuação. *Hoje, os aprendizes de feiticeiro na torre, amanhã, nossos pais assassinos no ventre, sob 6,3.* Por mais complicada que fosse a frase, a resposta ao enigma talvez estivesse escondida ali, naquela sala...

Continuei a examinar a parede. Havia vários recortes de publicações, alguns que pareciam retirados de revistas científicas, a maioria em inglês, outros extraídos de sites da Internet. Li alguns títulos, ao acaso: *Auditory hallucinations and smaller superior temporal gyral volume in schizophrenia*;* mais à frente, *Distúrbios psicóticos: distúrbios esquizofrênicos e distúrbios delirantes crônicos*; embaixo, mais um, *Increased blood flow in Broca's area during auditory hallucinations in schizophrenia*;** e, enfim, mais embaixo, *TMS in cognitive plasticity and the potential for rehabilitation.**** Visivelmente, Reynald interessava-se de perto pelas alucinações esquizofrênicas e por um monte de assuntos ligados à neurociência.

— Fotografou tudo isso? — perguntei, mostrando os artigos.

— Sim, sim — respondeu o hacker sem interromper o trabalho.

Fui além, fascinado. De repente, o meu olhar passou por outro documento que, na mesma hora, entrou em ressonância com as minhas lembranças. Tratava-se de um texto curto, manuscrito, com a mesma letra — a letra de Reynald, claro. E a relação com a primeira frase era evidente: *E o segundo anjo tocou... Uma coisa parecida com uma grande montanha de fogo caiu no mar. Uma terça parte do mar se transformou em sangue (*Apocalipse, 8:8*).***** Repeti a referência em voz alta: "Apocalipse, 8:8." Mais uma vez esses dois números! Eu me virei de novo para o hacker.

---

* As alucinações auditivas e um volume menor do giro superior temporal na esquizofrenia. (N. T.)

** O aumento do fluxo sanguíneo na área de Broca durante as alucinações auditivas na esquizofrenia. (N. T.)

*** Estimulação Magnética Transcraniana na plasticidade cognitiva e potencial para reabilitação. (N. T.)

**** *Bíblia. Mensagem de Deus*. São Paulo: Edições Loyola, 1993. (N. T.)

— E isto... você fotografou? — disse eu com voz trêmula.

Louvel levantou a cabeça.

— Mas claro! — disse ele com voz irritada. — Tudo o que está nas paredes é bom!

Ele apontou um monte de folhas ao lado dele.

— Pode me ajudar? Vire esses papéis e arrume aqueles ali no chão, abertos.

Afastei-me lentamente da parede e obedeci. Olhei os documentos que Louvel fotografava. Havia duas folhas muito grandes; plantas arquitetônicas com anotações de Reynald. A primeira — que trazia o título "A Torre" — eu tinha certeza de que representava a torre SEAM. A segunda, em compensação, não me lembrava nenhum prédio em particular, mas o título escrito por Reynald outra vez fazia referência à frase misteriosa: "O Ventre".

Meu coração estava disparado. Minha viagem não havia sido inútil! Ainda era muito vago, mas eu tinha certeza, tudo o que estava ali ia fazer a nossa investigação avançar muito, desde que soubéssemos decifrar, é claro.

Ainda ficamos uma boa meia hora fotografando tudo o que nos parecia importante: inúmeros documentos, fotos pessoais, livros, manuais, material que poderia servir para fabricar bombas artesanais e um monte de objetos diferentes, alguns que, provavelmente, não teriam nenhum interesse para nós, mas era melhor fazer demais do que de menos. Logo achamos que nada havia escapado da objetiva. Damien Louvel guardou a máquina e bateu no meu ombro.

— Vamos nos mandar!

Concordei com a cabeça. Mesmo assim, dei uma última olhada no apartamento conjugado, esperando não termos esquecido de nada. Em lugar nenhum eu vira um documento que mencionasse o misterioso "Protocolo 88" que, no entanto, parecia ser o elemento central de todo o caso. Mas havíamos encontrado muitas coisas. Era um bom começo. Dei meia-volta e segui o hacker no corredor. Ele fechou a porta atrás de nós e descemos a escada num passo rápido.

Não havia mais ninguém na rua do Château. Soltei um suspiro de alívio. Aparentemente, tivéramos sucesso na empreitada. Alguma coisa me dizia que estávamos próximos do objetivo. Talvez simplesmente eu quisesse acreditar nisso.

— Tenho um quarto num hotel não muito longe daqui, quer vir comigo? — ofereceu Louvel quando nos afastamos do prédio.

Hesitei. Por mais que eu tivesse bons pressentimentos a respeito desse sujeito, ainda não estava completamente à vontade. Afinal, não sabia quase nada a seu respeito e menos ainda a respeito dos outros membros do misterioso grupo.

— Eu... Eu não sei.

— Quer continuar a sua investigação sozinho, Vigo?

— Não sei nada sobre você... Que provas eu tenho de que quer me ajudar realmente? Parece fazer a sua própria investigação...

Ele inclinou a cabeça.

— Como quiser, meu velho, mas é melhor partilharmos nossas informações, não?

— Depois de tudo o que aconteceu comigo, aprendi a não confiar em ninguém. Por que confiaria em você?

— Porque sabe que busco a verdade tanto quanto você. E, depois, seja honesto, você está na merda, Vigo. Os tiras o procuram em todo o país. Provavelmente somos os únicos a não considerá-lo um terrorista e os únicos a poder lhe oferecer proteção.

Fiz uma cara de cético.

— Você tem realmente meios de me proteger?

— Tenho.

Ele havia respondido com convicção.

— E está pronto a me contar tudo o que sabe?

— Estou — disse ele sem hesitar. — E você?

Fiz uma pausa. A pergunta merecia reflexão. Estaria pronto a compartilhar as minhas informações com esses hackers que eu não conhecia? O que estaria arriscando, afinal? Já estava achando que precisava mais deles do que eles de mim. E uma coisa me parecia cada vez mais certa: não tinha ombros tão sólidos nem recursos suficientes para continuar essa investigação sozinho. Acabei cedendo. Talvez levado pela minha eterna necessidade do outro.

— Combinado. Vamos formar uma equipe — propus.

Louvel deu um largo sorriso. E apertou amigavelmente o meu ombro.

64.

Caderneta Moleskine, anotação n.º 191: metempsicose.

Essas lembranças inconscientes que me vêm do passado, esse fantasma desconhecido que surge aqui e ali... Às vezes me pergunto se não fui um outro. Por que eu não poderia ser o envelope carnal de uma nova alma errante?

Eu não seria o primeiro a dar algum crédito à reencarnação ou à metempsicose. Platão, Pitágoras, os egípcios, os essênios, os cabalistas, os bramanistas, os budistas, os cátaros... Deveria eu temer tais companhias?

Talvez.

Certamente a reencarnação não passa de uma resposta preguiçosa, entre algumas dezenas, para a nossa angústia da morte. Morrer não seria mais deixar de viver, mas viajar para outro corpo. No Bhagavad-Gita, *podemos ler: "Certa é a morte para aquele que nasce, e certo é o nascimento para aquele que morre." Ah, se ao menos os mortos tivessem certezas!*

A fé na reencarnação não é apenas um fenômeno antigo. Havia um canadense, Ian Stevenson. Sem dúvida, o seu sobrenome o predispunha a sonhar com viagens... Ele trabalhava no Departamento de Medicina Psiquiátrica da Universidade da Virgínia e consagrou a carreira ao estudo das pessoas — essencialmente na Ásia — que afirmavam lembrar-se de vidas anteriores. Entre os 2.600 casos que estudou, ele se concentrou nuns sessenta, cuja análise descreveu rigorosamente em artigos na imprensa científica e em suas obras, trabalhando essencialmente nos vínculos biológicos que tentou encontrar entre essas pessoas e as que elas teriam sido em vidas anteriores... Ele fez, sobretudo, uma reflexão sobre as marcas de nascença, tentando ver se elas poderiam ser resultado de traumatismos das vidas anteriores. Olhando mais de perto, acabamos rapidamente por nos divertir diante desse invólucro pseudocientífico, cujo segredo a América do Norte possui... No entanto, por várias vezes, tive a sensação de já ter sido outro.

As pessoas que sofrem de amnésia retrógrada talvez estejam bem mais aptas a declararem-se reencarnadas. No fundo de mim mesmo tenho certeza de não ser mais aquele que fui.

65.

O hotel Brice era um elegante três estrelas perto do bairro empresarial, à margem da Cidade Velha. Damien Louvel havia reservado um quarto grande no último andar. Pelo modo como cumprimentou o funcionário da recepção, compreendi que, ali, ele estava em terreno conhecido.

Assim que entrou no quarto, ele se dirigiu a um laptop e conectou a máquina fotográfica digital. Em silêncio, vi-o transferir todas as fotos que havia tirado no apartamento de Gérard Reynald e achei que as enviava para um servidor na Internet. Aliás, reconheci a página inicial do site no qual nos falamos, hacktivista.com. Sem sombra de dúvida, ele estava acostumado a usar todo esse material.

— O que está fazendo? — perguntei, aproximando-me.

— Mandando as fotos para os outros, em Paris. Precisaremos de tempo para estudar tudo isso... O nosso analista vai poder começar a trabalhar.

— O seu analista? Você fala como se a EsFiNgE fosse uma grande sociedade...

Ele sorriu.

— Não... Não somos uma grande sociedade. Mas somos quatro, trabalhando em tempo integral para o grupo.

— É estranho... Na Internet, vocês passam a imagem de simples hackers amadores.

— Sim, deliberadamente. É um meio de não chamar muito a atenção. Preferimos que nossos adversários não nos levem muito a sério.

— Por quê? Vocês têm muitos adversários? — surpreendi-me.

— Qualquer pessoa que se preocupe em esconder a verdade é um adversário em potencial.

— Mas vocês trabalham para quem?

— Para ninguém, Vigo. Somos uma estrutura privada, independente. Uma espécie de pequena ONG da informação, se preferir assim.

Eu não conseguia compreender como e por que esse grupo existia. Havia um lado completamente romanesco na imagem que eu fazia desses justiceiros da Web. No entanto, eles me pareciam cada vez mais reais, cada vez mais sérios.

— Vocês dizem que são independentes — insisti —, mas devem precisar ser financiados, não?

— Eu lhe disse outro dia, temos doadores generosos. E, quando os clientes nos parecem dignos de confiança, pode acontecer de cobrarmos por nosso serviço. Mas isso é excepcional. Somos adeptos da gratuidade. Não se preocupe, verá tudo isso em Paris. Por enquanto, merecemos relaxar um pouco. Vigo, quer tomar alguma coisa?

— Não sei...

— Ora, vamos, depois do esforço, o reconforto! Vou mandar subir uma garrafa. Gosta de uísque?

Concordei. Ele ligou para a recepção e, alguns minutos depois, estávamos frente à frente, sentados num sofá, segurando um copo de uísque delicioso.

Consegui relaxar rapidamente; sem dúvida, Louvel tinha razão, eu merecia um pouco de repouso. No entanto, não pude deixar de pensar em Agnès. A última vez que havia tomado um uísque, assim, sentado num sofá, havia sido com ela, no pequeno apartamento da praça Clichy. Mais uma vez, percebi o quanto sentia a sua falta. A calma e o reconforto em que terminava aquele dia estapafúrdio se mesclaram com uma inevitável melancolia e com um sentimento de irrealidade.

Não pude evitar de fazer um balanço dos últimos quinze dias. O atentado, a descoberta da minha não identidade, meus falsos pais, o sentido inexplicável das minhas crises epilépticas, Agnès, Feuerberg, Dermod e, agora, Nice... Que controle eu tivera sobre tudo isso? Estava certo de compreender bem o que acontecia comigo? Como isso acabaria? Podia imaginar uma saída feliz para essa aventura que ia além do entendimento? E sobretudo,

sobretudo, não conseguia esquecer os questionamentos da minha angústia escatológica. Talvez eles encontrassem um novo eco nessa busca a que eu me dedicava, sem pensar. Isso porque, no fim das contas, para o que ela serviria? Uma vez resolvida essa investigação — se realmente eu conseguisse terminá-la —, isso mudaria alguma coisa da minha angústia? Das minhas dúvidas sobre o futuro do *Homo sapiens*? Não podia me impedir de pressentir a inanidade das minhas novas ações. O ridículo da minha busca da verdade. Estaria buscando a verdade certa? A que estancaria minha sede?

Nesse instante, me dei conta do estado de fadiga nervosa em que eu estava, do desânimo, da confusão. Mas, enfim, não me saía tão mal. Qualquer um poderia sucumbir por muito menos. Com medo de me deixar levar por uma onda de depressão, dei um gole no uísque e recomecei a conversa.

— Como souberam a respeito do apartamento de Nice?

Visivelmente, a minha pergunta divertiu Louvel.

— No futuro, Vigo, saiba que não se é obrigado a arrombar o escritório de um advogado, nem lhe quebrar a cara para ver o que há no computador dele. Há meios bem mais discretos de fazer isso, à distância...

Dei um sorriso embaraçado.

— Então, vocês sabem o que aconteceu em Paris...

— Sabemos, é claro. E não podemos dizer que tenha se mostrado muito esperto com esse golpe. É uma coisa a mais para os tiras ficarem na sua cola. É um milagre que ainda esteja em liberdade... Um milagre... Digamos que tem a sorte de ter anjos da guarda.

— Estou vendo... Suponho que lhes deva agradecimentos.

— Ora, sabe, eu passei por isso, Vigo. Acredite, vivi situações que não estavam muito longe da sua.

— É por isso que me ajuda?

— Entre outras coisas, é. O que quer que seja, não pode permitir-se assumir mais riscos desse tipo! E, depois... Precisamos lhe dar documentos de identidade provisórios.

— Fácil assim? — repliquei perplexo.

— Você é procurado em toda a França, meu velho. Veja o que está circulando.

Louvel levantou-se, foi pegar o laptop e o pôs na minha frente. Ele digitou alguma coisa no teclado e uma janela de vídeo se abriu.

— Essas imagens são de uma câmera de vigilância da praça da Coupole, na Défense. É a última sequência que foi salva em 8 de agosto...

Sentei na beirada do sofá para ver melhor. Assim que o vídeo começou, os batimentos do meu coração aceleraram-se. A imagem em preto e branco era entrecortada, mas era possível ver claramente os rostos. Em todo caso, reconheci o meu. Em pânico, eu era visto correndo da torre SEAM. Uma imagem que a polícia só podia interpretar de maneira errada. Depois, via-se Gérard Reynald que fugia, apenas alguns segundos depois de mim. A sequência continuava, as pessoas passavam, as portas abriam-se e fechavam e, de repente, a explosão. O vídeo terminava num preto total. Louvel repassou várias vezes.

— Você escapou de boa. Uma coisa que meus colegas e eu não conseguimos compreender, Vigo. Como soube que aquilo ia explodir? — perguntou-me ele, sem tirar os olhos da tela.

Sem dúvida era uma pergunta capital para o meu interlocutor. É bem verdade que ele já me havia provado que queria acreditar na minha inocência, mas esse último detalhe técnico devia obcecar a ele e aos colegas.

Engoli em seco. Rever aquelas imagens era como viver o pesadelo uma segunda vez, lembrar-me da realidade. Ter, mais uma vez, consciência de que aquilo realmente havia ocorrido... Que não era produto da minha imaginação.

— Eu... Acho que ouvi os pensamentos de Reynald.

Ele me encarou por longo tempo.

— Vai ser difícil explicar isso ao juiz...

Dei de ombros.

— No entanto, é a verdade.

Fechando o laptop, ele me olhou direto nos olhos.

— Por mais incrível que possa parecer, meu velho, acredito em você. Isso pede algum esforço, é verdade, mas... acredito em você.

Eu lhe dei um sorriso reconhecido. Era bom ouvir aquilo. Agora que Agnès havia ido embora, eu precisava recuperar um pouco de confiança, alguém que acreditasse um pouco em mim.

Hesitei em dizer mais. Em dizer exatamente o que eu ouvira: a frase cujo início estava pregado em letras grandes na parede do apartamento de Reynald. *Rebentos transcranianos, 88, está na hora do segundo mensageiro. Hoje, os aprendizes de feiticeiro na torre, amanhã, nossos pais assassinos no ventre, sob 6,3.* Talvez ainda fosse muito cedo. Antes, eu preferia fazê-lo falar.

— O que soube a mais depois da conversa que tivemos na Web? — perguntei, voltando a afundar no sofá.

— Não muita coisa. Ainda não temos nada sobre o Protocolo 88. Absolutamente nada. Acabamos por nos indagar se essa coisa realmente existe. Quanto à pista Dermod, por enquanto, também não temos resposta... Está tudo bem bloqueado. Esses sujeitos se protegeram bem.

— Deve haver um meio de identificá-los — repliquei. — Sobretudo se estiverem ligados à Feuerberg. Eles fecharam o escritório correndo... Isso prova que não estavam tão protegidos assim. Todos esses movimentos de última hora devem ter deixado pistas.

— Sim, mas, por enquanto, não encontramos nada. Contudo, o que fotografamos no apartamento de Reynald provavelmente vai nos ajudar...

— Sim.

Era o que eu também esperava.

— Você viu a anotação sobre as receitas? — perguntei, pensando em todas as pistas que eu havia considerado. — O doutor Guillaume não estava registrado no Conselho Regional de Medicina, então eu disse a mim mesmo que poderia tentar encontrar com que nome a clínica Mater fazia as minhas receitas de neurolépticos... Talvez isso nos desse a identidade real de uma pessoa envolvida na sociedade deles.

— Guardou as suas receitas?

— Não, todas ficaram no apartamento dos meus pais, mas deve haver um meio de recuperá-las, não? Quem sabe na farmácia aonde eu ia sempre, ou diretamente no Seguro Social...

Vamos procurar.

Ele abriu o computador e registrou, suponho, uma anotação a esse respeito.

— Uma coisa é certa — continuou ele —, os tiras também devem estar na pista de Dermod. Agora que você é suspeito, eles devem ter feito investigações sobre você, tanto quanto sobre Reynald. E o fato de ambos terem trabalhado na Feuerberg não lhes deve ter escapado. Também devem saber que o apartamento dos seus pais, assim como o de Reynald, pertencia a essa *holding offshore*... Em resumo, o juiz de instrução vai investigar sobre isso. A verdade acabará aparecendo, Vigo, pelo menos em parte. Mas temos razões para querer descobri-la primeiro. Obrigatoriamente.

— Por quê?

— Um mau pressentimento.

— O que quer dizer?

Louvel fez uma cara embaraçada.

— Temos a impressão de que Dermod tem apoio no alto escalão. Daí, pode ser que uma ordem venha não se sabe de onde e obrigue o juiz de instrução a deixar de lado essa pista...

— Está brincando?

— Na verdade, não. Vigo, não quero assustá-lo, mas esse dossiê cheira a corrupção a mil quilômetros de distância.

E não era um paranoico feito eu que ia dizer o contrário.

— Aliás, sabe que a sua amiga tira não foi trabalhar hoje?

— Sei. Mas isso não tem nada a ver. Ela está de licença médica...

Louvel fez uma cara cética.

— E, fora isso, não fizeram nenhum avanço? — insisti para mudar de assunto.

— Bom, como você, descobrimos a existência desse apartamento em Nice, inspecionando o computador do advogado. Em desespero de causa, decidi revistar eu mesmo. Em geral, não sou eu que cuida desse tipo de missão meio especial, mas todos estão sobrecarregados. Isso me trouxe algumas lembranças e me fez remoçar. Em todo caso, será preciso analisar todas as fotos. Acho que há alguma coisa aproveitável, sobretudo as plantas arquitetônicas com anotações de Reynald. Tenho certeza de que uma delas era da torre SEAM... Mas havia outra, você viu?

— Sim. O Ventre. Acha que é outro prédio que Reynald queria explodir?

— Parece muito provável, não?

— Pode ser.

— E você, Vigo? Descobriu outra coisa?

— Estou meio perdido, Damien. Entre as minhas crises epilépticas e os problemas de memória, confesso que tenho dificuldade em manter as ideias claras. Depois, há uma coisa que me intriga cada vez mais...

— O quê?

— A minha identidade passada. O homem que eu era antes da amnésia.

— O que quer dizer?

Fiz uma pausa antes de prosseguir. Era estranho desabafar tão abertamente com um homem que havia conhecido algumas horas antes, mas eu tinha a impressão de que o conhecia havia muito tempo.

— Às vezes tenho a impressão de ter feito parte da Máfia, ou alguma coisa parecida, na minha vida anterior! Eu me peguei fazendo coisas... no mínimo surpreendentes.

— De que tipo?

— Arrombar uma fechadura, dirigir um carro como um piloto de corrida, lutar...

— Ah, sim, lutar... É, eu vi isso há pouco! O meu braço se lembra. Ora, talvez você seja um ex-boxeador, Vigo! — exclamou o hacker, rindo.

— Eu estou, mesmo, completamente perturbado.

— Não se preocupe. Acabaremos descobrindo.

— Em certos momentos, eu me pergunto se quero mesmo saber...

Louvel levantou o copo de uísque.

— Vamos, brindemos à verdade, Vigo! À verdade!

Brindei com ele, sem muito entusiasmo. Ficamos em silêncio por um momento, perdidos nos nossos respectivos pensamentos. Louvel acabou levantando-se.

— Bem, já está tarde! Vamos deitar. Você está com uma cara horrível. Sem falar da sua aparência! Amanhã de manhã, vou levá-lo para fazer compras. Já está na hora de lhe comprar uma mala e um novo guarda-roupa. Você está começando a parecer um mendigo.

Eu sorri.

— Aceito, com prazer. Faz duas semanas que ando com as mesmas roupas...

— Vamos dar um jeito nisso. Roupa é comigo mesmo. Tenho mais jeito para elas do que para o boxe. Depois, voltaremos a Paris. Eu o levarei ao nosso escritório. Tentaremos analisar tudo o que conseguimos aqui.

— Combinado.

— Vou lhe dar o quarto. Eu durmo no sofá.

— Tem certeza?

— Tenho, tenho. Vá dormir, Vigo.

Aceitei. Não tinha nada contra uma boa noite de sono.

66.

Caderneta Moleskine, anotação n.º 193: recordação, fim.

Meu nome não é Vigo Ravel. Tenho 13 anos. Estou atrás da caminhonete verde. Meus pais estão na frente. Agora, vejo o rosto deles. O sorriso de minha mãe, seus olhos cansados, as marcas de tristeza. E meu pai, cabelos à escovinha, rosto quadrado, queixo largo, olhar duro, voz séria, uma alegoria da autoridade.

Fora, estendem-se as colinas verdes da costa normanda. Deauville desaparece no horizonte, dando lugar às velhas casamatas. Depois, aproximam-se as falésias de argila, como a foto de um cartão-postal.

Eu nem olho a mosca idiota que voa à minha volta. Sei que ela não tem importância, que só está aqui para me distrair, que me afasta do que eu tenho de ouvir, compreender.

Os meus pais brigam e me usam para justificar o que os separa. Eu sei. A minha educação é o pretexto das suas opiniões discordantes. Eles me esquartejam em vez de se dilacerarem. Não aguento mais.

O carro para num dique. As portas batem. Sigo os meus pais na praia deserta, as mãos enfiadas nos bolsos, os punhos cerrados sobre a raiva que ressoa. Andamos nos seixos. O clamor das ondas e o vento mal conseguem sufocar o combate entre eles, incessante. O último combate.

Subitamente, o meu pai volta para perto de mim, deixando a minha mãe à beira da água. Vejo-o inclinar-se para a frente, segurar o meu ombro.

— A sua mãe e eu vamos nos separar, meu filho.

— Eu sei.

Ele parece surpreso. Não sou o idiota que ele gostaria que eu fosse.

— Você virá morar comigo.

Cruzo os braços e franzo as sobrancelhas. Todo o meu corpo se recusa.

— Não!

— Não diga bobagem.

— Prefiro ficar com a mamãe!

Ele suspira.

— Mamãe tem de se ausentar por um tempo.

— Para onde ela vai?

— Para o hospital.

— Ela está doente?

— Não. Ela... Ela precisa de repouso. Voltaremos esta noite para Paris, meu filho. Mamãe vai ficar em Deauville. Iremos vê-la de vez em quando.

Eu choro. Sei que as crianças não têm armas para lutar contra isso.

"Iremos vê-la de vez em quando."

Ele nunca cumpriu a promessa.

67.

No dia seguinte, de manhã, como o previsto, Damien Louvel me levou para fazer compras na grande rua de pedestres do centro da cidade. Inicialmente achei meio estranho, até mesmo intimidante, o fato de estar com um sujeito que eu mal conhecia experimentando roupas nas lojas de Nice sob o olhar alegre das vendedoras, depois acabamos nos divertindo sinceramente. Louvel tinha um senso de humor e uma ironia que me deixaram rapidamente à vontade, e, de fato, ele parecia ter um gosto certeiro para o prêt-à-porter: ele se empenhou em me dar um novo visual da cabeça aos pés, zombando da minha escolha das roupas.

— Não quer abandonar o visual esquizofrênico complexado, meu velho? Olhe, experimente este jeans, isso vai lhe tirar uns dez anos e um ou dois quilos.

Eu tinha a impressão de representar uma cena de *Uma linda mulher*! Como um irmão mais velho, ele me ajudou a escolher calças, camisas, paletós, um par de sapatos... e pagou todas as vezes com seu cartão de crédito. Agradeci, pouco à vontade.

— Não se preocupe, isso vai entrar como despesa! Não basta raspar a cabeça, Vigo. Se quiser mesmo uma nova cara, não pode hesitar em mudar tudo... está fora de cogitação levá-lo de volta a

Paris vestido assim! Tenho uma reputação a preservar. Além do mais, as suas roupas velhas estão tão sujas que será preciso queimá-las.

Depois de duas horas de compras, amontoei as inúmeras sacolas numa mala nova e finalmente partimos para a estação, deixando para trás o rosto colorido da Côte d'Azur, em direção a Paris.

No trajeto de volta, Louvel recebeu vários telefonemas, sem dúvida de outros membros do grupo da EsFiNgE. Todas as vezes, ele se levantava e ia para o fim do vagão para não incomodar os outros passageiros ou, talvez, para que ninguém — principalmente eu — pudesse ouvir a conversa. Ao vê-lo usar o celular, não pude me impedir de pensar novamente em Agnès. Gostaria tanto de ligar para ela! Todo o tempo, imaginava o seu rosto, o seu olhar, a sua voz. Com os olhos perdidos no vazio, a cabeça colada no vidro da janela, perdi-me nas lembranças.

Agnès. Praça Clichy. O Wepler. Parfait Silence. Para onde quer que eu olhasse, o sorriso dela se desenhava. Você pode dizer o que quiser, buscar mil razões para fugir de mim, mas sei que sentiu por mim essa pequena diferença que muda tudo. Essa evidência que o coração aceita e que a alma ignora ou finge ignorar. Eu vi no seu olhar, ouvi nos seus suspiros e mesmo entre as linhas do seu último bilhete, percebi essa centelha. Eu sofro como você porque o presente nos escapa, porque para nós dois não existe o aqui e o agora. Não sei se voltarei a vê-la algum dia, se a encontrarei em algum lugar, se esse lugar e esse instante existem, e nada me faz sofrer mais do que essa ignorância. Viverei para sempre essa improcedência como uma injustiça. Como a linha da vida que não pudemos seguir. Cada segundo que passo longe de você é uma sentença à prisão perpétua. Não sei se é o fato de não poder abraçá-la, de imaginá-la nos braços de outro que me dá o desejo de possuí-la e lamentar não ter sabido dizer eu a amo, não sei se é por não poder ligar para você que me torturo a esse ponto, não sei se minto para mim mesmo, se é uma complacência à infelicidade, mas, puta que pariu, estou sofrendo!

Quanto mais procuro esquecê-la, mas a sua lembrança se aviva. Sei muito bem que é ridículo, que almas irmãs não existem, que é um mito de adolescente e que certamente há outras mil histórias de amor que poderiam cruzar os nossos caminhos, o meu, o seu, mas tudo isso não passa de um discurso da razão e o coração tem razões que a própria razão desconhece. Nem tudo é razão. Há outra coisa. Essa força imensa que não se explica. Estou me lixando para ser racional, estou me lixando para ser razoável, é você quem eu quero hoje, é nossa história que quero viver, agora, contra tudo e contra todos. Sinto a sua falta. Você é essa dor escura no fim de todos os caminhos que a minha memória atravessa, e você não está mais lá.

— Está tudo bem, Vigo?

Eu me assustei.

— Como?

Damien Louvel olhou-me, preocupado.

— Você está bem?

Passei as costas da mão no rosto. As lágrimas se apagaram sob os meus dedos.

— Estou. Tudo bem.

— Deve estar exausto, meu velho.

— Sem dúvida.

Por que ele me chamava todo o tempo de "meu velho"? Ele devia ter dez anos mais do que eu! Certamente era um termo afetivo. Ou então devia ser o meu olhar pleno de velhice prematura.

— O que você está passando... Ninguém pode compreender. Ninguém deveria ter de passar por isso...

Soltei um suspiro.

— Tudo bem, não se preocupe. Um pouco de cansaço.

Louvel sorriu. Ele não era bobo. Vi no seu olhar muito mais compreensão do que poderia esperar. Esse sujeito havia passado por muitas coisas, isso transparecia no seu sorriso, nos seus silêncios. Fui invadido por um violento desejo de sinceridade.

— Sinto falta de Agnès. Tenho medo de perdê-la.

Ele meneou a cabeça e apontou o telefone.

— Quer ligar para ela?

— Ela me pediu para não fazê-lo.

Ele me lançou um olhar no qual acreditei ver amizade. Alguma coisa parecida com isso. Eu não conhecia muito sobre esses sentimentos.

— Vamos tirá-lo disso, Vigo, eu prometo.

Forcei-me a sorrir.

— Obrigado.

O silêncio instalou-se de novo. Fechei os olhos e apoiei a cabeça na janela do trem. Olhei a paisagem desfilar, teatro silencioso e indiferente à minha aflição. Os minutos se passaram e domaram a minha angústia. Finalmente, chegamos a Paris, ao consolo cinza do concreto e das fumaças esbranquiçadas.

Segui Louvel pela estação de Lyon, lembrando-me da estranha noite que havia passado ali. Mas eu era outro homem, e não só porque havia me separado dos meus farrapos.

Um táxi levou-nos ao XXe arrondissement, bulevar de Ménilmontant. Andamos pela rua sem falar. Eu ouvia o barulho da cidade. O bairro fervilhava de gente, vibrava de vida, de calor humano. Eu gostava disso. Louvel guiou-me até um prédio antigo. Fiquei surpreso de que a toca do grupo da EsFiNgE ficasse daquele lado da capital. Eu esperava um bairro mais moderno, um bairro de escritórios. Mas, no fundo, aquilo devia parecer mais com eles do que eu imaginava. Passamos sob um pórtico, atravessamos um primeiro pátio, um corredor, um segundo pátio, depois, quando chegamos diante de uma grande porta de vidro pintado, Louvel virou-se para mim.

— Bom. Eis nossos escritórios. Vigo, não quero parecer solene, mas tem de me prometer nunca revelar o que quer que seja do que vai ver aqui...

Fiz um sinal com a cabeça para dizer que compreendia.

— Normalmente, não aceitamos visitas. Você é... uma exceção.

Eu não sabia o que responder.

— Está certo — disse eu, na falta de coisa melhor. — Obrigado.

O hacker enfiou a chave na enorme porta blindada que fechava o local secreto. Ele entrou na frente.

O escritório do grupo EsFiNgE era uma espécie de antigo loft desativado, onde reinava uma desordem desconcertante. Era uma grande mistura de bugigangas, cartazes, pilhas de documentos e material high-tech, monitores, computadores, um monte de aparelhos cuja verdadeira função eu não adivinhava. Cabos de todas as dimensões corriam por toda parte de um lado ao outro do recinto, de uma sala até a outra... As paredes eram cobertas de estantes de livros e de armários onde se amontoavam centenas de dossiês, CD-ROMs, impressoras, caixas de papelão... Num canto, num velho bar de latão, alguns copos largados. Grandes vigas de metal, pintadas de um verde velho metropolitano, sustentavam um grande telhado de vidro quatro ou cinco metros acima. Uma luz azulada penetrava através das vidraças coloridas. No fundo do loft, uma pequena escada levava a um mezanino envidraçado, empoleirado em quatro outros pilares metálicos.

Duas pessoas estavam ocupadas nos seus computadores. Um asiático baixo, magro, de uns 20 anos, sem dúvida, com um visual de cantor de rock japonês saído diretamente dos anos 1980, com piercing e cabelos oxigenados. Um pouco mais afastado, um homem de uns 30 anos verdadeiramente obeso, com grossos óculos redondos, uma impressionante cabeleira negra desgrenhada, usava uma larga camiseta de Superman. A mesa dele, além de um conjunto de máquinas de informática, estava coberta de latas de refrigerante e velhas caixas de fast-food...

Por fim, uma jovem, que provavelmente não tinha nem 20 anos, veio ao nosso encontro, toda sorrisos. Alta e magra, tinha longos cabelos castanhos e pequenos óculos redondos. Vestida como uma estudante, completava na perfeição o trio incongruente de jovens apaixonados pela informática...

— Vigo, eu lhe apresento Lucie.

— Muito prazer — disse eu, estendendo-lhe a mão.

— Olá — disse ela com voz alegre e descontraída.

— Aquele ali é Sak, o nosso analista — disse Louvel, apontando o jovem asiático. — E o privilegiado ali, escondido atrás dos grandes monitores, é Marc, que é, ao mesmo tempo, o nosso programador, quem faz a computação gráfica e o maior devorador de pizzas de Paris.

Os dois rapazes me dirigiram um cumprimento de cabeça sem, na verdade, interromper o trabalho.

— Lucie... como devo dizer? Pois bem, Lucie, mesmo sendo a mais moça de todos, é a pessoa que criou a EsFiNgE...

Ergui as sobrancelhas, um pouco surpreso.

— Ela estava comigo quando entramos em contato com você na Internet.

— Sim — confirmou a moça. — E, aliás, temos novidades!

— Perfeito! — exclamou Louvel. — Vamos lá em cima, poderá nos dar todas as informações. A não ser, Vigo, que queira tomar um banho e se refrescar.

— Não, não, vou com vocês.

— Então, vamos. Ficaremos tranquilos lá em cima, ali é o que chamamos de "aquário" — explicou-me Louvel, indicando o mezanino de vidro.

Eles começaram a andar na direção da escadinha metálica e eu os segui, pouco à vontade. Louvel parou no caminho diante do cara obeso, que não tirava os olhos da tela do computador.

— Marc, Vigo precisa de novos documentos de identidade. Pode fazer isso?

O rapaz soltou um suspiro.

— É você, o famoso telepata? — resmungou ele, com ar sarcástico.

Louvel fez uma cara embaraçada.

— Marc, por favor...

O rapaz se ergueu negligentemente.

— OK, OK... Como queira. Tenho apenas de tirar uma foto.

O tal de Marc foi buscar uma máquina fotográfica arrastando os pés, com o jeans baggy caindo, depois me pediu para ficar em frente a uma das raras partes de parede ainda branca... Obedeci, meio desconcertado. Decididamente, o programador não via o meu caso com a mesma boa vontade que Louvel. Ele tirou a minha foto e voltou para o computador, sem dizer nada.

— Não ligue para ele — cochichou-me Damien ao ouvido. — Ele é sempre assim. O nosso cético de plantão. Preciso disso aqui para manter os pés na terra. E, depois, ele é um excelente programador. Vamos, Lucie nos espera lá em cima.

Concordei com a cabeça. Esse pequeno mundo se comportava como se tudo fosse perfeitamente normal, mas eu tinha a impressão de flutuar em pleno sonho. Sem dúvida, aqueles caras não se davam conta da estranheza da sua pequena comunidade.

Tentei não demonstrar a minha perturbação e subi a escada que levava ao escritório de Louvel, isolado pelas paredes de vidro. A jovem já estava sentada lá dentro, nós nos juntamos a ela em volta de uma pequena mesa de reunião.

— E então, vovô, tudo bem na volta?

— Sim — respondeu Louvel, sorrindo.

Uma grande cumplicidade parecia uni-los, alguma coisa parecida com uma relação pai e filha ideal, pós-crise de adolescência.

— Quer um café?

— Eu não, e você, Vigo?

— Não, obrigado.

— Então, pode falar, Lucie. Vigo está tão impaciente quanto eu para saber o que descobriram...

— Quer que... que aborde tudo?

Louvel sorriu.

— Sim. Agora, Vigo quase faz parte da equipe... Acho que podemos dizer tudo.

Agradeci com um sinal de cabeça. Ele não estava representando. Agora eu sabia.

— OK. Pois bem, graças ao que você nos enviou ontem à noite de Nice, Sak e eu avançamos muito a respeito de Dermod e acho que nós os pegamos!

Louvel lançou-me um olhar entusiasmado. Devolvi um sorriso. Talvez fosse a primeira boa notícia depois de muito tempo... Se havia uma coisa com a qual eu sonhava, era "pegar" os responsáveis por tudo o que acontecia comigo!

— Damien, você teve uma boa premonição: Dermod não é nada mais do que uma empresa de "segurança privada", como se diz.

— Eu tinha certeza! — replicou Louvel, batendo as mãos na mesa. — Eu tinha certeza! Esse troço cheirava a paramilitar!

Franzi as sobrancelhas.

— Podem me esclarecer? O que é uma empresa de "segurança privada"?

— Por alto, são sociedades de mercenários — explicou a jovem. — Parece que a Dermod é uma dessas agências de segurança privada e de gestão de crises que apareceram no pós-Guerra Fria e mais ainda depois que as tropas francesas saíram da África. Há uns vinte anos, a assistência técnica militar teve uma lamentável tendência a se privatizar. Em linhas gerais, a Dermod fornece armas e mercenários aos governos... E adivinhe quem é um dos principais acionistas secretos da Dermod?

— A SEAM? — sugeriu Louvel.

— Sim! Não procuramos muito desse lado... Tenho de contar que a montagem financeira dessa sociedade *offshore* é especialmente nebulosa. Mas o envolvimento da SEAM, que é a segunda maior exportadora de armas da Europa, com uma sociedade de segurança privada não é de surpreender, mesmo que seja desconcertante do ponto de vista deontológico. Tudo é lucro para a SEAM. O gênero de pequenas empresas como a Dermod desempenha um papel cada vez mais importante no fornecimento de armas para todo tipo de regimes dos países do Sul. Elas estão numa posição privilegiada para levar os negócios aos fabricantes de armas: têm ligação com os governos em guerra, companhias aéreas de carga etc.

Fiquei olhando para Lucie. Havia paixão na sua voz e no seu olhar. Ela entrava de cabeça no caso, como se a sua vida dependesse disso. E, talvez, esse fosse o caso. Se, na verdade, essa jovem de 20 anos havia criado a EsFiNgE, é porque tinha uma sede extraordinária de verdade e algum motivo pessoal. Apesar do visual de eterna adolescente, alguma coisa fazia dela uma adulta, talvez mais madura do que eu. E o conhecimento que parecia ter adquirido de todos esses assuntos me impressionava. Sem dúvida, ela e Louvel eram as duas pessoas mais singulares que eu já havia conhecido. E, estranhamente, eu queria parecer-me com eles. Subitamente, senti uma nova força, uma motivação aumentada. O desejo de pertencer a um grupo. Naquele instante, pela primeira vez na vida, eu não tinha mais a impressão de estar sozinho.

— Lucie — perguntei —, como descobriu que a Dermod era uma sociedade de segurança privada?

— Dois documentos de Gérard Reynald nos puseram na pista. Em seguida, pudemos cruzar as fontes para verificar. O primeiro documento envolvia diretamente a Dermod numa operação militar patrocinada oficiosamente pelo Estado francês no início de 1997. A Dermod teria enviado trinta mercenários ao Congo para enquadrar o exército de Joseph Mobutu, que havia sido vencido pelos soldados de Laurent-Désiré Kabila.

— Simples assim?

— É. E o segundo documento se referia a outra missão do mesmo tipo, lançada por um conselheiro do Élysée,* bem no início de 2000. Mais uma vez, a Dermod teria enviado seis homens para apoiar o general Robert Gueï na Costa do Marfim, para ajudá-lo a destruir os grupos de oposição e reestruturar a guarda presidencial...

— *Black operations* — murmurou Louvel.

— Exatamente.

* Residência do presidente da República francês e, por extensão, a Presidência da República. (N. T.)

— Que disparates são esses? — disse eu, totalmente estarrecido.

— Não são disparates — replicou Louvel, virando-se para mim. — Essas operações são cada vez mais frequentes. O Estado francês, mesmo que o negue, recorre regularmente a sociedades privadas e a mercenários para a gestão de crises desse tipo.

— Por quê?

— Bem, para que não se possa chegar até os governantes. Há ocasiões em que a divisão de ação, o famoso 11º de choque, da DGSE* não pode executar operações especialmente delicadas do ponto de vista político. A vantagem é que os mercenários, ao contrário dos militares, são bens consumíveis, descartáveis... Não têm nenhum vínculo oficial com as autoridades; em resumo, não deixam pistas. Todos os presidentes da Quinta República recorreram a serviços de empresas particulares, De Gaulle na Biafra, Giscard no Benim, Mitterrand no Chade e no Gabão, Chirac no Zaire, na Costa do Marfim... Sem falar nos americanos que cada vez mais fazem isso, no Afeganistão, no Iraque...

— Existem várias sociedades desse tipo na França — emendou Lucie, com voz exaltada. — Elas vendem seus serviços muito caro para o Estado. Em geral são criadas por ex-policiais do Élysée, ex-militares que saem do batalhão de paraquedistas, das tropas da marinha ou da Legião Estrangeira, e há também vários agentes "aposentados" do serviço secreto. Esses caras saem do exército, muito burocrático para o gosto deles e não muito... lucrativo.

Louvel concordou.

---

* DGSE: Direction Générale de Sécurité Extérieure — Direção Geral de Segurança Exterior. (N. T.)

— É, e em geral mantêm os vínculos com suas divisões de origem, com a DGSE ou com o Departamento Africano do Élysée.

— Esse parece ser o caso da Dermod, além do que ela goza dos recursos privados vindos da SEAM, que é uma das maiores sociedades europeias de armamentos e cujo acionista majoritário, por acaso, é...

— O Estado francês.

— Sim! Em linhas gerais, por intermédio da SEAM, o nosso país é indiretamente acionista de uma estranha sociedade de mercenários...

— Incrível — murmurei.

Lucie dirigiu um sorriso ao vizinho.

— Já vimos coisa pior — disse ela com ar sarcástico. — Em resumo, graças às duas pistas fornecidas pelos documentos de Reynald pudemos ir mais longe e descobrir o envolvimento da Dermod em outras operações, por exemplo, na Bósnia e no Congo-Brazzaville.

— E aonde isso tudo nos leva?

— Minha ideia é que o Protocolo 88 deve ser o nome de um código de uma dessas *black operations*... O problema é que não sabemos qual. Ainda não temos nada sobre isso.

— Vamos acabar encontrando — afirmou Louvel. — Estamos na pista certa.

— Espero... Vamos continuar a procurar. Agora, trabalhamos em outros documentos igualmente interessantes.

— Quais?

— Bem, primeiro, entre os documentos que você fotografou, havia uma carta de um fornecedor de acesso à Internet com todas as informações a respeito da caixa de e-mail de Reynald. Bom... Isso não é muito legal, mas fomos ver o que havia nela...

— Uma vez a mais não faz diferença — observou Louvel, fazendo uma careta.

— Reynald tomava o cuidado de apagar todos os e-mails, tanto na caixa de entrada quanto na caixa de saída, mas o nosso caro Sak não é de se deixar desarmar por esse tipo de desafio... Ele conseguiu recuperar boa parte dos e-mails enviados por Reynald no ano passado. E no que era recuperável, encontramos alguns que despertaram o nosso interesse. Vários deles lhe eram endereçados, Vigo.

— A mim? Mas nunca recebi e-mails desse cara! — surpreendi-me retesando-me na cadeira.

— No entanto, ele enviou ao menos dois para o seu endereço...

— Por que nunca os recebi?

— Não sei. Talvez a Dermod os tenha interceptado. Ou talvez os seus falsos pais filtrassem o seu correio...

Pensando bem, isso era bem possível... Em todo caso, era a explicação mais provável. Meus pais e eu dividíamos o mesmo computador e várias vezes eu me perguntei — como um adolescente desconfiado — se a minha mãe não lia os meus e-mails.

— O primeiro e-mail — emendou Lucie — era a respeito da torre SEAM e sente-se bem a obsessão, ahn... assassina, que o homem cultivava a respeito do edifício... O segundo se refere a um misterioso "comandante L.". É um longo panfleto sobre um tipo de polícia secreta, mas que não parece muito realista. Francamente, esse Reynald deve ser meio débil e é difícil saber se o que ele diz tem algo de real... Mas tem uma coisa ainda mais interessante. Encontramos um terceiro e-mail muito, muito curioso... Imaginem que, na véspera do atentado, Reynald enviou uma mensagem a vinte pessoas, entre elas... você de novo, Vigo.

— E o que dizia o e-mail?

— Esse também é muito estranho. Meio codificado, se assim posso dizer. O objeto especificado é o nosso famoso "Protocolo 88" e o conteúdo retoma, sobretudo, algumas coisas que estavam pregadas na parede do apartamento conjugado de Reynald. Vejam.

A jovem nos estendeu uma folha impressa. Eu me aproximei de Louvel e li por cima do seu ombro:

De: *Gérard Reynald*

Data: *7 de agosto, 15h50*

Para: *undisclosed recipients*

Assunto: *Protocolo 88*

Rebentos transcranianos, 88, está na hora do segundo mensageiro. Hoje, os aprendizes de feiticeiro na torre, amanhã, nossos pais assassinos no ventre, sob 6,3. Faço isso por nós todos. Espero ir até o fim [E o segundo anjo tocou... Uma coisa parecida com uma grande montanha de fogo caiu no mar. Uma terça parte do mar se transformou em sangue.] (Apocalipse, 8:8).

— O que é essa algaravia? — disse Louvel.

Lucie deu de ombros.

— A... A primeira frase — balbuciei. — Foi a que ouvi na torre, justo antes da explosão. Os pensamentos de Reynald... Ele devia se repetir essa frase todo o tempo.

Louvel franziu as sobrancelhas.

— Foi esta frase que fez você sair da torre correndo?

— Foi...

Ele anuiu, como se, finalmente, começasse a compreender.

— Vocês têm alguma ideia do que isso quer dizer? — perguntou ele, dirigindo-se tanto a mim quanto à Lucie.

— Claramente, anuncia o atentado de 8 de agosto — sugeriu a jovem.

— Ele deve ter querido nos prevenir — continuei.

— "Nós" quem?

— Não sei... As pessoas interessadas... *Faço isso por nós todos.* Puderam identificar os outros destinatários do e-mail?

— Não, ainda não. Mas uma coisa é estranha: na lista dos destinatários, há um pseudônimo que corresponde a cada endereço de e-mail. E o seu era: *Il Luppo.* Isso lhe diz alguma coisa?

Eu pensei.

— Não, não vejo...

— Quer dizer "o lobo", em italiano... Todos os outros apelidos são do mesmo tipo. Nomes de animais...

Estremeci. O lobo. Deslizei a mão lentamente para o meu ombro, os olhos arregalados.

— O que foi? — perguntou Louvel, ao ver o meu estado de consternação.

— Tenho... Tenho uma tatuagem no ombro. Nunca soube de onde vinha. Não me lembro...

— E o que é?

— Um lobo.

Houve um breve momento de silêncio. Cada um refletia no seu canto. Pouco a pouco, as peças de um quebra-cabeça ainda vago começavam a se encaixar.

— Bom — declarou finalmente Louvel —, vamos resumir. Tudo o que podemos concluir no momento é que Reynald quis avisar um grupo de vinte pessoas, visivelmente envolvidas no famoso Protocolo 88, a respeito do atentado. Que essas vinte pessoas, a quem parece que ele se dirige com o nome de "rebentos transcranianos", tinham um apelido para ele que, no seu caso, corresponde a uma tatuagem. Também podemos supor que ele escolheu simbolicamente a data de 8 de agosto para repetir o número 88, e que parece que ele faz uma ligação estranha com o Apocalipse, 8:8...

— Sim. Talvez não passe de um delírio esquizofrênico... Uma tendência a ver analogias em tudo... Ou um invólucro, um simbolismo. A relação entre este texto e o nosso caso parece um pouco forçada. Se bem que as consequências do seu ato tenham sido, de fato, meio apocalípticas...

— Depois — continuou Louvel —, mais ou menos, ele anuncia que vai explodir a torre, onde estariam o que ele chama de "aprendizes de feiticeiro"...

— Decerto as pessoas da clínica Mater — arrisquei —; o bando do doutor Guillaume.

— Sem dúvida. E, enfim, ele fala do que deve ser um segundo prédio, seu segundo alvo, "o Ventre", onde estariam situados "nossos pais assassinos". Certamente, ele foi preso antes de passar ao ato. No entanto, podemos pensar que ele fala dos responsáveis diretos de todo esse caso, e, portanto, provavelmente, da Dermod.

— Não podemos ter certeza — replicou Lucie.

— Não, mas parece ser isso. Reynald teria a intenção de perpetrar dois atentados, o primeiro contra a clínica Mater, na torre SEAM, e o segundo, provavelmente, contra a Dermod, num lugar que ele chama de "o Ventre".

— Pode ser. E o que significa "sob 6,3" no caso? — perguntei.

Lucie deu de ombros.

— Por enquanto, continua um mistério. Mas "o Ventre" corresponde a outro dos documentos que vocês nos enviaram. As plantas arquitetônicas com anotações de Reynald. As primeiras foram fáceis de identificar, "a Torre", tratava-se, é claro, da torre SEAM, com as fichas técnicas sobre a estrutura do prédio, ou seja, tudo o que era necessário para saber onde colocar as bombas.

Em compensação, as segundas, que trazem a menção "o Ventre", ainda não descobrimos a que corresponde, mas temos uma certeza: trata-se de uma estrutura subterrânea.

Inclinei a cabeça lentamente. Uma estrutura subterrânea... Evidentemente, isso me fazia pensar em alguma coisa. O murmúrio das sombras...

— Devemos nos focalizar nisso — propôs Lucie. — Não podemos perder de vista o que buscamos: o "Protocolo 88". Ora, para descobrir o que é isso, sem dúvida precisaremos chegar à Dermod. Se nossas suposições estiverem certas, essas plantas arquitetônicas poderiam nos ajudar a localizar essa misteriosa sociedade, cuja sede social ainda não sabemos onde fica, o endereço *offshore* que figura na montagem financeira certamente é falso. Parece evidente que Reynald tinha alguma queixa contra eles. Talvez ele seja um ex-mercenário, talvez tenha sido traído pela Dermod, sei lá. Em todo caso, por vingança, ele decidiu explodir os locais que tinham alguma ligação com eles. Primeiro a torre SEAM, depois esse segundo prédio, subterrâneo, que pode ser a sede social da Dermod.

— Não passam de suposições, mas são admissíveis — disse Louvel, olhando-me.

Não respondi. Uma das coisas que Lucie havia acabado de dizer me fez, subitamente, tomar consciência de uma eventualidade que me gelou o sangue. Se Reynald realmente havia sido um ex-mercenário, eu não podia deixar de fazer um paralelo comigo. Nós nos parecíamos em tantos pontos! E não apenas na esquizofrenia, mas no percurso... Agora também havia essa história de nome codificado, de tatuagem... E daí? Isso significaria que eu também... Não. Não podia acreditar. Eu, mercenário? Não sabia se tinha vontade de rir ou de chorar. No entanto... Isso explicaria muitas coisas, como o arrombamento de fechaduras, a direção de carros, as técnicas de luta...

Louvel deve ter percebido o meu conflito. Ele pôs a mão no meu braço.

— Tudo bem, Vigo?

— Hã... Sim — balbuciei. — Eu... eu acho que sei a que poderiam corresponder as plantas subterrâneas.

— Mesmo?

Concordei com a cabeça.

— Sim. Tenho uma ideia do que pode ser. Tenho... tenho de dar um telefonema.

— Para quem?

— Para o ex-comandante da Equipe de Busca e Intervenção das Pedreiras de Paris.

68.

Por volta das 21 horas, Damien Louvel e eu estávamos na sala do comandante Berger. Não havíamos perdido tempo. Como dissera Damien, visto as surpreendentes implicações, cada vez mais preocupantes, que se desenhavam a respeito do caso, a nossa investigação estava começando a parecer uma corrida contra o relógio. Segundo ele, precisávamos fazer o escândalo estourar — se fosse um escândalo — antes que os responsáveis do alto escalão, que possivelmente se escondiam atrás da Dermod, conseguissem abafar o caso... ou nos fazer calar, de uma forma ou de outra.

O ex-policial concordara em nos encontrar naquela mesma noite, na sua casa, um pequeno apartamento do XXe arrondissement. A aposentadoria de ex-tira não parecia permitir ao velho celibatário viver no luxo e o seu apartamento de duas peças estava ainda mais em desordem do que o de Agnès. Sorri ao pensar que os guardiães da ordem pareciam negligenciar a arrumação do seu próprio hábitat... Visivelmente, Berger era um bibliófilo, a julgar pela quantidade de volumes que invadiam as paredes e os móveis. No trajeto, Louvel — que havia feito suas pequenas pesquisas — me havia informado que o policial participara de duas obras na Paris subterrânea, nos últimos anos.

Berger devia estar perto dos 70 anos. Alguns raros cabelos brancos atravessavam a cabeça grande. Bem-disposto, tinha um rosto arredondado, as faces avermelhadas e o olhar brilhante. Nós lhe dissemos que éramos jornalistas, amigos de Agnès, e que fazíamos uma pesquisa sobre a vida subterrânea da cidade. Inicialmente, ele se recusara a nos encontrar, explicando que já havia respondido essas perguntas a jornalistas mil vezes e que era assunto encerrado, mas acabara aceitando "por amizade a Agnès".

— O que esperam dizer na sua reportagem sobre o subsolo de Paris que já não tenha sido dito em dezenas de documentários sobre o assunto? Já leram meus livros? Tudo o que sei está neles...

Virei-me para Louvel. Esperava que ele tivesse mais respostas do que eu.

— Senhor Berger, vamos jogar abertamente com o senhor — declarou Damien, com ar sério. — Não estamos fazendo um simples documentário sobre as catacumbas. Fazemos um jornalismo de investigação.

— Ulalá — interveio o policial, zombador.

Louvel não se desconcertou.

— Achamos que no subsolo da cidade podem existir atividades que tenham relação com o atentado de 8 de agosto.

Era uma resposta arriscada. O hacker havia feito uma confissão que me parecia arrojada! Valia a pena despertar as suspeitas do comandante Berger, deixando que ele fizesse uma conexão com o objeto real da nossa investigação? Ao vir ali, de cara limpa, apesar da cabeça raspada, eu já assumia muitos riscos. Mas talvez Louvel tivesse razão. Citar o verdadeiro objetivo da nossa investigação também era um meio de ocultar a nossa mentira — não éramos jornalistas — num pouco de verdade.

O policial franziu o sobrecenho.

— Terroristas embaixo de Paris? Isso me surpreenderia. A polícia está a par de tudo o que se passa sob a cidade...

— No entanto, muitas vezes fala-se desses jovens que entram ilegalmente nas catacumbas...

— Imaginem, eles são justamente nossa melhor fonte de informação — replicou o velho. — Conhecemos perfeitamente todos os *cataphiles*,* como eles mesmos se denominam. Toleramos a presença deles e, em troca, eles nos indicam qualquer atividade fora do normal nos subsolos de Paris.

Agora ele falava como se ainda estivesse na ativa, sem dúvida dominado pela missão que cumprira por tanto tempo.

— Sabem, o departamento que eu dirigia faz mais prevenção do que repressão... Quando descemos, controlamos a identidade das pessoas que estão por ali e avisamos sobre o perigo de circular nas catacumbas, mas raramente os autuamos. Graças a isso, o departamento possui um arquivo preciso de todos os *cataphiles*, com nome, apelido e, eventualmente, a organização à qual pertencem... Essa é a melhor fonte de informação com que podería-

---

* Neologismo francês etimologicamente originado do grego: *cata*, que significa embaixo, e *phile* — ou filo —, que significa amigo. São os indivíduos que visitam clandestinamente as catacumbas de Paris. Essa palavra não tem correspondente em português. (N. T.)

mos sonhar. Quando existe alguma coisa de anormal, os *cataphiles* nos avisam. É uma maneira de manter uma boa relação conosco, de conquistar a nossa boa vontade. Por isso, não acredito que terroristas possam agir no subsolo da cidade sem que a polícia seja alertada.

Louvel anuiu lentamente.

— Mas todos os locais embaixo de Paris são conhecidos?

— São, claro! Primeiro, existe a "Giraud", uma planta que os *cataphiles* usam e que eles mesmos atualizam constantemente. E, depois, a equipe de Busca e Intervenção das Pedreiras possui plantas muito bem detalhadas de tudo o que há sob a cidade: das antigas pedreiras de gipso e calcário, dos esgotos, das autênticas catacumbas, das diferentes infraestruturas do metrô, das redes telefônicas e *pneumatiques*,* e, também, dos subterrâneos mais confidenciais, como os bunkers da Segunda Guerra Mundial, os abrigos de defesa passiva...

— São muitos lugares a serem vigiados.

— É verdade — reconheceu o comandante Berger. — Muitas vezes chamei a atenção dos meus superiores para o fato de que os nossos efetivos eram um pouco limitados para a nossa missão... Embaixo de Paris existem, também, vários espaços inutilizados, abandonados, como galerias inacabadas do metrô, e até estações inteiras largadas. Sob a Défense, por exemplo, foi construída uma gigantesca estação de metrô que nunca foi usada...

Não pude deixar de dirigir um olhar cúmplice a Louvel.

— Sob a Défense? — insistiu o hacker.

* As redes *pneumatiques* eram feitas de tubos de ar comprimido que, na França, possibilitavam enviar cartas rapidamente de uma agência do correio para outra. Hoje em dia essa forma de envio de cartas não existe mais. (N. T.)

— Sim. Não pode imaginar o número de espaços abandonados que há sob o piso da Défense... Já sei aonde quer chegar! O atentado ocorreu na Défense... Mas não está achando que terroristas poderiam se instalar nesses locais sem que percebêssemos...

— Terroristas, não. Mas poderia haver alguma coisa sob a Défense relacionada ao atentado. De que tipo são esses espaços?

— Eu já disse, de vários tipos. Vários níveis foram construídos sob o piso, em dezenas de hectares, até o Sena. Há estacionamentos, os subsolos dos centros comerciais, vias de transporte, autoestradas e um monte de instalações técnicas... Resultado: no meio de tudo isso, existem construções imensas, muitas vezes inutilizadas, que foram fechadas. Algumas dessas construções que sobraram se tornaram lendárias. Elas são chamadas pelo pessoal da EPAD* de "catedrais enterradas".

— Divertido.

— É. Faz parte do folclore. Correm várias histórias a respeito delas. Por exemplo, em 1991, a rádio Nova conseguiu organizar duas noitadas piratas numa dessas construções abandonadas. Depois, há esse artista, Moretti, que, com a cumplicidade de Picasso e do ministro da Cultura na época, acho que era Duhamel, conseguiu, em 1973, um espaço para uma gigantesca escultura que ele sempre aumentava, todos os anos. Acabaram chamando a sua obra de "o monstro da Défense"... Creio que foi Kessel** que a batizou assim.

— Impressionante. Não sabíamos...

— Se procurar mais, nunca deixará de se surpreender. Pessoalmente, a obra abandonada mais impressionante que visi-

* EPAD: sigla francesa para Empresa Pública de Planejamento da Défense. (N. T.)

** Joseph Kessel (1898-1979), escritor e jornalista francês, de origem argentina. (N. T.)

tei foi a famosa estação de metrô fantasma situada embaixo do último subsolo do estacionamento da Défense, a que se pode ter acesso por um pequeno alçapão secreto. Essa estação inacabada deve ter mais de 200 metros de extensão. No fim das contas, a RATP* resolveu não usá-la e faz uns quinze anos que essa catedral de concreto está vazia. Mas há outros lugares míticos, como o museu do Fundo Nacional de Arte Contemporânea e outros ainda mais insólitos, aos quais deram nomes engraçados, como "gruta de águas inauditas", "oásis de Deus", "celeiro das ilusões perdidas"... Na verdade, não estou surpreso de que nunca tenham ouvido falar sobre isso. Poucas pessoas conhecem tudo o que está oculto no subsolo da Défense. Além do mais, só alguns raros iniciados puderam visitar todos os locais, e esses são, principalmente, os funcionários mais antigos da EPAD.

Quando o policial terminou a explanação, eu estava disposto a pôr a mão no fogo de que as plantas misteriosas de Reynald representavam um desses espaços. Eu me inclinei para Louvel e lhe cochichei na orelha: "Vai mostrar a ele?"

Ele hesitou, depois concordou. Tirou da mochila uma folha grande e mostrou-a ao comandante Berger.

— Essas plantas lhe dizem alguma coisa?

O policial tirou os óculos do bolso, pôs no nariz e inspecionou minuciosamente a folha que Louvel lhe entregara. Depois de longas hesitações, fez uma cara desolada.

— Não, não me diz nada. Em compensação...

— Sim?

— Foi você quem escreveu "o Ventre" no alto da folha?

— Não, por quê?

---

* RATP: sigla em francês para Administração Autônoma dos Transportes Parisienses. (N. T.)

— Os funcionários da EPAD muitas vezes chamam o subsolo da Défense de "O ventre de Paris"...

— Acha que essas plantas poderiam corresponder a um espaço oculto sob a Défense?

— É possível, mas essa aí não me diz nada. Mesmo assim, não conheço todos muito bem. Talvez devesse consultar o pessoal da EPAD para pôr tudo em pratos limpos.

Louvel concordou com a cabeça e agradeceu ao policial. Ainda ficamos uma boa hora com ele, ouvindo-o contar casos interessantes sobre o subsolo da cidade, mas Louvel e eu tínhamos certeza de ter encontrado o que procurávamos.

Saímos de lá tarde da noite e lhe agradecemos efusivamente.

Quando chegamos à rua, Louvel deu-me um tapa no ombro.

— Bom, Vigo, acho que estamos no caminho certo... Veremos isso amanhã. Já está tarde. Não acho que seja sensato você ir para um hotel. Se quiser, ofereço para hospedá-lo na minha casa nos próximos dias.

Hesitei. Era preciso reconhecer que a presença de Louvel se tornara tranquilizadora, até mesmo confortável. Talvez fosse covardia da minha parte, mas estava bem feliz por não ser mais confrontado com a solidão, nem com o meu julgamento. Decidi aceitar a oferta. Na pior das hipóteses, ficar na casa dele talvez fosse um bom meio de aprender mais sobre aquele personagem.

Depois de um curto trajeto de táxi, subimos para o apartamento onde Louvel morava, no coração do XXe arrondissement, perto do loft da EsFiNgE. Era um apartamento grande de três peças, quase inteiramente vazio. As paredes eram brancas, sem enfeites, havia muito poucos móveis, o estritamente necessário, tudo com um design sóbrio e elegante que lembrava os luxuosos apartamentos high-tech dos prédios de Tóquio. Um magnífico assoalho de madeira clara reforçava a impressão de calma e luminosidade. No centro da sala ficava apenas uma televisão, um grande sofá de couro preto e uma mesa redonda. Era como se Louvel não ocupasse realmente o local. Sem dúvida, ele passava a maior parte da vida no escritório da EsFiNgE.

— Quer beber alguma coisa? — propôs ele, pendurando o casaco na entrada.

— Não. Estou realmente cansado... Acho que seria mais sábio ir dormir.

— Tem razão.

— Eu... eu queria lhe agradecer, Damien...

— Não há de quê.

— Há sim. Você sabe, estou atravessando um período realmente difícil. Em certos momentos, eu me pergunto se tudo o que estou vivendo é mesmo real.

— Compreendo. É normal. O que acontece com você é... excepcional. Mas eu confirmo, tudo isso é bem real, infelizmente.

— De qualquer forma, a sua ajuda é muito preciosa para mim. Acho que não compreendo muito bem por que faz isso, mas eu lhe agradeço...

Louvel deu um sorriso enigmático. Parecia divertir-se em cultivar certo mistério.

— Lucie e eu faremos o melhor possível para ajudá-lo, Vigo. Estou certo de que em breve encontraremos a verdade. Mas, agora, vamos dormir. Temos muito o que fazer nos próximos dias...

Concordei. Damien instalou-me no que deveria ser o quarto de hóspedes e eu dormi sem dificuldade.

69.

Conseguir um encontro no dia seguinte com um responsável da EPAD foi bem mais difícil do que imaginávamos. A principal razão era, evidentemente, que o órgão responsável pela construção da Défense ainda estava em plena crise, em consequência do atentado de 8 de agosto, ainda mais porque parte dos seus departamentos estava instalada em escritórios na torre SEAM. Para dizer a verdade, a maioria dos funcionários da EPAD havia morrido no atentado, e a direção da empresa — que acabamos conseguindo encontrar — estava com os nervos à flor da pele.

No entanto, depois de uns quinze telefonemas, graças à sua força de persuasão, Louvel conseguiu convencer o diretor de comunicação a nos receber no início da tarde. Pouco mais de duas semanas depois do atentado, a EPAD precisava cuidar da imagem do centro de negócios, porque, depois de uma catástrofe dessas, não só era preciso instalar com urgência um clima de confiança e segurança na Défense, mas, sobretudo, atrair rapidamente novos investidores para reaquecer o futuro do local. Apesar da situação de emergência, a EPAD parecia decidida a tratar os jornalistas com luvas de pelica.

Assim, um certo senhor Morrain esperava-nos no bulevar Soufflot, em Nanterre, no escritório provisoriamente posto à sua disposição pelo conselho geral de Hauts-de-Seine.*

Marc — o famoso cético bulímico do grupo da EsFiNgE que ainda me julgava de olho torto — nos fornecera falsos documentos de jornalistas e o meu correspondia à minha nova identidade. O senhor Morrain se mostrou bem mais curioso do que o comandante Berger sobre o assunto da nossa investigação, e

* Uma das divisões administrativas da França. (N. T.)

Louvel teve de explicar que fazíamos um trabalho preparatório para um eventual documentário na France 2...* A mentira colou mais ou menos.

Eu não me sentia muito à vontade ao entrar no escritório do conselho geral. A minha cabeça ainda estava posta a prêmio e eu era procurado em toda a França. Além da cabeça raspada, Louvel fez-me usar óculos que, segundo ele, modificavam bem a minha fisionomia. Não o bastante para que eu ficasse totalmente tranquilo, mas, em todo caso, o suficiente para que eu aceitasse acompanhá-lo.

O senhor Morrain — na faixa dos 40, sorriso amável, terno elegante — recebeu-nos calorosamente no seu escritório e começou por nos fazer uma apresentação detalhada da EPAD. Fingimos estar interessados.

— A função principal da EPAD, como, sem dúvida, já sabem, é organizar, por conta do Estado e das coletividades locais, os 160 hectares da Défense.

— Isso deve representar uma maldita carga de trabalho.

— Realmente. Vocês sabem que se trata do primeiro bairro empresarial europeu. Gerimos tudo o que se relaciona ao urbanismo, à infraestrutura e à concessão de permissão para construir em toda a Défense. Mas o nosso papel não para aí, pois, no fim das contas, cuidamos até da vida cotidiana do local e do seu movimento. Podem adivinhar o que o atentado de 8 de agosto significou para nós... uma grave crise e, atualmente, encaramos problemas que vão muito além de tudo o que poderíamos imaginar...

— Acredito no que diz — disse Louvel com ar compadecido. — Estou até surpreso de que seu departamento esteja funcionando, sendo que a base de vocês estava na torre.

* Canal de televisão francês. (N. T.)

— Perdemos muitos colegas nessa tragédia. Os meus próprios escritórios ficavam na torre SEAM, e é um milagre que eu possa recebê-los hoje... Mas não temos escolha. Há muito o que fazer. Já estamos trabalhando nos projetos de reconstrução. Aliás, podem compreender por que não posso dedicar muito tempo a vocês...

Podíamos sentir na voz dele uma emoção que não era fingida, e constatei que esse homem tinha muita coragem para assumir novamente as suas funções tão cedo depois do atentado.

— Não temos a intenção de monopolizar o seu tempo — continuou Louvel — e somos infinitamente gratos por ter aceitado nos receber. Vou ser breve. Estamos no início da nossa investigação e, por enquanto, nos concentramos em quais poderiam ser os motivos do atentado.

O diretor de comunicação pareceu surpreso.

— Esse é um trabalho da polícia...

— Claro — replicou Damien, imediatamente. — Não se trata de fazer a investigação no lugar deles, eu garanto. Mas, sem dúvida, a justiça vai precisar de tempo para esclarecer o caso. A ideia é, simplesmente, enquanto isso, apresentar aos telespectadores os diferentes argumentos possíveis...

Eu admirava a segurança com que Louvel levava a conversa quando senti os primeiros sinais de uma dor de cabeça que eu conhecia muito bem. *Não, aqui não. Não agora.*

— Sei — disse Morrain, num tom meio cético. — Mas não tenho certeza de ser o interlocutor ideal nesse caso... Não cuido de nada do que se refere ao atentado. Tudo o que a EPAD administra é o planejamento.

A minha visão começou a ficar ligeiramente turva. O mundo começou a oscilar à minha volta, a perder a consistência. Tentei disfarçar o mal-estar. Tinha de continuar a ser o mesmo, a qualquer preço. Não era uma crise violenta. Com um pouco de sorte, ela desapareceria tão rápido quanto tinha vindo. Tentei manter a cabeça ereta e os olhos abertos.

— Talvez possa nos ajudar. Gostaríamos que desse uma olhada nesses documentos — explicou Louvel, tirando com cuidado a folha grande da mochila — e que me dissesse se sabe a que corresponde. Achamos que se trata da planta de algum lugar situado no subsolo da Défense...

De repente, senti um choque inexplicável. Como se uma descarga elétrica atravessasse a minha cabeça, furtiva, tão rápida quanto violenta. E, no mesmo instante, pensei ver se desenhar no rosto do nosso interlocutor uma expressão de surpresa. Talvez de pânico. Alguma coisa acontecia. Eu não sabia dizer o quê.

Damien pôs a planta arquitetônica aberta na mesa do senhor Morrain. Este hesitou, como se temesse olhar o documento, depois sentou na ponta da cadeira, pôs um par de óculos e inspecionou o traçado. Ao ver a planta, arregalou os olhos.

Não pode ser uma coincidência.

Eu me sobressaltei. Louvel dirigiu-me um olhar reprovador. Ele havia notado que eu não estava no meu estado normal. Mas eu não conseguia disfarçar a minha perturbação. Sabia o que havia escutado. Os pensamentos daquele sujeito. *Não pode ser uma coincidência.* Esfreguei os olhos. A crise tinha de passar. Eu podia pôr tudo a perder.

Morrain pinçou ligeiramente os lábios, em seguida ergueu a cabeça rapidamente.

— Sinto muito, mas não posso dizer nada sobre isso.

Como eu, sem dúvida, Louvel achou a resposta totalmente ambígua. Ele me deu uma olhada. Houve um momento de silêncio, provavelmente breve, mas que pareceu durar muito tempo.

Aos poucos a minha visão voltou ao normal, a sensação de tontura cessou. Respirei fundo, discretamente.

Louvel inclinou-se para a frente, perplexo, e pôs a mão na planta.

— Desculpe-me, eu... acho que não captei o sentido da sua resposta.

Morrain recuou na cadeira e cruzou as mãos, embaraçado.

— Não posso lhe dizer nada sobre essa planta — repetiu ele, com voz insegura.

Ele está escondendo alguma coisa, pensei.

— Mas... Não compreendo. Quer dizer que não a conhece ou que não quer falar sobre ela? — insistiu Damien.

O nosso interlocutor parecia cada vez mais constrangido. Seus ombros se contraíam em tiques nervosos.

— Essa planta não tem nada a ver com a EPAD, não posso lhe dizer nada a respeito dela, sinto muito.

— Mas são subterrâneos da Défense?

— Não posso lhe dizer nada — replicou ele, secamente.

Eu poderia jurar que ele hesitava. Que na realidade queria dizer mais. Porém, alguma coisa o impedia.

— Sabem — continuou ele, com ar desolado —, nem todos os locais da Défense... dependem da nossa organização. Há exceções. Ouçam, senhores, estou sinceramente confuso, mas não posso lhes dizer mais nada. E se puderem me dar licença, tenho muito o que fazer...

Antes que pudéssemos dizer qualquer coisa, ele se levantou e deu a volta na mesa; uma maneira maldisfarçada de nos colocar para fora.

Louvel levantou-se. Dirigi-lhe um olhar surpreso. Ele não ia insistir? Era evidente que o cara nos escondia alguma coisa! No entanto, ao ver que Damien desistia, resignei-me a sair da cadeira.

— Adeus, senhores — disse rapidamente Morrain. — E boa sorte no documentário.

— Sim, aparentemente vamos precisar — repliquei, apertando a sua mão e deixando transparecer o meu desapontamento.

Vi no seu olhar alguma coisa que parecia desespero ou frustração. Ele reteve a minha mão por um instante, como se, subitamente, se recusasse a me deixar ir embora, depois soltou um suspiro e se inclinou na minha direção.

— Acredite, eu... gostaria mesmo de poder ajudá-los. Mas... sinto muito. Não posso.

Soltando a minha mão, Morrain fechou a porta do escritório na minha cara. Fiquei paralisado por um momento.

Louvel fez-me sinal para acompanhá-lo. Saímos prontamente do conselho geral. Quando estávamos do lado de fora, ele deu um tapa amigável no meu ombro.

— Não se preocupe, Vigo, tivemos a confirmação de que precisávamos.

— Mas... Ele não quis dizer nada! Não nos disse tudo. Viu a reação dele?

— Justamente por isso. Diante da reação dele, sabemos que as plantas correspondem mesmo a algum local da Défense e que, sem dúvida, é um local secreto.

Acenei, em dúvida, com a cabeça.

— O comandante Berger nos disse que existem centenas de lugares possíveis. Como encontrar o certo? Eu me pergunto por que ele reagiu assim.

— Não achei que fosse má vontade, Vigo. Ele parecia realmente pouco à vontade. Notou como ele insistiu no fato de esses locais não dependerem da EPAD? Ele disse: "Há exceções." Isso significa que esses locais, que achamos terem alguma relação com a Dermod, são administrados por outro órgão. Resta saber qual.

— E como podemos saber?

— Poderíamos começar dando uma olhada no cadastro.

70.

Depois de um telefonema para Lucie, Damien conseguiu rapidamente a informação de que precisávamos: uma parte do cadastro da Défense podia ser consultada na prefeitura de Puteaux e a outra na de Courbevoie. Dividimos as tarefas e no meio da tarde eu estava no escritório de urbanismo da prefeitura de Puteaux. Louvel havia hesitado muito tempo em me deixar ir sozinho, convencido de que eu não estava seguro. Mas insisti, impaciente em avançar na investigação, e ele acabara cedendo. Sem dúvida, estava tão apressado quanto eu em descobrir o que tentavam nos esconder.

Depois de mostrar a minha identificação de jornalista à funcionária da prefeitura, explicando que eu preparava um documentário sobre o subsolo da Défense, consegui o cadastro e, também, um dossiê completo do urbanismo referente à zona que dependia de Puteaux. Deixaram-me numa pequena sala laranja, onde me sentei sozinho a uma grande mesa com duas pastas de papelão enormes na minha frente.

Devia fazer uma meia hora que eu esmiuçava uma a uma as plantas do cadastro quando os sinais de uma segunda crise apareceram subitamente. Dessa vez, mais fortes. Novamente, a minha visão ficou turva. Os documentos sob os meus olhos começaram a ficar desfocados, a duplicar, e senti crescendo em mim a tontura insuportável, a dor de cabeça opressiva. Apoiei as costas na cadeira para não perder o equilíbrio e fechei os olhos. Os murmúrios começaram a imiscuir-se na minha cabeça, como ondas sucessivas, cada vez mais fortes, que pareciam vir dos quatro cantos da sala. Indistintos, misturaram-se às lembranças que me obcecavam; meus falsos pais, o apartamento de Gérard Reynald, as imagens, as frases, a desordem, a confusão, *está na hora do segundo mensageiro; quer vinho, Vigo? O proprietário é um filantropo, Feuerberg, uma coisa parecida com uma grande montanha de fogo caiu no mar; sua mãe e eu vamos nos separar, meu filho.*

Sacudi a cabeça para expulsar essas vozes que se sobrepunham de maneira cada vez mais cacofônica. Não podia deixar o pânico me dominar. A crise passaria, como todas as outras. *Passaria, passaria, passaria. Bastava não gritar. Eu teria gritado? Fui eu que gritei. Olhei para o meu Hamilton. 88:88. Estava tudo normal. Tudo estava normal? Estava sozinho na prefeitura de Puteaux. Estaria sozinho na prefeitura de Puteaux? Você está sendo vigiado. Câmeras. Microfones. Em toda parte. Você se chama Vigo Ravel. Será que você se chama... Chega!*

— Está tudo bem, senhor?

Eu me assustei. Abri os olhos e reconheci a funcionária da prefeitura que me havia entregue os dossiês. Uma mulher baixinha, meio forte, morena, de cabelos encaracolados. Parecia preocupada.

— Sim... Sim. Deve ser o calor.

Enxuguei o suor da testa.

Ela atravessou a sala e abriu uma janela.

— Faz anos que pedimos um ar-condicionado. A cada ano o desconforto aumenta nesta prefeitura... Quer um copo d'água?

— Não, obrigado, estou melhor. Obrigado.

— Já terminou?

Olhei as plantas abertas na minha frente em cima da grande mesa.

— Não... Ainda não.

— Bom, vou deixá-lo sozinho. Se precisar de alguma coisa, estou ao lado...

Ela saiu da sala, dirigindo-me um sorriso.

Esfreguei os olhos, respirei fundo e voltei a mergulhar nos dossiês de urbanismo da Défense. Um a um, inspecionei os traçados, os esquemas, tentando distinguir os que poderiam corresponder aos subsolos. Mas nenhum se parecia com a nossa misteriosa planta, "o Ventre". Era difícil se localizar nessa multidão de documentos: planta local de urbanismo, planta de ocupação dos solos, projetos urbanos do planejamento ou "desenvolvimento sustentável", cadastro, plantas de melhoramentos das ligações de pedestres entre a Défense e Puteaux e, é claro, plantas detalhadas das torres, dos espaços públicos.

Certo de ter examinado, sem sucesso, todas as plantas que estavam nos dossiês, decidi recomeçar mais uma vez. Talvez tivesse perdido alguma coisa por causa da crise. Não era o momento de ser negligente. Com uma concentração renovada, virei as páginas uma a uma, comparando-as com a cópia da planta que Louvel me havia deixado. Nenhuma delas parecia ser correspondente.

Nesse instante, uma campainha soou na sala. Levei algum tempo para perceber que era o telefone que Louvel me havia dado no escritório da EsFiNgE. "Este telefone não está grampeado, ele é bem protegido", havia me afirmado. "Mesmo assim, não abuse."

Hesitei, depois mergulhei a mão no bolso e atendi, meio ansioso.

— Vigo?

Era a voz de Louvel. Isso bastou para acalmar meus batimentos cardíacos.

— Sim.

— Encontrou alguma coisa?

— Ainda não. E você?

— Nada — suspirou ele. — Absolutamente nada. Verifiquei várias vezes, não vou encontrar nada aqui. Vou voltar. Vamos nos encontrar na EsFiNgE?

— Combinado. Vou verificar mais uma vez e irei encontrá-lo.

— Tudo bem. Boa sorte, Vigo. Seja cauteloso. Até mais.

Visivelmente, não estávamos na pista certa. No entanto, a reação do diretor de comunicação da EPAD me dera a certeza de que não estávamos errados.

Por desencargo de consciência, decidi terminar a minha segunda leitura. Meus olhos começavam a ficar cansados na luz pálida daquela sala da prefeitura e eu me perguntava se a funcionária que me havia deixado entrar não ia achar que eu demorava demais. Depois de alguns minutos de leitura constante, fiz uma pausa e esfreguei o rosto, nervoso e exausto. Eu daria qualquer coisa para fumar um cigarro... Mas aquele não era o lugar ideal. Buscando um pouco de coragem, mergulhei nas últimas folhas, que se referiam ao arco da Défense. Uma a uma, inspecionei-as de cima a baixo, e foi, então, que notei alguma coisa estranha.

Um pequeno detalhe que me havia escapado da primeira vez e que eu poderia ter ignorado da segunda. No entanto, era um detalhe importante. E, imediatamente, soube que havia encontrado alguma coisa.

Faltava uma página nas plantas do subsolo do Grande Arco.

71.

Caderneta Moleskine, anotação nº 197: 88.

Talvez eu tenha sido preguiçoso. Sondei o ano de 1988, esperando encontrar algum eco da minha história, mas, sem dúvida, deveria procurar mais longe, nos mistérios do número.

Eu me prestei ao jogo e não tenho certeza de haver encontrado alguma coisa concludente. Haveria tanto a dizer!

88 é um número intocável. Ele se impõe, assim, mas é simplesmente um truque dos matemáticos. Por alto, significa que 88 é um número inteiro natural que não pode ser expresso como a soma dos divisores de nenhum número inteiro. Os primeiros números intocáveis são, 2, 5, 52 e 88. Isso não ensina nada, mas, intocável, acredito que ele seja.

88 é um número palíndromo, que se pode ler nos dois sentidos. Que seja. Que o meu caso tenha uma dupla leitura me parece o mínimo.

88 é o número atômico do rádio, que é um metal alcalinoterroso. 88 também é o número de teclas do piano, e o número de constelações presentes no céu, segundo a definição da União Astronômica Internacional. E Mercúrio descreve uma órbita em torno do Sol de 88 dias... Tudo isso não me ensina muita coisa.

88, em gíria inglesa, designa a prática sexual equivalente ao nosso 69. Não acho que tenha algo a descobrir desse lado...

88, ou Eighty Eight, é o nome de uma cidade americana situada no estado de Kentucky. Talvez o nosso protocolo tenha sido assinado lá.

Mais interessante, 88 serve de símbolo de reconhecimento para os neonazistas. Como o H é a oitava letra do alfabeto, 88 é o código que eles usam para significar HH (Heil Hitler). Será que o Protocolo 88 tem alguma relação com os fascistas? Por que não?

Aí está, mais uma vez; quando buscamos a qualquer preço as correlações, acabamos sempre encontrando-as. É a lei dos números muito grandes. O que eu vejo é que, quando deitamos o 8, ele passa a ser o símbolo do infinito. 88 são dois infinitos que se erguem diante de mim e me desafiam do alto da sua eternidade.

72.

— Tem certeza, Vigo?

— Absoluta. Falta a terceira página.

Eram quase 18 horas e estávamos novamente sentados em volta da mesa de reunião do aquário, a gaiola de vidro que ficava na parte de cima do escritório da EsFiNgE. Um novo entusiasmo se lia no rosto de Louvel, quase infantil, um nadinha ingênuo. Quanto a Lucie, ela parecia manter a calma em qualquer circunstância. Uma coisa era certa: a nossa investigação se acelerava. Mas isso não aliviava em nada o meu estresse. Ao contrário.

No entanto, eu começava a me acostumar à singularidade do lugar e à agitação que reinava na EsFiNgE. Todo o tempo, Sak ou Marc irrompiam no aquário para fazer uma pergunta, pedir uma opinião. Isso me deu a oportunidade de descobrir a variedade de dossiês que o misterioso e pequeno grupo examinava. Eles iam de escândalos políticos a picaretagens financeiras e sempre com a mesma palavra de ordem, tão simples quanto inabalável: fazer com que o maior número de pessoas ficasse sabendo o que os grandes deste mundo tentavam esconder de nós... Uma ideologia que me parecia um tanto cândida, mas que eles defendiam com muita seriedade.

Visivelmente, o meu caso não era a única investigação que ocupava os membros da EsFiNgE. Parecia que também se concentravam numa história de um falso mercado público no oeste parisiense e num escândalo financeiro em torno de pequenos investidores enrolados por um grande grupo farmacêutico. Constatei, porém, que os esforços essenciais estavam voltados para o atentado de 8 de agosto e para o intangível Protocolo 88. Eu apenas gostaria que tudo não fosse em vão. Eu já tivera tantas decepções e surpresas nesse caso que esperava qualquer coisa. Até mesmo o pior.

— Você perguntou à funcionária da prefeitura se ela sabia por que faltava aquela página? — perguntou Lucie pondo na sua frente um laptop.

— Perguntei. Ela me pareceu espantada. Disse que ia procurar saber e propôs que eu voltasse daqui a alguns dias... Mas não sei se podemos nos permitir esperar até lá.

Louvel nos olhou, para Lucie e para mim, depois abriu um largo sorriso.

— Amigos, não quero me entusiasmar, mas creio que estamos no caminho certo. Tudo indica que "o Ventre" fica mesmo no subsolo do arco da Défense. Agora, elementos suficientes apontam nessa direção. Contudo, precisamos saber mais. Vamos concentrar a nossa investigação nesse local, e, já que o cadastro não diz nada, procuraremos em outro lugar.

Lucie ligou o computador na frente dela.

— Poderíamos começar vendo o que encontramos na Internet — sugeriu ela. — Sak e eu já examinamos muitas fontes enquanto vocês estavam com o senhor Morrain, mas não nos concentramos no arco da Défense em especial. Isso nos permite reduzir o campo das nossas pesquisas.

Damien e eu demos a volta na mesa e nos sentamos ao lado da jovem. Reconheci a interface do servidor da EsFiNgE, que eu havia descoberto pela primeira vez no hacktiviste.com. Aparentemente, todo o sistema de informática deles convergia para esse servidor. Lucie havia criado um sistema que reunia num único bloco os principais sites de busca do planeta, com critérios que, provavelmente, ela havia personalizado. Pela maneira como os seus dedos corriam no teclado, via-se que estava no seu elemento. Aliás, eu não tinha certeza de captar tudo o que ela fazia. Eu a via desfilar páginas inteiras sob os seus olhos, textos, fotos, plantas... Ela lia numa velocidade impressionante, selecionava as informações que interessavam e as exportava para um servidor interno. Depois de alguns minutos de navegação, ela pegou o telefone na sua frente.

— Aparentemente, não há nenhuma planta do subsolo do Grande Arco disponível on-line — disse ela, colando o fone no ouvido. — Mesmo assim, vou pedir ao Sak que estude tudo isso e nos faça um resumo...

Lucie digitou um número de um ramal.

— Sak? Sou eu. Mandei documentos para serem analisados no FTP.* Se encontrar alguma coisa interessante, envie-nos. Queremos descobrir uma ligação entre as plantas arquitetônicas de Reynald e o Grande Arco da Défense.

Ela desligou e voltou a digitar no computador.

— Bom, Vigo, não adianta ficar aqui sem fazer nada — declarou Louvel, levantando-se. — Vamos deixar os jovens trabalharem e tomar alguma coisa enquanto esperamos. Lucie, voltamos daqui a uma hora, tudo bem?

— OK, *papy* — respondeu ela, sem tirar o nariz da tela. — Se quiserem ver, imprimi os três e-mails de Gérard Reynald, eles estão ali na mesa. Não têm nada de importante, mas podiam dar uma olhada. Até já!

---

* FTP: File Transfer Protocol — programa da Microsoft para o Windows. (N. T.)

Peguei as três folhas de papel, enfiei no bolso, depois Louvel e eu saímos para tomar uma cerveja num café ali perto. A multidão que se amontoava no interior do café nos oferecia um anonimato confortável. Senti que o hacker tinha alguma coisa a me dizer e logo descobri do que se tratava.

— Vigo, você tem sempre essas... essas crises, como teve há pouco, no escritório de Morrain?

Como eu adivinhara, ele havia notado o meu mal-estar durante a conversa. E, obviamente, isso o preocupava um pouco. O que era muito justificável. Eu podia imaginar que não devia ser nada tranquilizador andar por aí com um esquizofrênico sujeito a crises psicóticas incontroláveis.

— Tive outra hoje à tarde. Mas fazia um bom tempo que isso não ocorria... Não existe uma regra. Pode vir a qualquer hora.

— Não toma mais nenhum remédio?

— Não, e não piorei — respondi sem hesitar.

Ele meneou a cabeça.

— Desculpe-me por lhe fazer essas perguntas, Vigo, mas compreenda... Estou um pouco preocupado. Essa investigação exige muita energia. Não quero que nada lhe aconteça.

Então, não era por ele que se preocupava, mas por mim. Eu devia tranquilizá-lo. Afinal, fazia anos que eu convivia com esses sintomas...

— Não esquente comigo, Damien. Eu já disse: nunca me senti tão seguro, desde que estou com você.

— Pode ser. Mas fiquei com medo, há pouco, quando nos separamos para ir às diferentes prefeituras. Imagine se lhe acontecesse alguma coisa...

— Eu consigo segurar a barra, Damien, juro. Sabe, há tempos consigo administrar as crises.

Ele não pareceu convencido.

— Existe alguém... Um cara com quem trabalhamos regularmente desde que me juntei à EsFiNgE. Ele dirige uma empresa de guarda-costas, uma espécie de agência de segurança de que falamos ontem. Mas não do tipo da Dermod. Ele é honesto. Já me salvou a pele várias vezes. Se as coisas começarem a complicar, gostaria que ele o acompanhasse aonde quer que vá. Concorda?

Dei de ombros.

— Um guarda-costas? Não sei se preciso de um. Sei me defender bem. Tem de acreditar que tenho recursos de que não suspeitava — disse eu, com um sorriso irônico.

— É... Em todo caso, existe uma diferença entre me dar uma rasteira num apartamento em Nice e se defender de um bando de malucos mercenários... Se os nossos inimigos forem realmente como imaginamos, corremos um perigo real. Vamos, Vigo, prometa-me: no dia em que eu pedir, vai aceitar que esse amigo o acompanhe.

— Veremos. Ainda não chegamos a esse ponto.

Louvel soltou um suspiro. O seu lado paternal era comovente, mas, sem dúvida, ele não sabia que, no fundo, eu não me importava com a minha segurança pessoal.

Tomei um gole de cerveja e olhei fixo para o hacker. Havia nos olhos dele uma simpatia generosa, um não sei o quê que convidava à confidência.

— Sabe o que me daria prazer, Damien? — disse eu, abaixando a cabeça, mergulhando o olhar na espuma esbranquiçada do meu copo de cerveja.

— Acho que consigo adivinhar...

Levantei a cabeça. Sim, ele sabia. Talvez me compreendesse melhor do que eu mesmo me compreendia.

— Atualmente, não sei o que é mais importante. Saber a verdade sobre esse caso ou encontrá-la.

— Talvez possamos fazer os dois. Eu lhe prometo, Vigo, quando tudo isso terminar, eu o ajudarei a encontrá-la.

Dei-lhe um sorriso grato.

— Só espero que ela queira me ver.

Damien não acrescentou nada. Um silêncio se instalou e tomamos a bebida no lusco-fusco do fim do dia. No mutismo dele, eu podia perceber uma tristeza secreta, uma dor antiga. Havia alguma história de mulher no passado desse homem solitário. Uma história — sem dúvida uma tragédia — que o havia marcado para sempre. Eu tinha certeza de que a excessiva dedicação ao grupo da EsFiNgE era um meio de fazê-lo esquecer, ou, em todo caso, de tratar a cada dia essa antiga ferida, difícil de cicatrizar. Tudo isso talvez explicasse a afinidade imediata que sentimos um pelo outro.

Por volta das 19 horas, como o prometido, fomos ao encontro de Lucie no "aquário".

— Bom, sentem-se, amigos, tenho novidades.

Louvel puxou-me uma cadeira e sentou-se ao meu lado rapidamente. Eu podia sentir a sua impaciência e também não conseguia esconder a minha.

— Para começar, Sak me fez um briefing completo sobre o Grande Arco, com todas as informações essenciais. Algumas delas me chamaram a atenção.

Pelo modo de falar, eu tinha certeza de que ela havia encontrado uma informação capital, mas que ia fazer o suspense durar... Esperava não estar enganado. Fazia muito tempo que não saíamos do lugar.

— Antes de tudo — continuou a jovem —, têm de saber que o nome completo do monumento que nos interessa é "O Grande Arco da Fraternidade". Bonito, não é?

— É. Mas abrevie! — insistiu Louvel, que não aguentava mais.

— Ei, ora, um pouco de respeito, faça o favor! Em resumo, o uso corrente acabou reduzindo a denominação original do Grande Arco da Fraternidade, mas imaginem que ele foi batizado assim porque a intenção era que encarnasse uma versão moderna do Arco do Triunfo, não mais como uma homenagem às vitórias militares, e sim aos ideais humanistas. Aliás, Damien, falando em ideais humanistas e fraternidade, sabia que a província da Grande Loja Nacional Francesa de Puteaux, a mais tradicionalista do movimento franco-maçom, tem o título de "Paris Grande Arco"?

— Não... Isso tem realmente importância? Não me diga que a GLNF tem alguma coisa a ver com a nossa história! Espero que não me venha com o golpe do complô maçônico!

— Não, não. Achei que ia diverti-lo, já que você conspira constantemente com os maçons...

— Certo. Bom, e daí? — impacientou-se Louvel.

A moça piscou o olho para mim.

— Sabe, Damien é um grande mundano — disse ela, em tom de confidência. — Ele vive se relacionando com os grandes deste mundo, com o jet set, os políticos, a alta sociedade de Paris... e, de passagem, com as modelos...

Louvel sacudiu a cabeça.

— Eu cuido das nossas redes de informações, só isso! — defendeu-se ele. — Você passa o seu tempo nas reuniões da LCR,* cada um na sua! Então, e a Défense?

A jovem abriu um largo sorriso. Esses dois deviam passar muito tempo implicando um com o outro...

* LCR: Liga Comunista Revolucionária. (N. T.)

— Bom — continuou ela —, vou pular todos os detalhes da construção, se bem que alguns deles sejam fascinantes. O que é preciso saber é que Pompidou foi o primeiro a formular o desejo de prolongar o eixo histórico de Paris, como sabem, que vai do Museu do Louvre até o Arco do Triunfo, passando pelo obelisco da praça da Concorde.

— Sim, a via triunfal...

— Exatamente. A ideia era continuar esse eixo imaginado por Le Nôtre no século XVII. Mas foi somente no primeiro septenato de François Mitterrand que a obra do Grande Arco foi iniciada, mais exatamente em 1983. Mitterrand lançou um concurso, mais de quatrocentos projetos foram apresentados e, afinal, o selecionado foi o de um arquiteto dinamarquês. Hum...

Ela deu uma olhada na tela do computador.

— Um tal de Johann Otto von Spreckelsen.

— Emocionante, mas aonde quer chegar?

— Você vai ver... Para começar, há um primeiro elemento que me parece digno de interesse. Adivinhem em que ano a obra terminou?

— Em 1988? — sugeri.

— Sim, como por acaso! Em 88. Talvez não passe de uma coincidência a mais, é verdade... Ainda que a inauguração só tenha ocorrido em julho de 1989, por ocasião do bicentenário da Revolução Francesa e da cúpula do G7. Mesmo assim... No entanto, isso não é o mais interessante. Ao estudar os detalhes da construção do Grande Arco, me deparei com uma informação que não deixa nenhuma dúvida.

— O quê? — apressou-a Louvel.

— Imagine que o Grande Arco não está exatamente alinhado com o prolongamento do eixo histórico de Paris. Ele está meio enviesado. Na verdade, o arquiteto optou por incliná-lo levemente, exatamente como o palácio do Louvre, que não está totalmente alinhado...

— E daí?

Lucie abriu um largo sorriso.

— A inclinação do Grande Arco em relação ao eixo histórico forma exatamente um ângulo de... 6,3 graus!

O rosto de Louvel finalmente descontraiu-se. O círculo estava fechado. A frase de Reynald me veio à memória. *Nossos pais assassinos no ventre, sob 6,3.* À sua maneira — digna da mente conturbada de um grande esquizofrênico — ele havia indicado o lugar do segundo atentado planejado por ele. *Sob 6,3*: num local secreto do subsolo do Grande Arco da Défense. Não estávamos enganados.

— Então, agora não há mais dúvidas — afirmou Louvel. — E conseguiu saber a quem pertence esse local?

— Não. Encontrei a lista dos ocupantes oficiais de todo o Grande Arco e nenhum deles me fez pensar na Dermod. As faces norte e sul abrigam escritórios do governo: uma Fundação Internacional dos Direitos Humanos e o Ministério dos Transportes e de Equipamentos. No alto do arco, há um centro de congresso e exposições. Existe um monte de outras empresas, mas nada que nos possa pôr na pista da Dermod. Uma vez que não podem ser encontrados no cadastro, esses locais subterrâneos devem ser, propositadamente, mantidos em segredo.

— Não são mais tão secretos para nós — retorquiu Louvel. — Temos as plantas de Reynald.

— Sim, mas o problema — suspirou Lucie — é saber como chegar lá. Não consigo nos imaginar entrando no Grande Arco e perguntando na recepção como chegar ao subterrâneo secreto!

Sem esperar nem mais um minuto, eu me levantei.

— O que vai fazer, Vigo? — perguntou Louvel, surpreso.

— Vou encontrar essa informação.

O hacker arregalou os olhos.

— Espere, não se precipite assim! Nem chegamos lá. Mesmo que soubéssemos onde fica a entrada do local, a área da Défense ainda está completamente fechada depois dos atentados. Nem sabemos se conseguiremos chegar lá!

Mas, agora, nada poderia me deter. Já havíamos esperado demais.

— Encontre um meio — respondi, vestindo a jaqueta. — Vou procurar a informação que nos falta.

— Vou com você.

— Não.

O tom da minha voz não deixava nenhuma dúvida quanto à minha determinação.

— Então, deixe-me chamar o guarda-costas de quem lhe falei... Não gosto de saber que você está lá fora sozinho.

— Não, Louvel. Não adianta insistir. Vou me virar sozinho.

Ele abanou a cabeça.

— Espero que não vá correr riscos.

— Não vou, prometo.

— E o que vai fazer? Ao menos, nos diga aonde vai!

— Vou ver novamente o diretor de comunicação da EPAD. De uma coisa estou certo: ele sabe a resposta que buscamos. E dessa vez não vou deixar que se safe tão facilmente.

Lucie e Damien olharam-me sair do escritório, perplexos.

73.

Como eu esperava, apesar da hora tardia, Morrain ainda estava no escritório do conselho geral de Hauts-de-Seine. Certifiquei-me dando um falso telefonema. Sem dúvida, ele tinha muito trabalho por causa do atentado e deviam ser quase 21 horas quando o vi sair pela porta principal do grande prédio de Nanterre.*

Eu o segui de longe, curvado como um velho detetive particular, enquanto ele caminhava para um ponto de ônibus e, ao achar que estávamos a uma boa distância do conselho geral, acelerei o passo para alcançá-lo.

— Senhor Morrain!

O homem de terno preto sobressaltou-se. Vi a irritação desenhar-se no seu rosto quando me reconheceu.

— O que... O que ainda quer de mim?

— Senhor Morrain, sei que esconde de nós alguma coisa. Sabe perfeitamente a que corresponde o local.

Ele deu um suspiro; parecia tenso e perturbado, ao mesmo tempo. Eu praticamente não havia aberto a boca no seu escritório algumas horas atrás, e agora falava num tom ameaçador que surpreendeu a mim mesmo!

— Atrevimento é o que não lhe falta...

— Preciso saber, senhor Morrain.

Ele franziu as sobrancelhas. Depois me olhou por um momento.

— Você não é jornalista, é?

Hesitei. Se havia uma chance de fazer o sujeito falar, sem dúvida alguma, era jogando aberto. Estava pronto a tentar de tudo.

— Não. Sou como o senhor. Vítima desse atentado. O senhor perdeu muitos amigos na explosão. Eu quase perdi a vida. E quero saber a verdade. Acontece que eu acho que o atentado tem ligação

* Cidade da região administrativa de Hauts-de-Seine, a oeste de Paris; o planejamento da cidade é coordenado juntamente com a Défense. (N. T.)

com as plantas que lhe mostramos há pouco. Preciso saber. Sei que também acha a mesma coisa. Então, por que não fala?

Ele ficou em silêncio por um momento, indeciso, depois deu umas olhadas para trás, como se quisesse certificar-se de que não éramos espionados.

— Esse local não depende da EPAD — disse finalmente, parecendo embaraçado.

— Sei, isso já entendemos. O senhor já nos disse mil vezes. No entanto, sabemos que o local está situado na Défense, sob o Grande Arco. Então, por que se recusa a dizer mais?

Ele sacudiu a cabeça, ergueu a gola do casaco, como se quisesse esconder o rosto.

— Siga-me.

Não pude conter um sorriso de alívio. Eu acertara ao ir ali, sozinho. De algum modo, tinha certeza de que aquele sujeito queria se livrar do seu segredo.

Num passo rápido, ele me guiou na direção de um antigo bar, numa ruazinha perpendicular ao grande bulevar abaixo do conselho geral. Segui-o até o interior do bar e nos instalamos numa mesa isolada, no fundo.

Ele acendeu um cigarro e esfregou a testa, pouco à vontade. Olhava para fora todo o tempo e tragava nervosamente o cigarro.

— Não sei como conseguiu as plantas, eu mesmo só tive oportunidade de vê-las uma única vez, há cinco anos, por ocasião de um problema de inundação no subsolo do Grande Arco.

— Essas plantas estavam junto com as coisas do homem acusado de ter posto a bomba — respondi.

Como a sinceridade valera a pena, eu não tinha nenhuma razão para mentir. Isso o faria adquirir confiança.

— Agora, eu queria saber a que elas correspondem — acrescentei.

Ele não respondeu imediatamente e examinou longamente o meu olhar, enquanto fumava o cigarro. Em seguida, esmagou-o energicamente no cinzeiro, com uma insistência que traía certa animosidade. Contra quem? Eu ainda não tinha certeza.

— Tudo o que posso lhe dizer — soltou ele, finalmente — é que o local foi classificado como "segredo da defesa nacional" em 1988, antes mesmo de o Grande Arco ser aberto para o público.

— Em 88?

— Sim. Que eu saiba, nunca, nenhum membro da EPAD conseguiu a habilitação necessária para saber qual o motivo desse "segredo da defesa". Nunca quiseram me dizer, nem a mim nem a qualquer outro diretor da EPAD, o que há nesse famoso local! Escritórios do RG? Do Ministério da Defesa? Do Interior? A DGSE? Não tenho a menor ideia. Tudo o que sei é que, quando, na semana passada, procurei o Ministério Público de Nanterre para perguntar ao procurador se podia haver uma ligação entre esse local e o atentado, fui muito malrecebido.

— Como assim?

— O procurador em pessoa me ordenou que nunca mais citasse a existência desses escritórios.

— O procurador? — repeti incrédulo.

— Sim. Achei que estivesse brincando. Mas, ao contrário, estava muito sério! Ele me disse que esses escritórios não tinham nada a ver com o atentado e que, se eu gostava do meu cargo, não devia querer passar informações classificadas como segredo de defesa... Chegou até a acrescentar que qualquer revelação com uma informação desse tipo era passível de sete anos de prisão e 100 mil euros de multa.

Morrain falava rapidamente e cada vez mais sentia-se a raiva na sua voz. Uma raiva frustrada que só pedia para explodir. Como eu esperava, ele parecia aliviado de, finalmente, poder falar.

— E isso o... irritou?

— É o mínimo que se pode dizer! — exclamou ele. — Perdi quase todos os meus colegas nesse atentado. Pessoas com quem eu trabalhava havia mais de dez anos. Minha secretária... O mínimo que espero atualmente é transparência!

— Mas, então, por que aceitou ficar calado?

Ele deu de ombros.

— Fui estúpido. Disse a mim mesmo que isso não era da minha alçada. Que, talvez, o procurador tivesse boas razões para não querer divulgar, por enquanto, a existência desses escritórios...

— E agora acha, como eu, que esse local pode ter alguma relação com tudo isso?

— A reação do procurador me fez supor que fosse possível. No entanto, esta tarde, quando vocês me mostraram as plantas, eu tive certeza. Estou meio decepcionado por não serem jornalistas. Gostaria muito que a imprensa fosse informada... Eu mesmo não posso fazer isso. Arriscaria demais.

Concordei com a cabeça para mostrar a ele que entendia perfeitamente.

— Senhor Morrain, ambos temos o mesmo desejo. Saber a verdade. Não vou desistir enquanto não souber quem é realmente o responsável por esse atentado e por quê. Prometo que informarei rapidamente a imprensa. Mas, por enquanto, preciso encontrar o local. Tenho certeza de que, lá, encontrarei as respostas. Diga-me apenas como entrar. Não vou lhe pedir mais nada. Sabe onde fica o acesso?

Ele ergueu as sobrancelhas, perplexo.

— Está brincando? Nunca poderá entrar lá! Para começar, não terá acesso à Défense, a área está fechada. Nem eu pude voltar lá depois do atentado. E mesmo que você pudesse, seria impossível entrar nesses escritórios! Pode muito bem imaginar que o nível de segurança de um lugar classificado como segredo de defesa é extremamente alto. Nunca vi ninguém entrar lá. Nem sei se realmente tem alguém! Com o atentado, os escritórios devem estar vazios, mas deve existir alarmes em todas as direções.

— Isso é problema meu. Diga-me apenas por onde se entra.

Morrain sacudiu a cabeça. Devia tomar-me por um louco.

— Estou arriscando o meu emprego ao lhe revelar isso.

— O senhor e eu arriscamos muito mais do que isso nesse atentado.

Ele esboçou um sorriso desiludido e olhou-me por alguns segundos como se procurasse uma última prova da minha sinceridade. Depois, inclinou-se na minha direção.

— Certamente existem vários acessos, mas eu só conheço um. Pela estação abandonada de metrô, embaixo do último subsolo dos estacionamentos.

74.

Caderneta Moleskine, anotação n.º 199: trecho de um e-mail de Gérard Reynald.

Rebentos transcranianos, quer sejam a meu favor, quer sejam contra mim, sei que compreendem o sentido do meu gesto. Atualmente, quer sejam do campo deles, quer sejam do meu, compartilhamos o mesmo código de honra, nós o aprendemos juntos, numa operação.

Atenção. Saibam ler nas entrelinhas, o Escalão nos ouve. Aqui, agora, em toda parte, todo o tempo. Nos nossos celulares, nos nossos telefones fixos, eles nos seguem de perto, nos nossos endereços IP da Internet, nos nossos correios eletrônicos, nos nossos cartões de crédito, nos nossos cartões de seguro-saúde, no pedágio eletrônico, no GPS...

Todos os meios são bons para nos espionar. Eles rechearam o meu relógio com microfones. Esconderam câmeras na minha casa. Verifiquem os seus apartamentos. Não confiem em ninguém. E fiquem atentos. Sempre.

Aqui, tudo é símbolo. Cada número tem um significado secreto. Cada palavra oculta um enigma. Tudo é codificado. Em tudo existe um sentido. Só nós podemos compreender. Não somos esquizofrênicos.

Sem dúvida serei queimado vivo, mas vocês terão sido vingados. E porei um fim às manipulações deles. Serei o primeiro mártir transcraniano. Vocês se lembrarão de mim.

Vou destruir a Torre.

Certamente, eles dirão que inocentes morreram. Que não passo de um terrorista vulgar. Mas ninguém que entre na Torre é inocente. Todo o mundo sabe disso. Todos os que vão lá todas as manhãs são culpados. De todos os andares. Todos estão ligados ao nosso inimigo invisível. Não vou fazer uma lista, mas não há uma única dessas empresas, um único desses assalariados que não tenha ligação com a Dermod. Os tentáculos do polvo são maiores do que possam imaginar.

Vejo isso no rosto deles todas as vezes em que vou à clínica Mater, vejo no seu olhar. Eles me observam, me examinam. Eles sabem. Sabem, mas se calam. Como nós nos calamos. Tempo demais. Chegou a hora de romper o silêncio.

Amanhã, todo o mundo saberá. E, quando eu tiver acabado com a Torre, irei ao Ventre, ao coração da máquina. O seu centro nevrálgico. Destruirei a matriz. Nossos pais assassinos.

E sei que me compreendem.

Pois chegou a hora do segundo mensageiro.

75.

Depois da conversa com o diretor de comunicação da EPAD, liguei imediatamente para Louvel para transmitir a informação essencial que havia conseguido a respeito do acesso ao misterioso "ventre" do Grande Arco. Sentia uma espécie de orgulho por ter concluído com sucesso, sozinho, a missão que me havia proposto. Nada mal para um esquizofrênico!

Depois de me felicitar bastante, Louvel pediu-me para pegar um táxi e ir diretamente para o seu apartamento — ele me dera uma cópia das chaves — e descansar. Continuaríamos a investigação no dia seguinte, ele prometeu. Obedeci sem dizer nada. O dia havia sido bem cheio.

Por volta de uma hora da manhã, como já estava cochilando na frente da televisão, fui dormir sem esperar pelo retorno de Louvel.

De manhã cedo, ao acordar, descobri que Damien não havia voltado. O apartamento estava vazio, tudo no mesmo lugar. Com um nó no estômago, liguei imediatamente para ele, esperando que nada lhe houvesse acontecido.

— Bom-dia, Vigo, dormiu bem?

Nenhum estresse na sua voz. Estava tudo normal.

— Onde você está? — perguntei, talvez com uma pitada de reprovação sem sentido.

— Bom, meu velho, imagine que ainda estou na EsFiNgE! Trabalhamos a noite inteira. Venha para cá, eu explicarei.

Ele desligou em seguida. Tomei um café da manhã rápido e chamei um táxi. Depois do hotel, o apartamento de Agnès e, depois, Nice; eu tinha de me acostumar a um novo tipo de vida. O nomadismo não combinava muito comigo. Queria que tudo acabasse logo. De um modo ou de outro. Mas ainda não havia chegado o momento de pensar no conforto de uma nova vida.

Cheguei ao escritório do grupo da EsFiNgE por volta das 9 horas. Reinava uma tensão palpável nos quatro cantos do loft. Descobri dois sujeitos que eu nunca vira, de ternos escuros, ombros largos, sendo um deles um negro alto que falava com Louvel. Ambos me viram e vieram ao meu encontro.

— Vigo, eu lhe apresento Stéphane Badji, é o amigo de quem lhe falei.

— O... guarda-costas? — perguntei, apertando a mão que ele me estendia.

— De alguma forma, sim. Estamos preparando uma expedição ao subsolo da Défense.

— Uma "expedição"? — repeti, franzindo as sobrancelhas.

— Sim. Isso não faz muito o meu gênero, mas não vemos outra solução. Portanto, decidimos ir ao local. Os escritórios podem estar extremamente bem protegidos. Não vai ser fácil. Mas estamos certos de que a chave do enigma está lá. Badji vai me escoltar hoje à tarde com um de seus colegas. Isso pode parecer chocante e lhe asseguro que não faz parte dos nossos hábitos entrar assim, por arrombamento, num escritório, mas já tentamos de tudo e achamos que esse é o único meio de conseguir as informações que nos faltam sobre o Protocolo 88.

— Não vejo nenhum problema. Vou também.

Louvel caiu na gargalhada.

— Não, Vigo! Claro que não!

— Não fiz uma pergunta, Damien. É uma afirmação. Eu vou e ponto final.

Louvel não ria mais.

— Fora de cogitação, meu velho! Não sabemos o que vamos encontrar e será perigoso demais. Eu me recuso a assumir o risco e...

— Tudo bem, Damien — o interrompi. — Eu lhe agradeço por bancar o protetor, é muito gentil da sua parte, mas eu vou. Além do mais, será bem menos arriscado para mim do que para você. Acho que estou bem mais apto a enfrentar esse tipo de situação. Se o que supomos sobre o meu passado for verdade, certamente já executei operações mais delicadas...

Louvel sacudiu a cabeça. O negro alto ao lado dele fez uma cara de que não entendia. Ele não tinha a menor ideia do que eu queria dizer a respeito do "meu passado".

— Vigo! — continuou Damien, parecendo cada vez mais irritado. — Não sabemos o que você foi no passado, e o que quer que fosse, já não é mais hoje em dia. Badji e o colega dele são profissionais, eles me escoltarão, mas não vamos atrapalhá-los com uma segunda pessoa para proteger.

Deixei passar alguns segundos em silêncio, para mostrar a Louvel que seria inútil discutir a respeito do assunto, depois, com uma voz que não admitia apelação, fitando-o diretamente nos olhos, eu disse:

— Sou o principal interessado nesse caso, Damien. Irei a esses malditos escritórios, com ou sem a sua aprovação.

Louvel fechou os olhos e soltou um longo suspiro desesperado, como um pai que não sabe mais como proceder com o filho. Em seguida, ele se virou para Badji.

— Bom. Stéphane? O que acha disso? Podemos levá-lo?

O negro alto deu um sorriso.

— Acho, sobretudo, que não podemos impedi-lo — disse ele, batendo no ombro do amigo.

— Vigo, você torra minha paciência!

No mesmo momento, Lucie bateu no vidro do aquário no alto da escada.

— Bom. Já que faz questão absoluta de ir, siga-nos até lá em cima; Lucie vai fazer um briefing sobre a operação. Mas saiba que isso não me agrada nem um pouco.

Sorri, satisfeito com a minha vitória, e subimos rapidamente para o mezanino de vidro.

Todos se reuniram em volta da mesa. O famoso Badji com o seu assistente — um tal de Greg, um armário de gelo de rosto inexpressivo —, Lucie, Damien, Marc, o cético gorducho, e Sak, o japonês fanático pelos anos 1980... Todos estávamos voltados na direção da jovem, escutando-a atentamente.

— Como imaginavam — começou ela —, o primeiro desafio será entrar no setor da Défense. Estudamos diversos procedimentos e achamos que o mais seguro será passarem por operários. A empresa Bouygues foi designada para tirar rapidamente os entulhos, o que ainda não terminou. Sak conseguiu uma cópia das identidades usadas pelos operários e Marc fez as falsificações.

— Vamos precisar de mais uma para Vigo — interveio Louvel.

— Ótimo! — replicou Marc, ironicamente.

Nitidamente, ele ainda não estava nada encantado com a minha presença... Apesar de tudo, dirigi-lhe um sorriso agradecido.

— Vocês também usarão os mesmos macacões de trabalho dos operários da Bouygues. A vantagem é que poderão andar com uma caixa de ferramentas sem chamar a atenção. Nó preparamos uma com tudo o que nos pareceu útil: algo para arrombar fechaduras, um mínimo de aparelhos eletrônicos para despistar os sistemas de alarme, um scanner, uma máquina fotográfica digital, um estojo de primeiros socorros... E Badji, que sempre faz tudo com delicadeza, nos trouxe plástico e detonadores...

O negro alto deu de ombros.

— É melhor sermos previdentes, crianças... Raramente arrombamos uma porta com uma colherinha.

— Espero que não cheguemos a esse ponto! — interveio Louvel.

— Outra vantagem do disfarce de vocês — continuou Lucie — é que também poderão usar luvas e não deixar impressões digitais em toda parte.

Enquanto falava, ela pôs na mesa a caixa de ferramentas para ilustrar suas palavras. Compreendi melhor o que os prendera ali a noite toda. Eles haviam preparado minuciosamente a famosa expedição.

— Marc preparou uma folha de trabalho factícia, um falso documento oficial segundo o qual vocês devem sondar o último andar do estacionamento para verificar se a onda de choque não abalou os pilares de sustentação. Essa folha não resistiria a uma análise detalhada, mas se algum cara perguntar o que estão fazendo lá, deve passar.

— Na minha opinião, a confusão deve ser tanta por lá que não devemos ser muito incomodados. O nível de segurança deve ter diminuído nos últimos dias, depois da prisão de Reynald.

Louvel havia dito isso sem muita convicção, como se tentasse tranquilizar a si mesmo.

— Pode ser — emendou Lucie. — Mas temos todas as razões para achar que essa missão pode ser muito perigosa, sobretudo depois que estiverem nos escritórios secretos, se é que vão conseguir chegar lá, e, consequentemente, decidimos mandá-los armados. Logo, a segunda dificuldade será transportar as pistolas. Badji, pode mostrar para eles?

Notei que a jovem tratava o guarda-costas com intimidade, enquanto Louvel era muito cerimonioso. No entanto, os três pareciam se conhecer há muito tempo. Adivinhava-se entre eles laços invisíveis de grande cumplicidade e de grande estima. Isso tinha algo de tranquilizador. A impressão de estar nas mãos de pessoas que se conheciam bem e que sabiam exatamente o que faziam.

— Temos as GLOCK 26 modificadas. São de polímero; substituímos todas as peças metálicas, o que, *a priori*, as torna indetectáveis, a não ser, é claro, numa revista minuciosa. São armas de 9 mm parabellum subcompactas, muito leves, fáceis de manejar, o coice é pequeno e mandamos montar carregadores de doze tiros. Isso deve resolver. Será preciso esconder a munição em outro lugar, porque, em compensação, obviamente elas contêm cobre e chumbo.

— Espero, sobretudo, que não precisemos usá-las — repetiu Damien, suspirando.

Aparentemente, ele estava muito pouco à vontade com o inevitável aspecto militar que a missão adquiria.

— Vocês terão computadores Palm nos quais baixamos as plantas da Défense e, sobretudo, as plantas de Reynald, que são as únicas que temos dos escritórios que buscamos. Esperamos que sejam exatas. Para facilitar a localização, numeramos todos os compartimentos. Tentem memorizá-los. Os Palms estão equipados com GPS, mas ficaria surpresa se conseguissem fazer uso do guia por satélite no subsolo tão profundo. Em resumo, sem dúvida terão de se virar com as plantas de Reynald.

— Perfeito.

— Outra dificuldade: Sak e eu gostaríamos de poder ficar em contato com vocês para lhes dar um apoio informático e servir de back-up em caso de problema. Todos vocês serão equipados com um rádio HF BLU portátil, com um sistema de codificação-decodificação e fones de ouvido, mas para ter certeza de manter contato, terão de conectar esse retransmissor móvel numa tomada.

Ela indicou, em cima da mesa, um aparelho do tamanho de um gravador, com uma comprida antena flexível em cima.

— Eu me encarrego disso — garantiu Badji, balançando a cabeça. — A primeira tomada de telefone resolverá o caso.

Fiquei impressionado com a quantidade e com o aperfeiçoamento do material de que o grupo da EsFiNgE dispunha... Novamente, estávamos longe da imagem de pequenos piratas amadores que eles passavam na Internet.

— Onde desencavaram tudo isso? — perguntei, incrédulo.

— O sistema V é a palavra de ordem entre nós. Nós nos viramos... Sak trabalha meio período num grande escritório de telecomunicações. Algumas coisas caem dos caminhões... E uma boa parte deste equipamento pertence a Badji.

— Sim — confirmou o alto guarda-costas. — Seria gentil da parte de vocês se não quebrassem nada — acrescentou ele, rindo.

— Bom. Espero que não tenhamos esquecido nada — acrescentou Lucie. — O objetivo da operação é conseguir o máximo de informações num mínimo de tempo, tendo como prioridade o Protocolo 88. Uma vez que, agora, vocês são quatro, poderão se separar em duas equipes. Isso vai permitir cobrir mais rapidamente todo o local. Quanto menos tempo ficarem lá dentro, correrão menos risco de serem pegos. O ideal, Damien, seria conseguir entrar no sistema de informática deles e deixar que fizéssemos o trabalho à distância... Se tiverem pouco tempo, poderão tentar roubar os discos rígidos do servidor central... isso se ele estiver lá.

— Farei o melhor possível.

— Perfeito. Marc os deixará na porta 7 da Défense às 13h30, com a caminhonete. Só me resta lhes desejar boa sorte. Espero que tudo corra bem. Não preciso especificar que só devem usar as armas em último caso.

Houve um instante de silêncio, alguns olhares cúmplices, depois todos se puseram em movimento. Stéphane Badji aproximou-se de Louvel e de mim.

— Vocês dois, venham comigo, vou dar uma pequena explicação de como funciona o material que viram.

Nós o seguimos ao andar térreo, num canto do loft onde o colega e ele se haviam instalado no meio da desordem reinante. Ele nos mostrou detalhadamente o conteúdo da caixa de ferramentas, explicou-nos o funcionamento dos rádios, instalou nossos fones de ouvido...

— Isso funciona como os kits dos celulares. Existe um pequeno microfone com um botão no fio, aqui, na altura da boca. É preciso apertar o botão para ser ouvido.

Depois, ele tirou duas pistolas pretas de um grande porta-documentos.

— Aqui estão as GLOCK 26 — disse ele, entregando a cada um uma arma. — São pistolas austríacas, de excelente fabricação, fáceis de manejar, mesmo para iniciantes, com um sistema de segurança um pouco especial...

Mas eu já não o escutava. Assim que peguei a arma, os gestos me voltaram como uma evidência. Minha memória inconsciente recuperou velhos reflexos enterrados além da minha amnésia retrógrada. Meus dedos deslizaram na pequena alavanca situada à esquerda do gatilho, roçaram nas ranhuras de empunhadura atrás da coronha, depois se apoiaram na trava para liberar o carregador. Constatei que ele estava vazio. Com um gesto rápido, puxei a culatra e inspecionei a câmara. Também estava vazia. Percebendo, de repente, os gestos que fazia, abalado, pus impetuosamente a arma à minha frente numa mesinha, como uma criança pega de surpresa fazendo uma besteira.

— Vejo que está acostumado com armas — disse Badji, dirigindo-me um olhar espantado e, ao mesmo tempo, admirado.

Pincei os lábios, confuso.

— Eu... eu não sei. É. Sem dúvida...

Notei o olhar de Louvel ao meu lado. Não sei qual de nós dois estava com mais medo. Eu me sentia particularmente pouco à vontade. Não tinha a menor lembrança de algum dia haver portado uma arma — no fundo, eu tinha horror a armas! — e, no entanto, inegavelmente, devo tê-lo feito milhares de vezes.

Badji continuou as demonstrações e, quando tudo estava pronto, estudamos juntos as plantas da Défense e dos misteriosos subterrâneos. Sak e Lucie haviam marcado em vermelho os recintos que, segundo eles, eram os mais prováveis de abrigar salas de informática, nas quais eles tinham esperança de que pudéssemos encontrar os servidores.

Passamos toda a manhã nos preparando, tentando não deixar que o estresse se apossasse de nós; pouco depois do meio-dia, Marc nos informou que tínhamos de nos pôr a caminho.

Quando todos estavam prontos, perguntei a Louvel se poderia isolar-me por dois minutos no aquário. Ele pareceu surpreso, mas fez-me sinal para subir, como se houvesse compreendido o que eu precisava fazer lá em cima.

Subi rapidamente os degraus de metal, fechei a porta atrás de mim e fui sentar-me à mesa de reunião. Soltei um longo suspiro, apoiei os cotovelos na grande superfície de vidro e pus a cabeça entre as mãos. Fiquei alguns segundos assim, imóvel, coração apertado, depois, finalmente, me decidi. Peguei o telefone à minha frente, a mão trêmula, e digitei o número do celular de Agnès.

A necessidade que eu tinha de ouvir a voz dela nunca havia sido tão forte. Obviamente, recusava-me a confessar a mim mesmo que essa atitude me dava medo e, no entanto, uma parte de mim achava que essa talvez fosse a minha última chance. A nossa última chance.

Eu não sabia realmente o que esperar, o que lhe dizer. Duvidava até que ainda houvesse alguma coisa a salvar nessa relação tão rápida quanto estranha, ela podia ter conseguido juntar os pedaços do relacionamento com o marido. Talvez eu estivesse dando provas de um egoísmo despropositado, mas eu sentia falta dela, sentia terrivelmente falta dela.

A campainha tocou uma vez, duas, três vezes; alguém atendeu do outro lado da linha. Meus batimentos cardíacos aceleraram-se. Mas nada. Nenhuma voz respondeu. No entanto, eu tinha certeza de ter ouvido uma respiração, discretos ruídos ao longe.

— Agnès? — chamei, febrilmente.

Um suspiro. A linha foi cortada em seguida. Fechei os olhos e deixei cair o fone na mesa. Fiquei sem me mexer, retendo, mais uma vez, as lágrimas que tanto queriam correr. O nó na garganta era tão forte que chegava a doer. Eu queria ligar de novo, insistir, suplicar que falasse comigo, simplesmente perguntar se tudo ia bem e, depois, dizer-lhe que sentia sua falta, que precisava dela, mas eu sabia que de nada adiantaria. Lentamente, pus o telefone no lugar e saí do escritório de vidro.

Louvel aguardava-me embaixo da escada.

76.

Marc nos deixou, os quatro, no bloco da torre Kupka. Ele achou melhor não se aproximar da porta onde já se distinguiam várias silhuetas. Todas as entradas da Défense eram vigiadas e o acesso oficial só era possível pela porta 7.

Quando chegamos diante da barreira que bloqueava a entrada, pediram nossas identificações. Marc havia trabalhado bem: deixaram-nos passar sem problema.

Atravessamos a praça de cima com nossas roupas de operários, passamos ao lado do Grande Arco e descemos para a praça central da Défense, um atrás do outro.

Um tremor me percorreu a espinha ao ver o espetáculo de desolação. Os postos médicos haviam dado lugar a toda uma infraestrutura dedicada às obras e à remoção dos escombros. Haviam instalado vários guindastes em volta do que outrora havia sido a torre SEAM, caminhões cheios de entulho circulavam lentamente aqui e acolá, e centenas de operários, engenheiros e policiais se agitavam em todas as direções. A esplanada repercutia um imenso caos. As imagens do atentado voltaram-me à memória como clichês irregulares de um filme antigo, depois as da fuga em disparada dos dois caras de agasalho cinza... Todas essas cenas me pareciam longínquas e irreais — mas, ali, de qualquer forma, a realidade não se parecia com nada mais.

Logo chegamos à entrada do estacionamento, no centro da praça central. Ninguém parecia prestar atenção em nós. Não passávamos de quatro pequenos peões a mais num imenso e insensato tabuleiro de xadrez, no meio de um grande balé de operários e de técnicos... Louvel abriu o caminho. Desceu as escadas à nossa frente e guiou-nos em direção aos elevadores. Ali, o piso ainda estava coberto de uma espessa poeira cinza.

Damien apertou o botão.

No instante seguinte, uma voz ressoou no hall meio aberto.

— O que estão fazendo?

Eu me virei. Um sujeito de uniforme vermelho olhava-nos do alto da escada.

Louvel respondeu sem hesitação, erguendo com ar desiludido a falsa folha de trabalho.

— Em missão para o Senhor! Vamos sondar os pilares de sustentação. Existem traços de fissura lá embaixo.

O sujeito concordou com a cabeça.

— OK. Bom, coragem. Cuidem-se.

Ele não sabia o quanto suas palavras eram acertadas. Se havia uma coisa de que Louvel e eu precisávamos muito, era coragem.

As portas prateadas abriram-se na nossa frente. Entramos na cabine e descemos ao último subsolo.

Os dois guarda-costas, Badji e Greg, estavam com o rosto fechado, duro: pareciam concentrados e prontos para tudo. Mas Louvel parecia bem mais tenso. Pensei distinguir gotas de suor que perlavam na sua testa. Ele não estava no seu elemento. Uma missão *in loco* não era absolutamente o seu gênero e eu não podia deixar de me sentir agradecido. No fundo, ele fazia aquilo por mim. Eu sabia que também não devia parecer muito tranquilo...

As duas portas de metal finalmente se abriram para o enorme estacionamento. Não havia nenhum carro lá dentro. Sem dúvida, todos haviam sido evacuados. Os compridos neons esbranquiçados projetavam grandes sombras regulares atrás dos pilares de concreto. Ouvíamos o crepitar das lâmpadas, o ronronar de um imenso ventilador e, ao longe, percebia-se o burburinho das obras. Mas, ali, nada se mexia. Tudo estava morto, deserto.

Saímos do elevador. Novamente, Louvel passou na frente. Tirou o Palm do bolso e verificou a localização secreta que Morrain me havia revelado. Segundo ele, o acesso que procurávamos ficava atrás da vaga N65. Atravessamos uma a uma as grandes passagens vazias e, logo depois, vi atrás do número indicado uma grande porta blindada. Imediatamente, Badji fez sinal a Louvel para indicar a presença de uma câmera de vigilância, bem em cima.

— Não parem. Vamos mais para a frente — murmurou Damien sem se virar.

Quando estávamos fora da área de alcance da câmera, Louvel pôs a caixa de ferramentas no chão.

— Primeira dificuldade — resmungou ele.

— Não temos muita escolha — replicou Badji.

— Temos de encontrar o quadro de distribuição de energia da EDF — sugeriu o hacker.

O negro alto sacudiu a cabeça.

— Não. Cortar a energia não adiantaria nada, o sistema de segurança deve estar ligado a uma rede auxiliar. É preciso destruir a câmera.

Louvel arregalou os olhos.

— Está brincando, Stéphane?

— De jeito nenhum. Não temos nenhum acesso ao sistema de segurança, Damien. Ou deixamos que eles nos vejam entrar ou a destruímos. Talvez não tenha mais ninguém lá dentro depois do atentado. É mais provável que os escritórios estejam desertos...

— Pode ser, mas não adianta nada arriscar.

— Na pior das hipóteses, eles pensarão numa pane. Enviarão alguém para verificar. É sempre melhor do que deixar que liguem diretamente o sistema de alarme.

— Se cortássemos a luz do estacionamento, eles não poderiam nos ver.

— Não podemos cortar a luz totalmente, Damien. As lâmpadas das saídas de emergência também ficam ligadas numa rede auxiliar. E, de qualquer modo, se queremos abrir esta porta, não podemos fazê-lo no escuro.

Louvel concordou:

— Bom. O profissional é você, Badji. Vá em frente.

Badji tirou a GLOCK 26 do bolso e avançou para mirar a câmera. Com o braço esticado, a mão firme, ele atirou. O barulho do tiro ressoou em todo o estacionamento. Pedaços de vidro e de plástico voaram em torno da câmera.

— Vamos! — disse ele em voz baixa, mas seca. — Lá vamos nós!

Ele partiu imediatamente na direção da porta de metal.

O sangue latejava nas minhas têmporas. Senti um formigamento nas pernas e nas mãos. Uma sensação que eu não consegui identificar me invadiu. Pânico ou excitação. Uma descarga de adrenalina, sem dúvida. Reuni-me aos outros três na porta e vi Greg preparar o material para arrombar a fechadura. Depois de várias tentativas, ele desistiu. Remexeu novamente na caixa de ferramentas. Tirou um pequeno cubo de goma alaranjada e colou na porta. Imediatamente, eu soube do que se tratava. Semtex. Um explosivo de efeito destruidor, ideal para abrir uma porta de metal. Outra lembrança do passado.

Louvel sacudiu a cabeça. Mas sabia que não tínhamos escolha. Lucie havia dito. Viéramos para entrar nos escritórios, de qualquer maneira.

— Recuem! — ordenou Badji.

Greg enfiou o detonador no pedaço de explosivo, depois recuou vários metros para desenrolar o fio. Ele fez sinal para nos protegermos, depois o apertou.

O barulho da explosão foi ainda mais forte do que eu imaginava. O eco se propagou por longo tempo em todo o subsolo. Se houvesse alguém lá dentro, sem dúvida o alerta seria dado. Não podíamos perder nem um segundo.

Badji foi o primeiro a avançar. Pegou um pequeno pé de cabra nas nossas coisas e, com um único golpe, conseguiu abrir a porta metálica.

— Vamos — disse ele entrando. — Vigo, pegue a caixa de ferramentas!

Nós nos enfiamos num comprido corredor escuro. Os dois guarda-costas acenderam as lanternas. Os feixes de luz passeavam nas paredes de concreto, esquadrinhavam o espaço. Depois de alguns metros, escadas desciam ainda mais profundamente no subsolo da Défense, voltadas para noroeste, na vertical do Grande Arco. Descemos correndo atrás de Badji. O percurso pareceu-me interminável. A cada passo, sentia o peso da caixa de ferramentas na mão esquerda e a pressão que aumentava no meu peito.

De repente, quando descíamos os últimos degraus, ouvimos um barulho seco na nossa frente. Fiquei imóvel e fiz Louvel parar atrás de mim.

A porta embaixo da escada se abriu. Só tive tempo de ver a silhueta de um homem de uniforme, depois um brilho de luz, uma detonação. Soltei a caixa e colei-me à parede, agarrei Louvel pelo braço para forçá-lo a se abaixar. Houve um segundo tiro, um clarão e um ruído surdo de um corpo que caía.

Senti meu coração pular. Uma dor na testa. Como uma descarga elétrica. Mas sabia muito bem do que se tratava. Os primeiros sinais de uma crise. Ela não ia tardar.

Levantei a cabeça. Badji, na minha frente, estava imóvel, braços esticados, arma em punho.

— Ninguém foi atingido? — sussurrou ele.

— Não, tudo bem — respondeu seu colega depois de nos observar.

Eu me inclinei ligeiramente. Uma bala estava alojada na parede, bem ao meu lado.

Fez-se um instante de silêncio, depois Badji fez sinal para não nos mexermos e começou a descer lentamente os últimos degraus. Greg o seguiu passo a passo, de modo a cobri-lo. Eu olhava todo o tempo para trás, para o alto da escada.

Quando eles chegaram embaixo, diminuíram a velocidade, pularam o corpo inerte estendido aos seus pés, depois prosseguiram juntos, lado a lado, passando pela porta.

Senti a mão de Louvel, imóvel, tensa, segurando o meu braço. Seu olhar traía o pânico e o medo. Fiz-lhe um sinal com a cabeça que esperava ser tranquilizador e apontei para o seu bolso interno. Ele compreendeu e tirou a pistola ao mesmo tempo que eu.

Embaixo, Badji mandou que nos juntássemos a ele. Catei a caixa de ferramentas e fui na frente. Senti um tremor desagradável ao pular o corpo do guarda aos pés da escada. Um nó no estômago. Mas não era o momento de me deixar abater.

Chegamos a uma grande sala mergulhada na penumbra. Só a luz azul das telas dos três computadores iluminavam as paredes e o teto. O lugar parecia o escritório da EsFiNgE, porém muito mais luxuoso e mais arrumado. Material high-tech, armários de metal e mesas... Não havia ninguém lá dentro, nenhum ruído. Dei uma olhada em volta para a arquitetura do lugar. Parecia corresponder à primeira sala das plantas de Reynald.

O guarda-costas pôs o indicador nos lábios para recomendar silêncio, depois nos mostrou o seu Palm. Pediu a Louvel que seguisse Greg para a direita e me convidou a ir atrás dele, para o outro lado. Como o combinado, íamos nos separar para explorar o escritório. Todos sabíamos o que fazer.

Avancei, curvado, atrás de Badji. Contornamos a primeira mesa. O guarda-costas me fez sinal para esperar, pegou a caixa de ferramentas e ficou de joelhos diante de uma parede onde havia notado uma tomada telefônica. Ele começou a instalar o retransmissor móvel para a nossa rede de rádio. Como Lucie havia explicado, uma conexão IP permitiria que entrássemos em contato com o escritório da EsFiNgE. Sem fazer barulho, aproveitei para dar uma olhada no computador ao meu lado. Vi o protetor de tela. Um grande "D" azul, em três dimensões, girava lentamente no meio. Apertei uma tecla ao acaso. A janela principal se iluminou e uma caixa de diálogo se abriu com o pedido da senha. Evidente. Teria sido fácil demais! No entanto, li interessado o Copyright embaixo da janela. © *Dermod Inc.* Não havia mais dúvida! Estávamos onde queríamos.

Ouvi a voz de Badji no meu fone. Eu me virei e o vi falar no pequeno microfone do seu walkie-talkie. Ele havia estabelecido ligação com Sak e Lucie.

— Lucie, aqui é Stéphane. Estamos na sala número 1. Tivemos de matar um guarda na entrada. Aparentemente, ele estava sozinho. Ninguém mais à vista. Sem dúvida, o escritório não foi mais ocupado depois do atentado. Mas não é certeza. Os computadores ainda estão ligados. Louvel e Greg foram para a sala 3. Vigo e eu nos dirigimos para a 5. Câmbio.

O rádio emitiu um ligeiro estalido quando ele soltou o botão na altura do pescoço.

— Acha que pode ter acesso ao sistema de informática? — perguntou Lucie.

Decidi intervir:

— Os computadores estão protegidos por uma senha.

— OK. Já contávamos com isso. Vamos ter de usar a força. Primeiro tentem ver se existe uma "sala branca",* com os servidores.

---

* Sala branca, sala limpa, ou *clean room*, é uma área de trabalho isolada, com umidade, temperatura, fluxo de ar, pressão e iluminação controlados para evitar contaminação. (N. T.)

— Vamos lá. Desligo.

Badji pegou a caixa de ferramentas e fez-me sinal para segui-lo. Novamente, os gestos me voltaram à memória. O modo de andar, por etapas, de uma proteção para outra; passos seguros, mas rápidos, as duas mãos na coronha da pistola, cano para baixo, preparado para cobrir o parceiro a qualquer momento.

Do outro lado, vi Louvel e Greg entrarem em outra sala. Damien olhou para mim. Depois eles desapareceram na escuridão. Esperava que nada lhes acontecesse... Não havia nenhuma possibilidade de voltar atrás.

Badji chegou em frente à porta. Tentou abri-la, mas estava fechada à chave. Fui para o lado dele e peguei o material necessário na caixa a seus pés. Era uma fechadura bem simples. Não tive dificuldade alguma em arrombá-la. O guarda-costas observava-me achando graça, pensando, sem dúvida, que eu escondia o jogo. Peguei novamente a minha arma e fui para trás dele. Entramos na sala seguinte.

Era uma espécie de sala de espera. Nenhum computador, nenhuma mesa. Apenas poltronas, um sofá, uma mesa de centro com algumas revistas espalhadas. Uma máquina de bebidas que ronronava irradiava uma luz branca nos quadros da parede.

Havia duas portas à nossa frente. De acordo com a planta de Reynald, a primeira, à esquerda, era a dos toaletes. A outra dava para um longo corredor. Passando rente às paredes, nos dirigimos para a segunda. Badji, que havia percebido que eu tinha alguma experiência no assunto, fez-me sinais com a mão à maneira dos militares. E eu entendi. Deslizei à direita da porta. Um ínfimo tempo de espera. Em seguida, ele a abriu e, com um gesto rápido, avancei pela abertura, com a pistola na frente. Dei três passos dentro do corredor e me abaixei. Badji passou por mim furtivamente, mostrou-me com um sinal de cabeça a câmera de vigilância no fim do corredor. Assenti. Ele me indicou a primeira porta, à direita, e recomeçamos a operação. Pausa, abertura, cobertura, infiltração. Avançamos num ritmo rápido e regular.

No interior, uma única mesa dessa vez, mais luxuosa do que as da entrada. Os móveis eram de madeira, as paredes cobertas de ripas, e uma grande poltrona de couro preto em frente à mesa. Precipitei-me para o computador, mas constatei rapidamente que também estava protegido por uma senha. Dei uma olhada nos dossiês empilhados ao lado do teclado. Os títulos não sugeriam nada específico. Em todo caso, nada de Protocolo 88. Tentei abrir as gavetas, os armários. Tudo trancado. De nada adiantava perder tempo ali. Eu me preparava para sair quando, de repente, um alarme soou. Levei um susto. Uma luz vermelha começou a piscar no corredor, no ritmo de uma sirene eletrônica.

— Merda! — xingou Badji.

Ele pegou o walkie-talkie na cintura.

— Lucie, aqui é Stéphane. Ainda tem alguém aqui dentro. Ou então o sistema de segurança é monitorado do lado de fora. Eles ligaram o alarme. Não podemos continuar. Câmbio.

— Encontraram alguma coisa?

— Não tivemos tempo! — replicou o guarda-costas. — Câmbio.

— E você, Damien?

Silêncio. Estalidos. Em seguida a voz de Louvel.

— Aqui, também nada. Nenhuma sala de informática.

— Precisamos ao menos de um disco rígido, alguma coisa! Badji e Vigo, vão à sala 8, no fim do corredor da esquerda. Ela é maior e existem dutos para a passagem de cabos de equipamentos técnicos. Talvez seja o que procuramos. Mexam-se!

Badji e eu sabíamos perfeitamente de que sala ela falava. Era, de fato, uma das duas que havíamos anotado que poderiam conter os servidores.

— OK, vamos cuidar disso — lançou o guarda-costas. — Greg, Damien, esperem na entrada. Cubram as escadas até voltarmos. Desligo.

Eu me reuni a Badji no corredor.

— *Go, go, go!* — exclamou ele, fazendo um sinal com a cabeça.

Andamos rapidamente na penumbra, passando sucessivamente um na frente do outro. O sinal agudo do alarme acentuava o sentimento de urgência. O sangue martelava meu coração e minha cabeça, regular como os segundos de uma contagem regressiva imaginária. Alguém, em algum lugar, observava nossos movimentos nas câmeras de vigilância.

Badji chegou ao fim do corredor. A última porta era blindada. Do outro lado, ouvia-se o zumbido grave de um climatizador e de vários ventiladores. Sem sombra de dúvida, era mesmo uma "sala branca". Stéphane apoiou-se na maçaneta. Trancada. Os segundos passavam aproximando-nos impiedosamente da provável intervenção dos agentes da segurança. Não era o momento de gentilezas. Badji deu um chute violento na porta. Ela resistiu.

Sem esperar, ele tirou um pedaço de Semtex, colou-o na fechadura e enfiou um pequeno detonador eletrônico. Eu me protegi afastando-me. A explosão moeu um pedaço do metal num jato de faíscas e a porta abriu-se lentamente.

Badji precipitou-se no interior, agachado. Eu o segui. Tínhamos visto certo. O piso era ligeiramente elevado, abrigando toda uma rede de cabos que se adivinhava pelas aberturas. Uma luz intensa de hospital inundava toda a sala. Três fileiras de móveis com equipamentos de informática cortavam o espaço superclimatizado. Dezenas de servidores, roteadores e outras unidades de informática piscavam em todos os níveis. Badji deu uma volta na sala num passo rápido, inspecionando uma a uma as altas baias.

— Lucie, aqui é Stéphane! Estamos na sala de informática! O que eu pego? Câmbio.

— Tem de encontrar o suporte no qual eles fazem as cópias de segurança externas. Veja se encontra grandes dispositivos de leitura. Talvez eles exportem em bandas.

Badji fez novamente um tour pelos armários.

— Não, não estou vendo.

— OK. O que vê exatamente?

— Sei lá! Muitas coisas! Montes de computadores. Na minha frente há duas máquinas enormes, acho que são servidores; numa pequena etiqueta está marcado "Raid 5". Mas não podemos levar tudo isso! Câmbio.

Foi a minha vez de contornar as baias. Tentei memorizar tudo o que via.

— Talvez haja um servidor de cópias de segurança em algum lugar. Sem dúvida deve estar meio afastado da baia. Não notou nenhum servidor *blade* isolado em algum lugar?

— Não, não mesmo. Pode ser, mas é difícil dizer, existem servidores *blade* por todo lado! Câmbio!

Badji se expressava cada vez mais nervosamente.

— OK, acalme-se! Procure um servidor *blade* em que esteja escrito "rsync"* em cima.

Eu tinha certeza de ter visto essa inscrição numa etiqueta. Fiz o caminho de volta.

— Badji! Aqui! — exclamei.

Ele correu para perto de mim.

— OK! Lucie, tudo bem, estou vendo duas máquinas pretas, chatas, com a inscrição "rsync" em cima. Câmbio.

---

* RSYNC é um programa de transferência de arquivos que permite que apenas as partes alteradas dos arquivos sejam transferidas pelo link, poupando a banda do link e tornando a sincronização rápida. (N. T.)

— Genial! Pegue-os! Pegue-os e caiam fora daí!

— Afirmativo. Desligo.

Badji soltou o fio do seu rádio e arrancou o primeiro com um gesto brusco. Os cabos ligados atrás se soltaram de uma vez. Ele tirou uma mochila da caixa de ferramentas e introduziu o disco no interior.

No mesmo instante, a voz de Louvel crepitou nos nossos fones:

— Stéphane! Puta que pariu! Estão atirando na gente! Merda!

Ouvimos um tiro e a comunicação foi cortada. Apoiei o comutador no meu pescoço e respondi a Louvel:

— Estamos indo!

Lancei um olhar interrogador ao guarda-costas. Silêncio. Um crepitar. Depois a voz de Louvel, horrorizada:

— Greg foi abatido! Puta que pariu! Não posso sair. Sala 15!

Mais um tiro, seguido de outro. Vi Badji arrancar o segundo disco rígido e, sem esperar nem mais um segundo, precipitei-me para o corredor. As palavras de Louvel ressoavam na minha cabeça. *Greg foi abatido!*

Corri na direção da sala de espera. Logo ouvi os passos de Badji atrás de mim. Mais um tiro ao longe. Atirei-me pela entrada, direto para a porta pela qual Louvel e Greg haviam saído.

— Espere! — exclamou o guarda-costas atrás de mim.

Eu me virei. Ele pôs a mão no meu ombro e me dirigiu um olhar intenso.

— Vamos com cuidado. De nada adianta sermos todos abatidos!

Concordei, sem fôlego. Ele largou a caixa de ferramentas no chão, ajustou a mochila com os discos nos ombros e armou a pistola, os olhos brilhantes. Passando na minha frente, atento, cobriu a abertura da porta e fez-me sinal para avançar. Passei para o outro lado. Não precisava olhar a planta. Eu a havia memorizado. Três salas nos separavam da sala 15. Com um gesto de cabeça indiquei a Badji que o caminho estava livre. Avançamos juntos, protegendo-nos mutuamente. Na segunda sala, ainda não havia ninguém. Uma luz vermelha, intermitente, iluminava as paredes no ritmo do alarme. Passamos pelas mesas com cuidado e entramos na sala seguinte. Também não havia ninguém. Os caras que haviam abatido Greg provavelmente estavam na sala 14, entre Louvel e nós. Eles o impediam de fugir.

Apertei o botão do rádio.

— Damien — sussurrei —, onde eles estão?

Nenhuma resposta. Meu sangue gelou. Soltei um profundo suspiro. Manter a calma. Talvez Louvel houvesse simplesmente cortado o som do receptor para não ser localizado. Ergui a cabeça para Badji. Ele me fez compreender que ia passar pela direita. Duas portas davam na sala 14. Concordei e o vi afastar-se. Quando ele se posicionou, avancei para a outra porta e grudei-me na parede, agachado.

O guarda-costas levantou a mão para fazer uma contagem regressiva. Um a um, ele foi abaixando os dedos. Quatro, três, dois...

Com um golpe, abri a porta à minha frente e rolei para dentro. Badji fez o mesmo. Fomos recebidos por uma saraivada de tiros. As balas bateram nas paredes e nos armários. Percebi duas origens distintas. Um sujeito perto da porta que dava para a sala 15 — onde provavelmente Louvel estava encurralado — e outro no meio da sala, protegido por um largo pilar de concreto. Eu me joguei atrás de um móvel baixo de metal e tentei recuperar o fôlego.

A grande sala mostrava as marcas da batalha que Greg devia ter travado. Um armário havia sido derrubado, cadeiras jogadas no chão, vários painéis de vidro quebrados nas paredes...

No centro da sala, uma longa cadeira de couro e metal estava instalada numa grande base pivotante, como uma cadeira de dentista. Em cima, na ponta de um braço articulado, um aparelho estranho que lembrava vagamente um capacete futurista... O cenário parecia ter saído diretamente de um filme de ficção científica.

De repente, vi Badji levantar-se e atirar diversas vezes. Quatro tiros, cinco... Ele ia esvaziar o carregador! Compreendi imediatamente. Ele estava me cobrindo para que eu tentasse avançar. Sem perda de tempo, joguei-me ao chão e comecei a rastejar para a esquerda. Quando Badji usou a última bala, eu estava protegido atrás de uma mesa.

O guarda-costas desapareceu atrás da porta pela qual ele havia entrado, parecendo dobrar-se. Eu continuei imóvel, atento ao menor movimento. Mas os sujeitos não se mexeram. É claro que haviam adivinhado nossas intenções. Meu peito se erguia num movimento rápido. Não entrar em pânico. Não fazer barulho.

Subitamente, o braço de Stéphane reapareceu por trás da parede e ele esvaziou mais um carregador num ritmo intenso. Coberto pelos tiros, recomecei a rastejar ao longo da parede esquerda, na esperança de pegar os inimigos por trás.

Então, quando eu ia parar, agachado ao pé de um armário, ouvi um grito de dor. Depois um grunhido rouco.

Parecia que o meu coração parava. Senti um atordoamento passageiro e, novamente, a dor na testa.

Levantei-me ligeiramente. Badji?

Não. Era o sujeito atrás do pilar. O imprudente havia tentado sair. Levara uma bala em pleno peito. De joelhos, uma das mãos no coração, eu o via agonizar lentamente. Em seguida, ele desabou no chão, num último suspiro enrouquecido.

Eu me sentei devagar. A minha cabeça girava. A minha visão começou a se turvar. As sombras à minha frente se duplicaram por um curto instante, como a imagem imprecisa de uma câmera que procura o foco. Fechei os olhos e senti a raiva tomar conta de mim. Não podia deixar uma nova crise me invadir naquele momento crucial. Senti o pulso acelerar e a dor deslizar lentamente nos corredores do meu cérebro. Sacudi a cabeça. *Agora não.*

Abri os olhos, tentando controlar a respiração. *Focalize.* Badji havia desaparecido de novo. Devia estar recarregando a arma. Quanto de munição ele pegara? Esperava que tivesse o bastante para nos tirar dali. De repente, sussurros surgiram na escuridão. Primeiro pensei que viessem do meu fone de ouvido. Mas não. Reconheci-os sem dificuldade. O murmúrio das sombras. As vozes da minha esquizofrenia. Ou outra coisa. *Não sei mais.* A síndrome de Copérnico. *Não sou esquizofrênico.*

Nesse instante, vi uma sombra perto da porta pôr-se em movimento. O segundo homem. *Agora.* Curvado, ele se dirigia na direção oposta. Lutando contra o atordoamento, estiquei-me ligeiramente para analisar a sala. *Pegar o imbecil de surpresa.* Eram os meus pensamentos? Não. Os dele. Ele esperava se proteger e encontrar uma abertura para pegar Badji na próxima saraivada.

Engoli em seco. O guarda-costas o localizara? Certamente não; devia estar ocupado, pondo novos cartuchos na sua arma. Eu não podia deixar o sujeito tomar posição. *Controle-se.* Sem hesitar, levantei-me e comecei a avançar cautelosamente na direção do inimigo. Eu via a sua sombra na minha frente, as costas, um alvo perfeito. Com mãos trêmulas, levantei devagar a GLOCK 26. *Controle-se.* Dei mais alguns passos. O meu pé ficou preso numa cadeira. Quando o encosto bateu na mesa, fez um barulho metálico.

O sujeito virou-se e me viu.

Parecia que o tempo havia parado. Ou, talvez, houvesse realmente parado. 88:88. Os segundos desfizeram-se como as pétalas de uma rosa morta. Cada um deles era a polaroide congelada de uma morte anunciada. Vi os meus braços esticados à frente, o cano da pistola apontado para o inimigo, imóvel.

Os olhos dele mergulharam nos meus. Lentamente, como acontecera mil vezes, vi a arma dele ser erguida na minha direção. Bastava eu apertar o gatilho. *Aperte o gatilho!* Uma simples pressão do dedo. E eu estaria a salvo. Mas alguma coisa me impediu. Isso. *A síndrome de Copérnico.* Ele. Os pensamentos dele. Eles voavam para mim como uma nuvem de insetos. Senti o pânico na cabeça dele, o aperto no seu coração. O seu medo de morrer passou a ser o meu. O eu dele passou a ser o meu eu. E eu me tornei o meu próprio inimigo. Matá-lo seria matar a mim mesmo.

Atirar no espelho.

Você sou eu.

Matar a mim.

Fui incapaz de apertar o gatilho.

Um instante e foi tarde demais.

A detonação rasgou o ar. Um flash branco superexpôs a sala. Em seguida veio a dor, insuportável. A escuridão. Senti a bala entrar no peito. Afundar em direção ao coração. Rasgar a carne, os músculos. Um grito de dor. O último grito. O negro da morte que se aproximava. Um a um, os centímetros que separavam a vida da morte se transformaram em milímetros. Mícrons. Depois foi o impacto. A morte súbita. Imediata.

Com os olhos arregalados, eu o vi cair na minha frente.

Meu coração, como o tempo, havia parado. O mundo não oscilava mais. Os murmúrios se haviam calado. Estava tudo calmo e silencioso. Só restava a imagem de Badji na abertura da porta, a alguns passos dali, com os braços esticados, os olhos arregalados.

Aos poucos, os batimentos do meu coração voltaram como um ruído surdo em todo o meu ser. Passei a mão no peito, como se quisesse me certificar de que não era eu quem estava morto. Olhei Badji, depois o cadáver na minha frente. Badji de novo. Senti um gosto salgado nos lábios. Uma lágrima havia corrido.

— Tudo bem, Vigo?

O guarda-costas chegou perto de mim. Demorei a entender a pergunta.

— Não.

— Sente alguma coisa? O que está acontecendo?

Se ao menos eu pudesse ter certeza.

— Eu... Eu não pude atirar.

Pousei nele um olhar que devia ser vazio. Apagado.

— Eu nunca poderia — balbuciei, e senti a pistola escorregar da minha mão, por entre meus dedos e cair ao chão.

Badji passou a mão atrás do meu pescoço.

— Você está em choque. Isso não é nada. Venha, vamos procurar Damien.

Não me mexi. Estava paralisado. O dia do atentado voltou-me à memória. O momento exato da explosão. Todas as vozes que se haviam apagado. Eu as ouvi. Senti. Eu tinha vivido mil mortes. Reconhecia essa dor no fundo de mim. A não ser que fosse uma mentira. Uma loucura a mais. Minha loucura.

— Vamos! Temos de ir — sacudiu-me Badji.

Ele se esforçou para me dar um sorriso, depois se dirigiu para a sala ao lado. Olhei-o andar, ainda petrificado. Cautelosamente, ele passou pela porta. Vi que ergueu a arma. Não havia terminado. Eu tinha de me mexer. Esquecer, por enquanto. Eu me pus em marcha, febril, indeciso. Segui-lo, sem pensar.

405

Badji avançou na escuridão da sala 15.

— Damien?

Ouvimos um ruído no fundo da sala. Um estertor.

— Por aqui!

Era a voz do hacker. Uma voz fraca, trêmula.

— Por aqui! Estou com uma bala no ombro!

Vi o guarda-costas precipitar-se para o amigo, atrás de uma mesa baixa. Juntei-me a eles, as pernas bambas. Louvel estava sentado no chão, encostado na parede. O sangue escorria pelo seu braço e pelo peito. Um pouco mais afastado, o corpo inanimado de Greg estava estendido, com a cara no chão. Eu tinha a impressão de que navegava em pleno pesadelo. Impressão, não, certeza.

— Vigo! — proferiu Badji, virando-se para mim. — Pegue os discos rígidos, eu tenho de ajudar Damien a andar.

Ele me entregou a mochila na qual havia enfiado as duas peças que pegara na sala de informática. Continuei imóvel, ainda abatido, impotente, depois compreendi que haveria um tempo para compreender, um tempo para aceitar, mas que, por enquanto, só uma coisa importava: sair de lá com vida. Forcei-me a avançar e peguei a mochila.

O guarda-costas fez Louvel passar a mão por cima do seu ombro e ajudou-o a levantar-se. Peguei a lanterna de Badji e abri caminho.

— Vigo! Pegue o rádio de Greg! Não podemos deixar que nos escutem, caso o encontrem.

Fiquei parado. No estado em que estava, a ideia de revistar um cadáver não me encantava nem um pouco. Mas não podíamos perder nem um segundo. Com a respiração entrecortada, ajoelhei-me diante do corpo ensanguentado. Com mãos trêmulas, soltei os fones; em seguida, empurrei o guarda-costas de lado para pegar o rádio no bolso dele. Seu rosto se voltou para mim. Vi os olhos arregalados, petrificados numa careta de dor, a boca aberta, como se estivesse congelada. Estremeci. Peguei o aparelho e soltei imediatamente o cadáver. Levantei-me de um pulo e me pus a caminho. Badji dirigiu-me um olhar de encorajamento.

Quando voltamos à sala anterior, ele me fez um sinal com a mão.

— A sua arma, Vigo, pegue-a!

Engoli em seco.

— Não. Sinto muito, não posso.

O negro alto sacudiu a cabeça. Mas deve ter achado que não havia tempo para me convencer. Disse-me para continuar. Recomecei a andar.

Fizemos todo o trajeto inverso, até a primeira sala.

— E o retransmissor? — disse eu, designando o emissor ligado na tomada de telefone do outro lado da entrada. — Não podem nos identificar se o acharem?

— Não. Quanto ao retransmissor, tudo bem. Está tudo criptografado e a ligação com a EsFiNgE não é rastreável. Não se preocupe. Aliás, é melhor deixá-lo lá. Ainda não saímos do estacionamento...

Claro. Infelizmente, Badji tinha razão. Ainda não estávamos a salvo. Longe disso. Os três guardas que havíamos abatido, o primeiro ao entrar, os dois outros ao buscar Louvel, haviam tido tempo de chamar por socorro do lado de fora. Talvez já nos esperassem no alto da escada.

O feixe de luz da lanterna passou pelo corpo do primeiro guarda, estendido de través na porta. Desviei os olhos e passei por cima do cadáver. Olhei para cima. Ninguém. Arrumei as alças da mochila nos ombros e comecei a subir a escada, verificando a cada passo se Louvel e Badji me seguiam.

A subida não acabava mais e a minha angústia aumentava. Quanto mais nos aproximávamos da porta que levava ao estacionamento, mais eu diminuía o passo, certo de que um comitê de recepção nos esperava do outro lado. Mas quando chegamos em cima, com um único olhar, vi através da porta arrombada que o estacionamento continuava vazio.

— O caminho está livre — disse eu, virando-me, sem realmente acreditar nisso.

— Vá chamar o elevador, Vigo, nós nos reuniremos a você.

Procurei a confirmação no olhar dele, e comecei a correr pelas passagens escuras, no encalço de algum inimigo atrás de cada pilar de concreto. Comecei a ficar sem fôlego. Mas não era o momento de fraquejar. Estávamos quase lá. Talvez o pior já houvesse passado.

De repente, quando estava apenas a alguns metros do elevador, vi uma luz indicadora dos andares acender em cima das portas. Parei imediatamente, aterrorizado. As luzes foram se acendendo sucessivamente. Alguém estava descendo.

Sem esperar, dei meia-volta e saí correndo na direção dos outros dois.

— Alguém está chegando pelo elevador! — gritei, em pânico.

Badji lançou um olhar em volta.

— A rampa, ali! — gritou ele, designando à sua direita a passagem que levava os carros ao andar superior.

Mudei minha trajetória e me juntei a eles no meio do caminho. Fiquei do outro lado de Louvel e nós dois o carregamos, a passo de corrida. Mais alguns metros. Virei a cabeça. Dali, não podia ver qual o indicador de andar que se acendera. O penúltimo? O último? Acelerei o passo, praticamente arrastando Damien atrás de mim.

— Mais rápido! Eles estão chegando!

Finalmente, chegamos à rampa de concreto. Sem diminuir o ritmo, fomos para o andar de cima. No mesmo instante, tive a certeza de ouvir as portas de metal do elevador se abrirem.

Agarrei o braço de Badji e fiz sinal para que fizesse menos barulho. Fomos mais devagar. No alto da rampa, o guarda-costas parou e pôs Damien nas costas. Deixei que passasse na frente e comecei a andar de marcha a ré, para ver se nos haviam localizado. Por enquanto, nada. Continuei a seguir Stéphane, cautelosamente, por mais um andar. Em seguida, em vez de subir a rampa seguinte, ele foi para trás de um dos grandes pilares do estacionamento. Pôs Damien no chão, ajudou-o a sentar-se e inspirou profundamente para recuperar o fôlego. Fez-me sinal para que eu me escondesse. Em seguida, aproximou o pequeno microfone da boca.

— Lucie, aqui é Stéphane, está ouvindo? Câmbio — sussurrou ele.

— Onde vocês estão? — crepitou a voz de Lucie nos nossos ouvidos.

— No estacionamento. Eles pegaram Greg e Damien está ferido. A situação é que é impossível sair pelo elevador, Vigo os viu chegarem. Tem de nos tirar daqui. Estamos... no nível -4. Câmbio.

— Entendido. Vou fazer todo o possível. Aguardem as minhas instruções.

— Lucie, apresse-se, eles não demorarão a nos encontrar. Desligo.

Talvez tivéssemos alguns minutos de trégua até os caras terminarem de examinar os escritórios e descobrirem que ainda estávamos no estacionamento, pois eles haviam chegado pelo único elevador... Badji aproveitou para cuidar de Louvel. Depois de enxugar as gotas de suor que molhavam a sua testa, rasgou a manga do macacão que Damien usava e inspecionou o ferimento. O sangue ainda escorria abundantemente da ferida.

— Bom. Nada muito grave — murmurou Badji. — A bala atravessou até o outro lado. O ferimento é maior no ponto em que ela saiu.

Pegando a manga da roupa que havia rasgado, ele rasgou uma larga tira e enrolou em volta do ombro de Louvel. Depois, pegou a mão direita de Damien e pediu que a mantivesse o maior tempo possível apertando a bandagem.

— É preciso fazer pressão para estancar a hemorragia.

Ele tirou a arma e recarregou-a. No mesmo instante, a voz de Lucie crepitou nos fones de ouvido.

— Stéphane?

— Fale, câmbio.

— OK. Vamos tentar uma coisa. Não garanto nada. Marc vai procurar entrar no estacionamento com a caminhonete para buscá-los.

— Tem certeza de que a entrada do estacionamento não está fechada? Toda a área está fechada! Câmbio.

— Segundo ele, existe um acesso para entregas acima da porta 7. O problema é que ele não possui credencial para entrar e foi por isso que os deixou do lado de fora. Mas agora não temos escolha. Ele vai blefar mostrando o crachá da Bouygues. Cruzem os dedos e subam para aguardá-lo no nível -2. Ele espera estar aí dentro de cinco minutos.

— Entendido, já vamos. Desligo.

O guarda-costas inclinou-se para Louvel.

— Damien, vai conseguir?

O hacker transpirava em grandes gotas de suor. O seu rosto estava lívido, mas, ao menos, parecia lúcido.

— Vou sim, vou, vamos embora — balbuciou ele.

Nós o ajudamos a levantar-se e nos pusemos a caminho para a rampa de acesso ao nível superior. Depois de alguns passos, ouvimos vozes que vinham de baixo. Ordens que bateram e ressoaram nas paredes de concreto.

— Eles não vão demorar — sussurrou Badji. — Vamos mais rápido.

Eu não sabia se estava mais exausto fisicamente ou de nervoso, as minhas pernas pareciam a ponto de ceder sob o meu peso. As minhas mãos tremiam e a cabeça começava a girar de novo. Tentei não demonstrar aos outros dois. Pensei em Damien, que devia sofrer mais do que eu, e em Greg, cujo cadáver havíamos abandonado lá embaixo. Reuni toda a minha coragem e continuei em frente. Quanto mais nos aproximávamos da superfície, mais o barulho longínquo das obras se amplificava. O ronco surdo dos caminhões, dos guindastes e das escavadeiras era como a promessa da nossa libertação iminente. Tínhamos de chegar até lá.

Subimos a rampa até o nível -3. Louvel estava cada vez mais difícil de carregar ou então eram as minhas forças que progressivamente me abandonavam.

Novamente, um burburinho ressoou nos níveis inferiores. Ruídos de corrida, gritos, mal-abafados pelo rebuliço da obra acima das nossas cabeças. Soltei um suspiro. Será que isso nunca ia acabar? Segurei com mais força no quadril de Louvel e acelerei o passo. Badji fez a mesma coisa. Começamos a subir a última rampa, cada vez mais depressa. Enquanto subia, Stéphane pegou o fio do fone de ouvido e apertou o microfone.

— Marc, aqui é Stéphane. Marc, está chegando? Câmbio.

Nada, nenhuma resposta. Nem de Marc nem de Lucie. Badji soltou um palavrão. Certamente já estávamos muito longe do retransmissor portátil instalado no último subsolo. A conexão com a EsFiNgE havia sido rompida. Estávamos entregues à nossa própria sorte.

Nesse instante, Louvel ficou bem mais pesado e o seu corpo escorregou dos nossos braços. Badji apressou-se a pegá-lo.

— Ele desmaiou! — exclamei, aflito.

As vozes aproximavam-se atrás de nós. O guarda-costas içou Damien nos ombros e começou a correr. Fui logo atrás, arrastando os pés de cansaço, uma dor do lado retorcendo o meu quadril.

Finalmente, chegamos ao nível -2. Badji parou no meio da primeira passagem e virou-se. Nada, nenhuma caminhonete. E o barulho contínuo dos operários que desobstruíam a superfície era cada vez mais forte. Eu me reuni ao guarda-costas no centro do estacionamento, já no fim das minhas forças.

Se Marc não aparecesse, teríamos de descobrir outra solução. Pegar o elevador? Não, seria muito arriscado. Enfrentar os perseguidores? Visivelmente, era isso que Badji se preparava para fazer. Ele havia encostado Damien delicadamente num pilar e pegara a arma. Eu não tinha mais a minha, porém, de qualquer jeito, agora sabia que no meu estado, o meu cérebro me tornava incapaz de matar.

O eco ameaçador dos passos dos nossos perseguidores estava apenas a alguns metros. Os meus batimentos cardíacos aceleraram-se.

— Marc! — gritou Badji no seu microfone. — É agora ou nunca! Precisamos da cavalaria!

Ainda nada. Nenhuma resposta. Os sujeitos estavam na parte de baixo da rampa. Suas vozes se aproximavam, misturando-se ao zumbido ambiente. Sombras desenharam-se na parede da rampa. No mesmo instante, quando Badji se pôs em posição para atirar, o ruído de um motor ecoou do outro lado do estacionamento, atrás de nós. Ranger de pneus. Dei meia-volta. A caminhonete branca apareceu na passagem de automóveis do fundo.

— Puta que pariu! Já não era sem tempo! — gritou Badji, erguendo o corpo imóvel de Louvel.

Ajudei-o a colocar o hacker no ombro e começamos a correr para a caminhonete. Apesar do peso de Damien, Stéphane corria mais rapidamente do que eu. Os números das vagas desfilavam sob os meus pés. 33, 32, 31. Os nossos passos batiam na superfície cinza.

De repente, uma detonação rasgou o ar. Uma bala silvou ao nosso lado. Depois, uma segunda. A caminhonete estava apenas a alguns metros. Vi o rosto de Marc por trás do para-brisa. Ele deu uma brusca virada com o volante. As rodas derraparam no piso num som agudo. O veículo ficou atravessado e parou na nossa frente. Badji deu a volta por trás. Eu o segui. Nova detonação. Um ruído de metal. Uma bala havia entrado na lataria. Stéphane abriu a porta lateral e enfiou o corpo de Louvel dentro da caminhonete. Depois ele subiu e me estendeu a mão. Primeiro, eu lhe joguei a mochila com os discos rígidos. Badji pôs a mochila atrás dele e me fez sinal para agarrar o seu braço.

— Acelere! — gritou Badji, virando-se para o motorista.

Marc deu a partida no mesmo instante e arrancou a toda a velocidade. O cimento gastou a borracha dos pneus. Badji pegou o meu braço e, num golpe brusco, puxou-me para o interior do carro. Eu me estiquei ao comprido na caminhonete, ao lado do corpo imóvel de Damien. Houve ainda dois tiros. Uma guinada à direita me projetou contra a carroceria. Soltei um grito de dor. Agarrei-me no banco do passageiro, ergui-me e olhei para a frente. Estávamos chegando a uma passagem estreita. Marc girou um pouco o volante para a esquerda para acertar o veículo. Uma das rodas bateu no meio-fio. Novo choque. Depois a caminhonete seguiu por uma pequena rampa que levava para a luz do dia. O corredor virava à direita. As silhuetas dos perseguidores desapareceram atrás da parede. Marc diminuiu a velocidade.

— Abaixem-se! — lançou ele, fazendo um gesto com a mão.

Nós nos deitamos no chão. Badji passou o braço por cima do peito de Louvel e o manteve no meio da caminhonete. Marc reduziu a marcha. Vi a sombra de uma barreira ao nosso lado. Mais alguns metros de muro cinza e, finalmente, o azul do céu.

Badji se ergueu lentamente.

— Tudo bem? — perguntou ele, pondo a mão no ombro do motorista.

— Ainda não. Os caras que me deixaram entrar há pouco estão um pouco mais na frente. Continuem escondidos.

A caminhonete seguiu por uma passagem debruada de altos muros brancos. Através dos vidros escuros da janela, reconheci a porta 7, onde Marc nos havia deixado um pouco antes. O veículo desacelerou, praticamente parou. Marc abriu o vidro e vi que ele punha a mão para fora. Houve um instante de silêncio, uma hesitação. Depois a voz de um sujeito: "Tudo bem, passe!" Marc foi acelerando progressivamente.

Soltei um suspiro de alívio. Finalmente havia acabado! Havíamos saído do inferno de cimento. Mas a que preço? Greg havia perdido a vida, e Damien estava numa situação precária. Esperava, ao menos, que as informações valessem a pena...

No fundo, há alguma verdade pela qual valha a pena morrer?

Alguns metros mais à frente, Badji se levantou.

— Como se virou para entrar?

— Mostrei a ordem de serviço e disse que tinha material para entregar lá embaixo. Eles não pareciam estar muito a par. Evidentemente, o alerta não foi dado...

— É. Em todo caso, não para esses caras — corrigiu Badji.

— São operários e não tiras... Tivemos sorte.

— O principal, Badji, é que vocês se livraram de boa. Não há mais barreiras.

O negro alto apertou calorosamente o ombro do motorista.

— Obrigado, Marc. Muito obrigado.

Em seguida, ele se virou e se agachou ao lado de Louvel.

— Ele voltou a si — disse sorrindo. — Damien, tudo bem?

O hacker inclinou ligeiramente a cabeça.

— Há um estojo de primeiros socorros embaixo do banco do passageiro — especificou Marc, sem se virar.

Badji dirigiu-me um olhar cúmplice. Ergui-me com dificuldade, esgotado. Examinei embaixo do banco, encontrei uma pequena caixa branca e dei-a ao guarda-costas. Depois me joguei novamente contra a lateral da caminhonete e, em transe, fiquei olhando Badji cuidar do amigo.

Os sons e as cores pareciam se misturar lentamente num nevoeiro de algodão. O barulho do motor e as palavras de Stéphane ficaram abafados, cada vez mais longe. Perdi a noção do tempo e o mundo começou a parecer um sonho.

77.

— Vigo, eu queria lhe dizer... Você se virou muito bem há pouco. Damien fez bem em concordar que se juntasse a nós. Não teríamos conseguido sem você.

As palavras de Badji tiraram-me do torpor. Do lado de fora, o cenário continuava a desfilar, indistinto, através das janelas da caminhonete.

Era a primeira vez que o guarda-costas me falava assim. A sua voz não era a mesma. Havia uma espécie de calor, uma cumplicidade que me surpreendeu. Até aquele momento, eu só havia conhecido o rosto sério de um guarda-costas consciencioso. Mas aquele novo olhar parecia, enfim, liberar o verdadeiro Badji. Aquele de quem Louvel me falara em termos tão amigáveis.

— Eu... eu não sei — balbuciei. — O seu amigo... Greg...

Ele concordou com a cabeça. Vi as suas mãos se crisparem por um curto instante.

— Ele sabia o que arriscávamos ao vir aqui... A nossa profissão nos expõe a esse tipo de perigo. Infelizmente.

Eu não tinha certeza de que isso pudesse tornar a morte do seu colega menos horrível. Eu mesmo tinha dificuldade em aceitá-la. Sentia-me tão responsável! E via que Badji, no fundo, estava abalado. Ao me falar assim, sem dúvida, ele tentava confortar a si mesmo.

— Aliás, tenho a impressão de que você sabe alguma coisa a respeito — acrescentou ele.

— O que quer dizer?

— Vamos, eu vi como você se virou, Vigo. Você recebeu uma formação militar de alto nível.

Dei de ombros.

— Não me lembro. Sou amnésico, Stéphane. Tudo isso está enterrado num grande black-out. E eu confesso que... hoje em dia, não me reconheço nesse aspecto do passado.

— E a ideia de ter sido militar um dia o incomoda, é isso?

Fiz uma careta embaraçada.

— Pois bem, para dizer a verdade, sim... Não acho fácil me acostumar. Isso não corresponde ao homem que sou hoje! Ou, em todo caso, ao homem que tenho a impressão de ser.

— Compreendo.

As imagens do tiroteio no subsolo da Défense voltaram-me à memória. Estremeci.

— O homem que sou atualmente... é incapaz de matar — disse eu em voz baixa, como se falasse comigo mesmo.

O guarda-costas anuiu.

— Eu vi. Isso o dignifica, Vigo.

— Talvez. Mas se não houvesse atirado no meu lugar, eu não estaria aqui conversando com você...

— Meu trabalho consiste em impedir que pessoas como você sejam mortas por pessoas como eles. Se todo mundo fosse como você e se ninguém fosse como eles, essa profissão seria menos... penosa.

Olhei para ele. Provavelmente não desconfiava, mas o que havia acabado de dizer era o próprio cerne do meu profundo questionamento. E o objeto de um tormento que, sem dúvida, nunca desapareceria totalmente. No estado atual das coisas, na fase atual da nossa evolução, ainda não tínhamos, para o meu gosto, uma resposta para a violência filosoficamente aceitável.

Badji era um paradoxo. O maior paradoxo da nossa sociedade, da nossa humanidade. É bem verdade que ele salvara a minha vida. Mas, para fazê-lo, tivera de acabar com outra. Num mundo ideal, onde ninguém mataria uma pessoa, homens como ele não teriam nenhuma razão de ser. Mas neste mundo... Havia extremos em que o pacifismo ao qual eu aspirava não poderia fazer nada contra a pistola de um inimigo. E esse paradoxo me deixava louco. Isso porque eu sabia que ele estava na base da minha angústia escatológica.

Frequentemente, tenho o sentimento de que o Homo sapiens *está desaparecendo. Assim é o* Homo sapiens. *Um destruidor, superpredador do mundo e de si mesmo.*

— Que merda!

Eu me sobressaltei. Vi que o guarda-costas olhava, perplexo, a tela do seu celular. Ele a mostrou a Louvel, que ainda estava deitado no centro da caminhonete, mas que havia recuperado a cor. Ele fez sinal de que havia lido.

— Marc! Mudança de planos! — exclamou Badji. — Vamos para as cocheiras!

— O que está acontecendo? — perguntei, preocupado.

Ele me mostrou o celular. Li o SMS que Lucie acabara de enviar.

Os tiras estão aqui. Busca por ordem do juiz de instrução. Encontro nas cocheiras.

78.

Assim que começou a busca, Lucie mandou Sak para casa. Ela nos esperava, sozinha, no estranho esconderijo da porta de Bagnolet. Os hackers haviam batizado o esconderijo secreto de "cocheiras" porque, visivelmente, até o século XIX, elas haviam servido para abrigar os cavalos do proprietário do imóvel. Era um grande espaço abobadado, de velhas pedras brutas, enterrado no fundo de um pátio oculto e cuja disposição lembrava o seu antigo uso. Uma fileira de boxes havia sido transformada em escritório e o centro — cujo piso era inclinado para permitir a evacuação das águas usadas — servia, agora, de sala de reunião.

Na caminhonete, Louvel me havia explicado que a EsFiNgE havia usado esse local, no início, pelo menos por dois anos, antes de se instalar definitivamente no XXe arrondissement. Anônimos, sublocados de um "amigo", esses escritórios improvisados não figuravam no cadastro como locais aproveitáveis e, segundo

Lucie — *a priori* —, a polícia e o RG ignoravam a sua existência. Um refúgio ideal.

Marc nos deixou em frente ao imóvel e foi esconder a caminhonete num lugar seguro. Ele também recebera a instrução de voltar para casa e aguardar ser chamado antes de voltar.

Quando descemos a alameda pavimentada que levava ao coração das cocheiras, Lucie precipitou-se na direção de Louvel, de olhos arregalados.

— Damien! Tudo bem?

Ela, que sempre dera provas de uma calma olímpica, dessa vez não conseguiu disfarçar a preocupação. Mas o hacker tranquilizou-a.

— Sim, sim. Nada de grave... Vai ficar tudo bem.

Conduzimos Damien para uma grande poltrona, num canto do imenso esconderijo transformado em saleta, onde ele se sentou soltando um grunhido. Ele apoiou os pés numa mesa baixa na sua frente e afundou no encosto fazendo uma careta.

Nós nos sentamos ao seu redor. Instalou-se um silêncio que me pareceu uma eternidade. Estávamos todos exaustos e havia alguma coisa de calmante no frescor dessa alcova de pedra. Louvel e eu ainda estávamos em estado de choque. Badji havia entrado novamente no seu mutismo profissional, provavelmente pensava no colega; talvez, só então, compreendesse que ele estava *realmente* morto. Quanto a Lucie, ela devia dizer a si mesma, e com razão, que precisávamos daquele momento de calma para voltar à Terra.

Esfreguei os olhos várias vezes, como se isso pudesse apagar as imagens que continuavam a me perseguir. Troquei alguns olhares com Louvel. Acho que nós dois sabíamos exatamente o que o outro estava sentindo. Havíamos agido certo? Teria valido a pena? Como poderíamos assumir, ele e eu, a morte de Greg?

Quais seriam as consequências dessa incrível expedição? Uma onda de sentimentos comuns invadia-nos; remorso, arrependimento, medo, mas, talvez, também esperança. Esperança de que tudo isso nos aproximasse da verdade. Da libertação.

Finalmente, quando o silêncio se tornou insuportável para mim, expulsei todas essas perguntas da cabeça e tirei lentamente a mochila das costas. Peguei os dois discos rígidos e entreguei à Lucie.

— Aqui estão — disse eu, suspirando. — Espero... Espero que não estejam danificados... Foi tudo o que conseguimos pegar.

A jovem pegou-os com cuidado e dirigiu-me um sorriso agradecido.

— Já é muito. Veremos — disse ela.

No mesmo instante, Damien ergueu a cabeça para Stéphane. Ele estava com um olhar vazio, traços repuxados.

— Sabe o que me daria imenso prazer?

O negro alto saiu dos seus pensamentos e abriu um largo sorriso.

— Deixe-me adivinhar... Um uísque?

Louvel concordou com a cabeça. Seu rosto pareceu iluminar-se um pouco.

— Acho que ainda temos uma velha garrafa no armário — disse ele, inclinando a cabeça para uma portinha na parede oposta.

O guarda-costas deu um tapa amigável na perna de Damien, levantou-se e foi para a sala contígua.

— Bom, Lucie, então, diga-nos... O que aconteceu com os tiras, exatamente?

A jovem sentou-se na mesa de centro, na nossa frente. Voltei a ver no seu olhar a centelha que sempre existira. Foi como se, apenas com a pergunta de Damien, finalmente o mundo voltasse a caminhar à sua volta.

— Pois bem, em resumo, eles apareceram alguns minutos depois que eu disse a Marc para ir buscá-los no estacionamento. Foram violentos. Arrombaram a porta de entrada. Num instante, haviam tomado conta do local. É possível pensar que já estavam escondidos no quarteirão há algum tempo.

— É bem possível — replicou Louvel.

Ele pareceu pensar um pouco.

— E eles explicaram o motivo da busca?

— Tudo o que quiseram nos dizer é que fazia parte da investigação a respeito de um tal Vigo Ravel...

A jovem virou-se para mim.

— Sem dúvida, eles sabem que o abrigamos, Vigo.

— Sinto muito...

— Não se preocupe. Eles sabem, mas não têm nenhuma prova. E, depois, de qualquer jeito, não sei de quem estavam falando... Vigo Ravel não existe, não é?

Eu sorri. No fundo, ela estava certa. O homem que a polícia buscava não existia. Nunca havia existido. E isso tinha alguma coisa de cômico. Ou, melhor, de tragicômico.

— Ainda estão lá? — perguntou Louvel.

— Estão. Praticamente, puseram-nos para fora e lacraram quase tudo dizendo que demorariam vários dias. Eles voltarão, os bastardos! Mas fique tranquilo, passei todo o sistema de computação para o modo pânico, se sabe do que estou falando. Eles não vão achar nada, os otários! Foi tudo exportado para um servidor no Brasil.

Louvel meneou a cabeça, não parecia totalmente tranquilo. Certamente, tinha muita coisa no escritório da EsFiNgE que, particularmente, não queria que caísse nas mãos da polícia.

— Mesmo assim, quer que eu ligue para o nosso advogado, para que ele exija poder estar presente na busca? — perguntou Lucie, como se houvesse adivinhado os pensamentos dele.

— Não, não, não vale a pena, se você tem certeza de que eles não podem achar nada.

— Pelo menos, nada importante.

— De qualquer modo, não podemos impedi-los. No contexto de uma instrução sobre atos terroristas, eles têm total liberdade de ação.

Badji reapareceu na sala e serviu uísque para os quatro, sem nem perguntar se queríamos.

— Vamos — disse ele —, acho que todos nós precisamos de um pequeno fortificante.

Damien levou o copo aos lábios com dificuldade. Não conseguia mexer o braço esquerdo.

— E agora, o que vamos fazer? — perguntou Lucie, quando demos o primeiro gole.

— Acho que preciso de um ou dois pontos de sutura — suspirou Louvel. — Não posso continuar assim. Badji, poderia me levar à clínica do doutor Daffas?

— Claro.

— Vocês não deviam... Não precisam... Quero dizer... A família de Greg...

Greg não tinha família — replicou o guarda-costas. — Nenhum dos meus rapazes tem família.

— Entendo.

— Não se preocupe, Damien, eu o levo à clínica.

— Vamos com vocês — interveio Lucie.

— Não. Isso não ia adiantar nada. É melhor que Vigo fique escondido. *A priori*, os tiras não têm nenhuma possibilidade de descobrir as cocheiras, mas nunca se sabe; eles podem vigiar o bairro. Lucie, eu prefiro que aproveite para ver o que há nessas merdas de discos rígidos. Espero que não tenhamos feito tudo isso em vão.

A jovem não insistiu.

— OK. Está bem.

— Existem uns velhos computadores aqui, deve poder se virar.

Damien esvaziou um segundo copo de uísque e levantou-se com dificuldade.

— Vamos, Stéphane. Quero estar de volta o mais rápido possível.

Badji deu-lhe o braço e eles saíram pelo caminho pavimentado que dava no pátio.

— Nós os manteremos a par de tudo. Lucie, contamos com você! Encontre alguma coisa! — soltou Louvel antes de puxar a maçaneta atrás de si.

A batida da porta ressoou na abóbada de pedra. Eu me servi de um segundo copo de uísque e acendi um cigarro. O primeiro, depois de um longo tempo.

— Bom, e com você, Vigo, tudo bem? — perguntou-me Lucie, com ar preocupado.

Ela se sentara ao meu lado, no lugar de Louvel. Dei de ombros.

— Tão bem quanto o possível... Em suma, não muito bem.

— Eu...

Ela parou, hesitante. Depois continuou:

— Não o conheço há muito tempo, Vigo, mas queria lhe dizer que o acho muito... muito corajoso. É isso. Pode parecer ridículo, mas queria lhe dizer. E não sou a única, na EsFiNgE, a pensar isso...

Eu sorri.

— Obrigado. É gentil. Mas sabe, Lucie, tenho medo de que confunda coragem com desespero. Minha única força é porque eu não tenho muito a perder. Na verdade, nada. Nem mesmo um nome.

— É mesmo? — disse ela franzindo as sobrancelhas com um ar cético e, ao mesmo tempo, malicioso. — Achei que havia... aquela mulher. A tira da praça Clichy...

Inclinei a cabeça, pego desprevenido.

— Não sei.

— Vamos! Você não me engana. Está apaixonado, Vigo!

Arregalei os olhos, perplexo. Não esperava esse tipo de réplica... Mas era bem do gênero de Lucie. Eu começava a conhecê-la um pouco. Ela não era de fazer rodeios.

— Apaixonado? — defendi-me. — Nem mesmo sei o que isso quer dizer!

Ela caiu na gargalhada.

— E não sou eu quem vai lhe ensinar! Tenho, pelo menos, quinze anos menos do que você.

— E daí? No fundo, eu me pergunto se os adolescentes não são mais instruídos no assunto — disse eu, sorrindo por minha vez.

Eu a observei por um instante, depois decidi pagar na mesma moeda.

— E você, não está apaixonada?

— Eu? — exclamou ela. — Está brincando? Se, ao menos, eu tivesse tempo! E depois, eu lhe digo, uma tarada por informática lhes dá medo...

— E eu garanto: esquizofrênico também não fica por baixo...

Ela riu de novo, um riso espontâneo.

Então, eu me dei conta de que a angústia surda que não me deixava desde a Défense, finalmente, estava desaparecendo, devagar. Fazia bem falar assim com a jovem. Nessas poucas palavras havia a leveza, a desenvoltura que tanto me faziam falta!

Olhei as cocheiras em volta. Disse a mim mesmo que havia uma defasagem quase cômica entre a seriedade de um grupo como a EsFiNgE e a juventude de Lucie, ou a doce loucura de Louvel.

— Lucie — disse eu, finalmente. — Por que faz tudo isso? Quero dizer... a EsFiNgE... Qual é a sua motivação?

Ela deu de ombros.

— Como você, como Damien... Por amor à verdade.

Fiz uma careta.

— Vamos! Não é só por isso...

Foi a vez de ela se mostrar surpresa com a minha pergunta. Quase constrangida.

— Sabe, todos nós temos as nossas pequenas razões. Damien, Sak, Marc e eu... Todos temos nossas próprias motivações. E eu sempre fui do tipo engajado... Louvel me goza ao me tratar por uma grande adolescente revolucionária, mas ele não está totalmente errado...

— Passar todo o tempo procurando a verdade sobre o mundo é um bom meio de não buscá-la em si mesmo, é isso?

Ela meneou a cabeça.

— Agora, lá vem você com a tal psicologia de botequim! Mas, é verdade, tem razão, deve ser um pouco isso. Um pouco.

Senti que ela se recusaria a dizer mais. Pensei na minha angústia sobre a incomunicabilidade. A impossibilidade crônica de se dizer tudo, de compartilhar tudo... No fundo, tinha algo bom. Isso dava espaço para o mistério, para o inesperado. Todo mundo tinha direito à sua caixinha de segredos. A minha estava em repouso.

— Você devia descansar — disse, enfim, a jovem, levantando-se. — Há uma cama no depósito e até mesmo um banheiro. Não é dos mais confortáveis, mas já é alguma coisa... Vou começar a trabalhar imediatamente.

Concordei com a cabeça. De fato, eu precisava descansar e, de qualquer jeito, não lhe poderia ser de grande ajuda. Olhei-a instalar-se num dos boxes e fui me deitar no aposento que ela me havia indicado.

O depósito estava uma verdadeira barafunda, úmido, mergulhado no escuro, lotado de móveis velhos, luminárias quebradas, livros, caixas de papelão... Passei a hora seguinte tentando, em vão, pegar no sono, na escuridão total daquele quarto abandonado. Eu ainda estava tenso demais e não conseguia fechar os olhos. Quando as minhas pálpebras baixavam, eu via a mesma imagem. A arma do homem dirigida para mim, e meus dedos, incapazes de apertar o gatilho. E, depois, a sensação de morte compartilhada. Esse falecimento por procuração. Um espelho que se quebra. Isso também era indizível, incomunicável. E, no entanto, era eu. Era aquele no qual eu me transformara.

Quando percebi que não adiantava tentar dormir, deixei que minha mão examinasse lentamente meu bolso e tirei o celular que Louvel havia deixado comigo. Fiquei olhando a tela, indeciso. Adiantaria alguma coisa tentar a sorte de novo? Será que eu não podia simplesmente esquecer? Por que agora ela responderia? E que direito eu tinha de incomodá-la? Ela havia pedido que eu não telefonasse...

Com uma lentidão exagerada, como por automatismo, meus dedos apertaram as teclas. Um a um, pressionei os dez números do telefone de Agnès. Depois o meu polegar se ergueu acima da tecla de chamada. O que eu diria se, enfim, ela atendesse? Todas as palavras que me vinham à mente estavam cobertas de ridículo. Minha teimosia em querer pegar essa mão que não me era estendida chegava à beira do grotesco.

Soltei um suspiro e deixei o telefone cair no velho colchão. Fechei os olhos, mas as lágrimas rebeldes abriram caminho por entre os cílios. Elas correram, quentes, pelas minhas faces até o pescoço, elas correram por Greg, correram por Agnès, correram pela criança que eu devia ter sido e da qual eu nada conhecia, a não ser a sua dor e a sua solidão. Quando a última lágrima secou no meu rosto cansado, finalmente dormi.

79.

Caderneta Moleskine, anotação n.º 211: segundo trecho de um e-mail de Gérard Reynald.

Rebentos transcranianos, sem dúvida, vocês começam a compreender a extensão do meu plano, o sentido secreto, os motivos, a finalidade, a pertinência, mas talvez se perguntem por que ele não inclui o assassinato puro e simples do comandante L. O pai dos nossos pais, o pérfido mentor.

Acreditem, eu pensei nisso. Frequentemente. Eu me vi mil vezes atirando a última bala, com o nome dele gravado, tirando a vida desse homem como reparação. No fim das contas, nós lhe devemos mesmo isso.

Mas não conseguia me decidir.

Isso porque, apesar de tudo que ele nos fez, apesar da sua maneira e da obstinação, com o passar dos anos acabei ficando com pena do comandante L. Acreditem, sou o primeiro a ficar surpreso com isso. Eu nunca poderia imaginar que sentiria alguma coisa por esse homem que não fosse puro ódio. Contudo, de certa forma, acho que é o que posso fazer a ele de pior: sentir pena.

Não sabíamos muita coisa sobre ele na época; só que era militar, reservado, duro, um produto típico do exército. Mas, aos poucos, minhas pesquisas revelaram muito mais do que eu gostaria de saber.

No dia em que descobri a sua identidade real, pude voltar atrás no seu passado, montar um a um os pedaços do quebra-cabeça. E, hoje, acho que posso dizer que sei — ao menos em parte — o que fez dele o miserável que conhecemos.

Há dois acontecimentos na história desse homem que podem explicá-lo. O primeiro remonta ao fim dos anos 1950.

O comandante L. faz parte da geração de soldados enviada à Argélia para tentar sufocar a revolução, sonho de independência. Fizeram esses rapazes acreditarem que partiam para defender a França, os valores da República, a baboseira habitual. Ao chegar, eles descobriram a realidade. De um lado, a violência da resistência, as gargantas cortadas, os órgãos sexuais extirpados e enfiados na boca e, do outro, a verdade do povo argelino. Esse povo colonizado, esse país em pedaços, submetido à autoridade do governador-geral, que tinha duas categorias de cidadãos desiguais: os franceses e os muçulmanos, sem direitos políticos. E, depois, à violência respondeu-se com violência. A loucura, a tortura, as execuções sumárias e os massacres. A engrenagem. Do lado francês foram 25 mil mortos, do lado argelino, entre 450 mil e mais de um milhão, dependendo da fonte de informação. Foram incendiados oito mil povoados, um milhão de hectares de floresta queimados e dois milhões de muçulmanos enviados para campos de agrupamentos. Então, entre os jovens soldados franceses houve aqueles que ficaram chocados com a terrível realidade e aqueles que, como o comandante L., em vez de admitirem que haviam sido manipulados, preferiram continuar acreditando, aderindo cegamente à guerra, como bons soldadinhos. Velar o rosto, molhando as mãos no sangue, matar em nome da França e praticar, com a desculpa de haver recebido ordens, as piores crueldades. Só os que estiveram lá, e ninguém mais, sabem o que eles viram, o que fizeram. E muitos, como ele, voltaram desequilibrados. Nunca se dirá tudo sobre o mal que essas colonizações fizeram a todos. Àqueles que foram explorados por mais de um século, aos quais se pedia que renunciasse à própria cultura, à religião e à língua em troca de uma nacionalidade francesa de segunda classe, e àqueles que foram os peões de uma descolonização tão malfeita. A sede imperial da França destruiu um país, gerações de argelinos e uma geração de soldados franceses, da qual fazia parte o comandante L.

Ele voltou arruinado, como qualquer homem obrigado a mentir a si mesmo para aceitar se tornar um monstro. Não procuro desculpá-lo. Esse sujeito é um canalha, cínico, cruel. Nunca o perdoarei. Mas procuro compreender.

O segundo acontecimento foi o suicídio da sua mulher, anos depois. Não sei muita coisa sobre esse assunto. Apenas que ele não foi ao enterro.

80.

Fui acordado em torno das 22 horas por um barulho de passos do outro lado da porta. Fiquei imóvel por um momento, olhos totalmente abertos no escuro absoluto do depósito, ainda impregnado da recordação dos meus sonhos. Depois, reconheci a voz de Louvel.

Eu me levantei cambaleando de cansaço e entrei na grande sala das cocheiras. Damien havia voltado com Badji. Alguma coisa me dizia que, enquanto essa história não terminasse, o guarda-costas não se afastaria nem um milímetro.

— Ouviram as notícias? — perguntou Damien, enquanto ligava uma pequena televisão no canto da sala.

Ele tinha uma nova bandagem no ombro e o braço imobilizado por uma tala.

— Não — respondeu Lucie, saindo do pequeno escritório improvisado. — Por quê? O que está acontecendo?

Louvel apontou para a tela da televisão. O canal de notícias exibia imagens desfocadas de um corpo estendido numa calçada, coberto com um lençol branco e cercado de policiais e socorristas.

— Morrain foi morto na porta de casa há apenas uma hora — explicou Damien, sem tirar os olhos da tela.

A notícia gelou o meu sangue. Eu me joguei numa das poltronas, incrédulo. Não podia ser um acaso. Mas como ousaram?

— Não... Não é possível — balbuciei.

— Eles devem ter adivinhado que foi graças a ele que descobrimos o acesso ao escritório da Dermod... Eles o liquidaram.

— Não é possível — repeti, porque não havia mais nada a dizer.

No entanto, era bem real. A notícia continuava a ser dada na televisão. No instante seguinte, uma foto recente do diretor de comunicação da EPAD apareceu na tela. Eu não conseguia aceitar que o sujeito que eu havia encontrado na véspera estivesse morto. Morto.

Embaixo, numa pequena janela, vi com o canto dos olhos o meu nome, no texto que desfilava resumindo as notícias essenciais da atualidade. *Segundo o porta-voz do Ministério do Interior, o assassinato do senhor Morrain está ligado ao atentado de 8 de agosto. O principal suspeito, Vigo Ravel, continua desaparecido...*

Estranhamente, não senti praticamente nada ao ler o meu nome. Ele já não me pertencia. E eu sabia que era inocente. No entanto, eu me perguntava se algum dia conseguiríamos provar. Isso tinha realmente importância? Para mim, o que contava, antes de qualquer coisa, era saber a verdade. Mas revelá-la ao mundo inteiro... não era da minha alçada. No fim das contas, esse era o papel da EsFiNgE. No que me dizia respeito, isso era secundário. Ou improvável. Talvez eu estivesse tão aprisionado na minha síndrome de Copérnico que nem acreditasse mais na possibilidade de, algum dia, ser levado a sério. Eu já me acostumava a isso. Louvel acreditava em mim. Lucie acreditava em mim. Agnès havia acreditado em nim. Eu precisava — queria — alguma coisa a mais?

— Damien, tenho a impressão de que a sua pequena expedição foi interpretada como uma declaração de guerra — murmurou Lucie.

— Em todo caso, temos a prova de que eles não recuam diante de nada. E que estão... nervosos!

— Quem são "eles"? A Dermod?

— Quem mais podia ser? — respondeu Louvel, ironicamente.

Segurei a cabeça entre as mãos, arrasado. Da mesma forma que eu aceitava ser um alvo privilegiado da polícia e do nosso inimigo, não conseguia aceitar que um inocente morresse no meu lugar. Dois... menos ainda. Greg e, agora, Morrain. O diretor de comunicações da EPAD era um sujeito honesto, que se recusara a dobrar-se ao sistema. Sem ele, talvez nunca tivéssemos encontrado a entrada dos misteriosos escritórios da Dermod. E ele havia sido morto. Tudo isso por quê? Por quem? Por mim?

Sentado meio afastado, sem dúvida por discrição, Badji não descolava os olhos da tela. Mesmo ele que, até o momento, me parecera tão sereno, parecia consternado.

— Como está o seu braço? — perguntou Lucie para mudar de assunto.

— Bem, bem — respondeu Louvel, rapidamente. — O doutor Daffas fez milagres, como sempre. — Mas e você? E então? Encontrou alguma coisa nos discos rígidos?

A jovem olhou para cima.

— Damien, faz apenas duas horas que estou trabalhando neles! Vamos precisar de muitos dias, se não semanas, para analisar tudo! Sem contar que não temos acesso ao nosso escritório. Todos os meus programas estão lá e as máquinas aqui não são do último tipo. Sak e Marc precisam vir me ajudar. Há muitas, muitas coisas para analisar nesses discos rígidos. Trechos de vídeos, documentos contábeis, tabelas, arquivos de texto e um monte de documentos num formato delicado, restrito à Dermod... Em resumo, demais para uma só pessoa.

— Mesmo assim, achou alguma coisa? — insistiu Louvel.

Adivinhei que ele não insistia em vão. Devia ter notado, como eu, que alguma coisa havia mudado no olhar da jovem. Ela havia descoberto algo.

— Bom... sim — confessou ela, finalmente.

Louvel arregalou os olhos, animado.

— O Protocolo 88?

Lucie concordou lentamente, num movimento de cabeça.

Damien ergueu-se na cadeira. Dirigiu-me um olhar inflamado. Parecia uma criança a quem se promete o impossível. Há dias estávamos estacionados, dando voltas em torno de uma resposta que não vinha. Eu mesmo senti um formigamento de excitação, uma espécie de impaciência desconfiada.

— E então? Explique! — pressionou-a.

Imediatamente, Lucie assumiu um ar sério.

— Ouça, ainda é muito vago, mas, fora alguns documentos contábeis sobre o famoso Protocolo 88, descobri o que parece ser um caderno de despesas que diz respeito a ele.

— E daí?

— Bom, se compreendi bem, trata-se, como supúnhamos, de uma experiência posta em prática pela sociedade Dermod... em 1988. A Dermod, especializada em mercenarismo e segurança, mas que já possuía um laboratório de pesquisa aplicada ao campo militar, teria conseguido, em 88, um enorme contrato internacional, financiado por vários clientes aqui na Europa e, ao mesmo tempo, nos Estados Unidos...

— Que tipo de clientes?

— Pois bem, justamente os mais diferentes. Ministérios da Defesa de vários países e, também, do Interior, e outras agências de segurança. Para dizer a verdade, isso ainda é meio nebuloso. Preciso de mais tempo para identificar claramente todos os financiadores, partindo dos documentos contábeis.

— E em que consiste o Protocolo 88? — perguntei, pois, para mim, era a única e verdadeira pergunta.

Lucie não respondeu imediatamente. Vi no seu olhar fugidio que estava constrangida. Todo mundo ali sabia que eu era o mais interessado, que eu estava no centro do que ela havia descoberto. O que Lucie tinha a dizer certamente não era agradável de ouvir. Porém, ao menos, era a verdade que todos aguardávamos. Eu esperava que o esclarecimento fosse uma libertação.

— Vá em frente — tranquilizei-a. — Estamos ouvindo.

Lucie engoliu em seco, em seguida decidiu-se.

— Vigo — disse ela com voz desolada —, o Protocolo 88 é uma série de experiências realizadas em soldados voluntários.

Há muito tempo eu me preparava para essa resposta. Já fazia alguns dias que víamos esse enredo se desenhar, como sendo o mais provável de todos. E uma parte de mim, sem dúvida — minha memória secreta — sempre soubera. Apesar de tudo, a certeza não deixava de ser desestabilizadora. Mas eu me recusava a me deixar abater.

— Soldados voluntários? — repetiu Damien, desconfiado.

— Aparentemente, sim. Entre os documentos que li, há uma lista de vinte voluntários franceses.

Novo olhar constrangido. O papel da pobre Lucie não era fácil.

— Ao menos a lista dos nomes codificados — continuou ela. — E... E *Il Luppo*, o seu apelido, figura em quarto lugar.

Dessa vez não havia mais dúvida. Tudo combinava. A lista dos vinte destinatários do e-mail de Reynald, minhas estranhas aptidões de combatente, a tatuagem no meu braço... Eu não tinha outra opção a não ser aceitar a verdade. Mas a verdade era insuportável: um dia, eu havia sido — sem ter a mínima lembrança — cobaia de uma estranha experiência militar. E essa experiência me havia transformado num amnésico e num esquizofrênico. Ou talvez noutra coisa. Alguma coisa bem mais incrível.

— E o que era exatamente essa experiência? — perguntei com voz trêmula.

— Trata-se de uma EMT meio especial — explicou Lucie, ainda constrangida.

— De quê? — perguntou Louvel.

— EMT. Só esse acrônimo está especificado no caderno de despesas. Posso garantir que eu também não sabia do que se tratava. Mas fiz uma pesquisa rápida. EMT é a abreviação de "Estimulação Magnética Transcraniana".

Dirigi um olhar intrigado a Lucie.

— Transcraniana? É... É a palavra que estava na frase misteriosa de Reynald! *Rebentos transcranianos...!*

— Sim.

Mais uma vez, tudo adquiria sentido. Os véus misteriosos se erguiam um a um e revelavam a minha difícil realidade. As únicas coisas tranquilizadoras eram esses indícios sucessivos que provavam que eu não havia inventado nada. Portanto, eu não era tão louco quanto havia acreditado ser e por tanto tempo. Talvez não.

— OK. Mas o que é EMT? — pressionou-a Damien.

— Não sou especialista em neurociências, meu caro. Mas, por alto, para resumir, segundo o que encontrei, trata-se de uma técnica em que se coloca um aparelho com ímãs na cabeça de um sujeito e lhe revolvem os neurônios com um campo magnético.

Estremeci. Pensei nos estranhos aparelhos dos escritórios da Défense. Naquele instante, acreditei rever as imagens, como uma vaga lembrança, cenas confusas de um velho filme esquecido. Um aparelho na minha cabeça, instrumentos de medição... porém, a minha memória podia me enganar; talvez eu estivesse confundindo. Eu havia feito tantas IRM nos últimos anos! Elas seriam autênticas? Seriam uma odiosa manipulação dos meus neurônios? A ideia de que tivessem brincado com o meu cérebro me aterrorizava. Sem pensar, como um autômato, deslizei a mão lentamente pela cabeça.

— Revolvem os neurônios das pessoas? Está brincando? — exclamou Damien, que parecia quase tão chocado quanto eu.

— De jeito nenhum. Aparentemente, é uma experiência bastante comum. Mas, no caso que nos interessa, o laboratório da Dermod, que era dirigido por um tal de doutor Guillaume, teria usado uma frequência bem mais alta do que tudo o que havia sido tentado na época.

— Ou seja?

— 88 hertz.

Louvel não conseguiu conter um sorriso de escárnio.

— São muitos 88...

— São. Sem dúvida, é por isso que escolheram esse nome para o protocolo. A recorrência do número 88 devia... diverti-los.

— Está claro que não divertiu muito Gérard Reynald... Bom. Em todo caso, bravo, Lucie, trabalhou bem, em muito pouco tempo.

Foi a minha vez de também dirigir um menear de cabeça agradecido à jovem. Por mais dura de enfrentar que fosse essa história, eu sentia, apesar dos pesares, a libertação tão esperada. Um primeiro sentimento de justiça.

A minha certeza instintiva tornara-se saber. *Não sou esquizofrênico. Sou outra coisa. E sou porque destruíram o meu cérebro.*

— E agora, o que fazemos? — perguntou Damien olhando para nós todos.

Lucie deu de ombros. Badji, sempre em silêncio, não reagiu. Então, Louvel se virou para mim, mantendo por muito tempo um olhar interrogativo. Ele devia achar que a decisão me pertencia.

— Temos o suficiente para entregar a batata quente para a justiça — disse ele, avançando na poltrona — e fazer estourar um escândalo na Web, para garantir que o juiz de instrução, ou aqueles que o manipulam, não abafe o caso... Com o que temos, podemos fazer a Dermod cair e, com ela, talvez, todos os implicados, o doutor Guillaume, a Feuerberg e também os eventuais financiadores, os acionistas da SEAM e até mesmo no exterior...

— Não — interrompi. — Não. Ainda não.

— Acha que não temos provas suficientes? — perguntou Louvel, surpreso.

— Não. Não é isso. Ainda restam muitas perguntas. Mas, primeiro, antes que isso escape das nossas mãos, Damien, gostaria de compreender. Compreender o que me fizeram exatamente. Como essas "EMT" agiram no meu cérebro. E depois, sobretudo, sobretudo... Quero saber quem, no escalão mais alto, é o responsável. Quem foi o primeiro a lançar esse projeto. Quem o iniciou. Assim que eu tiver resposta para essas duas questões, poderão fazer o que quiserem, Damien. Tenho certeza de que a EsFiNgE saberá perfeitamente gerenciar o caso. Mas não antes.

Louvel concordou com a cabeça e virou-se para a jovem.

— Lucie? Você tem alguma ideia de quem foi o iniciador do Protocolo 88?

— Talvez. Na verdade, parece que o projeto foi iniciado por uma pessoa em especial. O indivíduo que fundou a Dermod. O problema é que ele aparece em todos os documentos com o nome de "comandante Laurens". Com certeza é o "comandante L." de que fala Reynald num dos seus e-mails. Acontece que já fiz minhas pequenas pesquisas e provavelmente trata-se de um pseudônimo. De nada adiantou investigar na Internet, não encontrei nenhuma pista de um "comandante Laurens", oficial no fim dos anos 1980.

— Badji, você que navega no meio das agências de segurança há muito tempo, esse nome não lhe diz nada?

— Não, sinto muito, Damien. Nunca ouvi. Mas, de fato, é realmente um pseudônimo de agente secreto...

— Quero saber quem é esse sujeito — disse eu, com uma determinação que pareceu surpreender os três. — E se ele ainda estiver vivo, quero encontrá-lo.

Damien arregalou os olhos.

— Não está falando sério, Vigo!

Eu lhe dirigi um olhar que me poupou qualquer outra resposta. Ao contrário, eu estava falando mais do que sério.

— Mas o que isso adiantaria, Vigo?

— Não quero um inimigo invisível, Damien.

— Os verdadeiros inimigos são *sempre* invisíveis.

Provavelmente ele tinha razão. Mas, para mim, isso não era suficiente.

— Quero saber quem é esse sujeito.

— Bom, estou vendo... Pois bem, Lucie, continue a pesquisar quem pode ser esse comandante Laurens. Do nosso lado, vamos tentar responder à sua primeira pergunta, Vigo, e saber mais sobre a famosa EMT. Só vejo uma pessoa que pode nos dar essas informações.

— Liéna? — perguntou Lucie.

— Sim.

— Quem é Liéna? — perguntei.

Os olhos de Louvel brilharam.

— Uma grande amiga, que está por dentro de tudo em matéria de neurociências.

— Acha que ela poderia responder à nossa pergunta?

— Não sei. Vou ligar para ela e pedir que venha nos dizer tudo o que sabe a respeito da EMT e por que o exército poderia querer fazer esse tipo de experiência. Está bem assim, Vigo?

— Está. Obrigado — respondi.

Mais uma vez, Louvel compreendera o que eu sentia. O que eu precisava. E ele passava a minha necessidade na frente do seu irresistível desejo de fazer estourar o escândalo. E eu estava feliz por ver — mesmo que, na realidade, nunca houvesse duvidado — que Louvel não trairia a confiança que eu depositava nele. A sua vontade de me ajudar era mais forte do que a sua sede de um furo. A EsFiNgE não era só uma máquina de perseguir escândalos. O grupo também tinha uma vocação humanitária, sincera. Rara.

Lucie levantou-se, deu-me um tapa amigável no ombro e voltou imediatamente ao trabalho no escritório de Louvel.

81.

Liéna Rey era pesquisadora no CNRS* em Paris, num laboratório de neurolinguística. Perto dos 40 anos, parecia alegre e cheia de energia. Compreendi no mesmo instante que se tratava de uma velha conhecida de Louvel, e que, provavelmente, haviam sido um pouco mais do que simples amigos no passado. Eles se beijaram calorosamente, como se não se vissem há muito tempo, depois ela sentou-se conosco no meio da sala, ao redor da grande mesa de reunião.

Louvel fez as apresentações. Ela apertou a mão de Badji e a minha.

— Oi, Liéna! — gritou Lucie do seu pequeno boxe.

A pesquisadora inclinou-se e viu a jovem do outro lado da porta.

— Você está aí? Oi, querida! Bem que podia vir me dar um beijo!

— Sinto muito. Não tenho tempo...

Liéna Rey sacudiu a cabeça.

— Vocês são realmente impossíveis, os dois! — disse ela, sentando-se ao lado de Damien. — Nunca têm tempo!

Sorridente, olhar afável, misturava um visual de hippie com o de uma cientista fanática. Pequenos óculos dourados, faces coradas, cabelos castanhos curtos, gestos enérgicos, parecia uma professora de matemática dos anos 1970.

— Bom, você deve ter boas razões para me incomodar a esta hora, meu chapa. Tenho dois moleques que acordam de madrugada e tanto trabalho no laboratório que não sei como dar conta.

* CNRS: sigla em francês para Centro Nacional de Pesquisa Científica. (N. T.)

— Liéna, acredite, eu não a teria incomodado à toa. Quer tomar uma bebida?

— Não, quero que me diga por que vim aqui no meio da noite.

— OK. Diga-nos o que sabe sobre a EMT.

— A quê?

A coisa começava mal.

— A Estimulação Magnética Transcraniana.

— Ah! Você quer dizer a TMS! Sinto muito, estou acostumada à versão em inglês. Transcranial Magnetic Stimulation — enunciou ela, com um sotaque perfeito.

Louvel ergueu os olhos para o teto.

— Sim, tudo bem! TMS, se prefere. Fale-nos sobre a TMS.

— O que quer saber?

— Tudo.

— Ah... só isso? Como sempre! Bom, vou querer uma bebida, estou vendo que a noite vai ser longa.

Louvel sorriu e serviu bebida para todos.

— Para resumir — começou a pesquisadora num tom professoral —, o princípio da TMS é induzir, por intermédio de um eletroímã, um campo magnético local que atravessa o crânio e vai modificar a atividade elétrica do córtex, em geral a dois ou três centímetros de profundidade.

— Sim. Foi isso o que Lucie nos disse. Mas confesso que não consigo acreditar. É angustiante!

Liéna deu de ombros.

— Não! Não exagere! A TMS é uma ferramenta de pesquisa muito usada hoje em dia em neurociências cognitivas, e isso há vinte anos. Sabe, regularmente eu recorro a ela nas minhas pesquisas em neurolinguística.

— Ah, é? Você remexe no cérebro das pessoas?

— Sim... São voluntários, fique tranquilo...

Notei a reação discreta de Badji e Louvel. A palavra "voluntário" tinha um sentido bem diferente para nós três, que a pesquisadora não podia compreender.

— Mas, sobre a TMS, ainda estamos dando os primeiros passos. Aliás, a evolução é cautelosa, porque ela apresenta vários problemas éticos. No entanto, é uma técnica realmente promissora.

— E para que serve?

— Para muitas coisas. Vários pesquisadores começaram a usar a TMS no estudo da percepção, da atenção, da linguagem, da consciência... Além disso, várias aplicações foram descobertas nos tratamentos das disfunções motoras e, ainda, da epilepsia, da depressão, dos distúrbios da ansiedade e da esquizofrenia...

Senti novamente o olhar de Louvel. As ligações diretas com a minha história apareciam lentamente.

— Por alto — continuou Liéna Rey —, já que quer saber tudo, o crânio é um excelente isolante elétrico e é quase impossível modificar a atividade elétrica no cérebro à distância aplicando um campo elétrico. Em compensação, com um campo magnético, isso funciona! A técnica da TMS repousa no princípio da indução eletromagnética, que Faraday descobriu no início do século XIX.

— É tão antigo assim? — surpreendeu-se Damien.

— É. Ele foi o primeiro a provar que uma corrente elétrica passada através de uma bobina podia induzir uma corrente numa bobina vizinha. Na verdade, a corrente na primeira bobina produz um campo magnético que, então, provoca a chegada da corrente na segunda. Captou?

— Até aí, tudo bem.

— É o princípio da indução. No caso da TMS, a segunda bobina é substituída pela membrana dos neurônios e o campo elétrico da bobina que colocamos bem em cima do crânio do sujeito provoca uma atividade neuronal. A ideia principal é que o aparelho de TMS produza uma corrente elevada num período de tempo muito curto. Um impulso, em suma, que cria um campo magnético. Se mudar rapidamente, esse campo magnético induzirá um campo elétrico suficiente para estimular localmente os neurônios, isto é, para mudar o potencial elétrico de suas membranas celulares.

— Isso é horrível! Eles jogam eletricidade no cérebro das pessoas?

— Um campo magnético, sim. Mas, sabe, é uma técnica não invasiva e indolor, cuja relação com o eletrochoque, ainda usado, é muito distante. Ela faz apenas um barulho de estalidos em virtude da corrente elétrica que passa pela bobina.

— Encantador! E na prática, como é feita?

— Colocamos uma bobina em cima da cabeça do sujeito. Mas garanto que ele não sente quase nada! Em geral, a bobina tem a forma de um 8, o que permite otimizar o campo elétrico induzido.

— E isso não manda o cérebro pelos ares?

— Não! Não seja burro! Além de tudo, por enquanto, o efeito da TMS é de curta duração. Dura pouco tempo depois da estimulação. Mas, se em alguns dias fizermos várias sessões de TMS num sujeito, a atividade elétrica do cérebro dele, na zona visada pela TMS, pode ser modificada por um tempo mais duradouro, por algumas semanas e até mesmo alguns meses. Um dos objetivos dos neurocientistas é usá-la para reabilitar permanentemente certas funções cognitivas do cérebro. O que lhes interessa, sobretudo, é usar a TMS para estimular o córtex para que ele envie comandos precisos para o nosso corpo, da mesma maneira que, normalmente, o cérebro faz sozinho.

— O que quer dizer?

— A TMS é capaz de reproduzir os comandos que o cérebro dá ao nosso corpo. Por exemplo, atualmente sabemos perfeitamente como estimular as áreas motoras do cérebro de um sujeito; resultado, seus membros... os braços, por exemplo... começam a se mexer sozinhos, sem que a decisão tenha sido dele!

— Isso é uma demência! Até onde se pode chegar?

— Difícil dizer. Repetindo, estamos no início da exploração dos campos de aplicação. Mas alguns pesquisadores, na verdade, gostariam de ir mais longe. Hoje em dia, usamos cada vez mais a TMS repetitiva, que consiste em enviar uma série de impulsos sucessivos. Em alta frequência, a TMS repetitiva permite aumentar a excitabilidade cortical, mas em baixa frequência a inibe: ela cria uma inatividade temporária, o que às vezes chamamos de "lesão cerebral virtual". Assim, a zona que foi estimulada se torna inativa temporariamente. Essa inibição teria efeitos terapêuticos promissores e já começa a ser usada para tratar diversas afecções cerebrais. Sabe, as experiências atuais tendem a provar que até se poderia usar a TMS para decuplicar as performances do cérebro.

— Verdade? Isso é concebível?

— É, claro. Vejam, vou lhes dar um exemplo. Foi feita uma experiência muito famosa sobre o autismo com a TMS. Os autistas inteligentes, aqueles que são capazes de fazer cálculos mentais impressionantes...

— Tipo Rain Man? — perguntou ingenuamente Louvel.

— É, exatamente — respondeu a pesquisadora, sorrindo —, tipo Rain Man. É ótimo constatar que a cultura científica de um cara como você se resume às obras-primas do cinema hollywoodiano...

— Certo, tudo bem...

— Enfim, em resumo, sabemos agora que os autistas inteligentes não têm, a bem dizer, dons especiais. Ao contrário, a capacidade de fazer cálculos tão complicados resulta do fato de uma parte do cérebro deles apresentar disfunções. Então, tentou-se reproduzir esse fenômeno em sujeitos que não eram autistas. Para resumir, ao inibir, com a TMS, regiões anteriores do cérebro, na parte frontotemporal, foi constatado que a capacidade aritmética desses voluntários havia melhorado enormemente! Se pusermos uma bobina na cabeça de um indivíduo comum, ele pode se tornar momentaneamente um gênio do cálculo mental.

— Está brincando?

— Não! É uma experiência bem real, que foi repetida diversas vezes. Ao inibir uma parte específica do cérebro, a TMS permite bloquear certos processos cognitivos bastante elaborados e ter imediatamente acesso a informações das quais não temos consciência normalmente.

— Isso é loucura!

— Não, é ciência. Mas a inibição de regiões do cérebro causa problemas práticos, sem falar dos problemas éticos... Na realidade, ninguém sabe quais poderiam ser, a longo prazo, as consequências psicológicas de uma inibição durável do córtex cerebral.

Eu podia adivinhar o embaraço de Damien. A pesquisadora, é claro, nem desconfiava que, talvez, eu fosse a prova viva de que as consequências neurológicas desse tipo de experiência eram particularmente danosas.

Tomei mais um gole de uísque e continuei a ouvir, tratando de disfarçar a minha perturbação.

— Há um pesquisador em Ontário, o doutor Persinger, que, regularmente, está em evidência, porque ele não hesita em ir bem mais longe. Ele desenvolveu uma técnica derivada da TMS que permite agir mais profundamente no cérebro e não apenas na superfície do córtex. Ele inventou um aparelho, batizado de "Octopus", que consiste em oito eletroímãs, fixados numa espécie de capacete e dispostos em torno da cabeça, na vertical de cada um dos oito lobos cerebrais.

Novo olhar cúmplice de Louvel. A coincidência dos dois números 8 também não lhe havia escapado.

— Esse Octopus — continuou Liéna — permite gerar impulsos magnéticos num campo limitado com uma estrutura complexa que gera uma atividade elétrica nos corpos amigdaloides.

— O que é isso?

— É a sede das emoções no cérebro humano. O perigo é que a destruição acidental dessa região poderia eliminar qualquer forma de emoção no sujeito...

— Realmente... Ah... Ciência sem consciência...

— Sim. Nós nos repetimos o adágio todos os dias, no laboratório. Bom... No passado, esse mesmo Persinger havia provado que a estimulação magnética prolongada dos lobos temporais melhorava a potencialização a longo prazo no interior do hipocampo.

— Pode traduzir?

— *Grosso modo*, isso facilitaria a memorização. Segundo as últimas notícias, Persinger quer ir ainda mais longe. Ele trabalha na modificação das faculdades cognitivas e na alteração dos estados de consciência... Ao alternar as zonas estimuladas e ao modificar a forma das ondas magnéticas, seu aparelho seria capaz, segundo ele, de induzir no sujeito um estado de "hiperatenção".

— Só isso?

— Sim. Mas, bom... Esse doutor Persinger é uma pessoa muito criticada... No entanto, não é um charlatão... e, acredite, estou ligada e os reconheço a mil quilômetros. Não sou do tipo que se deixa enganar por sujeitos que falsificam seus resultados, como o coreano Hwang Woo-suk, com as suas publicações simuladas sobre a clonagem terapêutica. Não, o trabalho de Persinger, por mais que envolva campos éticos meio acalorados, não deixa de ser sério.

— OK. E na sua opinião, poderiam existir aplicações militares para a TMS?

Liéna Rey caiu na gargalhada.

— O que foi?

— Meu pobre amigo! Se soubesse quantas vezes o exército americano me propôs quantias fabulosas para que eu saísse do CNRS e fosse trabalhar para eles, não ia acreditar! Os militares estão sempre na frente! E acredite, eles pagam melhor do que o ministro da Pesquisa, esses imbecis!

— E para que poderia servir a TMS?

Ela deu de ombros.

— Aí, entramos um pouco na ficção científica...

— Adoro ficção científica — encorajou Louvel.

No mesmo instante, Lucie irrompeu na sala.

— Estou morrendo de fome! — disse ela, com voz suplicante. — Vamos pedir pizzas?

— Oh, sim, pelo amor de Deus! — replicou Badji.

Louvel interrogou Liéna e a mim com o olhar.

— Já comi — respondeu a pesquisadora. — Eu tenho filhos e uma vida normal. Isso não é hora de comer! Além do mais, não quero desencorajá-los, mas eu ficaria surpresa se ainda houvesse alguma pizzaria aberta a esta hora...

— Não se preocupe — replicou Lucie. — Conhecemos um pizzaiolo notívago. Damien, posso encomendar uma EsFiNgE especial? — propôs a jovem.

O hacker sorriu.

— Pode. Pepperoni dupla e sem cogumelos!

Lucie se afastou, alegre, e fez o pedido por telefone.

— Bom — continuou Damien, impaciente. — Então, Liéna! Para que fins o exército poderia querer usar a TMS?

— Não sei...

— Faça suposições!

— OK. Mas eu aviso, estamos no campo teórico, na especulação.

— Não tenha medo, dê provas da sua imaginação!

— Pois bem, digamos simplesmente que o exército poderia fabricar "supersoldados" ao trabalhar no cérebro dos militares.

— Como?

— Não sei, há mil aplicações possíveis. Em teoria, podemos muito bem imaginar que eles se divertem estimulando certas áreas de Brodmann dos soldados.

— Áreas de quê? — cortou Damien.

— De Brodmann. Korbinian Brodmann foi um cientista que, em 1901, fez uma espécie de mapa do cérebro. Ele dividiu o córtex em várias zonas, que chamamos de áreas de Brodmann, e que permitem localizar as funções específicas de cada parte do cérebro.

— Certo. E daí, para que fins o exército poderia manipular as áreas de Brodmann de seus soldados?

— Mais uma vez, estamos no campo teórico, hein, mas, sei lá, podemos imaginar que eles tentassem melhorar a acuidade visual, por exemplo, estimulando as áreas visuais, que são as áreas de Brodmann 17, 18 e 19.

— Isso melhoraria a visão dos soldados?

— Sim. Ou, então, seria possível tornar o sujeito insensível ao sofrimento alheio, inibindo a área 11, o que solta as rédeas da região encarregada da percepção e, portanto, retira as inibições.

— Sei... De fato, nada como um guerreiro insensível ao sofrimento do próximo.

— O problema é que brincar com essas áreas também poderia provocar alucinações... Mas, sabe, existem milhares de processos possíveis. Eu não ficaria surpresa se o exército estivesse particularmente interessado nas aplicações futuras da TMS. Mais um exemplo: uma estimulação do córtex motor poderia favorecer o desenvolvimento da musculatura. Já imaginou? Com simples estimulações magnéticas, aplicadas em certo período, faríamos soldados supermalhados. Fim das sessões de musculação!

— Prático...

— É. Mas por que não o desenvolvimento da hiperagressividade, trabalhando nas amígdalas, que é uma região subcortical implicada nas emoções... Sabe como é, do exército, podemos esperar tudo!

Nenhum de nós duvidava.

Houve um longo momento de silêncio. Todos assimilavam o grande número de informações que a pesquisadora nos havia passado. Vendo que estávamos mergulhados nos nossos pensamentos, ela aproveitou para ir conversar com Lucie no aposento ao lado.

Louvel e eu trocamos alguns olhares carregados de mil sentimentos confusos. Agora, nós sabíamos. Estava tudo claro e o que as explicações da pesquisadora nos faziam supor era aterrador.

Apesar de tudo, eu não conseguia assimilar. Não conseguia imaginar que podia ser verdade. Eu vivera anos na ignorância! E a amnésia retrógrada não facilitava nada. Havia uma enorme diferença entre compreender o passado e se lembrar dele. Por mais evidentes que fossem essas explicações agora, eu ainda me sentia um estranho para mim mesmo, um observador de um outro eu. Era como se tudo isso houvesse acontecido a outro. Ou, talvez, fosse um meio de me proteger. Eu me recusava a acreditar totalmente.

A campainha da porta de entrada pôs um fim a esse monólogo interior. Lucie subiu pela pequena passagem de pedras e foi buscar as pizzas correndo. Nós nos instalamos ao redor da mesa. Eu me forcei a comer, sentindo que era necessário para o meu corpo, mas a minha cabeça não estava na comida.

— Liéna — perguntou Damien quando terminou seu último pedaço —, há pouco você falou de alucinações... Acha que esse tipo de experiências, as que o exército poderia querer tentar, seriam suscetíveis, por exemplo, de provocar alucinações auditivas nos soldados?

Levantei a cabeça imediatamente. O que ele esperava saber? Que as vozes que eu ouvia, no fim das contas, não passavam de simples alucinações? No entanto, há muito tempo, eu tinha adquirido a certeza do contrário! E Louvel dissera que acreditava em mim! Não pude deixar de me sentir ofendido pela sua pergunta. Mas, no fundo, ela era legítima. E não podíamos descartar nenhuma possibilidade. Talvez eu não estivesse preparado, psicologicamente, para descobrir que eu não passava de um simples esquizofrênico, mas, se isso fosse verdade, eu não tinha o direito de fechar os olhos. Nós buscávamos a verdade. A qualquer preço.

— É claro — respondeu Liéna, para meu grande desespero. — As áreas 41, 42 e 22 é que são ativadas no momento das alucinações auditivas. Se estimulá-las, é perfeitamente possível.

Com as imagens cerebrais, sabemos perfeitamente que essas três áreas é que são ativadas nos esquizofrênicos por ocasião das alucinações auditivas.

Pronto. Foi como uma facada no coração. Todas as minhas crenças desmoronaram de uma só vez. Mas eu não conseguia aceitar. Não era possível. As frases que eu ouvira eram bem reais! Eu tinha provas, concretas. Com Agnès. Com Reynald. *Rebentos transcranianos.* Falsas lembranças? Não. *Não era possível.* Eu não sabia mais em quem acreditar. Outra vez, a realidade escapava-me. Outra vez, a dúvida, a incerteza.

Soltei um profundo suspiro. Damien pôs a mão no meu joelho e apertou com força. Mas eu precisava de bem mais do que o conforto de um amigo. Eu precisava de convicção. Eu precisava que o real parasse de brincar comigo. No entanto, não era o momento de mergulhar nessa dúvida tão familiar. E, provavelmente, Louvel queria me indicar que tiraríamos as conclusões mais tarde, juntos. Eu começava a conhecê-lo. Ele não me abandonaria assim. E ele confiava em mim. Não concluiria, sozinho, que as vozes na minha cabeça não passavam de alucinações auditivas. Não sem que eu mesmo aceitasse essa evidência. Isso acabaria ocorrendo. Por enquanto, devíamos continuar a explorar todas as possibilidades do campo.

Eu lhe fiz sinal de que... *estava tudo bem.*

Ele recomeçou a conversa.

— Liéna... Mais uma pergunta... Você sabe qual é a frequência usada na TMS? E, mais exatamente, a frequência de 88 Hz é comum?

— Existem vários tipos de TMS. Nos anos 1990, surgiu uma nova geração de estimuladores magnéticos, capaz de fornecer várias séries de impulsos por segundo. Era disso que eu falava há pouco, da rTMS, que quer dizer "repetitiva TMS". Distinguimos as rTMS de baixa frequência, com frequências inferiores a 1 Hz, e as de alta frequência, com frequências superiores, que podem chegar a 30 Hz, eu acho. Mas 88 Hz... não, não creio que jamais tenham chegado aí.

— E se alguém tentasse, que consequência acha que haveria?

A pesquisadora ergueu os ombros.

— Não tenho a menor ideia.

— Acha que poderia ter efeitos a longo prazo? Até mesmo efeitos irreversíveis?

— Francamente, não tenho a menor ideia.

— OK.

O silêncio instalou-se novamente. Acendi um cigarro, como se isso pudesse me impedir de pensar demais em todas as perguntas que me perseguiam.

Lucie levantou-se e foi jogar as caixas de papelão das pizzas na cozinha, depois voltou a trabalhar no escritório.

— Bom — soltou finalmente Damien. — Pois bem, Liéna, acho que passamos por tudo. Como sempre, você foi genial!

— Você é gentil, querido... Mas vai me dizer por que quer saber tanto sobre a TMS? Talvez eu esteja sendo indiscreta, desculpe-me, mas as suas perguntas sobre o exército, tudo isso... Deixou-me intrigada!

Louvel deu um sorriso desconsolado.

— Depois, Liéna, depois. Eu lhe contarei tudo, prometo.

— Ah! Você e seus grandes mistérios!

A pesquisadora levantou-se. Hesitei. Para mim continuava a existir uma zona de sombra. A dúvida era muito grande. Eu precisava saber. Não podia abandonar assim, tão facilmente, a certeza de que as vozes na minha cabeça não eram alucinações. Eu a segurei pelo braço antes que ela saísse da mesa.

— Desculpe-me... Eu... Eu gostaria de lhe fazer mais uma pergunta...

Louvel franziu as sobrancelhas. Contorci o rosto por um instante, sem dizer nada, tentando formular da melhor maneira possível o que eu queria perguntar... Esperava não passar por louco.

— Será que... Como posso dizer...

A pesquisadora sentou-se ao meu lado. Vi no seu olhar que ela havia compreendido. Parcialmente. Ela havia compreendido que tudo aquilo tinha a ver comigo. Talvez, até mesmo, ela começasse a desconfiar que eu havia sido cobaia de algumas TMS especiais.

— Sim?

Eu estava bem consciente da enormidade do que tentava dizer-lhe. No entanto, não podia deixar de fazê-lo. Eu precisava saber. Precisava ter certeza de que realmente havíamos explorado todos os campos possíveis. Arrisquei.

— Você nos explicou que um campo magnético altera a atividade neuronal, é isso? — perguntei com voz insegura.

— É.

— Bom. Certo. Mas será que... Será que a recíproca é verdadeira?

A pesquisadora fez uma cara de que não havia entendido.

— Quero dizer, será que o nosso cérebro, em atividade, produz um campo magnético?

Ela assentiu com a cabeça.

— Sim, de alguma forma. Muito fraco... Para ser mais específica, o cérebro emite uma assinatura magnética. Aliás, podemos medi-la com um aparelho que se chama MEG. É um encefalógrafo magnético, um aparelho que permite medir o campo magnético na superfície do crânio.

— OK. Então o cérebro emite mesmo um campo magnético... E, reciprocamente, o campo magnético provocado pela TMS ativa os neurônios do cérebro. Bem. Mas será que isso quer dizer, de um ponto de vista mais geral, que o cérebro é... Como posso dizer? Que, além de emitir ele próprio um campo magnético, o cérebro também é sensível aos campos magnéticos?

Liéna franziu o sobrolho.

— Não vejo muito bem aonde quer chegar, mas sim, pode-se dizer que sim. De fato, bem no início dos anos 1990, descobriu-se que havia partículas magnéticas no cérebro humano. Para ser exata, trata-se de minúsculos cristais de magnetita, com uns 10 nanômetros de comprimento, ou seja, dez mil vezes menores do que o diâmetro de um fio de cabelo e que estão concentrados em certas zonas do cérebro. A pergunta que continuamos a nos fazer hoje em dia é qual a utilidade desses cristais. Nas aves migratórias, cujo cérebro regurgita de magnetita, supomos que os cristais sirvam de bússola e que, assim, elas possam orientar-se em relação ao campo magnético terrestre. Mas, em relação aos humanos, não sabemos muito... Alguns acham que esses cristais podem ser ligeiramente afetados pelos campos magnéticos que nos cercam permanentemente, como os que são produzidos pelas linhas de alta tensão ou por aparelhos elétricos, telefones celulares, telas de computador...

— Mas, então... Extrapolando... Uma vez que o cérebro emite e recebe campos magnéticos, a ideia de que um cérebro seja capaz de perceber... digamos... a assinatura magnética de outro cérebro não é totalmente estapafúrdia, é?

Liéna Rey levantou devagar a cabeça, sorrindo, como se finalmente compreendesse a razão secreta das minhas estranhas perguntas.

— Você está me perguntando se a telepatia tem uma mínima credibilidade científica, é isso?

Não respondi. No entanto, sim, era isso.

— Pois bem, sinto muito, mas não — disse ela, com ar divertido. — A assinatura magnética do cérebro é uma coisa muito fraca para ser "recebida" por outro cérebro. Como eu disse, o princípio das TMS é justamente, por emitir um campo elétrico local no interior do cérebro, o de usar um campo magnético muito forte, capaz de atravessar sem muita atenuação o escalpo e o crânio. E não podemos esquecer que, para atravessar o crânio, as bobinas são colocadas bem perto da cabeça do sujeito. No entanto, se isso lhe dá prazer, sua pergunta não é tão estapafúrdia assim. Voltando ao famoso Persinger, justamente, ele publicou há dez anos outro artigo demoníaco sobre o controle do cérebro a distância... Ele considerou, em teoria, é claro, a possibilidade de uma manipulação das consciências por intermédio de emissores magnéticos ultrassofisticados. Aliás, ele se fundamentou na presença de magnetita no nosso cérebro e, portanto, na sua suposta sensibilidade aos campos magnéticos... Mas daí a imaginar que um cérebro possa ser sensível à atividade magnética, mínima, de outro cérebro, não, realmente, estaríamos em plena ficção científica.

— Mas — insisti — não se pode cogitar que um cérebro manipulado por TMS se torne ainda mais sensível aos campos magnéticos?

— Seria extraordinário — disse ela à guisa de resposta.

Pode ser. Mas eu estava mergulhado no extraordinário havia vários dias. Havia vários anos.

82.

Depois que Liéna Rey saiu, Louvel propôs que eu voltasse a dormir no pequeno depósito. Não me fiz de rogado por muito tempo e fui deitar no velho colchão descoberto. O dia havia sido rico de acontecimentos e descobertas. Eu precisava tanto de recolhimento quanto de repouso. Apesar de tudo o que a minha mente tinha para digerir, não tive nenhuma dificuldade para adormecer.

De manhã cedo, acordado por conversas ao longe, fiquei alguns minutos deitado, perguntando-me se os acontecimentos da véspera — a morte de Greg, a de Morrain, a descoberta do Protocolo 88 — não tinham sido apenas elementos imaginários de um sonho maluco. Porém, eu sabia muito bem que não. Na melhor das hipóteses, havia sido um pesadelo acordado.

Quando me reuni aos outros três na grande sala central das cocheiras, compreendi imediatamente, ao cruzar os seus olhares, que eles tinham uma notícia para me dar.

— E então? — perguntei, sentando-me entre eles à mesa de reunião.

Um recipiente de café e croissants estavam arrumados numa grande bandeja preta.

— Vigo — começou Louvel —, Lucie descobriu a identidade do comandante Laurens.

Todos os três me encaravam com preocupação. Havia nos olhos deles, sem que o quisessem, um brilho que eu conhecia muito bem e que se parecia com compaixão desolada. Eu não poderia ter raiva deles. Por muito tempo havia sido o esquizofrênico de plantão, já estava formado. E sabia que, no caso deles, essa compaixão não era sinal de piedade, mas de amizade sincera. Mas não pedia que me poupassem.

Eu me servi de uma xícara de café.

— Quem é ele? — perguntei com voz neutra.

Lucie preparava-se para responder, mas Louvel cortou-lhe a palavra.

— Vigo... Trata-se de uma pessoa que é responsável por... por seus distúrbios neurológicos. Compreendo que queira saber. E, de qualquer jeito, a verdade apareceria mais cedo ou mais tarde. Vamos nos certificar. Mas é necessário que...

— Quem é ele? — insisti, fitando Lucie.

A jovem deixou o croissant na sua frente e procurou um sinal no olhar de Louvel. Ele deu de ombros. Sabia que eu não ia desistir.

— Está bem — soltou Lucie. — Não demorei a descobrir que Laurens era um nome bem comum; na França há inúmeros Laurens, até mesmo artistas e políticos que se chamam assim... Acontece que é também o nome de uma pequena cidade no Hérault,* Vigo. Ora, procurando cruzar todas as informações que estão no nosso dossiê, descobri por acaso a biografia de um sujeito que foi diretor da DGSE em 1988...

— E daí?

— Ele nasceu em Laurens.

— E quem era o diretor da DGSE em 88? — perguntei cruzando as mãos à frente.

A jovem suspirou.

— Um ex-militar, oficial do exército de terra, que fez o serviço, ou deveria dizer sevícia, na Argélia e que foi destacado para o serviço secreto antes de fazer uma brilhante carreira política...

— Quem é? — insisti.

---

* Uma das regiões administrativas da França. (N. T.)

— Jean-Jacques Farkas — murmurou ela —, atual ministro do Interior.

As imagens voltaram-me na mesma hora. Ondas de lembranças em caleidoscópio. O apartamento dos meus pais, o sofá, a pequena televisão... Em seguida, finalmente, frágil, tremendo no meio da tela, a imagem do ministro dando entrevistas depois do atentado de 8 de agosto. *Jean-Jacques Farkas afirmou hoje de manhã que várias células da Al-Qaeda estão há muito tempo infiltradas na capital e que é muito provável que tenham organizado esses atos terroristas.* Revi o seu rosto. A mentira maldissimulada no seu olhar. *Farkas.* As seis letras apareceram uma a uma na minha frente. *F-A-R-K-A-S.* Instantaneamente, foi como se um alarme fosse acionado na minha cabeça. O mundo começou a oscilar em volta. A gravidade parecia ter desaparecido repentinamente. Os rostos dos meus companheiros ficaram inconsistentes. Minhas próprias mãos, crispadas na mesa como se quisessem impedir que a realidade fugisse, tornaram-se desfocadas. A minha visão se turvou e o barulho do mundo desapareceu lentamente para dar lugar ao grito estridente de uma sirene imaginária.

Mas nenhum pensamento surgiu. Nenhum murmúrio se ergueu da sombra. Não era uma crise comum. Era uma lembrança que abria caminho, à força, pelos meandros da minha memória confusa. Era uma verdade que se transformara em tumor. Um vestígio coberto pela poeira da negação. Era uma dolorosa confissão da minha reminiscência. Era uma evidência. Bem no alto, no fim do túnel, as seis letras queimavam com o clarão cruel da trivialidade. *FARKAS.* E, quando não consegui captar nenhuma lembrança, eu soube, intimamente, que ele era o odioso responsável por quem a minha profunda necessidade de justiça esperava havia tanto tempo.

A frase de Reynald rodopiou nos meus tímpanos. *Rebentos transcranianos, 88, está na hora do segundo mensageiro. Hoje, os aprendizes de feiticeiro na torre, amanhã, nossos pais assassinos no ventre, sob 6,3.* E, agora, todas as palavras estavam no lugar. Os rebentos transcranianos éramos nós, as vinte cobaias do Protocolo 88. Os aprendizes de feiticeiro eram eles, o doutor Guillaume e seu exército de neurocientistas desonestos. O pai assassino era ele. O comandante Laurens. Aliás Jean-Jacques Farkas. Como uma assinatura embaixo de um documento.

Bruscamente, as coisas se impuseram para mim como uma necessidade inevitável. Tornei-me escravo de um sentimento tão completo que ia além de mim, que me era quase estranho. Foi como se o meu corpo estivesse submetido a uma única força, incontrolável, que não passava de uma pura vontade, uma necessidade tirânica que só a saciedade poderia deter.

Eu me ergui de um pulo, olhos vazios, longe de mim mesmo.

Lucie teve um sobressalto. Damien dirigiu-me um olhar consternado. Badji se retesou, pronto a tudo.

Mas eles não podiam fazer nada.

Nenhum homem, nenhum argumento, nenhuma razão no mundo poderia me parar. Parar a máquina.

Sem esperar, sem dizer uma única palavra — nenhuma teria sentido —, dirigi-me para a saída e peguei a minha jaqueta no porta-casacos.

— Vigo! — exclamou Louvel. — O que deu em você?

Mas eu já havia fechado a porta atrás de mim.

Atravessei o pátio a toda a velocidade. Meus passos não eram dirigidos por nenhuma razão e sim por uma espécie de instinto. E esse instinto me dava asas.

Do lado de fora, o mundo já não existia. Os passantes não tinham mais rosto, a rua não tinha cores, nenhum barulho, o céu não estava mais em cima e a terra não estava embaixo. Nada mais restava, apenas eu e a sede imensa.

Corri em frente e meus passos — como que dotados de um entendimento próprio — guiaram-me até o banco de um grande táxi branco.

Ouvi ao longe, no ar, a voz sufocada daquele que havia sido Vigo Ravel.

— Leve-me ao Ministério do Interior.

Durante todo o trajeto, minha consciência continuou a se desagregar, a se esgueirar por cima e por baixo de mim. Fui assaltado por saraivadas de emoções desencarnadas, lembranças que talvez me pertencessem, imagens, sons, pelo florilégio dos últimos dias que eu não tinha mais certeza de ter vivido, verdades e mentiras cujos sabores se misturavam tão bem e, depois, por dúvidas, por certezas... E ainda dúvidas e mais dúvidas, e mais dúvidas, por certezas e incertezas. E, à sua direita, senhoras e senhores, a famosa torre SEAM que desaba e com ela as certezas, de novo. Vi o apartamento dos meus falsos pais de cabeça para baixo, minha cabeça do avesso, em triângulo, meu braço tatuado de outro lado, e minhas pernas que passeavam em Guernica; ouvi a frase de Reynald e tornei-me rebento. E então a pergunta: quando temos certeza de que uma mentira é uma mentira, ela se torna uma certeza? Quero dizer: podemos confiar nas mentiras de olhos fechados? Isso porque, enquanto verdades, está certo, as mentiras não são passíveis de se crer, mas enquanto mentiras, será que podemos confiar nelas? E depois, como se isso não fosse suficiente, as vozes se misturaram. A voz do meu patrão, as reprovações de Agnès, as dos dois adultos que se agrediam na frente de uma caminhonete verde; e depois, como se isso ainda não fosse suficiente, senti a mão de uma desconhecida que descia pelo meu quadril, nos fundos de uma boate da moda, e entre as minhas pernas, para ver se eu ainda sentia desejo, e depois, como decididamente isso ainda não fosse suficiente, senti a mesma dor no peito, o turbilhão da bala, e nos vi morrer, ele e eu, no subsolo da Défense.

Tudo se apagou e eu morri um pouco por ver.

Quando o motorista de táxi me avisou que havíamos chegado, creio que lágrimas corriam pelo meu rosto, e eu ri porque isso se tornara um hábito, eu era um homem e os homens choram ou não são homens, e por mais que o *Homo sapiens* tenha tendência a desaparecer, isso não é razão para parar de chorar.

O táxi estacionou em frente à praça Beauvau e o motorista virou-se para mim com ar preocupado — um ar preocupado de motorista de táxi que tem certeza de que não vamos pagá-lo. Sustentei por um instante o olhar dele, para ter certeza de que estava mesmo ali, uma vez que ele me olhava, em seguida entreguei-lhe o dinheiro.

Do lado de fora, um sopro de vento fez com que eu voltasse a mim e eu passei a ser um só, outra vez. Meu coração começou a bater e cada batimento me aproximava um pouco mais da realidade. Repentinamente, me conscientizei de que tudo aquilo era ridículo. Que Farkas, sem dúvida, não era o único responsável pelo que acontecera comigo e que enfrentá-lo provavelmente não mudaria nada na minha vida. No meu futuro.

E, no entanto, eu precisava vê-lo.

Precisava olhar de frente o rosto da minha destruição. Olhar no espelho.

Incapaz de desistir — porque eu já fora longe demais para voltar atrás —, caminhei direto para a entrada do Ministério do Interior. Entrei no velho prédio de pedra branca, passei pelo pórtico de segurança. Eu não carregava nada de metal. O segurança deixou-me entrar e cumprimentou-me. Eu nem estava com medo de ser reconhecido. No fundo, estava pouco ligando para o que podia acontecer comigo agora. Ao menos, se me prendessem, eu não teria mais de escolher o meu destino. Fariam isso por mim e a questão do devir não teria mais a mínima importância. De qualquer maneira, eu não era Vigo Ravel.

— Bom-dia. Quero falar com Farkas.

A recepcionista arregalou os olhos incrédulos.

— Onde ele está, no escritório?

Ao lado, a colega dela abafou uma gargalhada.

— Mas... Sinto muito. O senhor ministro não recebe ninguém assim... Qual... Qual o assunto? Talvez eu possa guiá-lo ao departamento que...

— Não. Eu quero ver Farkas. Agora!

A recepcionista apagou definitivamente o sorriso do rosto. Notei ao lado dois policiais que se aproximavam lentamente, alertados pelo meu tom de voz.

— Ouça, senhor — disse a jovem com uma dose insuportável de condescendência —, eis o que lhe proponho que faça: o senhor deve mandar uma correspondência ao gabinete dele, explicando o motivo do seu pedido, e...

— Não! — interrompi, furioso. — Você não está entendendo. Tenho de vê-lo agora!

Senti a mão de um policial no meu braço.

— Está tudo bem, senhor?

— Quero ver o ministro!

O tira franziu as sobrancelhas. Eu me dei conta do ridículo do meu pedido e, no entanto, não conseguia desistir dele, como se devesse isso a uma parte do meu ser. Sem dúvida eu havia atingido esse nível de desespero em que o mundo está tão sem sentido que você está pronto a se jogar em qualquer abismo, torcendo para que isso abrevie a queda.

— Vou lhe pedir que faça o favor de sair, senhor — murmurou o policial indicando a porta atrás dele.

— Deixe-me em paz! — disse eu, soltando o braço.

Eu me precipitei para a recepcionista e peguei o fone da central telefônica.

— Ligue para ele! Diga-lhe que é a respeito do Protocolo 88! Diga-lhe que quero lhe falar sobre o Protocolo 88.

Dessa vez a mão do policial se tornou um pouco mais firme. Ele me agarrou o braço e me puxou para trás. Eu me debati, mas o colega veio socorrê-lo.

— Quero ver o ministro! Diga para ele! Fale com ele sobre o Protocolo 88! — repeti, com uma voz que nem eu mesmo reconhecia.

Os dois policiais me ergueram do chão e me carregaram até a entrada.

— Vamos, você vai se acalmar, meu chapa, e vai, gentilmente, voltar para casa!

Tentei, em vão, libertar-me. Quando estávamos do lado de fora, um dos policiais pegou-me pelo ombro.

— Ou você desaparece imediatamente, ou eu o prendo, está claro?

Não respondi. Sem fôlego, olhar vazio, eu nem mesmo o ouvia.

— Vamos, dê o fora e fique feliz por não lhe criarmos dificuldades.

Ele me tomou por um desequilibrado. Um simples desequilibrado.

O policial empurrou-me para trás e desafiou-me com o olhar. Soltei um suspiro. Sabia muito bem que não adiantaria ficar ali. Na verdade, eu não acreditara, nem por um instante, que pudesse ter sucesso nesse ato desesperado. Eu era como um adolescente que tenta cortar os pulsos com uma faca de plástico.

Dei alguns passos, afastei-me do ministério e joguei-me num banco, fora do campo de visão dos dois policiais que, certamente, continuavam do lado de fora.

Olhei o prédio de longe. Farkas estaria lá dentro? E se eu o tivesse encontrado, o que ele me diria? Que resposta eu teria encontrado nos olhos daquele homem velho? Seria ele realmente aquele a quem eu recriminava? *Nosso pai assassino?* Até que ponto ele era o responsável pelo que ocorrera comigo? Atualmente, ele se lembraria? Teria escrúpulos, remorsos?

Eu não tinha certeza de que em algum lugar existisse uma resposta que pudesse pôr fim aos meus tormentos. Eu tinha a impressão de que seria para sempre como esses pais cujo filho desapareceu e que vivem anos sem poder ficar de luto, na mais terrível ignorância, sem nunca saber se ele está vivo ou morto.

Ergui os olhos para o último andar do ministério e sacudi a cabeça. Talvez Farkas estivesse lá, atrás de uma daquelas janelas. Mas isso não tinha mais importância. No fundo, talvez eu estivesse enganado na busca. Talvez procurasse a pessoa errada. Em vez de Farkas, já era tempo de procurar encontrar a mim mesmo.

Depois de longos minutos de estupor, mais ou menos decidido a deixar Lucie e Damien cuidarem da maneira como ia acontecer a revelação do escândalo, levantei-me e comecei a procurar um táxi. Fui me afastando, lentamente, da praça Beauvau, ainda perturbado.

Eu devia estar com uma cara horrível. As pessoas me olhavam com ar suspeito. Estava simplesmente exausto. Era como se toda a minha energia tivesse sido usada nas semanas anteriores, para me fazer aguentar até obter a terrível verdade e que, agora, depois de chegar ao fim do caminho, ou não muito longe, eu quase não tivesse força de assumir essa verdade plenamente, de me decidir. A pressão caía de uma vez e, em vez de viver as revelações dos últimos dias como a libertação que eu tanto havia esperado, eu as vivia como um fim, como a morte de uma parte de mim. E não conseguia me poupar da angústia do grande vazio que eu via desenhar-se em nome de uma nova vida. A verdade não me dava apenas um sentimento de horror e injustiça, ela me mergulhava numa vertigem abominável e numa impressão profunda de insatisfação. E agora, o que fazer? Como viver com ela?

Vi um táxi ao longe. Atravessei a rua e levantei o braço para chamá-lo, e, no mesmo instante, senti uma mão no meu ombro.

Eu me assustei.

Um homem de terno preto estava na minha frente. De cabelos curtos, rosto sem expressão, ele me encarava, impassível. Por um instante achei que era o fim. Que eu ia ao encontro de Morrain na sua morte ridícula. Tinha certeza de que aquele sujeito era um matador da Dermod, e que ia me matar friamente, em plena rua. E, estranhamente, eu estava quase resignado. Essa porta de saída não me pareceu pior do que qualquer outra.

Prendi a respiração no momento em que o vi enfiar a mão no bolso interno. A verdade não me havia trazido nenhum conforto. Talvez a morte, finalmente, me oferecesse a paz.

No entanto, em vez de tirar a arma que eu havia imaginado, o sujeito me entregou um envelope, deu meia-volta e saiu no sentido oposto.

Perplexo, fiquei paralisado. Depois baixei os olhos lentamente e olhei o papel, havia uma inscrição manuscrita. Meu nome. O nome que eu usara um dia. *Vigo Ravel.*

O meu coração começou a bater como um tambor. O mistério, de novo, reativava a máquina. Abri o envelope febrilmente. Encontrei um pequeno cartão branco, que tinha em cima a inscrição "Ministro do Interior". Embaixo, escrita à mão, uma única frase: *Hoje à noite, 22 horas, Chanteclair, Fontainebleau.*

E estava assinado Jean-Jacques Farkas.

83.

Caderneta Moleskine, anotação nº 223: conhecer o outro.

As circunstâncias convidaram-me a revisar aqui a minha linha de pensamento, sobre a grande questão que está na origem da minha angústia escatológica. A questão do meu relacionamento com o outro.

Por muito tempo acreditei — e escrevi mil vezes nas minhas cadernetas Moleskine — que a incomunicabilidade seria a causa da nossa provável extinção. Que iríamos desaparecer por não termos sabido nos conhecer, nos compreender.

Mas começo a duvidar.

Certamente, o meu medo da incomunicabilidade é o de não poder — verdadeiramente — conhecer o outro. Nunca se tem acesso à vida interior do outro, à sua consciência, mas apenas à sua aparência. Consequentemente, para ter acesso ao conhecimento do outro, procedemos, em geral, por analogia. Supomos que a relação que existe entre o nosso corpo e a nossa consciência também exista para o corpo do outro. Reconhecemos nele uma consciência que supomos ser equivalente à nossa. Em resumo, por analogia, pensamos conhecer o outro.

Bela piada!

Conhecer o outro por analogia é conhecê-lo realmente? Raciocinando desse modo, não fazemos do outro uma simples imagem de nós mesmos (um espelho?), negando assim, justamente, a sua alteridade?

Você consegue se contentar com isso?

Sartre, se é que compreendi bem o que li, dá outra resposta. Segundo ele, as consciências só existem na sua relação com as outras, a ponto de, sem essa relação, elas não serem nada individualmente e não poderem nem mesmo, no fim das contas, conhecer a si mesmas. Para ele, o outro é indispensável à consciência de si mesmo. É isso o que chamamos de intersubjetividade. Uma bonita palavra. Mas é uma resposta bem dogmática, não?

Na realidade, é preciso ser honesto, de nada adiantam os rodeios: é gentil querer tranquilizar-nos, Jean-Paul, mas o problema do conhecimento do outro é insolúvel. Não posso ter acesso a outra consciência e ponto final. Além do mais, se isso acontecesse, a minha consciência e a do outro seriam apenas uma, de modo que falar do outro não teria sentido.

Em suma, eu me faço a pergunta errada, e se continuar a fazê-la minha cabeça vai explodir. Isso seria uma pena.

A questão não é saber se eu posso conhecer o outro. A questão é saber se sou capaz de reconhecê-lo *na sua alteridade. E é aí que está o desafio. Reconhecer e amar a alteridade, a diferença.*

Preciso me decidir a fazer isso. Todos nós devemos nos decidir a fazer isso. A alteridade não é uma ameaça, menos ainda um empobrecimento; a alteridade é um enriquecimento. É isso. É simples e bonito assim. A diferença e a distância entre a minha consciência e a do outro são necessárias para permitir o enriquecimento pela troca. Não podemos trocar o que é idêntico. Só o que é diferente.

Estou pouco ligando para conhecer você. Estou pouco ligando que você me conheça. Vamos nos reconhecer.

84.

Chanteclair era um desses enormes pavilhões de caça, a alguns quilômetros da capital, que ainda fazia parte do patrimônio imobiliário do Estado.

O táxi me havia deixado em frente ao portão de grades pretas da entrada. Perdido no meio da floresta de Fontainebleau, o pavilhão parecia isolado do mundo, longe das cidades, longe dos homens. Não havíamos cruzado com ninguém na estrada, e fui envolvido pelo silêncio de chumbo que reinava nos arredores.

Dei alguns passos na direção do portão. Num dos pilares de pedra, vi um interfone, sem nenhuma etiqueta, em cima do qual cintilava a objetiva de uma minúscula câmera de vídeo. Estremeci. Não pude deixar de pensar na câmera que encontrara na casa dos meus falsos pais. Naquela minúscula objetiva que me havia medido de alto a baixo, anônima. Venci a apreensão e apertei a campainha. Silêncio. Depois, ouvi um ligeiro crepitar à guisa de resposta. Como ninguém parecia querer falar, anunciei simplesmente o meu nome:

— Vigo Ravel.

Imediatamente ouvi um clique e os dois grandes batentes do portão abriram-se suavemente, sem barulho. Hesitei um instante, um pouco tenso com o aspecto cerimonioso e dramático desse encontro enigmático. Mas não era o momento de recuar.

Quando o portão se abriu totalmente, segui pelo longo caminho de cascalho, margeado de plátanos. Algumas luminárias, próximas ao chão, espalhavam em intervalos regulares uma luz cor de âmbar. O céu sem nuvens estava inundado de estrelas. Uma tranquilidade sufocante rodeava o espaço, quebrada apenas pelo ruído discreto dos meus passos nos pequenos seixos brancos.

O pavilhão, iluminado com capricho, desenhou-se no fim do caminho. Mistura de pedra dura, de pedras rosa e com vigas aparentes no estilo normando, maciço, ele se erguia do alto de seus dois andares acima de um jardim muito bem cuidado. O telhado de ardósia vermelha era repleto de chaminés e de mansardas lúgubres. Uma única janela estava iluminada no primeiro andar, bem como a porta de entrada. Dois carros pretos, luxuosos, estavam estacionados ao lado dos degraus de pedra da entrada. Ainda não havia ninguém à vista. A calma opressiva do pátio deixava-me arrepiado.

Atravessei os últimos metros, cada vez mais dominado por essa atmosfera macabra. Eu tinha a sensação de ser o fantoche de uma peça fúnebre de teatro, visto de todos os lados por um público invisível.

Ao chegar aos pés da grande construção, subi um a um os degraus cinza e toquei a campainha.

Nesse momento, perguntei a mim mesmo se não estava cometendo uma imprudência absurda. Estaria preparado para enfrentar aquele homem? O que sentiria ao vê-lo? Ódio? Piedade? Eu queria justiça ou vingança? Ou, simplesmente, precisava ver um rosto por trás de todas as máscaras? Eu precisava sustentar o olhar do nosso pai assassino, para me livrar dele, ao menos simbolicamente?

Contudo, no fim das contas, fora ele quem me havia convocado...

Quando a porta se abriu, não pude impedir o meu coração de palpitar ainda mais forte. Contra a minha vontade, contra a minha inconsciente determinação, a angústia encontrou um caminho até o mais profundo do meu ser.

Um homem jovem, de terno escuro, do gabarito de um lutador de boxe e um rosto duro, apareceu na abertura da porta.

Usava uma espécie de fone de ouvido ultramoderno, bem grande, cravejado de díodos e de pequenos botões, prolongado por um pequeno microfone na ponta de uma haste.

— O senhor ministro o aguarda — disse, com voz solene.

Ele deu um passo atrás e esticou o braço para me convidar a entrar, mostrando furtivamente o coldre preso no peito. Fiquei um instante no hall, olhando o interior do pavilhão, perturbado com a extravagância da situação. O guarda-costas — pois só podia ser isso — esperou, impassível, com a mão na maçaneta da porta.

Entrei, cada vez mais nervoso. O molosso fechou a porta atrás de mim, pediu-me que afastasse os braços e começou a me revistar. A única coisa que encontrou foi o celular, que ele pôs de volta no meu bolso, depois de inspecioná-lo minuciosamente.

Ele subiu na minha frente uma grande escada de madeira. Nossos passos ressoaram nas altas paredes brancas do pavilhão. Subimos ao primeiro andar, atravessamos um longo corredor escuro e, finalmente, ele me abriu uma porta e fez sinal para que eu entrasse.

Dei alguns passos na sala pouco iluminada. Tratava-se de um grande escritório, decorado com um fausto arrogante. As paredes eram cobertas de uma madeira escura. No chão, brilhavam lâminas de madeira de um magnífico piso encerado. À esquerda, uma grande biblioteca transbordando de livros antigos. À direita, uma elegante vitrine, uma cômoda e uma série de bibelôs e pinturas que representavam os prazeres da caça. No centro da sala havia uma magnífica mesa preta, estilo Regência, guarnecida de bronzes dourados, na qual se viam inúmeros dossiês. De ambos os lados, duas poltronas estofadas haviam sido instaladas, uma de frente para a outra.

Do outro lado da sala, de pé, em frente a uma grande janela, um homem estava de costas, um copo na mão, o rosto abaixado para o jardim do pavilhão. Havia algo de ridículo na sua impassibilidade. Como uma cena escrita antecipadamente. Um grande espetáculo. Uma peça de teatro na qual me queriam fazer entrar à força. Mas isso nem me passava pela cabeça. Eu me sentia melhor do lado do público.

O guarda-costas fechou a porta atrás de mim.

— Sente-se, Vigo.

Reconheci a voz rouca e seca do ministro.

Continuei imóvel. O homem virou-se, deu alguns passos à frente e pôs o copo na mesa. Apesar do peso dos seus 70 anos, ainda tinha o andar rígido de um jovem oficial. Careca, olhos azuis penetrantes, as rugas tensas desenhavam traços sérios.

Parecia divertir-se com a minha obstinação e sentou-se na poltrona na minha frente. Ele se apoiou nos braços da poltrona e cruzou as pernas aparentando uma descontração exagerada.

— Vamos, sente-se, por favor.

Nesse instante, senti por aquele homem velho um ódio bem mais violento do que eu havia imaginado. Uma aversão instintiva, quase inata.

— Por que me fez vir aqui? — soltei, sem disfarçar o desprezo que ressoava em mim.

— Foi você quem quis me ver, Vigo.

— Eu não me chamo Vigo.

O ministro abriu um largo sorriso.

— Prefere *Il Luppo*?

— Não prefiro nada.

— Vamos, sente-se — repetiu ele. — Você queria me ver, então vamos conversar!

— Eu não vim falar. Vim ver o seu rosto. Queria ver de perto o rosto de um homem como você.

— E daí? Eu o agrado? — disse ele escarnecendo.

Sua arrogância era exasperante. Devia sentir-se intocável, por trás do enorme convencimento. Mas o riso dele já não me interessava. No fundo, eu já havia conseguido o que viera buscar. O objeto, concreto, do meu mais profundo desprezo.

— Como me achou? — insistiu ele, acintoso.

— Velho.

Dei meia-volta e fui em direção à porta.

— Espere, Vigo! Vigo! Já que veio até aqui, diga-me ao menos o que quer...

Não respondi, apoiei-me na maçaneta à minha frente.

— É dinheiro o que quer? Pretende me chantagear, é isso?

Minha mão parou. Sem dúvida, nesse instante, eu deveria ter saído. Não devia ter entrado no jogo dele e deixá-lo entregue ao seu miserável orgulho. Porém, foi mais forte do que eu. Eu me virei.

— Chantagear? Mas o que está pensando, Farkas? Que tudo se compra, até o silêncio? Dinheiro? Não preciso de dinheiro, senhor ministro, ganhei muito mais do que isso. A verdade.

Ele caiu na gargalhada.

— A verdade? Você não sabe um décimo da verdade, Vigo!

Voltei ao centro da sala, apoiei-me no encosto da poltrona e fitei-o direto nos olhos.

— Muito bem. Estou ouvindo — disse eu.

Ele fez uma cara divertida. Talvez pensasse ter vencido. Pensado que eu estava ferrado.

— Perfeito. O que quer saber?

— Acho que já sei tudo o que preciso saber.

Ele fez uma pausa, bebeu um gole de conhaque, depois se ergueu na poltrona.

— A coisa mais importante, Vigo, que você tem de compreender bem, por mais difícil que seja admitir, é que você foi um dos primeiros voluntários para participar do Protocolo 88. E eu me permito insistir na palavra "voluntário". Se os seus amigos piratas tivessem continuado a examinar os discos rígidos da Dermod, provavelmente teriam descoberto uma cópia de vários papéis que você assinou na época, quando era... um jovem soldado promissor.

— Fui voluntário para que estraçalhassem o meu cérebro?

— Vamos! Não diga besteira. O seu cérebro não está *destruído*, Vigo. Ele é tão eficiente quanto o cérebro da maioria dos seus concidadãos.

— Eu fui voluntário para perder a memória? — continuei, como se ele não tivesse respondido. — Para que mudassem a minha identidade e me enfiassem na casa de falsos pais?

— Sim. Você aceitou todas as consequências possíveis do Protocolo 88, Vigo. Todas. Até mesmo a morte. Aliás, se ainda esta vivo até hoje, provavelmente é graças a mim.

Foi a minha vez de cair na gargalhada.

— Suponho que lhe deva agradecimentos?

Ele estendeu a mão para uma pequena caixa de madeira em cima da mesa, tirou um charuto e me ofereceu.

— Um havana?

— Não.

— No entanto, me disseram que você era um fumante inveterado...

— Pare de bancar o descontraído, Farkas. Se tem algo a me dizer, diga; se não, tenho coisa melhor a fazer do que passar o tempo com um sujeito como você.

— Vigo, faltam-lhe muitos elementos para se permitir fazer qualquer julgamento.

— É mesmo? Esclareça-me.

Ele cortou a ponta do charuto e acendeu-o com um gesto teatral.

— O protocolo começou em 1988. Inicialmente, a intenção da Dermod, e a minha, era contribuir para a emergência de uma nova geração de soldados, aumentando as suas capacidades cognitivas. Fizemos uma primeira seleção de vinte voluntários, dez franceses e dez americanos, selecionados entre os melhores comandos de choque dos dois países. Você... se esforçou muito para fazer parte dessa seleção.

Um tremor percorreu-me a espinha. Então era tudo verdade, não só eu havia sido militar, mas um militar "de choque". De um comando. Talvez um paraquedista. Eu detestava isso, mas parecia possível. O Protocolo 88 teve ao menos uma vantagem: o homem que eu era atualmente estava bem feliz por não ser mais militar.

— Os primeiros testes foram particularmente concludentes — continuou o ministro. — Melhor acuidade visual e auditiva, melhor representação espacial, estado de hiperconsciência, esse tipo de coisas... Até o dia em que nos demos conta de que vocês haviam desenvolvido uma espécie de empatia que os tornou incapazes de matar. Realmente nada ideal para supersoldados, não é?

Não respondi. A indiferença com que ele relatava a história me era insuportável.

— Foi, então, que as coisas se complicaram. A Dermod quis contornar o problema.

— Como?

Vi, no espaço de tempo de um instante, uma expressão embaraçada desenhar-se no seu rosto. Muito curta, no entanto, para que se pudesse acreditar no seu embaraço.

— Treinando-os para o suicídio. Para ensiná-los a vencer essa empatia, eles os forçaram a atirar em espelhos. A atirar na própria imagem.

Atirar em espelhos. A ideia entrou em ressonância com fragmentos de lembranças enfiados no fundo de mim. Acreditei rever pedaços de espelho, minha própria imagem que se quebrava em mil pedaços...

— Foi nesse momento que decidi sair da sociedade Dermod — explicou o ministro puxando uma baforada do charuto.

— Mas o protocolo continuou...

— É claro! Na verdade ele tomou outra direção, mas existe até hoje. Em proporções que você nem pode imaginar, meu pobre amigo!

— Eu não sou *seu amigo*, Farkas.

O ministro esboçou um sorriso, depois continuou:

— Você faz parte da primeira geração, Vigo. Houve outros testes depois de você. Muitos testes. Diversos voluntários... Em certo momento, o exército americano até institucionalizou uma versão mais light do Protocolo 88, com todos os soldados que partiram em 1991 para o Iraque. Temos de admitir que esses não eram realmente voluntários... E ignoravam a natureza exata do programa ao qual estavam sendo submetidos. Foi uma enorme besteira. O Pentágono levou um puxão de orelha. A síndrome da Guerra do Golfo lhe diz alguma coisa?

Arregalei os olhos, cada vez mais perplexo.

— Você não parece se dar conta da amplidão do protocolo, Vigo. Porém, pense! Quando compreenderam melhor as razões da empatia que vocês desenvolveram, o desafio passou a ser considerável. Considerável! Já imaginou? A Dermod havia descoberto o meio de tornar os seres humanos dotados de uma espécie de tele-empatia. Era uma verdadeira revolução! Atualmente, seis nações estão envolvidas no Protocolo 88. Todos os anos, milhões de dólares são investidos e a aplicação extrapola largamente o domínio militar...

Lentamente, eu começava a compreender as dimensões reais do Protocolo 88, mas ainda não conseguia acreditar. As pessoas da EsFiNgE, e eu mesmo, estavam bem longe de imaginar as proporções que o misterioso programa havia tomado. E, no final, era bem mais assustador do que temíamos.

Olhei por um instante o ministro do Interior, sentado na poltrona, em pleno pavilhão de caça. Eu me perguntei por que ele me contava tudo aquilo. Estaria com remorsos? Teria esperança de ser perdoado? Na idade dele? Eu estava convencido do contrário. De nada adiantava ele ter dito que havia saído da Dermod, parecia considerar o Protocolo 88 um projeto do qual ainda fazia parte. Ele não lamentava nada.

— Foram feitos muitos progressos desde a geração à qual você pertencia, Vigo. As capacidades dos transcranianos são, atualmente, muito superiores às suas.

— Os transcranianos? Você fala como se... Como se eles fossem muitos...

Um sorriso cínico desenhou-se no rosto daquele homem velho. Ele parecia achar a minha ingenuidade divertida.

— Eles são várias dezenas de milhares pelo mundo, Vigo. Só na França, existem atualmente seis mil transcranianos. Seis mil. Voluntários. Que estão muito bem. E que ouvem o pensamento das pessoas.

Mesmo contra a vontade, eu me joguei na poltrona em frente à do ministro. É verdade que eu tinha ido buscar respostas, mas não esperava aquele gênero de revelações. Tudo aquilo me parecia cada vez mais incrível, cada vez mais... irreal. Eu me perguntava se o ministro não estaria zombando de mim. No entanto, ele estava com um ar bem sério. E o pior é que a história, por mais incrível que fosse, tinha sentido. Tudo o que eu havia descoberto até aquele dia tornava-a plausível. Insuportavelmente plausível.

— Nunca se perguntou o que desencadeava as suas crises, Vigo?

Permaneci em silêncio. Mesmo que eu quisesse responder, estava em estado de choque para fazê-lo.

— Veja, duas coisas desencadeiam as crises nos transcranianos da primeira geração. A primeira é um forte estado emocional. O medo, a alegria, a tristeza, a angústia... A segunda...

Ele fez uma pausa, com o olhar fixo na ponta incandescente do seu havana.

— Pois bem, a segunda é a presença, a proximidade de outro transcraniano.

Ele ergueu os olhos para mim, como se quisesse medir o impacto de suas afirmações. E, na verdade, eu estava estupefato.

— Sim, Vigo. Todas as vezes que você tem crises, existem fortes chances de que signifique que um transcraniano está por perto. Você deve ter cruzado com muitos mais do que imagina nos últimos anos. E não apenas na clínica Mater...

Não pude deixar de pensar nas inúmeras vezes em que tinha passado por crises em lugares bem precisos... a Défense, Denfert-Rochereau, as catacumbas... Agora, tudo estava explicado. Mas eu não conseguia me convencer. Achava difícil aceitar, novamente, o impensável.

— Como... Como pode estar a par de todas essas coisas, se disse que saiu da sociedade Dermod?

Mais uma vez, a ingenuidade da minha pergunta despertou nele uma piedade irônica.

— Mas, Vigo, o que está pensando? A maioria dos membros dos principais governos do mundo estão a par! Você não percebeu a importância desse protocolo! Acha que um projeto de tal envergadura poderia ser dirigido por um pequeno grupo de extremistas, é isso? Vamos, volte para a Terra. O Protocolo 88 é um projeto internacional, cuja aposta não é nada menos do que o domínio da evolução de toda a raça humana! Não é um obscuro delírio de aprendizes de feiticeiro...

— Não é porque vocês são muitos e poderosos que deixam de ser miseráveis aprendizes de feiticeiro, Farkas...

— Escute, Vigo, se quer pensar assim para ficar mais tranquilo, é um direito seu... Entendo que lhe seja difícil aceitar a verdade. Mas, voltando à sua pergunta, continuei a acompanhar a evolução do Protocolo 88 de perto, mesmo tendo saído da Dermod em 1989. Talvez se surpreenda, rapaz, mas o meu único envolvimento concreto nesse dossiê desde então foi tirar você, Vigo, do Protocolo 88, numa época em que ele se tornara muito perigoso aos meus olhos, quando a Dermod teve a sombria ideia de levá-los ao suicídio...

Subitamente, o ministro Farkas me pareceu digno de pena. Ele já tentava se desculpar com uma covardia deplorável.

— Eu também me virei para que você fosse colocado numa família que o acolhesse — continuou ele — e que lhe conseguissem um emprego...

— Você é muito bom, Farkas.

Ele não notou o meu sarcasmo.

— Não foi fácil, mas, finalmente, a Dermod aceitou. Eles estavam assumindo um risco enorme. Em troca, exigiram poder acompanhá-lo com medicamentos na clínica Mater e fazer em você uma última série de TMS, nas regiões profundas do seu cérebro, para agir... no hipocampo.

— Por quê?

O ministro deu de ombros, como se a resposta fosse evidente.

— Para apagar a sua memória, Vigo.

Para apagar minha memória. Não sou esquizofrênico. Não sofro de amnésia retrógrada por causa da esquizofrenia paranoide aguda. Não. A verdade é que meu cérebro foi inutilizado por um bando de miseráveis sem escrúpulos.

O rosto de Farkas desapareceu um instante por trás de uma espiral de fumaça acinzentada. Ele apoiou o charuto no cinzeiro.

— Isso não me agradou nem um pouco — continuou ele —, mas era a única condição para que aceitassem que eu o tirasse do protocolo.

— Por que eu? Por que tive direito a esse *favor*?

O ministro franziu as sobrancelhas. Senti que ele esquivava o olhar. O rosto ficou sério.

— Eu tinha as minhas razões.

Sacudi a cabeça. Não suportava mais a maneira como ele brincava com a verdade. Os não ditos, as mentiras, as revelações, todo esse jogo de manipulações que devia ter feito parte do cotidiano e da carreira desse homem me deixava doente, revoltava-me.

— E das suas vinte primeiras cobaias, eu fui a única a sair do protocolo? Todos os outros continuaram? — perguntei, cético.

— Continuaram. É claro. Exceto Reynald, que perdeu completamente a razão. Em relação a ele, temos de ser honestos, o protocolo realmente "estraçalhou-lhe" o cérebro, como você diz. Mas isso fazia parte dos riscos. Vocês todos sabiam. A verdade é que tentei também repescá-lo, encontrando uma família que o acolhesse, como fiz com você e colocando-o na Feuerberg... Mas esse psicopata acabou por nos escapar. Com as consequências desastrosas que você conhece. Compreendemos tarde demais que ele realmente ia agir. Foi o nosso único erro. Subestimamos a loucura de Reynald. E foi o que desencadeou tudo. Acredite, eu preferia evitar tudo isso, Vigo. Fiz o que pude.

— Não tente se justificar, Farkas, você é um miserável, tanto quanto os outros.

— Mais uma vez, não se esqueça de que você foi voluntário, Vigo. E eu o tirei do protocolo, contra a sua vontade. *Contra a sua vontade!* Na época, você teimou em querer continuar... A sua raiva hoje, mesmo que eu a compreenda, é tão ridícula quanto inútil.

— Em resumo, não tem nada a se reprovar?

Ele não respondeu. Eu esperei. Ele se limitou a puxar umas baforadas do charuto.

— Nesse caso, não tem com o que se preocupar, Farkas. Uma vez que está limpo como a neve, nada lhe acontecerá, amanhã, quando divulgarmos todas as peças desse dossiê para a imprensa...

O homem velho soltou um longo suspiro.

— Infelizmente, Vigo, não posso deixar que faça isso — disse ele, calmamente.

— Por quê? — repliquei, cínico. — Por acaso, de repente, ficou com a consciência pesada?

— Vamos, pense bem! Ainda é muito cedo para revelar ao público o que descobrimos com o Protocolo 88, Vigo.

— Não há antecipação para a verdade, senhor ministro. E não lhe cabe decidir o que o público tem o direito a saber ou não...

Notei que ele começava a perder um pouco a segurança. Ele não estava tão tranquilo quanto queria aparentar.

— Os transcranianos são telepatas, Vigo. Telepatas! Há várias dezenas de milhares de telepatas hoje em dia que participam do protocolo. Compreende o que isso significa? Já imaginou o impacto que uma informação dessas poderia causar no grande público? Já imaginou tudo o que pode derivar daí? Acredita mesmo que as pessoas implicadas no Protocolo 88, em todo o mundo, vão deixar que mande tudo pelos ares, simplesmente porque desenvolveu um gosto pela "verdade"?

Eu comecei a rir.

— Deveria ter coberto melhor a retaguarda.

— Oh! Não se preocupe! Tomamos todas as precauções, Vigo.

Sacudi a cabeça.

— Meu pobre Farkas! É tarde demais! Esqueceu que a EsFiNgE possui...

Ele fez um gesto com a mão.

— Nós cuidamos da EsFiNgE, Vigo. A esta hora, o pequeno esconderijo da porta de Bagnolet deve estar de cabeça para baixo. Como eles o chamam? As cocheiras?

Fiquei furioso. Suas provocações cínicas tornavam-no ainda mais insuportável.

— Então, foi por isso que me fez vir aqui? Foi uma lamentável cilada? Para me sequestrar? É bem grotesco! De nada adianta se orgulhar de participar de um vasto projeto internacional. Você é ridículo, Farkas, ridículo, minúsculo.

— Não, Vigo. Se eu quisesse lhe armar uma cilada, eu o teria mandado prender hoje de manhã, quando fez a besteira de ir ao ministério. Não, eu o fiz vir aqui porque acreditava que ainda valia a pena lhe dar a minha versão dos fatos. Esperava apenas, antes de deixar que o levassem, que seria razoável para compreender. Para aceitar. E talvez se lembrar das razões pelas quais um dia aceitou participar do protocolo...

— Sem dúvida, porque eu era um jovem soldado imbecil, idiota, ingênuo, e me prometeram uma promoção.

— Não, Vigo.

Ele deu outra tragada no charuto, depois me encarou, antes de continuar:

— Não. Você decidiu participar do Protocolo 88, Vigo, porque, na época, acreditava na capacidade do homem em evoluir. Você sempre acreditou nisso. Herdou isso... do seu pai. Achei que seria capaz de lembrar. E que aceitaria desempenhar novamente um papel decisivo na continuação do protocolo. Você nos seria de grande ajuda hoje. Deixaria de ser uma cobaia passiva e se tornaria um ator, com os outros. Em suma, tornar-se um adulto. Já não é sem tempo.

— Isso não me interessa, Farkas. Você não me interessa. As pessoas como você não me interessam. E eu o perseguirei até o fim.

Ele soltou um suspiro, depois apagou o charuto esmagando-o vigorosamente no cinzeiro.

— Que seja. Você não me deixa escolha.

Nesse instante, ele se levantou e pegou o telefone.

— Venham buscá-lo — disse simplesmente.

85.

Caderneta Moleskine, anotação n.º 229: síndrome da Guerra do Golfo.

No dia 17 de janeiro de 1991, as tropas americanas e seus aliados iniciaram a primeira Guerra do Golfo, com o objetivo — oficialmente — de conseguir a libertação do Kuwait. O fato de essa primeira Guerra do Golfo já cheirar muito a petróleo não escapou a ninguém... Não era preciso ser tão paranoico feito eu para ter um pouco de olfato.

Seja como for, a operação durou quarenta dias. O Ocidente se vangloriou de um balanço triunfal, todos os objetivos foram atingidos, e os aliados lamentaram apenas uma centena de mortos... Houve até pessoas suficientemente cínicas para falar de guerra limpa. Os 50 mil a 100 mil civis mortos no Iraque (os números variam dependendo das fontes...) provavelmente não estariam de acordo com essa noção de limpeza. Suponho... Talvez eu seja um pouco ingênuo.

Contudo, em 1996, o triunfo perdeu muito da sua soberba. O Pentágono, depois de seis anos de negação, foi obrigado a admitir que 24 mil veteranos dessa guerra haviam sido — mais uma vez oficialmente — contaminados por "agentes neurotóxicos". A síndrome da Guerra do Golfo foi finalmente admitida publicamente... Mas a intoxicação alegada pelo Pentágono seria mesmo a causa real dos distúrbios? Não acho que todo mundo tenha acreditado.

Nos exames médicos, os militares que se queixavam dessa famosa síndrome não apresentavam nenhuma particularidade. Em compensação, nas entrevistas, foi possível identificar um conjunto de sintomas característicos. Síndromes cognitivas (perturbação de todos os mecanismos psicológicos), síndromes de confusão (desorganização do pensamento) e de ataxia (falta de coordenação dos movimentos), depressões, astenia, distúrbios do sono e distúrbios da memória... Agora que conheço melhor o funcionamento do Protocolo 88, acho difícil não ver ligação. Sei que tenho tendência a encontrar analogias por todo lado, mas, às vezes, os fios são tão grossos que tropeço neles.

Entre as causas cogitadas durante os anos que se seguiram à guerra, foram citados a provável exposição a gases tóxicos (gás sarin e gás de mostarda), os tratamentos preventivos, como vacinas e medicamentos, exposição aos inseticidas e aos insetífugos organofosfóricos, o urânio empobrecido U238 dos obuses atirados pelos aviões destruidores de tanques, e citaram até os colares anticarrapato e antipulga impregnados de dietiltoluamida...

Se acreditarmos em Jean-Jacques Farkas, a verdade estava longe... Mas, atualmente, a distância entre o desconhecido e a verdade não me surpreende muito mais. A humanidade se dopa com a mentira há milênios. Não é agora que vamos parar nesse bom caminho. Seria demorado demais dar meia-volta.

86.

A porta abriu-se bruscamente atrás de mim. Eu me ergui de um pulo e fiquei de frente para os dois sujeitos que entravam. Um deles era o molosso que me havia recebido embaixo do pavilhão. O outro, eu tinha quase certeza, era um dos caras de agasalho cinza que me haviam perseguido na Défense. Ambos usavam os seus fones high-tech, do tipo dos usados por guarda-costas de presidentes.

Percebi imediatamente que de nada adiantaria lutar. Dessa vez eu não conseguiria enfrentá-los. Nem tinha vontade de travar uma luta.

Eu me virei para o ministro, resignado, e dirigi-lhe um sorriso zombeteiro.

— Você é lamentável, Farkas.

Ele pegou o copo na mesa e foi em direção à janela sem responder. Eu poderia jurar que havia decepção no seu olhar. Talvez realmente imaginasse que eu pudesse mudar de lado. Que me juntaria a eles...

Os dois sujeitos me pegaram pelos ombros e empurraram-me para fora da sala. A princípio, debati-me um pouco, mas eles não me soltaram nem por um instante. No fundo, eu já havia desistido de lutar.

Num passo rápido, conduziram-me pelo corredor, como um condenado à morte ao longo da linha verde. Eles me fizeram descer a escada, depois me levaram para fora, na noite estrelada, e jogaram-me atrás de um dos dois carros pretos de quatro portas. Em ambos os carros havia um motorista. Os dois colossos sentaram-se perto de mim, um de cada lado, com a mão no bolso, prontos para sacar a arma ao menor movimento em falso.

— Vamos — ordenou o que estava à minha direita apoiando no botão do fone de ouvido.

Os faróis do carro da frente se acenderam, depois ele deu a partida. Foi a vez de o nosso motorista ligar o contato e os dois carros seguiram, um atrás do outro, pelo caminho de cascalhos. O crepitar dos pneus ressoou no pequeno parque.

Nesse instante, senti uma vibração no meu bolso. Era o celular que Louvel me dera...

Não reagi.

O grande portão de grades pretas se abriu com uma lentidão teatral. Os carros avançaram pela pequena estrada secundária. Eu me virei e lancei um último olhar para o pavilhão. Vi, ao longe, a silhueta imóvel do ministro, sombra de um conspirador ridículo, na janela do primeiro andar. Eu mal acreditava que ele se havia safado assim. Mas, sem dúvida, isso não podia ser mudado. Esse tipo de sujeito nunca era vencido. E, no fim de tudo, eu havia conseguido o que mais importava para mim. A substância original da minha síndrome de Copérnico: a verdade. A incrível verdade. Só ela, com certeza, mas por inteiro.

O pavilhão desapareceu por detrás das árvores.

Soltei um suspiro, inclinei-me para trás e peguei o celular no bolso.

O touro à direita arrancou-o da minha mão, mas já era tarde demais. Eu lera o SMS que havia acabado de receber. Ele leu a mensagem e franziu as sobrancelhas. Eu lhe dirigi um sorriso desolado.

Estamos aqui. Assinado: EsFiNgE.

Imediatamente, ele levou a mão ao fone.

— Temos um problema!

O que se passou foi tão repentino e tão violento que só guardei uma imagem confusa e parcial.

Começou com uma deflagração, enorme, depois um clarão súbito e algo como uma gigantesca bola de fogo, cuja imagem ofuscante reverberou no para-brisa do nosso carro. Fragmentos de um material em chamas começaram a chover à nossa volta, como lágrimas alaranjadas de um grande vulcão, e logo vi, por trás de uma cortina de fumaça, a carcaça do primeiro sedã, em fogo, destruída, virada de lado.

Um homem, com o corpo devorado pelas chamas, saiu rastejando do chassi escuro antes de cair completamente prostrado, imóvel, com o rosto no asfalto.

Tudo aconteceu em apenas alguns segundos. O nosso motorista deu uma violenta freada. Senti-me como sendo aspirado pelo vácuo. Por reflexo, o homem corpulento à minha direita me segurou pelo peito. O carro começou a derrapar na estrada, depois parou bruscamente ao lado da vala. Imediatamente, saíram sombras de todos os lados, à nossa volta. Distingui homens armados, encapuzados, que avançavam furtivos em direção ao nosso carro.

O motorista soltou um grito de pânico e virou-se para nós com os olhos arregalados. Depois houve uma detonação, violenta, um ruído abafado de vidro quebrado. No mesmo instante, a cabeça do motorista foi projetada para trás, vomitando no meu rosto esguichos de sangue espesso.

Os caras ao meu lado enfiaram a mão sob os paletós e sacaram os revólveres. À minha direita, o molosso abriu energicamente a porta, saiu e deu dois tiros na direção dos assaltantes, depois me pegou pelo ombro e me obrigou a segui-lo. Resisti. Fui puxado com tanta força que caí atrás dele, fora do veículo. Meu ombro bateu no chão. Soltei um grito de dor. Agachado atrás da porta do carro, ele me segurava com uma das mãos e, com a outra, apontava a arma para as sombras móveis que se aproximavam de nós. A confusão era total. Eu não saberia dizer quantos homens nos cercavam nem a que distância estariam naquele momento.

Houve uma nova troca de tiros. Detonações fortes, o silvo das balas que deflagravam de todos os lados. O outro homem saiu do carro, do outro lado, e tentou cobrir o colega disparando às cegas. Erguendo-me, tentei avaliar a situação. Achei que havia, no mínimo, cinco ou seis homens formados em meio-círculo à nossa frente. As saraivadas jorravam de todos os lados. Os tiros redobraram de intensidade, acompanhados de clarões ofuscantes. Às explosões misturavam-se gritos de surpresa, ruídos dos vidros quebrados e da lataria crivada de chumbo.

Reanimado pela urgência e pelo perigo, aproveitei a confusão para tentar me livrar do meu guardião. Com um gesto brusco, afastei o braço dele, joguei-me para trás e lhe dei uma rasteira. Ele perdeu o equilíbrio.

Seria agora ou nunca.

Meu coração batia tão forte que o meu peito parecia a ponto de explodir. Impelindo as pernas com todas as minhas forças, comecei a correr na direção oposta, longe do inferno de metal e fogo. Meus passos deslizavam no asfalto. O incêndio às minhas costas desenhava sombras dançantes na pequena estrada, como um exército de fantasmas que corresse no meu rastro.

O tiroteio recomeçou ainda mais forte. O barulho da corrida, o sopro do vento, o latejar do meu sangue, o estalar das chamas, tudo se misturava e me empurrava para a noite. De repente, recebi uma forte pancada nas costas. O sujeito me havia alcançado. Ele se jogou em cima de mim e me segurou com força no chão. Senti o metal frio da arma dele na têmpora.

— Se tentar outra vez uma coisa dessas, imbecil, você morre!

Atrás de nós os tiros continuavam, em saraivadas. O meu guardião ergueu-se, deu uma olhada para o colega que, ao longe, tentava, da melhor maneira possível, repelir o ataque. Pegando-me pelo colarinho, ele me obrigou a levantar. Pressionando o cano da pistola entre as minhas omoplatas, ele me empurrou na frente dele, em direção à vala.

Houve, então, uma segunda explosão. Levei um susto. O segundo carro foi erguido do chão num furacão de chamas.

— Em frente! — gritou o sujeito, sem se preocupar com o colega, cujo corpo naquele momento devia estar caído, envolvido por uma cratera fumegante.

Ao barulho nos meus ouvidos se juntava uma desordem indescritível. Desci na vala, escorreguei na relva e por pouco não caí de costas. Os homens que nos haviam atacado — colegas de Badji enviados para me tirar dali, sem sombra de dúvida — não atirariam na nossa direção. Com certeza, temiam que eu fosse atingido por uma bala perdida. O molosso sabia disso e se aproveitava. Eu era o seu escudo humano. Por ora.

Quando subimos do outro lado da vala, ele me fez sinal para avançar na direção da floresta. Arrisquei uma olhada para a estrada, para ver se os homens de Badji nos seguiam. Mas não tive tempo de me certificar. O brutamontes deu-me uma cotovelada no rosto.

— Olhe para a frente, *Luppo*, e corra!

Por essas palavras compreendi na mesma hora com quem estava lidando. É claro, eu deveria ter adivinhado antes: um transcraniano. Um bom soldadinho da Dermod da nova geração.

A que havia aprendido a matar. No entanto, apesar do que Farkas me havia explicado, a presença dele não me provocara nenhuma crise epiléptica... Não ouvia nenhuma voz na minha cabeça.

Senti outra vez a ponta da arma nas minhas costas e acelerei em frente. Correndo, nos enfiávamos na floresta, como duas feras perseguidas. Sem demora, a luz dos dois carros em chamas desapareceu completamente por trás da linha das altas árvores e não ouvíamos mais nada além do barulho dos nossos próprios passos pisando o chão de folhas e galhos.

— Pare aí!

Fiquei imóvel.

— De joelhos, mãos na cabeça!

Olhei para ele. Continuava com o revólver apontado para mim. Obedeci, dócil. Ele deu dois passos atrás, para se manter a uma distância segura e se precaver contra algum ataque da minha parte. Ele sabia com quem estava lidando. Os segredos da luta corpo a corpo estavam inscritos em alguma parte no fundo da minha memória. Eu estava de sobreaviso. Ele devia senti-lo.

Com gesto seguro, ele trocou o carregador da automática. Eu não tirava os olhos dele. Perscrutei o seu olhar, como se quisesse transpassá-lo, passar para o outro lado e, enfim, ouvir seus pensamentos. Para escolher o melhor momento. Eu tinha de tentar. Tinha de me concentrar. Devia ter um meio de ler o que se passava na cabeça dele.

De repente, eu o vi sorrir, como se houvesse compreendido o que eu tentava fazer.

— Nem em sonhos — murmurou ele, zombeteiro, indicando o fone de ouvido.

Compreendi imediatamente. A Dermod havia desenvolvido uma solução para a sua própria invenção. Os aparelhos que os soldados usavam não eram simples emissores-receptores. De alguma forma, eles impediam que se ouvissem os pensamentos dos transcranianos. Ali, na floresta escura, eu era um homem como os outros. Um escravo dos cinco sentidos, nada mais.

Ele apontou a arma outra vez na minha direção, depois apertou o fone.

— Raven 2 para a central, responda.

Com as mãos na cabeça, tentei olhar discretamente para o outro lado da floresta, procurando os homens de Badji. Tudo parado. Nem uma sombra, nem um ruído. Sem dúvida, haviam perdido a nossa pista. Eu estava sozinho, entregue a mim mesmo. Ou entregue ao inimigo, mais exatamente.

O mercenário repetiu o chamado:

— Raven 2 para a central, responda.

Senti gotas de suor correrem na minha fronte. Sem ter plenamente consciência, ou sem confessar a mim mesmo, o medo começava a me dominar. Um medo instintivo, aguçado pelo odor bem evidente da morte, pela proximidade do fim. Não via como sair dali. Que resultado feliz eu poderia tirar daquilo. Tentei me convencer de que não tinha mais importância, de que, no fundo, eu queria morrer ali; em vão, uma parte de mim, impotente, entrava num pânico profundo.

Não estava com tanta pressa assim de morrer. Nem tão curioso.

— Fomos atacados na saída do pavilhão. Pude tirar o refém. Estamos na floresta, fora do alcance do fogo. Câmbio.

Silêncio. A resposta chegava-lhe no fone, fraca como um murmúrio. Não pude ouvi-la.

— E o que eu faço com ele? Câmbio.

Ergui os olhos para ele, como para adivinhar no seu rosto a resposta que estava ouvindo.

— Aqui? — perguntou ele, sustentando meu olhar. — Está bem. Entendido. Desligo.

Ele apertou de novo o comutador.

— Vire-se, de cara para a árvore.

Todo o meu corpo se enrijeceu, como se se recusasse a obedecer. Não havia muitas dúvidas sobre as intenções do meu adversário ou sobre a ordem que ele havia recebido. Minha hora havia chegado.

Depois de todas as lutas, das fugas, das corridas intermináveis, depois de percorrer todo esse caminho, depois das descobertas, eu ia morrer ali, sob o olhar centenário das árvores indiferentes. Então era aquele o preço da verdade. A punição de quem procurou saber. Eu era Prometeu entregue às águias. Então, eu não ia saborear por muito tempo o gosto do conhecimento. Contudo, ao menos, não morreria na dúvida. Eu tinha a resposta, a minha recompensa. Podiam tirar-me a vida, mas não as minhas certezas. Ao menos, foram essas palavras reconfortantes que sussurrei a mim mesmo no meu último suspiro. E a esperança de que, em algum outro lugar, Louvel pudesse dar ao mundo a verdade que ia custar a minha vida.

— Vire-se, imbecil!

Ao ver que eu não me mexia, o mercenário aproximou-se para me dar um pontapé em pleno rosto.

Era a minha última chance. Uma última janela. Um último combate.

Seria tudo ou nada.

Com um gesto brusco, eu me esquivei do golpe e peguei o pé dele em pleno voo. Empurrei-o violentamente para trás. Ele perdeu o equilíbrio. Pulei em cima dele, jogando-me com todas as minhas forças, focalizando a arma na mão direita. Deitado por cima, prendi o punho dele no chão com uma das mãos e com o joelho travei o outro braço. Eu me ergui e mandei-lhe um soco em pleno rosto. A cabeça dele sentiu o choque. Ele soltou um grunhido. Não lhe dei tempo de se recuperar e tentei desarmá-lo batendo o seu punho contra o chão. Duas vezes. Na segunda, deu certo.

A mão bateu numa pedra e com a dor ele a abriu e perdeu a arma. Mas, ao mesmo tempo, ele conseguiu soltar o outro braço e foi a vez dele de me bater, sem que eu pudesse evitar o ataque. Seu punho me pegou no meio da têmpora. Minha visão se toldou, num clarão branco. Foi como se todo o meu cérebro se mexesse dentro do crânio. Pensei que fosse desmaiar.

Ele fez um volteio com o quadril e me fez passar para baixo. Rolei no meio das folhas mortas. Levantando a cabeça, vi que ele ficou de pé. Estendi a mão para pegar a pistola antes dele. Imediatamente, ele deu um pontapé na arma, que foi projetada alguns metros mais longe. Tentei lhe dar uma rasteira, mas ele mesmo se jogou em cima de mim e me agarrou a garganta.

Os gestos defensivos voltaram-me à memória. Meus braços passaram sob os dele e os meus joelhos bloquearam o seu peito. No entanto, ele resistiu e seus dedos começaram a me apertar o pescoço. Os polegares enfiavam-se, mais e mais duros, nas carótidas. Compreendi que devia tentar o impossível. Cinco segundos. Além da minha amnésia, essa lembrança exata, contundente, aguçou o meu instinto de sobrevivência. Bastam cinco segundos para que um estrangulamento lhe faça perder as forças. Antes de afundar no coma. Depois, a morte.

Assumi um risco enorme, um risco mortal. Mas eu tinha escolha? Arriscar a morte em troca da morte... Em vez de resistir, em vez de teimar em segurar as mãos dele que me apertavam a garganta, eu o soltei de uma vez e lhe bati violentamente na cabeça entre as minhas duas mãos livres. A coisa funcionou. O meu agressor soltou um grito de dor, aturdido. A pressão cedeu no meu pescoço e consegui livrar-me virando de lado.

Eu me afastei um pouco e me levantei mais rápido do que o meu adversário. Rápido o bastante para lhe dar um forte chute na barriga. O mais forte que minhas forças permitiam. Ele foi projetado a um metro de distância.

Foi então que cometi um erro fatal. Um erro que provavelmente não teria cometido anos antes, numa época esquecida em que, provavelmente, a luta sem armas fazia parte de um treinamento cotidiano para mim. Sem dúvida, deveria ter me atirado sobre ele enquanto estava no chão e acabado com o adversário. Matá-lo. De alguma forma. No entanto, fiz outra escolha.

Eu estava exausto, sem fôlego, com o corpo dolorido, várias costelas quebradas e a traqueia num estado lastimável. Todo o meu ser gritava de dor. E fazia muito tempo que eu havia perdido o instinto guerreiro. O gosto pelo sangue.

Então, simplesmente, decidi fugir, retirar-me de uma vez por todas dessa luta de morte.

Sem nem mesmo lhe dirigir um olhar, comecei a correr no sentido oposto ao do inimigo. Correr com todas as minhas forças, no meio das altas árvores. Esperava que ele já se considerasse satisfeito, que eu estivesse longe quando se levantasse e que a floresta me protegesse tempo suficiente para que, finalmente, viessem me procurar. Salvar-me.

Eu estava errado.

Pois, de repente, tudo parou.

A dor foi intensa e fulminante. Como uma punhalada à queima-roupa.

Parei, atônito, meu olhar congelou no zênite tenebroso.

A bala havia entrado nas minhas costas, entre as omoplatas. E não saiu.

O céu começou a rodar, como um balé de estrelas cadentes, em seguida eu caí de uma vez, sem força nas pernas. A minha cabeça bateu no chão, mas eu já não sentia nada. Nem a dor, nem o tempo. Os sons, até mesmo o barulho do mundo, se haviam extinguido com os últimos batimentos do meu coração. A vida começou e fugir de todos os lados. Do meu coração, da minha alma, do meu desejo.

E, enfim, como num sonho, vi desenhar-se lentamente o rosto de um anjo. Um anjo negro. Badji. *Está tudo bem, Vigo, acabou.* Mas as palavras dele foram abafadas e eu vi o meu pequeno planeta azul afastar-se lentamente, girando.

Meu espírito abraçou o espaço infinito.

87.

Caderneta Moleskine, anotação nº 233: angústia escatológica, revisão.

Quando bati com a cabeça no chão, acredito que tive a resposta, Agnès, e queria lhe dizer.

Acho que você gostaria disso.

Está lembrada? Eu tinha a sensação de que o Homo sapiens *estava se extinguindo. Eu via a lógica da coisa, a evidência. E me dizia que, lentamente, a nossa espécie caminhava para o seu próprio fim. Que o homem havia aprendido a se defender do mundo, mas que não saberia se defender de si mesmo. E que seria extinto, assim, superpredador dos outros e dele mesmo. Alguma coisa desse tipo.*

Agora, acho que me enganei.

Agnès, não acredito que o Homo sapiens *seja extinto. Mas quero acreditar que ele possa mudar.*

Talvez a solução esteja aí, sabe, no meu cérebro. Nos nossos cérebros. Nesses minúsculos cristais de magnetita. Tão pequenos, tão infinitamente pequenos e tão misteriosos...

As pessoas da Dermod se enganaram, porque quiseram trapacear. Não são as máquinas que nos farão evoluir. Quero acreditar que o faremos por nós mesmos. Que nossos cérebros saberão fazê-lo. Algum dia.

Se os cientistas ainda não são capazes de nos dizer para que servem esses minúsculos cristais de magnetita nos nossos cérebros, talvez seja porque eles ainda não nos prestaram nenhum serviço. Talvez seja porque essas enigmáticas partículas ainda aguardem chegar a sua hora. O momento. E chegará o dia em que nós mesmos faremos essa mutação. Essa nova evolução da qual, sem dúvida, precisaremos, para evitar que o Homo sapiens *desapareça, algum dia, por não ter sabido se proteger de si mesmo. E talvez nos tornemos, realmente, esses seres capazes de empatia. Incapazes de matar.*

Você passará a ser eu. Eu passarei a ser você.

Como vê, tudo progride. Tudo avança.

Talvez seja o nosso instinto de sobrevivência. No fundo, era você quem tinha razão.

Acho que mudei. Encontrei algo novo. Queria lhe dizer. Se ao menos...

Pela primeira vez, Agnès, pela primeira vez na vida, de pé em frente ao espelho, sozinho diante de mim mesmo, provei, por um instante, o sabor da esperança.

Sim. Quero acreditar que o Homo sapiens *pode mudar. Geração após geração. Que pode tornar-se melhor.*

E depois... Queria lhe dizer, Agnès. Farkas. É um sobrenome húngaro. Procurei a etimologia num dicionário. É um antigo sobrenome húngaro. Sim. E quer dizer "o lobo".

88.

Não estou morto. Acordei ontem à noite num leito de hospital. Por alguns minutos apenas. Depois, a dor. E, novamente, apaguei. Abraçar o asilo tranquilizador do coma.

Hoje de manhã, ao abrir os olhos, tive a impressão de haver escalado uma montanha. Alguma coisa em mim se obstina a viver. Está agarrada. É exaustivo.

Tentei virar a cabeça apesar do colar cervical que me circunda o pescoço e vi o meu reflexo num espelho. Merda de espelhos. Estou desfocado. Tenho manchas roxas sob os olhos. O meu rosto está lívido. Tudo está morto, a não ser as minhas pupilas que ainda brilham um pouco. Obstinadas.

Acho que poderia ter desistido. Dar-me por vencido e jogar-me no precipício suave da minha extinção. Sem arrependimento, sereno. Mas existe essa luz ao longe. Esse brilho que eu espero. Como uma lâmpada sem quebra-luz, que se balança na ponta de um fio nas trevas de uma prisão.

Eu faço como essa lâmpada. Agarro-me ao fio.

Enfermeiras passam. Ouço suas vozes há quanto tempo? Dias? Semanas? Vozes confusas. E às vezes os pensamentos. Com frequência.

Uma delas, Justine, parece feliz ao ver que finalmente voltei. Ela sorri. Fala comigo. Seus lábios se mexem, mas tenho certeza de que as frases que diz nunca chegarão até mim.

E, depois, finalmente. Por volta do meio-dia, eu me lembrei. De trás para a frente. O quebra-cabeça se reconstituiu ao contrário e acelerado. Primeiro, os tiros. A saraivada. O portão que se fechava, o carro que chegava diante dos degraus. O encontro com Farkas. Liéna Rey. As cocheiras. O subsolo da Défense. A EsFiNgE. Depois esse nome que não é o meu. O atentado.

Eram exatamente 7h58 quando uma composição da RER entrou, naquele oitavo dia de agosto, na luz pálida da grande estação, sob a praça da Défense.

— Onde estou?

As primeiras palavras me dilaceram a garganta. O gosto de sangue invade o meu palato.

A enfermeira Justine franze as sobrancelhas.

— Está num hospital.

Respiro com dificuldade.

— Um hospital militar?

Ela arregala os olhos, depois sorri.

— Não. Num hospital, pura e simplesmente.

O rosto de Farkas apaga-se lentamente.

— Mas... O que aconteceu... Como...

— Shhhh...

Ela põe um dedo nos meus lábios.

— Repouse, poderá fazer todas essas perguntas mais tarde. Ficará aqui só por um tempo.

Eu queria dizer que estava com pressa. Que precisava saber. Mas estava sem forças. Não queria mais lutar. Ao menos, não pela verdade.

Por outra coisa, talvez. Pela pequena lâmpada que se balança. O filamento incandescente que crepita.

O tempo passa. O quarto de hospital se desenha à minha volta. As barras de metal na cama. Os azulejos brancos nas paredes. A maca do hospital. A bolsa transparente de uma perfusão que me dispensa um pouco de vida, gota a gota.

E o tempo continua a passar, e silêncio.

Eu mexo um dedo do pé. Uma das mãos. Adivinho o teimoso deslizar do sangue nas veias.

Depois, à noite, quando a luz já desapareceu por trás da claraboia que vejo com o canto dos olhos, uma campainha toca e meu coração pula.

Com dificuldade, inclino um pouco a cabeça. Numa mesa alta perto da minha cama, vejo um telefone branco. A campainha continua. Prendo a respiração. Cerro os dentes, depois estendo a mão para a mesa de cabeceira. Meus dedos esticam-se, retesam-se. Meu braço treme. O carrilhão agudo insiste. Eu me inclino mais. Uso todas as minhas forças.

Atendo:

— Alô?

É uma voz de homem. Solto um suspiro. A pequena lâmpada se apaga no fundo da minha cabeça.

— Senhor Ravel?

Engulo em seco. Hesito em soltar o fone. Será que eu quero falar com alguém? Com *outra* pessoa?

— Sim.

Não reconheço a minha própria voz, tão fraca, tão gutural, tão desamparada.

— Boa-noite, senhor Ravel. Quem fala é o doutor Blenod.

Continuo mudo. A informação se decompõe no meu cérebro lento. Dou-tor Ble-nod. Mal consigo acreditar. Mal consigo compreender.

— Viu as notícias?

Não tenho certeza de entender. Não tenho certeza de que essa conversa esteja ocorrendo. Talvez seja um sonho. Certamente me deram sedativos. Tenho um cérebro que apronta das suas. Que inventa histórias que não têm sentido e eu duvido. Afasto o fone, olho para ele. Ponho no ouvido de novo, desorientado.

— Não...

— O meu cliente Gérard Reynald foi considerado culpado. Os especialistas em psiquiatria declararam que, apesar do seu estado, ele era responsável pelos atos cometidos no momento em que ocorreram os fatos. Ele pegou prisão perpétua, acompanhada de uma pena de segurança* de vinte e cinco anos. Mas ele me pediu que lhe telefonasse. Como não sou rancoroso, apesar da bela direita com que me gratificou naquele dia, não posso deixar de lhe agradecer em nome dele.

— Agradecer-me?

— Sim. Veja o noticiário, Vigo. Vai compreender. O Protocolo 88 está na primeira página de todos os jornais. Chovem prisões, uma atrás da outra. Hoje de manhã foi Farkas. Outros se seguirão...

— Ah, sei... Eu... Obrigado.

— De nada. Só estou cumprindo a minha palavra. E, além do mais... Vai precisar de um advogado, senhor Ravel... Talvez voltemos a nos ver. Enquanto isso, eu lhe desejo um pronto restabelecimento.

Ele desliga. Fico ainda alguns segundos com o fone colado no rosto, perplexo. Não sei se devo rir ou chorar. Rir porque, visivelmente, Lucie e Damien nos vingaram, e isso é bom, simplesmente. É delicioso. Mas chorar também, por Reynald, por mim, que não somos homens do futuro, nem de ontem. Órfãos para sempre, desorientados, defasados, inadaptados para sempre, feridos no cérebro, na sua humanidade. Rebentos para sempre, que nunca poderão desabrochar.

* No direito penal francês, o condenado à prisão perpétua não pode, durante a pena de segurança, ser beneficiado com a revisão ou fracionamento da pena, tampouco tentar a liberdade condicional. (N. T.)

Fecho os olhos. Não rio nem choro. E busco o sono. Que não vem.

Os minutos passam, longos, penosos, e a noite não me aceita. Minhas pálpebras se abrem de novo. Olho para o relógio. O meu velho Hamilton. Os quatro números vermelhos ainda piscam. 88:88. Solto um suspiro.

Aí está.

Estou novamente estendido numa cama, tão sem me pertencer quanto naquele hotel anônimo, e continuo inteiramente mergulhado na hora que não existe. 88:88. Na intemporalidade inerte em que o atentado me mergulhou.

Hesito.

Isso só cabe a mim.

Olho novamente para o relógio. Adivinho as formas sanguinolentas que ele projeta intermitentemente no meu rosto desfeito.

Meu desejo flutua, vacila. O relógio dança o tango com os quatro números vermelhos.

Pôr de novo na hora certa? Decidir-me e ir ao encontro de um aqui, um agora? Esquecer o ele, passar a ser eu? Reencarnar?

Ou deixá-lo assim, piscando para sempre, extirpar-me *ad vitam aeternam* dos segundos, das horas, dos anos? E esperar que as pilhas gastem? Liberdade.

De repente, levo um susto.

A porta se abre. Viro a cabeça com dificuldade.

É Justine. A enfermeira. Ouço o estalido dos seus passos. Ela me traz um copo d'água e um remédio. Não sei qual. Estou pouco ligando. Eu bebo, engulo.

Depois, bruscamente, uma voz na minha cabeça. Um murmúrio da sombra.

Não se preocupe, Vigo. Ela vai ligar.

A enfermeira acaricia a minha cabeça. Sorri para mim, depois sai, discreta, como um sonho.

A porta se fecha. Parece que o tempo se apaga, se cala. E, no instante seguinte, o telefone toca, de novo.

O sangue palpita em todas as minhas artérias.

Viro os olhos, lentamente, na direção da mesinha. A campainha inunda o quarto. Ameaça desligar, como o último bipe de um cardiógrafo.

Minha mão se crispa. Amassa os lençóis. Depois se ergue, estende-se, debate-se. Procura o caminho. Todos os meus dedos tremem, desobedecem, e talvez eu não esteja mais com vontade de atender. Louvel? Lucie? Devem ter lhes dito que, finalmente, eu havia acordado. Mas não espero mais nada. Quero apenas dormir. Deixar-me embalar pela despreocupação do sono. Talvez mais.

E a campainha continua, me invade, se impacienta. Uma barreira cai. Um muro de Berlim. Estendo a mão. Atendo.

— Alô?

Ninguém responde.

Mas eu sei. Esse silêncio. Já o conheço. É a mão de uma mãe na cabeça de um filho que dorme. Essa respiração, o coração que lhe dá suporte. É um coração que poderia ter me pertencido.

O mundo desaparece ao meu redor. As lembranças, os arrependimentos, as hesitações. Nada sobra, nada, a não ser a voz pela qual eu esperava.

— Sou eu — diz ela, enfim.

Sinto uma lágrima escorrer. Que me aquece as pálpebras. Tenho um nó na garganta. Eu quero falar, mas estou sem fôlego. Meus lábios se abrem num soluço.

— Os seus amigos me ligaram. Estou... sabendo.

Silêncio, novamente. Os segundos ficam presos e, como as pernas que se recusam a correr nas margens de um sonho, as palavras me faltam.

— Então, você foi até o fim. Então você... conseguiu. Como... Como se sente?

— Sozinho.

Os soluços que escuto não são mais os meus. É Agnès quem chora.

— Sinto saudades — murmuro.

— Eu também.

Fecho os olhos com toda a força, como se quisesse conservar esse instante para sempre.

— Você acha...

Ela balbucia, procura encontrar as palavras.

— Acha que devíamos...

— Acho.

— Senti... Senti tanto a sua falta, Vigo.

Abro os olhos. Olho o branco imaculado do teto, um horizonte virgem, infinito.

— Eu não me chamo Vigo.

Adivinho o sorriso no rosto dela, por entre as lágrimas. O gosto salgado nos seus lábios.

— É verdade — diz ela, baixinho. — Então, como devemos chamá-lo agora?

Hesito. Procuro. E, no fundo da minha memória, sem dúvida além dela, encontro uma resposta.

— Existe algum nome árabe que signifique "esperança"?

Ela fica em silêncio por um instante, certamente surpresa.

— Bem, sim... Amal, eu acho.

Sorrio. Esse nome me agrada. Esse me cai bem.

— Então, eu me chamo Amal — digo, com uma voz finalmente clara. — Pode me chamar de Amal.

Dessa vez ouço que ela ri abertamente.

— Mas isso é bobagem, você não é árabe!

Inclino ligeiramente a cabeça no meu colar cervical branco. A lua cheia ilumina todo o quarto com sua luz pálida, e a tela da televisão projeta brilhos azulados. O meu peito se ergue. Eu respiro. Em seguida, olho, à esquerda, a minha imagem no espelho.

— Eu não sou nada. Não sou ninguém e talvez seja o mundo inteiro. Sou aquele que eu vou escrever...

Ouço-a dar uma risadinha.

— Só isso! Você é louco, Amal!

— Sou louco, mas *não sou esquizofrênico.*

— Eu sei. E... Eu... Você é muito corajoso. Não sei como fez. Como conseguiu...

— Pois bem... Eu disse a mim mesmo, Agnès... Eu disse: é mesmo a Terra que gira em torno do Sol. Não é o inverso. Copérnico tinha razão.

Ela ri de novo.

— Agora, descanse. Vou vê-lo amanhã.

Ela desliga.

De repente, sinto uma paz que, eu acho, nunca havia provado. Levanto os olhos e olho a tela da televisão.

Depois, lentamente, levo o punho à frente e, com um gesto firme, acerto a hora do Hamilton.

São 20h05. Estou bem.

AGRADECIMENTOS

Escrevi *A síndrome de Copérnico* no silêncio deliciosamente inquietante do meu pequeno apartamento parisiense, com algumas etapas em Toulouse, em Nice e na vermelhidão tranquila do Minervois — entre os meses de março de 2004 e maio de 2006. Foi um período rico de acontecimentos, entre eles um nada insignificante acidente de moto... Quero endereçar a minha profunda gratidão a Alain Névant, Stéphane Marsan, David Oghia, Leslie Palant, Claude Laguillaume e a todos aqueles que me ajudaram a atravessar essa difícil aventura sem perder totalmente a cabeça.

Quero agradecer aqui à tropa de choque que me apoiou durante todo o tempo que levei para escrever este romance: Hélène Loevenbruck, doutora em ciências cognitivas, pesquisadora no CNRS e irmã mais velha indulgente; Philippe Pichon, doutor em medicina e irmão mais velho indulgente; Hervé Bonnat, diretor de comunicação do EPAD, a quem peço perdão por tê-lo matado no meu livro; doutor Gilles Béres, advogado no tribunal de Paris; o enciclopédico Patrick Jean-Baptiste, jornalista científico e escritor do improvável; Emmanuel Baldenberger, especialista em literatura contemporânea e *globetrotter* idealista; e, finalmente, Bernard Werber, fiel padrinho literário e lobisomem de renome.

Pela confiança, obrigado a Stéphanie Chevrier, Gilles Haéri, Virginie Plantard e a toda a equipe da Editora Flammarion que trabalhou com entusiasmo neste romance.

Pelo apoio familiar, uma piscadela para JP & C, aos Piche & Love, aos Saint-Hilaire e ao clã Wharmby.

Pelo amor e pela indulgência cotidiana, carinhosos beijos para as três luzes da minha vida: Delphine, a fada; Zoé, a princesa; e Elliott, o dragão.

Impresso no Brasil pelo
Sistema Cameron da Divisão Gráfica da
DISTRIBUIDORA RECORD DE SERVIÇOS DE IMPRENSA S.A.
Rua Argentina 171 – Rio de Janeiro, RJ – 20921-380 – Tel.: 2585-2000